BASTEI
LÜBBE

Weitere Titel der Autorin:

14874 Das Tal der Angst
15093 Der Fluss des Vergessens
15317 Im Meer der Furcht
15488 Am Abgrund der Vergeltung
15681 Im Sog der Täuschung

Über die Autorin:

Sandy Curtis ist verheiratet und lebt mit ihren drei Kindern, zwei Hunden und einer Katze in Queensland, Australien. Auf der Homepage der Autorin, www.sandycurtis.com, kann man sich über Sandy Curtis und ihre Bücher informieren.

Sandy Curtis

DER STURM DER RACHE

Australien-Thriller

Aus dem Englischen von
Cécile G. Lecaux

BASTEI LÜBBE

BASTEI LÜBBE TASCHENBUCH
Band 16 266

1. Auflage: Juli 2009

Vollständige Taschenbuchausgabe

Bastei Lübbe Taschenbücher in der Verlagsgruppe Lübbe

Deutsche Erstausgabe

Titel der englischen Originalausgabe: »Fatal Flaw«

Titelillustration: Grant Faint/getty-images
Umschlaggestaltung: Bettina Reubelt
Satz: hanseatenSatz-bremen, Bremen
Gesetzt aus der Caslon
Druck und Verarbeitung: GGP Media GmbH, Pößneck
Printed in Germany
ISBN 978-3-404-16266-6

Prolog

»Du solltest vorsichtiger sein. Deine Hintertür war nicht abgeschlossen.«

Die Stimme aus der Diele bereitete Gordon Talberts Nickerchen ein jähes Ende. Er schreckte hoch und hätte beinahe aufgeschrien, als ein stechender Schmerz seinen Nacken durchzuckte.

Ein Schatten trat aus dem dunklen Flur ins Wohnzimmer.

»Was zum ...« Gordon verstummte abrupt, als er sah, dass die Gestalt Toby, seinen achtzehn Monate alten Enkelsohn, im Arm hielt. Die Augen des kleinen Jungen standen einen Spaltbreit offen, aber der kleine Herzmund nuckelte im Schlaf an einem imaginären Schnuller. Er spürte weder den Arm um seinen Oberkörper noch die Messerspitze an seinem zarten Hals.

Gordons Lippen zuckten, aber er gab keinen Laut von sich. Mit zitternden Knien stand er von der Liege auf und vergewisserte sich, dass seine Beine ihn auch trugen, ehe er einen Schritt nach vorn machte.

»Das ist nah genug. Wenn du noch näher kommst, könnte ich in Panik geraten und etwas tun, das du später bereust.« Der freundliche, fast spöttische Tonfall ließ darauf schließen, dass die Drohung nicht ganz ernst gemeint war.

Gordon blieb stehen. Er versuchte fieberhaft, das Geschehen zu begreifen, jedoch vergeblich. »Wer sind Sie?«, fragte er schließlich. »Was wollen Sie? Was soll das alles?«

Der Eindringling lächelte. Seine Zähne schimmerten weiß im

gedämpften Licht. »Wie heißt es noch gleich in einem alten Kinoklassiker? Ich bin dein schlimmster Albtraum.«

»Ich kenne Sie doch nicht einmal!«, protestierte Gordon hilflos.

»O doch, wenn es auch einundvierzig Jahre her ist. Damals hast du zugesehen, wie mein Leben zerstört wurde. Du hast tatenlos zugesehen, wie man mich gequält und erniedrigt hat.«

Gordon fühlte, wie ihm alles Blut aus dem Gesicht wich, und er kämpfte verzweifelt gegen die Erinnerung an, die die Worte heraufbeschworen. »Nein! Nein. Sie … Du bist nicht …«

»O ja, ich habe mich verändert. Sehr sogar, wie du siehst.« Der Eindringling verzog abschätzig die Oberlippe. »Aber ich habe nie vergessen.«

»Ich war damals erst fünfzehn«, verteidigte sich Gordon, doch die Schuldgefühle, die er so viele Jahre verdrängt hatte, waren schlagartig wieder da.

»Und ich erst dreizehn. *Dreizehn*, Gordon. Stell dir vor, dein Sohn hätte mit dreizehn Jahren durchmachen müssen, was ich durchgemacht habe.«

»Aber ich habe dir doch nichts getan.«

»Du hast nicht verhindert, dass man mir etwas antut. Ein weiser Mann hat einmal gesagt: ›Unrecht geschieht, wenn rechtschaffene Menschen es geschehen lassen‹«, zitierte die Gestalt sarkastisch, und Gordon zuckte zusammen, als er den Slogan aus seinen Wahlkampftagen wiedererkannte. »*Du* hast es geschehen lassen, Gordon Talbert«, fuhr die anklagende Stimme fort. »Und das hat den Verlauf meines Lebens nachhaltig und unwiderruflich verändert.«

»Ich habe am nächsten Tag versucht, zu dir vorzudringen. Ich wollte dir sagen, wie leid mir das alles tut, wollte fragen, wie ich dir helfen kann …«

»Zu wenig und zu spät.« Die Hand mit dem Messer bewegte sich leicht, und das Kind zuckte zusammen, als es die Spitze der Messerklinge an der Kehle spürte. »Aber ich bin trotz allem geneigt, dir gegenüber großherziger zu sein, als du es seinerzeit gewesen bist. Du kommst erst an zweiter Stelle.«

»An zweiter Stelle?« Blankes Entsetzen lähmte Gordon, als Toby die Augen aufschlug und versuchte, sich zu befreien. Er war ein kräftiges Kleinkind, doch er wurde unerbittlich festgehalten, und die schmale Messerklinge verharrte, wo sie war.

»Mit Ethan habe ich bereits abgerechnet. Er war noch derselbe Feigling wie vor einundvierzig Jahren. Er hat gewinselt, Gordon. Gewinselt wie ein Hund und mich angefleht, ihn zu verschonen.«

Bittere Galle verätzte Gordons Kehle. Er wollte sich auf sein Gegenüber stürzen, ihm Toby entreißen und das Kind vor dem abgrundtiefen Hass seines Peinigers beschützen. Er trat einen weiteren Schritt nach vorn.

Die Messerspitze grub sich noch etwas tiefer in das zarte Fleisch.

Toby heulte auf.

»Nicht! Bitte!« Gordon hob beschwichtigend beide Hände und wich zurück. »Ich tue alles, was du willst, aber tu dem Jungen nichts zuleide. Er kann doch nichts dafür.«

Langsam entfernte sich die Klinge von der Kehle des Kindes, aber Toby beruhigte sich nicht, sondern schluchzte verzweifelt weiter. Tränen rollten über seine runden Wangen und tropften auf die Hand des Mannes, der ihn immer noch mit eisernem Griff festhielt.

»Hol den Schlüssel zu deinem Waffenschrank«, befahl der Eindringling.

»Was?«

»Dein Waffenschrank. Schließ ihn auf!«

Gordon ging in die Küche, öffnete mit zitternden Händen einen Eck-Hängeschrank, langte hinein und nahm einen Schlüsselbund von einem Haken. Seine Gedanken überschlugen sich. Fieberhaft überlegte er, was er tun konnte, um Toby vor Schaden zu bewahren. Küchenmesser. Im Messerblock. Nein … Er wäre nicht schnell genug. Die schmale Klinge könnte Tobys Kehle aufschlitzen, noch bevor er ein Messer aus dem Holzblock gezogen hätte. Er ging hinüber in die Waschküche, gefolgt von dem Mann mit dem Kind, der auf der Schwelle stehen blieb, während Gordon den Wäscheschrank öffnete und den darin verborgenen Wandsafe aufsperrte. Im Inneren lag der Kasten mit seiner Pistole.

»Nimm die Waffe heraus.«

Er klappte den Deckel auf. Die Pistole lag schwer und kalt in seiner Hand.

»Lade sie. Auf der Waschmaschine findest du eine Patrone.«

Gordon schaute sich um. Tatsächlich, dort stand eine Patrone, aufrecht wie ein Miniaturmonument. Das hier war keine Affekthandlung. Alles war sorgfältig geplant. Seine Panik wuchs, bis er das Gefühl hatte zu ersticken.

Toby ruderte vergeblich mit den kleinen Armen und trat um sich. Das Gesicht über dem Kopf des Kindes glühte förmlich vor Hass, und Gordon war klar, dass er alles tun musste, was von ihm verlangt wurde, um Tobys Leben zu schützen. Obwohl seine Finger feucht und glitschig waren vom Angstschweiß, gelang es ihm, die Patrone in die Kammer zu schieben.

»Gut. Jetzt hast du die Wahl.«

Die Wahl? Gordon klammerte sich an dieses Wort wie an einen Strohhalm, hin- und hergerissen zwischen Hoffnung und Argwohn.

»Du kannst versuchen, mich zu erschießen, und hoffen, so schnell und treffsicher zu sein, dass ich nicht mehr dazu komme, dem Kleinen die Kehle durchzuschneiden, oder aber …«

»Du kannst kein unschuldiges Kind umbringen.« Es war mehr ein Flehen als ein Befehl, und Gordon hörte die Panik in seiner eigenen Stimme, als die Worte aus ihm hervorsprudelten.

Sein Gegenüber lachte kalt. »Du hast ja keine Ahnung, wozu ich alles fähig bin. Aber du weißt ja noch gar nicht, wie die Alternative lautet.«

Gordons Mund war plötzlich staubtrocken. »Ich höre«, krächzte er.

»Wenn du den Lauf in den Mund steckst und abdrückst, verspreche ich, den Kleinen unversehrt in sein Bettchen zurückzubringen.«

»W… wie bitte?«

»Du hast mich verstanden. Ich will, dass du dich erschießt. Ich wurde dahingehend erzogen, an göttliche Gerechtigkeit zu glauben, und da dachte ich mir, ich helfe etwas nach. Mir scheint, der liebe Gott ist etwas langsam.«

Die Absurdität der Situation lähmte Gordon beinahe. Obgleich er seit Jahren Mitglied im örtlichen Sportschützenverein war, war nie ein besonders guter Schütze aus ihm geworden, und die Wahrscheinlichkeit, dass es ihm gelingen würde, das Gesicht zu treffen, das zur Hälfte von Tobys blondem Haarschopf verdeckt wurde, war verschwindend gering. So wie seine Hände zitterten, würde er vermutlich eher das Kind treffen. Er könnte natürlich auf die Beine zielen … Aber auch wenn er traf, durfte er nicht hoffen, bei den beiden zu sein, bevor sie zu Boden gingen, und er stellte sich vor, wie das Messer sich in Tobys Kehle bohrte, während der Angreifer ihn unter sich begrub.

Schweiß strömte aus jeder Pore seines Körpers. Er hörte das

hämische Gelächter. »Du hast drei Sekunden Zeit, dich zu entscheiden. Eins …«

Wie in einem Albtraum, dem er machtlos ausgeliefert war, stand Gordon kraftlos und zitternd da. Die Pistole in seiner Hand schien eine Tonne zu wiegen. *Ich kann nicht sicher sein, dass Toby nichts passiert, ganz egal, wie ich mich entscheide.*

»Zwei …« Das Messer ritzte die Haut. Toby schrie, und weitere Tränen rannen über seine geröteten Wangen.

Gordon dachte an seine Frau und seine Tochter. Er malte sich aus, wie sie Tobys leblosen Körper fanden, fühlte, wie ihr Schmerz sein Herz durchbohrte, und die Last seiner eigenen Schuld am Tod des Kindes. *Wenn ich ihn in den Kopf treffe,* überlegte er fieberhaft, *wird er von der Wucht des Einschlags zurückgeschleudert werden, und damit wäre Toby außer Gefahr.*

»Dr…«

Gordon hob die Waffe.

Kapitel 1

Mit einem dankbaren Seufzen stellte Julie Evans ihren Kaffee auf dem Tisch der Cafeteria ab und ließ sich auf einen Stuhl fallen. Sie warf einen Blick auf die Uhr an der Wand: gleich elf, wie sie grimmig feststellte. Zum Frühstück hatte es nur eine Scheibe Toast und ein paar Schlucke Tee gegeben, und sie hatte eigentlich damit gerechnet, etwas früher eine Pause einlegen zu können, um den Akku wieder aufzuladen. Aber ihr Vater war heute Morgen noch unleidlicher gewesen als sonst, und sie war froh, zumindest für kurze Zeit von seiner schlechten Laune verschont zu bleiben.

Sie wickelte das Salat-Schinken-Brot, das sie auf dem Weg von der Bushaltestelle gekauft hatte, aus dem Papier und griff nach der Tageszeitung. Schockiert erstarrte sie mitten in der Bewegung, das Brot dicht vor dem Mund, die Finger in das Zeitungspapier gekrallt. Langsam legte sie das Brot aus der Hand und las den Artikel von der ersten bis zur letzten Zeile. Hinterher nippte sie an ihrem Kaffee, knabberte abwesend an ihrem Schinkenbrot und starrte dabei wie gebannt auf die Schlagzeile und die Fotos, überwältigt von ungläubiger Trauer. Schließlich stand sie auf und kehrte zurück ins Büro.

»Ist Ray schon zurück?«, fragte sie den Mann mittleren Alters, der dort auf einen Computerschirm starrte und dabei lässig mit der schnurlosen Maus agierte.

Michael Devine hielt den Blick auf den Entwurf gerichtet, der langsam auf dem Monitor Gestalt annahm, und schüttelte den Kopf. Julie seufzte erleichtert. Während der Zeitungsartikel Rays schlechte Laune an diesem Morgen erklären mochte, war dies doch keine Entschuldigung dafür, dass er sie und Michael derart angeraunzt hatte. Nicht zum ersten Mal fragte sie sich, wie Michael es schaffte, sich von Rays scharfer Zunge nicht aus der Ruhe bringen zu lassen. Michael besaß eine beneidenswerte Gelassenheit. Mit seinem dichten grauen Haar, den kantigen Zügen und der glatten Haut, die auch am frühen Abend nur selten einen Hauch von Stoppeln aufwies, war er trotz seines Alters ein attraktiver Mann. Julie war rein zufällig dahintergekommen, dass er älter war, als er zu sein behauptete oder auch aussah, aber sie hatte dieses Wissen für sich behalten. Sie wusste nur zu gut, wie schwer es heutzutage war, Arbeit zu finden, und sie konnte es Michael nicht verdenken, dass er etwas nachgeholfen hatte, um die Stelle bei GalCorp zu bekommen. Immerhin lebte sie selbst ja auch mit einer Lüge.

In der nächsten halben Stunde versuchte Julie, sich auf ihre Arbeit zu konzentrieren, gab es dann jedoch auf. Die Erinnerung ließ sie nicht mehr los und spulte die verschiedensten Szenarien vor ihrem inneren Auge ab.

»Stimmt etwas nicht?« Michael musterte sie besorgt. Sie mochte Michael, aber manchmal empfand sie seine Sensoren auch als leicht irritierend.

»Doch, alles in Ordnung. Ist nur nicht mein Tag heute, und ich komme einfach nicht mit diesem Auftrag zurande.«

»Vielleicht hat dich ja Rays Auftritt heute Morgen aus dem Konzept gebracht.«

»Ray bringt mich regelmäßig aus dem Konzept«, grummelte sie und winkte ab, als Michael den Kopf fragend zur Seite neigte. »Es ist nichts. Ich muss nur mit ihm sprechen.« Ihr Magen verkrampfte sich bei dem Gedanken an die bevorstehende Auseinandersetzung, als sie den Flur hinunterging und den großzügigen offenen Empfangsbereich mit dem geschmackvollen Schreibtisch und der gemütlichen Besucherecke mit dem Couchtisch aus geschnitztem Rosenholz und den samtbezogenen Sesseln betrat. Heute hatte sie keinen Blick für die Gemälde an den Wänden, obgleich ihr sehr bewusst war, dass der Verkauf nur eines dieser Kunstwerke genügen würde, um ein ganzes Jahr lang ihre Hypothekenraten zu bezahlen.

Der Stuhl hinter dem Schreibtisch war leer, und Julie fragte sich, ob Rays Sekretärin gerade bei ihm war. Gaynor Farrell war hübsch und zierlich wie ein Laufsteg-Model, dabei aber in etwa so freundlich wie ein Schleifer im Erziehungslager. Ein Schleifer mit Zahnschmerzen. Manchmal kam es ihr vor, als wäre Gaynor die Verkörperung all dessen, wofür GalCorp stand: hart, unsentimental und mit einer »Du-kannst-mich-mal«-Einstellung gesegnet.

Julie ging ein paar Meter am Empfang vorbei und wollte eben an Ray Galloways Tür klopfen, als ihr auffiel, dass die gar nicht richtig verschlossen war. Sie hielt inne, denn sie hörte zornige Stimmen. Reglos blieb sie vor der Tür stehen und lauschte, aber es dauerte einen Moment, ehe sie verstand, worum es ging.

»Wenn das in die falschen Hände gerät«, knurrte Ray, »können wir das Tak-Lee-Projekt vergessen.«

Das Tak-Lee-Projekt? Julie beugte den Oberkörper leicht vor.

»Aber das ist doch sowieso gelaufen.«

Julie erkannte die raue Stimme von Eric Sweetman, Buchhalter von GalCorp und enger Freund von Ray.

»Sie werden vermutlich etwas Zeit verstreichen lassen, bevor sie sein Büro räumen«, erwiderte Ray. »Das verschafft uns eine Chance, das Sicherheitssystem auszutricksen. Gelingt das nicht, können wir nur hoffen, dass er es zu Hause aufbewahrt hat.

Wenn es dort ist, besteht zumindest eine kleine Chance, es zurückzuholen.«

Hätte sie nicht so konzentriert die Unterhaltung der beiden Männer belauscht, hätte sie gehört, wie die Eingangstür zum Empfangsbereich aufglitt.

»Möchten Sie zu Mr. Galloway?« Wie um ihren Worten Nachdruck zu verleihen, klopfte Gaynor Farrell mit dem Kugelschreiber rhythmisch gegen die Akte, die sie in der Hand hielt.

Julie wich hastig einen Schritt zurück. Gaynor besaß die Gabe, andere in unangenehmen Situationen zu überraschen, und so war sie froh, dass ihre Hand noch erhoben war, als hätte sie eben anklopfen wollen. »Ja. Sie waren nicht da, und da dachte ich …«

»Ich werde Mr. Galloway fragen, ob es ihm gerade passt.« Gaynor verscheuchte Julie mit einer herrischen Geste von der Tür, setzte sich an ihren Schreibtisch und griff nach dem Telefon. »Miss Evans möchte Sie sprechen, Mr. Galloway«, schnurrte sie in den Hörer.

Julie hatte es längst aufgegeben, Gaynor darauf hinzuweisen, dass es Mrs. Evans hieß und nicht Miss, trotzdem ärgerte es sie immer noch, dass die Sekretärin dies nach wie vor demonstrativ ignorierte.

Rays Bürotür schwang auf, und Eric Sweetman nickte Julie mit dem üblichen Stirnrunzeln zu, als er herauskam. Er hatte seine Krawatte gelockert, und sein schmales Gesicht wirkte ungewöhnlich gerötet. Als Buchhalter der Firma wurde Eric eigentlich nur nervös, wenn die Bilanzen nicht stimmten, und Julie überlegte, was es mit dem Tak-Lee-Projekt auf sich haben mochte.

Gaynor führte Julie in Raymond Galloways weiträumiges Büro mit dem traumhaften Panoramablick auf den Brisbane River. Als die Tür mit leisem Klicken hinter ihr zufiel, drängten die Gefühle, die sie bei der Lektüre des Zeitungsartikels übermannt hatten, erneut an die Oberfläche. »Du hast von Gordons Tod gewusst, habe ich recht, Dad? Warum hast du mir nichts gesagt?«

»Wir sind noch in der Firma, Julie.« Seine Lippen saugten an der Zigarre in seinem Mund. »Muss ich dich erst daran erinnern?«

Julies Zornpegel stieg um ein weiteres Grad. »Lass gut sein, Ray.« Sie betrachtete den neutralen Ausdruck auf dem eckigen Gesicht ihres Vaters und wusste, dass er mit ihr Katz und Maus spielte. Sie verkniff sich die scharfe Erwiderung, die verraten hätte, dass sein Spielchen Erfolg hatte. »Hast du Gordons Frau angerufen? Weißt du, wie es seinen Angehörigen geht?«

Ray Galloway lehnte sich entspannt in seinen bequemen Chefsessel zurück und drehte diesen leicht zur Seite, sodass er die Füße auf die Kante seines riesigen Eichenschreibtisches legen konnte. Er legte die Zigarre in einen Aschenbecher und musterte Julie über die dachförmig aneinandergelegten Finger beider Hände hinweg. »Ich habe Claire heute Morgen angerufen und ihr mein Beileid ausgesprochen.«

Hiernach entstand eine Pause, die sich scheinbar endlos in die Länge zog.

»Und? Wie geht es ihr?«

»Wie du dir denken kannst, ist sie ziemlich verstört.«

Eine Welle der Hilflosigkeit stieg in ihr auf. Sofern sie je geglaubt hatte, dass eine Beziehung allen Widrigkeiten des Lebens standhalten konnte, dann dank Gordon und Claire Talbert. Und jetzt war Gordon tot.

»Du gehst zur Beerdigung?« Eigentlich war es mehr eine Feststellung als eine Frage. Umso schockierter war sie, als Ray bloß mit den Schultern zuckte. Julie gelang es nur schwer, die Frage zurückzuhalten, die sich ihr aufdrängte. Stattdessen holte sie tief Luft. »Also ich gehe auf jeden Fall hin.«

»Ich weiß noch nicht, ob du Urlaub bekommst.«

Trotz des freundlichen Tonfalls entging Julie die verborgene Drohung nicht. »Du kannst mich ja feuern.« Hierauf machte sie auf dem Absatz kehrt und verließ das Büro.

Der Berg schien noch ebenso weit entfernt zu sein wie bei seinem Aufbruch früh am Morgen. Majestätisch und unerreichbar ragte er in der Ferne auf. Zumindest kam es Mark Talbert so vor. Beinahe ein Symbol des Friedens, den er auf seiner Wanderung suchte, der ihm jedoch bislang nicht beschieden war.

Schweiß rann ihm über Gesicht und Rücken und durchweichte sein Hemd und die Gürteltasche, die er über der khakifarbenen Hose trug. Er schmeckte das Salz auf seinen Lippen. Schon den zweiten Tag in Folge zweifelte er, ob sein Entschluss, sich in der frühen Märzhitze von Queensland an den Bicentennial National Trail heranzuwagen, wirklich vernünftig gewesen war. Die angenehm milden Temperaturen bei seinem Aufbruch vor einer Woche waren sengender Hitze gewichen, und auch die Nächte brachten kaum Kühlung, sodass Mark froh war, wenigstens nicht von Cooktown im tropischen Norden aus aufgebrochen zu sein.

Eine Gruppe Wanderer hatte ihn am vierten Tag überholt, aber seitdem hatte er keine Menschenseele mehr zu Gesicht bekommen. Die Einsamkeit kam ihm allerdings gerade recht. Eigentlich hätte sie ihm Zeit zum Nachdenken verschaffen sollen, Zeit, sich mit der neuen Rastlosigkeit auseinanderzusetzen, aber stattdessen hatte er sich ganz dem Rhythmus der Wanderung hingegeben, der Hitze, die seine Sinne einlullte, und dem ununterbrochenen Konzert der Zikaden, das sein Denken überlagerte.

Erst abends, wenn er am Lagerfeuer seine karge Mahlzeit zubereitete, holten ihn die Dämonen wieder ein. Er hatte es aufgegeben, seine Gefühle analysieren zu wollen. Ihm war bewusst, dass der Psychologe recht hatte, dass jeder, der dem Tod so nahe gekommen war wie er, sein Leben neu ordnen musste, aber er wusste auch, dass es mehr war als das.

Sein Vater hatte Verständnis gehabt für sein Bedürfnis, der Route entlang der Ostküste Australiens zu folgen. Zwischen ihnen bestand eine seltene Innigkeit, aber nicht nur das Leid hatte sie zusammengeschweißt, sondern vor allem gegenseitiges Verständnis und Respekt. Als er Mark nach Kilkivan gefahren hatte, dem Ausgangspunkt seiner Wanderung, hatte Gordon Talbert ihm wie immer seine volle Unterstützung signalisiert, wofür Mark ihm über die Maßen dankbar gewesen war.

Eine Stunde später gelangte er an einen hohen Grat, der scheinbar geradewegs bis zum Gipfel führte. Bäume gab es hier nur noch wenige, aber weiter vorn verdichteten sie sich wieder zu einem grünen Teppich, der die Berghänge bis hinunter in die Täler auf beiden Seiten des Grates bedeckte. Er konnte nirgendwo eine menschliche Behausung entdecken, und plötzlich wurde er von einer Welle der Einsamkeit übermannt, die ihn in ihrer Intensität überraschte. Früher hatte er sich nur selten einsam gefühlt, aber in letzter Zeit …

Er setzte den Rucksack ab, fischte das Handy aus einer Seitentasche und schaltete es ein. Er hatte den Akku geschont, indem er das Telefon immer nur sporadisch eingeschaltet hatte, um seine Nachrichten abzufragen und knapp zu beantworten. Diesmal waren gleich mehrere Nachrichten eingegangen, in denen er aufgefordert wurde, sich dringend bei seinen Eltern zu melden. Er drückte auf »Rückruf«, wartete, eine vertraute Stimme zu hören, und lauschte dann mit wachsender Fassungslosigkeit dem stockenden Bericht seiner von der Trauer überwältigten Stiefmutter.

Sein Instinkt schaltete sich ein. Mark versprach ihr, baldmöglichst heimzukommen, und beendete das Gespräch. Er holte seinen GPS-Empfänger aus dem Rucksack und las die Gebrauchsanweisung durch. Dann wählte er die angegebene Service-Nummer und erklärte der Frau, die sich meldete, dass er dringend einen Hubschrauber bräuchte. Innerhalb weniger Minuten war alles geregelt, und er setzte sich in den Schatten eines Baumes, um auf den Helikopter zu warten. Ihm war bewusst, dass er seine Kompetenzen überschritten hatte, aber das kümmerte ihn nicht im Mindesten. Er hatte fast sein Leben für sein Vaterland gegeben, verglichen damit war ein Hubschrauberflug ja wohl ein Klacks.

Seine Stiefelspitzen waren staubig. Ein winziges Insekt krabbelte über den Arm, den er um die angezogenen Knie geschlungen hatte. Mark beobachtete, wie es sich zwischen den schwarzen Haaren hindurchkämpfte. Seine Armeemütze beengte ihn plötzlich, und er schob sie weiter in den Nacken. Er hatte sein Haar in den vergangenen drei Monaten wachsen lassen, und es fiel ihm weit in die Stirn und wellte sich in Höhe des Hemdkragens.

Er hatte seine Gefühle immer unter Kontrolle gehabt, aber in den nun folgenden Minuten bekam seine Selbstbeherrschung erste Risse und fing an zu bröckeln. Das Gefühl der Beklemmung, das ihm die Luft abschnürte, war jedoch noch stärker, und schließlich tat er etwas, das er seit seinem siebten Lebensjahr nicht mehr getan hatte.

Er weinte bittere Tränen.

Kapitel 2

Als er durch die schmale Calcutta Lane hastete, spürte Yuusuf Haasan die Nerven in seinem schlanken Bauch zucken. Der Gestank nach Stroh, lehmiger Erde, Schweiß, Urin und Fäkalien war jedoch nicht der Grund für sein Unwohlsein, sondern vielmehr die Furcht, jemand könnte erkennen, dass sich in der Tasche, die er bei sich trug, mehr Geld befand, als alle Bewohner des Elendsviertels zusammen in ihrem ganzen Leben verdienen konnten. Menschen und Tiere verließen die verfallenen Gebäude, plaudernd, lachend und rufend, eine nie verstummende Kakofonie, die die Fertigung der religiösen Figuren begleitete, die sie verkaufen mussten, um die Miete für eins der winzigen Zimmer hier aufzubringen.

Nur in einem kleinen Abschnitt der Gasse wurde nicht gearbeitet. Yuusuf wich einem Verkaufsstand aus, der Figuren feilbot, deren rote und goldene Kostümierung sich grell von den welligen schwarzen Haaren und den blauen Armen und Gesichtern der Götzen abhob. Er schaute noch einmal hin. Es waren mehrere Paar Arme. Yuusuf schüttelte den Kopf. Ihm war unbegreiflich, wie man nicht nur mehrere, sondern zudem auch noch so hässliche Gottheiten verehren konnte.

Der Winter war noch nicht vorbei, aber es war bereits mehr nass als kalt. Yuusufs buschige graue Brauen leiteten den Schweiß um, der auf seiner Stirn perlte.

Weiter vorn waren zwei Männer eben damit beschäftigt, Rohlinge aus Stroh mit einer Mischung aus Lehm und Erde zu bedecken. Yuusuf blieb kurz stehen, fasziniert von der üppigen Oberweite der Figur, dann hastete er weiter. Endlich entdeckte er inmitten des Gewirrs von Werbeschildern und schiefen Markisen den Laden, den er suchte. Er trat ein.

Der Verkaufsraum besaß kein Fenster, durch das zusätzliches Tageslicht hätte fallen können, und es dauerte einige Sekunden, bis seine Augen sich so weit an die Dunkelheit gewöhnt hatten, dass er Regale voller Statuetten aller Größen erkennen konnte, dazu eine mitsamt der Bettdecke zusammengerollte Matratze, einen Kerosinofen und diverse Kochutensilien. In dem Laden roch es penetrant nach Curry und Öl, als hätten die Wände die Gerüche so lange absorbiert, bis sie gesättigt waren, und als dünsteten sie diese inzwischen wieder aus. Yuusufs Magen grummelte, wenngleich er selbst nicht genau zu sagen vermochte, ob vor Hunger oder Ekel, und er drückte die Tasche fester an die Brust. Ein hochgewachsener drahtiger junger Mann tauchte an seiner Seite auf. Im eigentümlichen Singsang der Straßenverkäufer pries der junge Bursche seine Waren an und fragte schließlich, wie viele Figuren Yuusuf zu kaufen wünsche. Yuusuf wartete, bis der Redestrom seines Gegenübers versiegte, und sagte dann nur ein einziges Wort. Das einschmeichelnde Lächeln verflog augenblicklich, und der junge Bursche eilte durch eine Innentür hinaus.

Gleich darauf tauchte in ebenjener Tür eine ältere Ausgabe des jungen Mannes auf. »Sie haben das Geld?«

Beinahe hätte Yuusuf sich ein erleichtertes Aufatmen gestattet. Der Deal war etwas heikel gewesen, von einem Mittelsmann arrangiert, und Yuusuf war nicht sicher gewesen, ob auch wirklich alles planmäßig ablaufen würde. Er nickte. Der Mann richtete den Blick auf die Tasche, die Yuusuf bei sich trug, aber der schüttelte den Kopf. »Erst die Ware.«

Der junge Mann kehrte zurück, einen rechteckigen, etwa dreißig Zentimeter langen Kasten in den Händen. Der ältere Mann nahm ihm ihn ab und sagte etwas Unverständliches, woraufhin der jüngere Mann sich in der Eingangstür aufbaute, um zu verhindern, dass jemand hereinkam. Oder dass Yuusuf den Laden verließ. Ohne erkennbares Zögern hielt der ältere Mann Yuusuf den Kasten hin.

Yuusufs ausgestreckte Hand zitterte vor Nervosität und freudiger Erwartung gleichermaßen. Der Metallkasten war schwerer, als seine Größe vermuten ließ, aber damit hatte er gerechnet. Der Verschluss klemmte ein wenig, und er zögerte kurz, ehe er den Deckel ein wenig anhob. Er atmete geräuschvoll ein, klappte den Deckel abrupt wieder zu und reichte dem Mann die Tasche, die er unter den Arm geklemmt hielt.

Der Mann holte die Geldbündel heraus, zählte grob nach und ließ die Scheine dann unter seiner wallenden Kleidung verschwinden. Darauf bedacht, nicht an der Schnalle der Tasche hängen zu bleiben, verstaute Yuusuf den Kasten darin. Mit einem knappen Nicken machte er kehrt und ging zur Tür. Der junge Bursche trat beiseite, und Yuusuf tauchte mit wachsender Euphorie ein in die Hitze, die Gerüche und den Lärm der Straße. Er warf nur einen allerletzten Blick zurück. Der junge Mann stand neben der Tür und schaute ihm nach. Yuusuf fragte sich, ob er den Inhalt des Kastens berührt hatte. Wenn ja, würde er bald mehr Hilfe benötigen, als alle seine mehrarmigen Götzen ihm leisten konnten.

Stunden später fuhr Yuusuf langsam durch dunkle Straßen zu einem reparaturbedürftigen Kai. Alte Holzhäuser drängten sich hier aneinander wie furchtsame Kinder, und eine einzelne Straßenlaterne warf gelbe Lichtflecken zwischen ihre Schatten.

Schiffe, groß und klein, aber alle gleichermaßen heruntergekommen, waren entlang des alten Holzsteges vertäut.

Yuusuf parkte den Wagen am unteren Ende des Kais, schaltete die Scheinwerfer aus und wartete. Eine Stunde später wartete er immer noch. Aber Warten war längst fester Bestandteil seines Lebens geworden, sodass seine Geduld gefestigt genug war, um die Aufregung in Schach zu halten, die seine Eingeweide in Aufruhr versetzte.

Minuten später fuhr sein Kopf herum, als jemand an die Seitenscheibe des Wagens klopfte. Ein Pistolenlauf zielte auf ihn. Langsam ließ Yuusuf die Scheibe herunter.

Er murmelte dasselbe Codewort, das der Übergabe des Kastens vorausgegangen war, der, inzwischen sorgfältig zugeklebt und in Tücher gewickelt, in der Tasche verstaut war. Der Mann ließ die Waffe leicht sinken, und Yuusuf reichte ihm die Tasche. »Der Transfer wurde arrangiert«, sagte Yuusuf. »Die Hälfte des Geldes wird noch heute Abend Ihrem Konto gutgeschrieben werden. Den Rest erhalten Sie, sobald Sie Ihre Mission abgeschlossen haben. Von Ihrem Kontakt in Australien werden Sie alle notwendigen Informationen zur Ausführung unseres Vorhabens erhalten. Er darf allerdings nichts von unserer kleinen Überraschung erfahren«, fügte er mit einem schiefen Lächeln hinzu.

Zähne schimmerten weiß in der Dunkelheit, gleich darauf wurde der Mann wieder von den tiefen Schatten verschluckt.

Yuusuf wartete noch einige Minuten, ehe er den Motor anließ und davonfuhr.

Kapitel 3

Ruth Bellamy rückte ihre Sonnenbrille zurecht und zog ihren schlichten schwarzen Hut tiefer in die Stirn, um ihr Gesicht vor der sengenden Sonne zu schützen. Von ihrem Platz ganz hinten in der Menge aus konnte sie nur hin und wieder einen Blick auf die Zeremonie weiter vorn erhaschen, aber sie brauchte gar nicht mehr zu sehen, da die Prozedur ihr nur zu vertraut war.

Der Geistliche hatte seine Lobrede auf den Mann, dessen Sarg langsam in die Grube herabgelassen wurde, abgeschlossen, und in das leise Sirren der Motorrollen mischte sich lediglich das Schluchzen einer jungen Frau, die sich schwer auf den Mann an ihrer Seite stützte.

Ruth veränderte ihre Position geringfügig. Eine ältere Frau mit der gleichen schlanken Silhouette, dem gleichen hellen Teint und blonden Haar tätschelte ihr den Arm, aber es war eine mechanische, beinahe unbewusste Geste. Sie hielt sich sehr gerade und schien die stützende Hand um ihren anderen Arm gar nicht zu registrieren. Ruth vermutete, dass es sich um Gordon Talberts Witwe Claire handelte und bei der jüngeren Frau um ihre Tochter Susan. Sie versuchte, etwas mehr von dem Mann zu sehen, der Claire zur Seite stand, aber in diesem Augenblick bewegte sich die Menge vorwärts und rückte enger zusammen. Frustriert ging sie rechts herum an der Mauer aus Rücken entlang, bis sie realisierte, dass einige Trauergäste vortraten, um eine Rose aus dem Korb zu nehmen, den ein Angestellter des

Bestattungsunternehmens in der Hand hielt, und diese auf den Sarg zu werfen.

Ein Lächeln umspielte Ruths Lippen. Es wäre so passend, so … angebracht, allerdings könnte jemand unter den Anwesenden sie wiedererkennen. Sie zögerte einen Moment und beschloss dann, das Risiko einzugehen. Unter dem breitkrempigen Hut fiel ihr das volle hellbraune Haar in Wellen über die Schultern, und ihr konservatives marineblaues Kostüm würde auch keine weitere Aufmerksamkeit auf sich ziehen. Sie war nur eine unter vielen, die gekommen waren, um Gordon Talbert die letzte Ehre zu erweisen. Der Gedanke gefiel ihr, und so reihte sie sich in den Menschenstrom ein, der sich langsam auf das Grab zubewegte.

Als die Rose aus ihrer Hand auf den polierten Sargdeckel fiel, verspürte sie eine Woge der Genugtuung, und sie beugte den Kopf, um ihr Gesicht vor neugierigen Blicken zu schützen. *Sollen sie doch denken, dass ich trauere,* sagte sie sich und setzte eine entsprechende Miene auf.

Mit gesenktem Haupt wandte sie sich ab und ging, aber ein kurzer Blick genügte, um ihr zu bestätigen, dass es sich bei dem Mann, der Gordon Talberts Witwe stützte, um den Sohn des Verstorbenen handelte. Die Ähnlichkeit war unverkennbar. Das gleiche braune Haar, die gleiche stämmige Statur und ganz ähnliche durchschnittliche Gesichtszüge. Nur die Augen waren irgendwie anders. Ruth konnte nicht sagen, was genau an ihnen anders war, und aus der Entfernung vermochte sie auch ihre Farbe nicht zu erkennen, aber vielleicht lag es an der Wachsamkeit auf seinem Gesicht, daran, wie aufmerksam er jeden der Trauergäste musterte.

Als der Geistliche ein letztes Gebet anstimmte und die Trauergemeinde zu einem kleinen Empfang in einem nahe gelegenen Restaurant einlud, löste Ruth sich von der Menge. Auf der Kuppe eines kleinen Hügels drehte sie sich noch einmal um und schaute zurück auf die sich auflösende Menschenansammlung. Eine Gestalt erregte ihre Aufmerksamkeit, und sie beobachtete, wie Julie Evans auf Mark Talbert und seine Stiefmutter Claire zuging, die nun etwas abseits von den anderen standen. Ruth seufzte. Wie passend, dachte sie bei sich, dass die Kinder der Verdammten auf der Beerdigung zusammenkamen.

Tränen verschleierten Julies Sicht, als Claire sie umarmte.

»Julie, ich freue mich ja so, dich zu sehen! Es ist so schrecklich lange her, seit wir uns das letzte Mal getroffen haben. Wie geht es deiner Mutter?«

»Gut, Claire. Ich soll dir ausrichten, wie sehr sie es bedauert, heute nicht hier sein zu können. Derek macht mit ihr Urlaub in Neuseeland, weißt du.« Julie verspürte eine Welle der Zuneigung für Claire, als sie daran zurückdachte, wie sehr diese ihr während und nach der Scheidung ihrer Eltern zur Seite gestanden hatte. Sie nahm Claires kalte Hand in ihre und drückte sie leicht. Dann wandte sie sich Mark zu.

Er hatte nur eine Sekunde gebraucht, um zu erkennen, dass es sich bei der dunkelhaarigen Frau, die die Hand seiner Stiefmutter hielt, um Julie Evans handelte. Das letzte Mal hatte er sie vor dreizehn Jahren gesehen, und damals war sie schwanger gewesen. Die prallen Rundungen waren vollständig verschwunden. Ihr Gesicht hatte seine engelsgleiche Fülle verloren, und die hohen Wangenknochen betonten umso mehr ihre blassgrünen Augen. Augen, die ihm jetzt verrieten, dass sie um das Ausmaß seines Schmerzes wusste.

Er nahm ihre Hand und hielt sie länger fest, als die Höflichkeit es verlangte, aber die Flut der Erinnerungen ließ sich nicht mehr aufhalten, und er brauchte diesen Augenblick und ihre mitfühlenden Worte.

»Schön, dich zu sehen, Mark. Es tut mir ja so leid wegen deines Vaters!« In ihrer Stimme lag aufrichtige Wärme, und nach den zahlreichen Plattitüden, die er sich aus dem politischen Lager hatte anhören müssen sowie von alten Freunden, die mehr aus Pflichtgefühl gekommen waren denn aus aufrichtiger Anteilnahme, berührte ihn dies mehr, als er erwartet hätte.

»Danke, dass du gekommen bist, Julie. Ich … es bedeutet mir viel.« Er war selbst überrascht davon, wie ernst es ihm damit war. So viele der Trauergäste waren ihm gänzlich fremd gewesen, und das hatte ihm noch einmal vor Augen geführt, wie sehr er sich seiner Familie entfremdet hatte. Er lebte drüben in Canberra in einer völlig anderen Welt, und inzwischen war er nicht mehr sicher, ob er dorthin zurückkehren wollte. Eine Stimme unterbrach seine Gedanken.

»Mum, wir sollten jetzt gehen.«

Julie wandte sich der jungen Frau zu, die sich ihnen näherte, und lächelte herzlich. Susan war zwar Marks Halbschwester, kam jedoch ganz nach ihrer Mutter. Sie war schlank und blond wie Claire und besaß den gleichen zierlichen Körperbau und eine ganz ähnliche weiche Stimme. Sie starrte Julie an, als sähe sie sie zum ersten Mal.

»Julie? Julie Evans?« Sie umarmte sie. »Wie nett von dir zu kommen. Dad …« Ihre Stimme versagte, und sie wischte sich die Tränen aus den Augenwinkeln. »Dad hat dich sehr gern gehabt.«

»Und ich ihn, Susan.«

»Komm doch bitte mit zum Essen. Mark und du habt euch doch sicher viel zu erzählen.«

Julie schüttelte den Kopf. »Ich bin mit dem Bus gekommen. Ich fürchte, ich kann nicht …«

»Mark kann dich doch heimfahren«, wischte Claire ihren Einwand beiseite. »Ich fahre mit Susan und Tom.« Sie legte Julie eine Hand auf den Arm. »Bitte, Julie.«

»Danke. Es wäre tatsächlich nett, nach so langer Zeit mal wieder mit euch allen zu plaudern.«

Die Klimaanlage beseitigte rasch die Hitze, die sich in Marks Falcon angestaut hatte. Als er hinter seinem Schwager her zum Restaurant fuhr, war er sich Julies auf dem Beifahrersitz nur zu bewusst, erst recht, als der Rock ihres kurzärmeligen grünen Kostüms beim Überschlagen der Beine höher rutschte. Er zwang sich, den Blick wieder auf den Verkehr zu richten.

»Es hat mir sehr leidgetan, als ich von deiner Scheidung erfahren habe«, sagte er.

»Das braucht dir nicht leidzutun. Es war unausweichlich. Wir haben eigentlich nie wirklich zueinander gepasst. Wäre ich bei meiner Heirat mit Luke nicht so jung gewesen, hätte ich das vermutlich früher erkannt und mir viel Herzschmerz ersparen können.«

Mark wusste nicht recht, was er darauf erwidern sollte. Julie und er waren schon so lange befreundet, dass er sich beinahe im Stich gelassen gefühlt hatte, als sie Luke Evans geheiratet hatte. Aber schon kurz darauf hatte er sich in seine Militärkarriere gestürzt und sich fortan darauf verlassen, dass Claire ihn auf dem Laufenden hielt, was Julie und ihre Familie betraf.

»Ich war bis dahin schon so lange die seelische Krücke meiner Mutter gewesen, dass ich mir richtig orientierungslos vorkam, als sie sich endlich von Dad trennte und Derek heiratete. Du warst damals ja schon nach Canberra gezogen.« Sie warf ihm einen raschen Seitenblick zu. »Nicht, dass du mich je gebraucht hättest, aber ich denke, ich hatte mich daran gewöhnt, dass du immer für mich da warst. Du warst der einzige Mensch in meinem Leben, der sich wirklich für meine Gedanken und Gefühle interessiert hat. Dann lernte ich Luke kennen.« Sie wickelte sich den Riemen ihrer Handtasche um die Finger. »Er war charmant, lustig … und er brauchte mich. Und ich brauchte das Gefühl, gebraucht zu werden.« Sie verstummte, als Mark auf den Parkplatz des Restaurants abbog. »Es hat lange gedauert, das zu erkennen und abzulegen.«

Mark schaltete den Motor ab und zog den Schlüssel aus dem Zündschloss. »Du irrst dich, weißt du«, sagte er milde. »Damit, dass ich dich nicht gebraucht hätte, meine ich. Vier Jahre meines Lebens warst du der einzige Mensch, mit dem ich sprechen konnte, die Einzige, die verstanden hat, was in mir vorging. Ich glaube, ich habe dir bis heute nie dafür gedankt, Julie.«

Überrascht wandte Julie sich ihm zu. In seinen braunen Augen lag ein verwundbarer Ausdruck, der sie zurückversetzte auf eine andere Beerdigung vor dreißig Jahren. Damals hatte sie mit ihren Eltern zugesehen, wie der Sarg von Marks Mutter aus der Kirche getragen und in den Leichenwagen geschoben wurde. Während die anderen Trauergäste sich um Gordon Talbert geschart hatten, war sie zu Mark gegangen, hatte seine Hand genommen und diese in stummem Trost festgehalten. Er hatte sie mit Tränen in den Augen angesehen und ihre kleinen Finger so fest gedrückt, dass sie beinahe aufgeschrien hätte vor Schmerz.

Ihre Eltern waren befreundet gewesen, aber Mark hatte ganz selbstverständlich mit den anderen Jungen gespielt, wenn die Familien sich gegenseitig besucht hatten, und Julie weitestgehend ignoriert. Der Tod seiner Mutter hatte eine Wende herbeigeführt. Ihre Freundschaft war aus dem beiderseitigen Bedürfnis nach Verständnis heraus entstanden, da Marks Vater seine Trauer im Alkohol ertränkt hatte und Julie sich stets von Neuem Rays Bestrebungen widersetzen musste, ihren Willen zu brechen.

Ruth Bellamy hatte einen Arztbesuch als Ausrede für ihr Fehlen im Büro angegeben. Jetzt hastete sie von der abgeschiedenen öffentlichen Toilette des wenig frequentierten Parks, in der sie sich umgezogen hatte, zurück zu ihrem Wagen, verstaute die Reisetasche im Kofferraum und fuhr davon.

Sie war euphorisch. Gordon Talberts Beerdigung beizuwohnen, war riskant gewesen, aber es hatte sich gelohnt. Sie hatte sich davon überzeugen können, in welchem Maße sein Tod seine Familie getroffen hatte, und sie freute sich schon jetzt auf die Auswirkungen von Ray Galloways Ableben. Noch hatte sie sich nicht weiter mit den näheren Umständen seines Todes beschäftigt. Zuerst sollte Ray noch leiden, so wie sie gelitten hatte, und es gab nur eins auf der Welt, das Ray Galloway mehr liebte als Geld. Erst wenn sie ihm das genommen hatte, was er am meisten liebte, würde sie ihm erlauben zu sterben.

Sie lächelte vor sich hin, während sie sich durch den Freitagnachmittagverkehr in Brisbane kämpfte. Es war leichtsinnig gewesen, Gordon zum Selbstmord zwingen zu wollen. Aber der Ausdruck in seinen Augen hatte ihr seine Absichten verraten. Sie war nach vorn gestürzt und hatte dabei den kleinen Jungen wie ein Schutzschild vor sich gehalten. Der Überraschungsmoment hatte genügt, um ihm erst das Messer in den Bauch zu rammen und anschließend die Kehle durchzuschneiden. Sie hatte den Bewegungsablauf unzählige Male geprobt, nachdem sie ihren Plan ersonnen hatte, und das hatte sich letztlich bezahlt gemacht.

Sie war selbst überrascht gewesen von ihrer emotionalen Distanz, während sie ihm beim Sterben zugesehen hatte. Vielleicht hatte das lieblich duftende Kind in ihren Armen sie von der Euphorie abgelenkt, mit der sie fest gerechnet hatte. Sie hatte die blutbesudelten Handschuhe ausgezogen und in ihre Tasche gestopft, die ebenfalls blutige Kleidung des Kindes gewechselt und den Jungen in sein Bettchen zurückgebracht. Sie war bei ihm geblieben, bis er wieder eingeschlafen war, und hatte anschließend mit ihrem Taschentuch die Pistole abgewischt, die Patrone entfernt und die Waffe in den Safe zurückgelegt. Damit die Polizei annahm, Gordon hätte seine Waffe holen wollen, um sich gegen seinen Angreifer zur Wehr zu setzen, hatte sie den Schlüssel auf dem Fußboden liegen lassen. Dann hatte sie hastig die Schlafzimmerschubladen durchwühlt und Geld und den Schmuck seiner Frau an sich genommen, damit es aussah, als hätte er einen Einbrecher auf frischer Tat ertappt. Darauf bedacht, nicht in die Blutlache um Gordon zu treten, hatte sie das Haus durch die Waschküchentür verlassen und diese angelehnt gelassen, um eine überstürzte Flucht vorzutäuschen.

Messer, Schmuck und blutige Kleider waren mit einem befriedigenden klatschenden Geräusch in den Brisbane River eingetaucht, als sie die beschwerte Tasche ins Wasser geworfen hatte.

Jetzt galt es, neue Pläne zu schmieden. Noch zwei weitere Menschen mussten vor Ray sterben. Und ihr Tod sollte Ray Galloway vor Augen führen, dass Kinder immer für die Sünden ihrer Väter büßen mussten.

Mark führte Julie in eine ruhige Ecke des Restaurants, wobei er tunlichst die Grüppchen von Trauergästen mied, deren einziges Bestreben darin zu bestehen schien, sich möglichst große Mengen Wein einzuverleiben, während sie über alles Erdenkliche diskutierten, außer darüber, wer den Platz seines Vaters einnehmen sollte. Dabei war Mark sicher, dass dies und der Mord an Gordon in den vergangenen Tagen *das* Gesprächsthema gewesen waren. Die politischen Kreise, denen auch sein Vater angehört hatte, waren so klug gewesen, sich für eine kurzfristige Autopsie einzusetzen. Ihnen war daran gelegen, diese unappetitliche Angelegenheit möglichst vor den unausweichlichen Neuwahlen abzuschließen.

Er warf einen Blick auf Claire, seine Schwester und seinen Schwager, die zusammen an einem Tisch saßen. Wenigstens befanden sie sich in Gesellschaft wahrer Freunde. Seine Stiefmutter sah aus, als wäre sie am Ende ihrer Kräfte.

»Möchtest du etwas trinken?«, fragte er, als Julie an einem kleinen Tisch Platz nahm.

»Ein Kaffee wäre schön, aber du kannst ruhig etwas Stärkeres trinken, wenn dir danach ist.« Sie lächelte. »Oder bist du immer noch Abstinenzler?«

»Nicht ganz. Ich habe gelernt, dass in manchen Situationen ein kräftiger Schluck mehr bringt als der schwärzeste Kaffee.«

Er ging hinüber zum Büfett und schenkte ihnen beiden einen Kaffee ein. Als er einen Zuckerwürfel in Julies Tasse gab, wurde ihm bewusst, dass er aus alter Gewohnheit heraus gehandelt hatte, während ihr tatsächlicher Geschmack sich möglicherweise in den vergangenen Jahren verändert hatte. Sie hatten einander so lange so nahegestanden, dass er richtig schockiert war, als er realisierte, dass er sich seit damals niemandem mehr so verbunden gefühlt hatte.

»Du bist mit so großen Ambitionen von hier fortgegangen, Mark«, sagte sie, als er an ihren Tisch zurückkehrte. »Hat sich alles so entwickelt, wie du es dir vorgestellt hast?«

Er dachte eine Weile darüber nach, bevor er antwortete. »In gewisser Hinsicht schon, aber nicht in jeder.« Er sah, dass ihre

Mundwinkel zuckten, und wusste, dass sie ihn auslachte. Er erinnerte sich an ihr neckendes Grinsen, als sie damals versucht hatte, ihn von seinen Sorgen abzulenken, und plötzlich bedauerte er, dass er ihre Freundschaft einfach so hatte einschlafen lassen.

»Claire hat meiner Mutter erzählt, du wärst ›in geheimer Mission‹ für die Regierung tätig. Ich dachte mir, das passt zu deiner Verschlossenheit.« Plötzlich veränderte sich ihr Gesichtsausdruck, und sie legte ihre Hand auf die seine. »Bist du glücklich gewesen in den vergangenen Jahren, Mark? Ich habe mich das oft gefragt, weißt du.«

Die Geste mochte Mitgefühl und Sorge ausdrücken, aber die Berührung löste in ihm eine völlig andere Reaktion aus. Wie von selbst streichelte sein Daumen ihre Finger. Langsam drehten sich ihre Hände, so lange, bis sie einander fest umschlossen. »Meine Karriere ist zufriedenstellend verlaufen.« Noch während er die Worte aussprach, wurde ihm bewusst, dass er eine Vergangenheitsform benutzt hatte. Gleichzeit erkannte er, dass »zufriedenstellend« ihm nicht mehr genügte. Er brauchte mehr. Viel mehr.

Er spürte, wie Julie erstarrte. Ihr Blick war auf den Eingang des Lokals gerichtet. Aus reiner Gewohnheit hatte Mark einen Platz gewählt, von dem aus er fast den ganzen Saal überblicken konnte, ohne den Kopf zu drehen.

Ray Galloways einstmals dichtes schwarzes Haar war grau geworden, aber seine selbstbewusste, beinahe arrogante Haltung war noch dieselbe. Er ließ den Blick gleichermaßen wachsam und entspannt durch den Raum wandern, nickte andeutungsweise, als er Julie und Mark entdeckte, und richtete seine Aufmerksamkeit dann auf Claire Talbert. Mark beobachtete, wie Ray eine mitfühlende Miene aufsetzte, bevor er ohne besondere Eile ihren Tisch ansteuerte.

Mark wusste sehr genau, was seine Stiefmutter von Ray Galloway hielt, trotzdem war er nicht überrascht, als Claire Rays Hand ergriff und sich von ihm die Wange küssen ließ. Als Ehefrau eines Politikers hatte sie Schlimmeres ertragen müssen als das.

»Also, das überrascht mich«, brummte Julie.

»Wieso?«

Sie zuckte die Schultern. »Ich hätte nicht gedacht, dass er kommt. Andererseits hatte er das ja vielleicht von Anfang an vor.«

»Glaubst du?« Mark war irritiert von den negativen Schwingungen, die sie aussandte. Von dem Augenblick an, da Claire in Gordon Talberts Leben getreten war, hatte sie sich wunderbar mit Anne Galloway verstanden. Zwischen den beiden Frauen hatte sich eine tiefe Freundschaft entwickelt, der zuliebe Claire Ray toleriert hatte. Während die beiden Männer auch nach Annes und Rays Scheidung nur noch sporadisch Kontakt zueinander gehabt hatten, hatte die Freundschaft der beiden Frauen sogar Annes Wiederheirat und ihren Umzug nach Sydney überdauert.

Julie machte sich längst keine Illusionen mehr, was ihren Vater betraf. »Nein. Wenn mein Vater hier ist, dann nicht aus Anstand oder Respekt, sondern aus irgendeiner ganz eigennützigen Motivation heraus.«

Sie setzten ihre Unterhaltung fort, wenn auch auf weniger persönlicher Ebene, und mieden dabei sorgsam die Umstände um Gordons Tod, aber Mark entging nicht, dass Julies anfängliche Freude über ihr Wiedersehen verflogen war. Sie schaute immer wieder zu ihrem Vater hinüber, der an Claires Seite saß, und die Sorgenfalten auf ihrer Stirn verrieten ihre innere Anspannung.

Eine Viertelstunde später sah Mark, wie Ray sich erhob, Claire aufmunternd die Hand auf die Schulter legte und anschließend betont lässig auf seinen und Julies Tisch zuschlenderte. Mark stand auf. Als er Ray die Hand reichte, stieg ihm der Zigarrengeruch in die Nase, den Rays Anzug verströmte. »Danke, dass du gekommen bist, Ray.«

Rays Lippen lächelten, aber seine Augen blickten kalt, als er Mark die Hand schüttelte. »Dein Vater war mir viele Jahre ein guter Freund, Mark. Ich war es ihm schuldig, ihm die letzte Ehre zu erweisen. Reist du schon bald wieder ab, oder bleibst du eine Weile?«

»Ich denke, Claire wird mich noch ein Weilchen brauchen.«

»Natürlich.« Ray wandte sich Julie zu. »Du kannst mit mir ins Büro zurückfahren.«

Es war kein freundliches Angebot, sondern ein Befehl, und Mark sah das ärgerliche Aufflackern in Julies Augen. Sie nahm Kugelschreiber und Notizblock aus der Handtasche, kritzelte etwas auf das oberste Blatt, riss es heraus und reichte Mark den Zettel.

»Meine Privatnummer. Ich würde unser Gespräch gern fortführen.«

Mark beobachtete, wie sie unnatürlich steif vor Ray herging und das Restaurant verließ.

Mark drückte den Knopf der Fernbedienung und fuhr in die Garage seines zweistöckigen cremefarbenen Elternhauses. Seit seine Stiefmutter jedoch vor einer Woche Gordons Leiche dort gefunden hatte, fühlte sie sich in dem Haus inmitten des fast siebentausend Quadratmeter großen Grundstücks nicht mehr wohl, sodass sie bis auf Weiteres zu Susan und Tom gezogen war.

Das Abendessen bei seiner Schwester war eine freudlose Angelegenheit gewesen, und so war Mark schon früh gegangen, zumal ihn quälende Kopfschmerzen plagten.

Als er den Motor des Falcon abschaltete und per Fernbedienung das Tor hinter sich schloss, widerstand er der Versuchung, den Kopf auf das Lenkrad sinken zu lassen und dem Schmerz nachzugeben. Er stolperte zur Tür, die direkt von der Garage in die Küche führte, und sperrte auf.

Im Haus war es dunkel und kühl, und er empfand die Stille beinahe als wohltuend. Im Mondlicht, das durch das Fenster hereinfiel, nahm er ein Glas aus dem Schrank und füllte es mit Wasser. Auch auf der Treppe verzichtete er auf Licht und knipste erst im Schlafzimmer die Nachttischlampe an, deren warmer Schein ausreichte, um die Tabletten zu finden, die der Arzt ihm verschrieben hatte.

Als er später im Dunkeln auf dem Bett lag und versuchte, Abstand zu gewinnen von dem Hämmern in seinem Kopf, sehnte er sich nach der zärtlichen Berührung einer Frau.

Um drei Uhr nachts waren im Einkaufszentrum nicht einmal mehr die Spinner anzutreffen, die sich einen Spaß daraus machten, mit ihren Reifen schwarze Spuren auf dem Asphalt des Parkplatzes zu hinterlassen. Die Gestalt, die vom angrenzenden Häuserblock herüberschlenderte, schien es nicht sonderlich eilig zu haben. Der Mann war froh, dass das Büro, das er suchte, sich auf der Außenseite des Gebäudekomplexes befand. Das Alarmsystem der gesamten Anlage abzuschalten, wäre ohne umfangreiches Insider-Wissen schlicht unmöglich gewesen, aber er wusste, dass er dort, wo er hinwollte, keine Schwierigkeiten mit den Sicherheitsvorkehrungen haben würde. Zudem sorgte der Winkel, in dem er sich näherte, dafür, dass die Überwachungskamera ihn nicht erfassen konnte.

In weniger als dreißig Sekunden brach er in das Büro ein und schloss die Tür hinter sich. Die Jalousien vor den großen Fenstern waren geschlossen, aber er verzichtete dennoch darauf, das Licht einzuschalten. Ein hoher Tresen trennte den Empfangsbereich von einem Büro ab. Er knipste die Taschenlampe an und ging durch die Tür, kam an zwei unordentlichen Schreibtischen vorbei und betrat den dahinterliegenden Raum. Erst als er die Tür hinter sich geschlossen hatte, wagte er es, Licht zu machen.

Er brach das Schloss des Aktenschranks auf und durchsuchte den Inhalt, wobei er nur gelegentlich einer Akte mehr als flüchtiges Interesse zollte. Die zwei abgeschlossenen Schubladen auf dem massiven Holzschreibtisch erwiesen sich als ebenso leicht zu öffnen, aber auch hier fand er nicht, wonach er suchte.

Eine gerahmte Fotografie von Königin Elisabeth II. starrte ihn scheinbar missbilligend von der Wand aus an, als er frustriert mit der Faust auf den Schreibtisch schlug. Er verließ das Büro, blieb im Vorzimmer stehen und schüttelte dann den Kopf, als wäre er zu dem Schluss gekommen, dass das, was er suchte, sich unmöglich hier befinden konnte. Nachdem er sich davon überzeugt hatte, dass die Luft rein war, schlüpfte er aus dem Büro und zog die Tür hinter sich zu. Hiernach schaltete er die Alarmanlage wieder ein und eilte davon.

Kapitel 4

Gaynor Farrell lachte leise, als sie die Hand in den Schritt des Mannes wandern ließ, der das Bett mit ihr teilte, und ihre Finger sich um seine Erektion legten. Sie liebte seinen morgendlichen Ständer. Sie fühlte, wie sie feucht wurde allein bei dem Gedanken daran, ihn in sich zu spüren. Geschmeidig schob sie sich über ihn, wohl wissend, dass er trotz seiner geschlossenen Augen ebenso hellwach war wie sie selbst.

Aber er verharrte reglos, auch während sie sich über ihn kniete und die Spitze seines Penis an ihrer glühenden Weiblichkeit rieb, ohne ihn in sich aufzunehmen. Dann setzte sie sich plötzlich auf ihn, und er drang so abrupt in sie ein, dass sie beide unwillkürlich nach Luft schnappten.

Erst jetzt gruben seine Finger sich in ihre Hüften, und er stieß wieder und wieder zu, hob grunzend das Becken, um ganz tief in sie vorzustoßen. Sie wusste, dass er es so mochte, kurz und hart, ohne Vorspiel und vorgetäuschte Gefühle. Nackte, reine Lust. Ihr war das nur recht.

Sein Handy klingelte, aber er ignorierte es, zu sehr in den Schlussakt vertieft, um sich noch stören zu lassen. Gaynor war erleichtert. Sie war dem Orgasmus nicht mehr fern und wäre wütend gewesen, wenn ihr die Erfüllung verwehrt geblieben wäre. Mit einem triumphierenden Stöhnen drang er ein letztes Mal kraftvoll in sie ein und erschauerte. Sofort bewegte Gaynor sich schneller, bis auch sie das ersehnte heiße Prickeln durchzuckte. Atemlos ließ sie sich auf seine Brust sinken.

Wenige Minuten später klingelte das Handy erneut. Sie rollte sich von ihm und sah zu, wie er nach dem Telefon auf dem Nachttisch griff. Er klappte den Deckel hoch und meldete sich unwirsch: »Was ist?«

Gaynor beobachtete den Ausdruck auf dem Gesicht ihres Liebhabers und zuckte zusammen, als er einen Schwall von Flüchen ausstieß. Kaffee. Stark und schwarz. Es sah ganz so aus, als könnte er einen brauchen. Vielleicht würde er ihnen beiden guttun. Sie schwang die Beine aus dem Bett, stand auf und steuerte das angrenzende Badezimmer an. Sie wollte erst duschen.

In der Tür blieb sie stehen und warf einen Blick zurück. Ungehemmt von seiner Nacktheit ging er neben dem Bett auf und ab, wobei seine Genitalien mit jedem ungeduldigen Schritt gegen seine kräftigen Schenkel schlugen. Normalerweise verdeckte die Kleidung seinen fülligen Leib, und plötzlich fragte sie sich, was sie überhaupt an ihm fand.

Abrupt schleuderte er das Handy auf das Bett und starrte sie an. In dieser Sekunde wusste sie wieder, warum sie seine Geliebte war. Und warum sie es auch bleiben würde. Sie fühlte sich unwiderstehlich zu mächtigen Männern hingezogen, und Macht besaß Ray Galloway reichlich.

Als sie seinem Blick begegnete, lief ihr ein kalter Schauer den Rücken hinunter. Nein, sie würde ihn nicht verlassen. Nicht, solange er nicht geneigt war, sie gehen zu lassen.

Mark war überrascht, als er am nächsten Morgen feststellte, dass er verschlafen hatte. Alles in seinem Leben schien im Wandel begriffen, und er wusste nicht einmal genau, was er eigentlich wollte.

Seine Kopfschmerzen waren verschwunden, aber er war noch

etwas benommen von dem starken Schmerzmittel. Barfuß ging er ins Bad. Der Teppichboden auf dem Flur verschluckte das Geräusch seiner Schritte. Minuten später stand er unter der Dusche, und das eiskalte Wasser vertrieb die Hitze aus seinem Körper und den Nebel aus seinem Hirn.

Nachdem er sich zum Frühstück reichlich Fruchtsaft, Papaya, Speck, Eier, Toast und Kaffee einverleibt hatte, war die Deprimiertheit, die ihn befallen hatte, als Julie gestern fortgegangen war, weitgehend verflogen. Der leidenschaftliche Zorn ob des sinnlosen Todes seines Vaters schwelte immer noch, aber er wusste, dass sich daran bis auf Weiteres auch nichts ändern würde.

Er fischte den Zettel, den Julie ihm gestern in die Hand gedrückt hatte, aus der Brusttasche seines Hemdes und ging hinüber in das ehemalige Arbeitszimmer seines Vaters. Sein Herz zog sich beim Anblick des Schreibtisches zusammen. Geordnetes Chaos, hatte Gordon das Durcheinander genannt, und tatsächlich hatte er stets zielsicher jedes gewünschte Dokument in den nur scheinbar wahllos aufgetürmten Papierstapeln gefunden. Mark nahm das schnurlose Telefon von der Station, ging hinüber ins Wohnzimmer und wählte.

»Städtische Leichenhalle. Ihr bringt sie um, wir halten sie frisch!«

Perplex lauschte Mark der jungen Stimme und hörte gleich darauf Julie im Hintergrund rufen: »Andy! Lass den Unsinn. Du weißt doch, wer es sein könnte.« Hierauf waren Geräusche zu hören, die auf einen Ringkampf schließen ließen, gefolgt vom schrillen Lachen eines Jungen auf der Schwelle zum Mann. Dann endlich Julies atemlose Stimme. »Hallo?«

»Klingt, als hättest du gesiegt«, entgegnete Mark, der sich ein Grinsen nicht verkneifen konnte.

»Mark? Es tut mir ja so leid … Andy hätte das nicht sagen dürfen. Wie geht es dir? Und Claire?«

»Claire geht es ganz gut. Sie ist hart im Nehmen.« Mark schwieg einen Moment, als ihm bewusst wurde, dass er versuchte, sich selbst hiervon zu überzeugen. »Ich dachte, wir könnten uns vielleicht heute sehen und in Erinnerungen an alte Zeiten schwelgen. Hast du Zeit?«

»Klingt wunderbar. Könntest du vielleicht herkommen? Andy hat ein paar Freunde da, und ich kann die Jungs nicht allein lassen.«

»Sag mir nur, wo du wohnst.« Mark ging zurück ins Arbeitszimmer, griff nach Stift und Papier und notierte sich die Adresse. »Bis gleich.«

Als er das Telefon auf die Station zurückstellte, durchströmte ihn freudige Erwartung. Zum ersten Mal seit Monaten freute er sich auf etwas.

»Wer war das, Mum?« Andy Evans musterte Julie mit fragend hochgezogener Braue. Julie erkannte sich in ihm wieder, nicht wegen der offensichtlichen Ähnlichkeit, den dunkelbraunen Haaren und der sommersprossigen Nase, die er von ihr geerbt hatte, sondern wegen des Ausdrucks in den blassgrünen Augen. Auch sie hatte in diesem Alter einen ausgeprägten Beschützerinstinkt ihrer Mutter gegenüber entwickelt, stets darauf bedacht, sie vor dem Leid abzuschirmen, das sie in Gestalt von Ray Galloway erdulden musste.

»Ein alter Freund. Mark Talbert.« Julie versuchte, sich ihre Freude nicht anmerken zu lassen, während sie geschäftig in der Küche herumfuhrwerkte, schmutziges Geschirr in die Spülmaschine räumte und die Sitzbank abwischte. Die Schmetterlinge im Bauch waren natürlich lächerlich, da Mark nie mehr gewesen war als ein guter Freund, aber seine gestrige Bemerkung, dass er sie brauche, hatte Gefühle geweckt, die sie längst für sich abgehakt hatte.

»Ist das der Typ auf dem Foto mit Mr. und Mrs. Talbert? Der in deinem Fotoalbum?« Andys Tonfall verriet mehr als nur beiläufiges Interesse: Offensichtlich war ihm ihre Aufregung nicht entgangen.

»Ja. Wir sind praktisch zusammen aufgewachsen. Unsere Eltern waren eng befreundet.«

»Dann kennt er Großvater?« Ein Grinsen erhellte seine Züge, was wiederum sofort Julies Unwillen weckte. Trotz aller Bemühungen war es ihr nie gelungen, etwas gegen die Heldenverehrung zu unternehmen, die Andy ihrem Vater entgegenbrachte. Sie hatte regelmäßig die extravaganten Geschenke moniert, mit denen Ray ihren Sohn förmlich überhäuft hatte, aber er hatte ihre Einwände mit der ihm eigenen Gleichgültigkeit gegenüber den Wünschen anderer einfach ignoriert.

»Ja«, seufzte sie. »Er kennt Großvater. Und jetzt geh und zieh dich um. Deine Freunde sind schon im Pool.« Dem Lärmpegel nach zu urteilen, amüsierten sich dort sämtliche Jugendlichen der Nachbarschaft.

Andy lief polternd auf sein Zimmer. Die Erinnerung an ihre eigene Kindheit versetzte ihr einen Stich. Rays cholerische Anfälle hatten sie davon abgehalten, Schulfreunde nach Hause einzuladen, wenn ihr Vater daheim war. Er war wie ein Chamäleon, zuckersüß und charmant, wenn es ihm in den Kram passte, dann wieder ausfallend und verletzend, sobald sich ihm jemand widersetzte. Julie hatte aus nächster Nähe miterlebt, wie sehr die tyrannische Art ihres Vaters ihrer Mutter zugesetzt hatte, und war dankbar, dass Andy diese Seite seines Großvaters nie kennengelernt hatte. Von Andys grenzenloser Bewunderung war sie allerdings auch nicht begeistert.

Sie wusch gerade ab, als Andy mit einem Handtuch um den Hals zur Tür rannte. »Können wir ein paar Muffins haben?«, fragte er.

»Klar.«

»Super. Mit Schokoladensplitter, wenn es geht.« Er musterte sie einen Moment prüfend. »Danke, Mum.« Und weg war er.

Der Mann, dem Yuusuf Haasan den Metallkasten aus Kalkutta übergeben hatte, blickte über den Ozean, der im Licht der aufgehenden Sonne funkelte. Die Wasseroberfläche war spiegelglatt, die einzigen Wellen erzeugt von der Jacht, mit der er unterwegs war. Für seine Passage war bezahlt worden, für den Fall einer Polizeikontrolle würde er jedoch als Mannschaftsmitglied ausgewiesen werden, im Dienste der wohlhabenden Eigner, die ihr Leben auf den Wasserstraßen dieser Welt verbrachten. Er lächelte. Bald würde er das Ziel seiner Reise erreicht haben. Er würde seine Mission erfüllen. Schließlich war er bestens ausgebildet und fest entschlossen. Nicht mehr lange, und er würde endlich Gelegenheit haben, sich zu beweisen.

Ein Schatten glitt über das Deck. Er blickte hoch. Ein Albatros, dessen enorme Spannweite sich als dunkle Silhouette vom Himmel abhob, unterwegs in nördliche Richtung. Der Mann zielte mit einem imaginären Gewehr auf den Vogel, drückte ab und lachte. Dann wandte er sich ab und ging unter Deck zu seiner Kabine.

Es kam nur selten vor, dass er die ganze Nacht mit Gaynor Farrell verbrachte, aber Ray Galloway wollte sich für die vergangene Nacht ein Alibi verschaffen. Man konnte nie wissen. Er ging oft Risiken ein, sicherte sich aber, wann immer möglich, nach allen Seiten hin ab. Nun hastete er die Treppe von Gaynors Wohnung zur Tiefgarage hinunter. Er wollte nicht, dass Gaynor sein Gespräch mit Todd Langley, dem Sicherheitschef seiner Firma, mithörte.

Ray hatte es nicht weit bis nach Hause. Er hatte Gaynor eine Wohnung gemietet, als sich abgezeichnet hatte, dass sie weit länger als seine früheren Gespielinnen sein Bett teilen würde, und er legte Wert darauf, sie jederzeit ohne großen Aufwand besuchen zu können.

Todd erwartete ihn bereits, als er den Wagen vor dem Haus parkte. Das weiß verklinkerte Haus mit den Bogenfenstern, die ein wenig an eine Kirche erinnerten, war zwar schon älter, aber tadellos in Schuss. Wie ein Wächter aus längst vergangenen Tagen stand Todd breitbeinig vor der Haustür, die Arme vor der breiten Brust verschränkt.

Minuten später saßen die Männer draußen auf der geräumigen Terrasse hinter dem Haus mit Blick auf den St. Lucia-Abschnitt des Brisbane River. Zischend entwich Kohlensäure, als sie ihre Bierflaschen öffneten. Eine Fähre schob sich stromaufwärts, und ihr Fahrwasser hinterließ eine lang gezogene wellige Spur auf der ansonsten glatten Oberfläche. Es war heiß, trocken und stickig nach vielen Wochen ohne einen Tropfen Regen.

Ray unterbrach die Stille als Erster. »Wir haben keine andere Wahl. Du wirst in Gordons Haus einbrechen müssen.« Er zündete sich eine Zigarre an und lächelte angesichts Todds unverhohlenem Widerwillen. »Er muss es im Safe im Arbeitszimmer aufbewahrt haben.«

»In Ordnung«, nickte Todd. »Aber ich brauche Pläne des Hauses. Weißt du, ob es eine Alarmanlage gibt? Und was ist mit einem Hund?«

»Ich bin zwar längere Zeit nicht mehr dort gewesen, aber ich werde aus dem Gedächtnis einen Grundriss zeichnen. Ob er einen Hund hatte, kann ich nicht sagen, aber du solltest darauf vorbereitet sein. Claire wohnt nicht mehr dort: Sie ist vorübergehend zu ihrer Tochter gezogen. Doch soviel ich weiß, hat Mark sich dort einquartiert.«

Todd streckte seinen athletischen Körper in dem dick gepolsterten Gartensessel. »Als ich Mark das letzte Mal gesehen habe, war er noch ein kleiner Junge. Wie alt ist er heute?«

»Mitte dreißig. Ich glaube, er ist nur ein paar Monate älter als Julie.« Ray kippte den letzten Schluck Bier herunter. »Nimm dich vor ihm in Acht. Ich habe nie wirklich aus Gordon herausbekommen können, womit Mark in Canberra seinen Lebensunterhalt verdient, aber irgendetwas an ihm …«

Todds kehliges Lachen klang verächtlich. »Du meinst, er ist so ein Weichei wie sein Vater?« Als er Rays Gesichtsausdruck sah, verging ihm das Lachen.

»Nein …«, entgegnete Ray stirnrunzelnd. »Er war ein eigenartiges Kind, aber jetzt … Er ist … *gefährlich*.«

Weiter stromaufwärts fuhr Mark eben über die Indooroopilly Bridge nach Sherwood. Riesige alte Bäume säumten die Straßen und warfen gefleckte Schatten auf seine Windschutzscheibe. Julies Haus war ein niedriges sogenanntes »Queenslander«, weiß gestrichen und grün abgesetzt. Ein Eckhaus, umgeben von einem hohen Holzzaun. Als Mark die drei Stufen zur Veranda emporstieg, hüllte ihn gleich wohltuende Kühle ein. Er griff nach dem schweren Messingklopfer an der Haustür, aber noch bevor er klopfen konnte, schwang die Tür auf, und Julie stand vor ihm. Mit einem strahlenden Lächeln klemmte sie sich eine dunkle Haarlocke hinter das Ohr, eine ganz alltägliche, natürliche Geste, die jedoch bei Mark die Erinnerung an alte Zeiten weckte, als sie – beide noch blutjung – im Gras gelegen und in die Wolken gestarrt hatten. Sie hatte ihm ungewöhnliche Formationen gezeigt, und bevor er den Kopf abgewandt hatte, um hinzusehen, hatte er die zarte Rundung ihrer kindlichen Brüste unter der dünnen Bluse registriert. Die Welle der Erregung, die ihn damals schlagartig durchströmt hatte, hatte ihn schockiert, aber in der ihm eigenen rationalen Art hatte er sich eingeredet, dass es sich nur um eines der typischen Symptome der Pubertät handelte, von denen er gelesen hatte.

»Perfektes Timing«, sagte Julie, als irgendwo im Haus ein Piepton erklang. »Komm rein.«

Er folgte ihr einen getäfelten Flur hinunter in eine geräumige Küche. Cremefarbene Wände und Schränke bildeten einen hübschen Kontrast zu den dunklen Holzarbeitsflächen und dem gleichfarbigen Holzboden. Ein massiver Holztisch in einer Ecke des Raumes lud zum Verweilen ein.

»Setz dich.« Ihre Stimme klang leicht gedämpft, als sie sich einen Topfhandschuh schnappte und sich bückte, um die Backofentür zu öffnen. Sogleich erfüllte ein köstlicher Duft den Raum, und Erinnerungen an seine Kindheit, nachdem Claire in ihr Leben getreten war, stürmten auf ihn ein. Er sah zu, wie Julie hintereinander zwei Muffin-Bleche auf Gitterrosten auf der Arbeitsplatte abstellte.

»Kaffee oder Tee?«, fragte sie und nahm Tassen aus einem der Oberschränke. Sie war nicht sehr groß, und als sie sich streckte, rutschte ihr T-Shirt hoch, sodass ein Streifen milchweißer Haut oberhalb des Bundes ihrer Jeansshorts hervorblitzte. Das Verlangen, das sogleich in ihm aufstieg, kam für ihn völlig überraschend, aber die emotionale Reaktion war sogar noch verblüffender. Julie war immer seine Freundin gewesen. Sie hatte ihm stets viel bedeutet, doch diese Lust, vermischt mit einer Woge der Zärtlichkeit, war neu. Brandneu. Fast hätte er vergessen, auf ihre Frage zu antworten.

»Kaff… Nein, doch lieber Tee, danke.« Frisch gebackener Kuchen, eine dampfende Teekanne und sein Vater, Claire und Susan, die plaudernd und lachend um ihn herumsaßen, als er ihnen von seinen ersten Monaten in dem von ihm gewählten Beruf erzählte. Die Erinnerung an die Wärme und Liebe, die er im Kreise seiner Familie erfahren hatte, versetzte ihm einen Stich. Ebenso wie das Bewusstsein, dass besagte Familie nach dem gewaltsamen Tod seines Vaters nie wieder dieselbe sein würde.

Julies Hand auf seiner Schulter riss ihn aus seinen Gedanken. Er spürte den sanften Druck ihrer Finger und ihre weichen Lippen auf seiner Wange.

»Ich bin immer deine Freundin gewesen, Mark, und das werde ich auch immer sein«, sagte sie leise. »Ich bin jederzeit für dich da, wenn du reden möchtest.«

Der Duft ihres Haares lag noch eine Weile in der Luft, nachdem sie von ihm abgerückt war, und er verspürte das beinahe übermächtige Bedürfnis, die Arme um sie zu legen und sie festzuhalten, bis der Schmerz in seinem Inneren nachgelassen hatte. Sie war der einzige Mensch auf der Welt, der von jeher gewusst hatte, was in ihm vorging. Bei der Agency hatte man ihn irgendwann scherzhaft als »Drache« bezeichnet, weniger wegen seiner umfassenden Kenntnisse auf dem asiatischen Sektor, sondern vielmehr deshalb, weil er fast nie Gefühle zeigte. Als er den Spitznamen mit Gleichgültigkeit zur Kenntnis nahm, verschwand er rasch wieder.

»Komm, wir setzen uns auf die Terrasse hinter dem Haus.« Julie stellte vier Muffins zu den Teeutensilien auf ein Tablett. Mark erhob sich eilig, um es ihr abzunehmen. Gemeinsam gingen sie hinaus auf die große überdachte Terrasse mit Blick auf den Swimmingpool, in dem mehrere Jungen im Teenageralter sich eine wüste Partie Wasserball lieferten. Mark stellte das Tablett auf dem Glastisch ab, und er und Julie ließen sich in die Polster zweier Gartenstühle sinken.

»Schöner Pool«, bemerkte er.

»Ja.« Julies leicht sarkastischer Tonfall und der grimmige Blick, mit dem sie den Pool inmitten der sorgfältig angelegten Landschaft aus Felsen, Sträuchern und Farnen betrachtete, überraschten ihn. »Ein weiteres Beispiel für die Großzügigkeit meines Vaters.«

»Ray hat den Pool gebaut?«

Julie schenkte ihnen beiden Tee ein. »Eines Tages, als ich von der Arbeit kam, sah ich dieses Riesenloch im Garten, und es wurden gerade Rohre und Stützen für die Seitenwände geliefert. Er hatte keinen Ton davon erwähnt. Er hatte sogar in meinem Namen eine Baugenehmigung eingeholt.« Sie reichte ihm eine Tasse und den Teller mit den Muffins. »Lass dich nicht von ihm blenden, Mark. Er hat sich kein bisschen verändert. Er ist noch derselbe egozentrische Mistkerl, der er schon immer gewesen ist. Er hat uns den Pool nicht aus reiner Herzensgüte geschenkt, sondern um sich die Zuneigung meines Sohnes zu erkaufen.«

Die Bitterkeit in Julies Stimme veranlasste ihn nachzuhaken. »Erzähl.«

»Das ist eine lange Geschichte.«

»Ich habe den ganzen Tag Zeit.« Er biss in einen Muffin und

schmeckte flüssige Schokolade auf der Zunge. »Und die ganze Nacht, wenn du noch mehr hiervon für mich hast.« Er hatte den Satz kaum ausgesprochen, als er realisierte, dass es mehr als nur freundschaftlich klang, aber Julie lächelte bloß und nippte an ihrem Tee.

»Wie ich gestern schon sagte, glaubte ich, Luke zu lieben, als wir heirateten, doch rückblickend hat mich wohl vor allem angesprochen, dass er mich gebraucht hat. Ich hatte mich so viele Jahre um meine Mutter gekümmert, dass ich ganz selbstverständlich in die Rolle des Ernährers geschlüpft bin. Ich habe damals ja nicht ahnen können, dass Luke so gar nicht mit Geld umgehen konnte. Das habe ich erst erkannt, nachdem er mich verlassen hatte.«

»Er hat dich verlassen?«, fragte Mark interessiert. »Claire meinte, *du* wärst gegangen.«

»Luke ist von einem Tag auf den anderen von der Bildfläche verschwunden. Er war Vertreter, hat für eine Computerfirma Rechner verkauft, und da war er oft mehrere Tage am Stück unterwegs. An dem Tag, an dem ich ihn zurückerwartete, rief er an und sagte, es tue ihm leid, aber er könne so nicht weitermachen, und es sei aus zwischen uns. Andy war damals acht. Er hat Luke über alles geliebt und entsprechend lange gebraucht, um darüber hinwegzukommen.«

»Und du?«

»Ich habe damals geahnt, dass etwas im Busch war, aber damit habe ich dann doch nicht gerechnet. Ich fiel erst einmal in ein tiefes Loch. Dann fand ich heraus, dass er schon eine Ewigkeit die Raten für das Haus nicht bezahlt hatte, und die Bank drohte mit Zwangsversteigerung. Hinzu kamen noch weitere überfällige unbezahlte Rechnungen, darunter die Raten für den Wagen. Luke hatte mich über Monate belogen. Ich habe nie herausgefunden, was er mit dem ganzen Geld gemacht hat.«

»Und dann?«

»Mum und Derek konnte ich nicht um Hilfe bitten, die hatten gerade ihre Ersparnisse in ihr neues Geschäft investiert, und an Dad wollte ich mich schon gar nicht wenden. Die Einkünfte aus meiner Teilzeitstelle reichten kaum für die Lebenshaltungskosten; für die aufgelaufenen Hypothekenraten war also nichts mehr übrig. Ich habe dann alles versucht, um eine Vollzeitstelle zu bekommen, aber ohne Erfolg. Als ich ganz unten war, kam mein Vater unangemeldet zu Besuch. Einer der üblichen Auftritte als Superheld. Andy war nicht zu Hause, ich war schrecklich deprimiert, und da … da konnte ich nicht mehr und habe ihm alles erzählt.«

»Hat er dir seine Hilfe angeboten?«

Ein Ball prallte gegen die Schwimmbadeinfriedung, und Julie rief dem Jungen, der ihm hinterherjagte, zu, er solle am nassen Beckenrand nicht rennen. Sie nahm sich einen Muffin vom Teller, biss hinein und kaute eine Weile, ehe sie antwortete. »Du kennst doch Dad und seine Methoden. Er hat mir angeboten, mir das Geld für die Rückzahlung der Hypothek zu borgen, allerdings unter der Bedingung, dass ich für ihn arbeite. Ich habe versucht, mit ihm zu verhandeln, und ihn gebeten, mir nur so viel Geld zu leihen, wie ich brauchte, um den Engpass zu überstehen. Er wollte aber nichts davon wissen: Was er wollte, war die Kontrolle über mein Leben.«

»Dann hast du also schließlich eingewilligt.«

»Ich hatte keine andere Wahl. Das hier war Andys Zuhause, und er hatte schon genug durchgemacht. Außerdem leben alle seine Freunde in der Nachbarschaft. Im Übrigen wäre eine Miete ebenso teuer gewesen wie die Raten, und Geld für eine Kaution hatte ich auch nicht. Also habe ich die Kreditvereinbarung unterschrieben und den Job angenommen. Ray eröffnete mir, dass niemand wissen solle, dass ich seine Tochter sei. Er wolle nicht, dass man mich bevorzugt behandle, sagte er.« Mit vor Zorn sprühenden Augen erzählte sie weiter. »Er forderte von mir, meine Kollegen zu bespitzeln und ihm regelmäßig Bericht zu erstatten.« Ein Lächeln umspielte ihre Lippen, und sie schaute Mark mit gespielter Schüchternheit in die Augen. »Zu schade, dass ich ein so fürchterliches Gedächtnis habe, wenn es um Dinge geht, die ich im Büro aufschnappe.«

Diese leidenschaftliche, entschlossene Frau war die Julie, an die Mark sich von früher erinnerte. Irgendwo tief im Inneren glomm ein Funke Dankbarkeit auf dafür, dass sie sich offenbar nicht verändert hatte. »Wie behandelt er dich?«

»Gott sei Dank bekomme ich ihn in der Firma nur selten zu Gesicht, aber er kommt ein Mal die Woche vorbei. Er versucht, Andy in sein Alter Ego zu verwandeln. Andy glaubt, dass Dad ihn liebt, aber ich denke, es ist mehr Eigenliebe. Ich habe ihn enttäuscht, indem ich als Mädchen zur Welt gekommen bin, also setzt er jetzt alle Hoffnungen auf seinen einzigen Enkel. Seine Geliebte ist nie von ihm schwanger geworden, also muss der arme Andy herhalten.«

Als hätte er gespürt, dass sie von ihm sprachen, stieg einer der Jungen aus dem Wasser, schnappte sich sein Handtuch und rief seinen Freunden zu, es gebe etwas zu Essen. Mark erkannte sofort das breite Grinsen wieder, das Andy von seiner Mutter geerbt hatte.

Vier pitschnasse lachende Jungs stiegen die Hintertreppe hinauf zur Terrasse.

»Bleibt, wo ihr seid«, rief Julie lachend. »Ich hole euch die Muffins und Getränke nach draußen.« Sie nickte in Marks Richtung. »Das ist Mr. Talbert.« Hiernach stellte sie Andy und seine Freunde vor.

Mark nickte und erwiderte die Begrüßung der jungen Leute, schwieg jedoch dann, während diese sich unterhielten. Nach einer Weile löste sich Andy von der Clique, legte sein Handtuch auf den Tisch und ließ sich auf den Stuhl gegenüber Mark fallen. »Wirklich schrecklich, das mit Ihrem Vater«, sagte er.

»Ja«, entgegnete Mark ernst. »Ja, das ist es.«

»Ich habe meinen Dad furchtbar vermisst, als er ... weggegangen ist.«

»Das kann ich mir vorstellen.«

Andy nickte, offenbar zufrieden, dass sie beide die richtigen Worte gefunden hatten. In diesem Augenblick fegte ein heißer Windstoß durch den Garten und über die Terrasse. Das Handtuch wurde angehoben, und Mark packte zu, damit es nicht über den Milchkrug geweht wurde. Er schob es über den Tisch zu Andy rüber. Der Junge starrte auf Marks Stirn. Der Wind hatte ihm das Haar aus der Stirn geblasen. Beinahe so, als käme Andy die Frage wie von selbst über die Lippen, erkundigte er sich: »Woher haben Sie diese Narbe?«

Mark zögerte. Dem ersten Impuls folgend, wollte er lügen, immerhin gehörte für ihn Lügen zum Geschäft. Dann aber überlegte er es sich anders. Er wollte das feine Band gegenseitiger Achtung, das sich zwischen ihnen entwickelte, nicht zerstören. Aus dem Augenwinkel sah er, dass Julie wieder aus dem Haus kam. »Ich wurde angeschossen«, antwortete er leise.

Die Gläser klirrten, als Julie das Tablett ein wenig zu heftig abstellte. »Kommt, Jungs«, rief sie. Mark sah, dass sie kreidebleich geworden war. Offenbar war es doch ein Fehler gewesen, die Wahrheit zu sagen. Mütter wollten ihre Söhne für gewöhnlich von solchen Dingen fernhalten. Andy seinerseits hatte die Augen weit aufgerissen, schwieg jedoch. Er warf nur einen Blick auf seine Mutter und nahm sich ein Glas und einen Muffin.

Nachdem die Jungen in den Pool zurückgekehrt waren, wandte Julie sich wieder Mark zu und betrachtete die runde Narbe auf seiner Stirn.

Sie versuchte, nicht darüber nachzudenken, wie knapp er dem Tode entronnen war. Allein bei dem Gedanken wurde ihr ganz flau. »Ist das der Grund, weshalb du die Haare heute länger trägst?« Ihr war aufgefallen, dass seine Locken bis über den Hemdkragen reichten und gerade eben die Narbe verdeckten.

Mark zuckte die Schultern, strich sich das Haar zurück in die Stirn und starrte auf den Pool. »Tut mir leid, ich hätte es ihm nicht sagen sollen.«

»Ich mache mir keine Gedanken darüber, dass du Andy davon erzählt hast. Er ist kein kleines Kind mehr, Mark. Aber für dich muss es ein furchtbares Erlebnis gewesen sein. Wie ist es dazu gekommen?«

»Jemand hat versucht, mich zu töten. Glücklicherweise hatte er nur eine kleinkalibrige Waffe, sodass die Kugel von meinen Nebenhöhlen abgefangen wurde, ohne das Gehirn zu verletzen.«

Julie hätte ihn gern berührt, spürte jedoch, dass er sich emotional von ihr zurückgezogen hatte. Deshalb befürchtete sie, er würde ihre mitfühlende Geste zurückweisen. »Warum um alles in der Welt wollte jemand dich töten?«

Sie registrierte ein Flackern in seinen Augen; er wirkte plötzlich sehr verletzt und sehr einsam. Seine Antwort überraschte sie jedoch.

»Eine Fehleinschätzung meinerseits. Das kann in meinem Job ein fataler Fehler sein.«

»Und was für ein Job ist das?«

Mark richtete den Blick wieder auf Julie. Er war die vielen Lügen satt, hatte genug davon, anderen etwas vorzumachen. In letzter Zeit hatte er sich schon öfter gefragt, ob er langfristig überhaupt noch in der Lage sein würde, mit den weniger prickelnden Aspekten jener Welt klarzukommen, für die er sich seinerzeit entschieden hatte. Er wollte ehrlich zu Julie sein, etwas von der Nähe wiederfinden, die ihm früher so viel bedeutet hatte. »Ich arbeite für die Regierung.«

»Bei der Bundespolizei? Dem ASIO?«

»Nein.« Er zögerte. Sein Beruf erforderte ein großes Maß an Diskretion, und normalerweise war nur engsten Familienmitgliedern ein Einblick in seinen wahren Aufgabenbereich gestattet, und auch das nur, nachdem diese durchleuchtet und als unbedenklich eingestuft worden waren. Julie gehörte eigentlich nicht in diese Kategorie, aber das schmerzliche Sehnen tief in seinem Innersten veranlasste Mark, das Protokoll ausnahmsweise zu missachten. »Etwas ... ein wenig ... Bedeckteres.«

Hierauf entstand eine längere Pause. Mark beobachtete die wechselnden Emotionen, die sich in Julies Augen spiegelten, und wartete, wobei sein Herzklopfen ihm verriet, dass es ihm verdammt wichtig war, wie sie zu ihm und seinem Beruf stand.

Kapitel 5

Talbert ist dem nicht gewachsen. Das meint auch der Psychologe.«

John Corey betrachtete den Gesichtsausdruck seines Vorgesetzten. Wenn es stimmte, dass Hundebesitzer ihrem Liebling im Laufe der Zeit immer ähnlicher wurden, müsste Ian McSwain eine Bulldogge sein Eigen nennen. »Es handelt sich aber doch nicht um einen eigentlichen Auftrag«, protestierte er. »Mark braucht nur dicht genug an Ray Galloway heranzukommen, um die Lage zu sondieren und Informationen zu sammeln. Es würde zu lange dauern, jemanden bei GalCorp einzuschleusen, und Marks Vater und Galloway waren jahrelang befreundet, sodass hier ein persönlicher Kontakt gegeben ist, den wir uns zunutze machen sollten.«

»Er könnte die ganze Operation platzen lassen. Der Psychologe meint, er hätte tiefer reichende Probleme als nur das Trauma nach der Schussverletzung. Und jetzt kommt auch noch der Mord an seinem Vater hinzu.«

John behielt seine Gedanken für sich. Seinem Vorgesetzten ins Gesicht zu sagen, dass man das, was er von sich gab, für heiße Luft hielt, brachte einen karrieretechnisch sicher nicht weiter. »Nur das Trauma nach der Schussverletzung« war die größte Untertreibung, die John seit Langem gehört hatte. Während eines Einsatzes angeschossen zu werden, war eine Sache, der gezielte Mordanschlag eines Kollegen etwas völlig anderes. Er war nicht sicher, wie er selbst sich an Marks Stelle fühlen würde.

John blickte durch das Bürofenster in den grauen Himmel über Canberra. Vielleicht konnte Mark diesen Druck im Augenblick wirklich nicht brauchen. Andererseits legte John größten Wert darauf, dass er, wenn er schon mit jemandem zusammenarbeiten musste, dieser Person bedingungslos vertrauen konnte. In der Agency herrschte nach wie vor eine Atmosphäre des Misstrauens, und Mark Talbert war als Einziger über wirklich jeden Verdacht erhaben, auch wenn er für dieses Privileg zugegebenermaßen einen hohen Preis bezahlt hatte.

»Was halten Sie davon, wenn ich ihn vor die Wahl stelle? Sollte er tatsächlich psychisch so angeschlagen sein, wie Sie meinen, wird er vermutlich von sich aus ablehnen.«

McSwain schien über diesen Vorschlag nachzudenken. Mark Talbert war ihre einzige Trumpfkarte, und das wusste McSwain ebenso gut wie er selbst, aber offenbar ließ er in Abständen gern die Muskeln spielen, um sich als Chef zu beweisen.

»Nun, über die notwendige Berufserfahrung verfügt er zweifellos«, gab McSwain schließlich widerstrebend nach. »Und er bewegt sich auch bereits innerhalb des Zielpersonen-Kreises. Sollte er allerdings …«

»Bestimmt nicht. Dazu ist er viel zu professionell.«

McSwain schob eine Akte über den Schreibtisch. »Übergeben Sie ihm das hier persönlich und beobachten Sie sehr genau, wie er reagiert. Sollten Sie auch nur den leisesten Zweifel haben, ziehen Sie ihn sofort wieder ab.«

Schließlich nickte Julie verstehend, und Mark atmete erleichtert auf. Sein Job war jahrelang sein einziger Lebensinhalt gewesen, und auch wenn es Bereiche gab, über die er niemals mit irgendjemandem würde reden können, war es ihm sehr wichtig, dass

Julie verstand und akzeptierte, dass sein Beruf nun einmal ein Teil von ihm war, der sich nicht so einfach unter den Teppich kehren ließ.

Sie fing an, die Gläser auf dem zweiten Tablett zu sammeln. Dann hielt sie inne, als wäre ihr etwas eingefallen. »Bist du …« Nach kurzem Zögern fuhr sie fort. »Hast du vor, auch in Zukunft in diesem Job zu bleiben?«

Mark ließ sich Zeit mit der Antwort. Er hatte sich diese Frage in letzter Zeit selbst des Öfteren gestellt, erst recht seit dem Mord an seinem Vater. Sein Beruf hatte ihm in den vergangenen Jahren viel gegeben, aber sein Privatleben war dabei definitiv zu kurz gekommen. Und in den letzten Monaten war ihm bewusst geworden, dass er sich mehr vom Leben wünschte, als seine Arbeit allein ihm geben konnte. »Nicht unbedingt.«

Er sah, wie ihre Züge sich bei seiner Antwort entspannten, und tief in seinem Inneren schien etwas einzurasten.

»Wann gehst du zurück nach Canberra?«, fragte sie.

»Ich habe noch einen ganzen Monat Urlaub. Das sollte reichen, um Dads Nachlass zu regeln.«

Julie sah, wie die Nervenstränge in seinem Nacken sich spannten. Sie wusste, dass er und sein Vater einander immer sehr nahegestanden hatten, und konnte gut nachvollziehen, wie schwer es ihm fallen musste, mit dem Verlust zurechtzukommen. Erst recht unter den gegebenen Umständen. »Haben die Ermittlungen schon etwas ergeben?«

»Nein. Es gibt keinerlei Anzeichen für ein gewaltsames Eindringen. Die Polizei vermutet, dass Dad eine der Türen offen gelassen hat und der Täter so ins Haus gekommen ist. Sie sind sich nicht einmal sicher, ob es nur einer war, gehen aber davon aus, dass der Raub geplant war. Es sind keine Fingerabdrücke gefunden worden, doch Mum und Susan haben möglicherweise wichtige Spuren vernichtet, als sie heimkamen und versuchten, Dad wiederzubeleben.«

Julie schwieg, wohl wissend, dass es keine Worte gab, die Marks Schmerz hätten lindern können. Er wirkte gequält und rieb sich mit den Fingerknöcheln die Augen, als versuchte er, einen noch tiefer reichenden Schmerz fortzuwischen. »Bevor Dad mich in die Berge gefahren hat, erwähnte er irgendwelche Schwierigkeiten, zu denen er sich aber nicht näher äußern wollte. Er wirkte auf mich ein wenig bedrückt, und ich vermute …« Seine angespannten Züge spiegelten Schuldgefühle wider. Er stand auf, trat ans Verandageländer und blickte hinüber zum Schwimmbecken, wo die Jungs dazu übergegangen waren, ihre Taucherqualitäten unter Beweis zu stellen. »Ich hätte nachhaken müssen.«

Julie hatte einen Kloß im Hals und schluckte schwer. Marks Schmerz war beinahe greifbar. Sie ging zu ihm hinüber und legte die Arme um ihn. Den Bruchteil einer Sekunde zögerte er, dann erwiderte er die Umarmung und drückte sie ganz fest an seine Brust. Sie sagten beide kein Wort. Nach einer Weile registrierte Julie, dass sie im selben Rhythmus atmeten, und eine Wärme, die nichts mit den Außentemperaturen zu tun hatte, breitete sich in ihr aus. Ebenso wie die Erkenntnis, dass sie in den letzten Jahren nichts erlebt hatte, das sich so richtig angefühlt hätte wie diese Umarmung.

Nach einer Weile lösten sie sich widerstrebend voneinander.

Als sie Schritte auf dem Holzboden der Veranda hörten, drehten sie sich um. Andy stand vor ihnen. Sein Haar war tropfnass, er hatte sich ein Handtuch um die Hüften geschlungen und schaute aufmerksam von einem zum anderen. »Mum, die Jungs möchten ins Kino im Indooroopilly Shoppingtown. Kann ich mit?«

Julie entging der innere Zwiespalt ihres Sohnes nicht: Einerseits wollte er unabhängig sein und mit seinen Freunden gehen, andererseits fühlte er sich berufen, bei ihr zu bleiben und sie zu beschützen. Obgleich er schon im Stimmbruch war, stand der Wachstumsschub, der ihn auf den Weg zum Mann brachte, noch aus. »Natürlich. Sei aber bitte zurück, bevor es dunkel wird. Und nimm dein Handy mit.«

Andy grinste breit, was Mark dahingehend deutete, dass er die Regeln kannte, und rannte anschließend ins Haus. Julie verspürte einen schmerzhaften Stich in der Herzgegend. Er wurde so furchtbar schnell erwachsen!

»Was macht er denn in den Schulferien, während du arbeitest?«, fragte Mark.

»Dann geht er zu Zac, einem seiner Freunde. Zacs Mutter hat noch zwei jüngere Kinder und ist froh, sich auf die Art und Weise ein kleines Zubrot verdienen zu können.« Sie lächelte zu ihm auf. »Manchmal kann ich ihn überreden, mir beim Kochen zu helfen. Er ist zwar nicht ganz so talentiert, wie du es warst, aber du warst ja auch ein unglaublicher Perfektionist.«

»Ich wollte nur nicht verhungern.« Mark hatte kaum ausgesprochen, als die Erinnerung auch schon auf ihn einstürmte. Er sah sich selbst die Rezeptbücher seiner Mutter wälzen, während sein Vater sich noch einen Scotch einschenkte. Anschließend hatte er dann Gemüse geputzt und Fleisch gebraten, derweil Gordon vor dem Fernseher eingenickt war, wobei ihm das Glas langsam aus den Fingern glitt. Wie oft hatte Mark das Abendessen seines Vaters im Ofen warm gehalten in der Hoffnung, er würde noch etwas essen, bevor er ins Bett ging.

Dann war Claire in ihr Leben getreten. Zum ersten Mal seit dem Tod von Marks Mutter hatte Gordon Talbert wieder Gefallen am Leben gefunden. An seinem zehnten Geburtstag hatte Mark ein neues Fahrrad bekommen und bei dieser Gelegenheit auch gleich erfahren, dass Gordon und Claire heiraten würden. Am Tag der Trauung war Mark fast – und nur fast – geneigt gewesen, an Wunder zu glauben.

Der dichte Regenwald schützte sie sofort vor den sengend heißen Sonnenstrahlen, als Ruth ins schattige Unterholz trat. Obgleich es schon seit Wochen nicht mehr geregnet hatte, verströmte die Erde immer noch einen muffigen Geruch nach fauligem Laub und fruchtbarer feuchter Erde. Ein aufgeschrecktes Wallaby flüchtete sich hüpfend ins dichtere Unterholz. Ruths Sandalen schlappten über knorriges Wurzelwerk und eine dicke Humusschicht, und ihr Rock schwang bei jedem Schritt leise raschelnd mit. Sie lächelte. Es war ein wunderbares Gefühl, ganz sie selbst sein zu dürfen, ohne sich Gedanken darüber zu machen, wer sie beobachtete, oder fürchten zu müssen, dass sie sich durch ein unbedachtes Wort verriet. Sie begann, gedankenverloren vor sich hin zu summen.

Der Pfad wurde zum abschüssigen Berghang hin immer schmaler und verlor sich schließlich ganz. Ruth verlangsamte den Schritt und setzte ihren Weg vorsichtig fort, auf der Hut vor losen Steinen, die unter ihrem Gewicht nachgeben könnten, und vor umgestürzten Baumstämmen, unter denen sich möglicherweise Schlangen verbargen. Einige Minuten später bog sie um eine Ecke und machte halt. Im Laufe der Jahre hatte der Regen eine Rinne in den steinigen Hang gewaschen und sich einige Meter tiefer in einem natürlichen Steinbecken gesammelt. Bei Unwettern lief das Bassin über, aber nun lag es kristallklar und kühl vor ihr. Eine unwiderstehliche Versuchung bei diesen hochsommerlichen Temperaturen.

Ihr Garten grenzte unmittelbar an den Regenwald, doch ihr

nächster Nachbar wohnte mehrere hundert Meter weit entfernt, und bislang hatte nie etwas darauf hingedeutet, dass außer ihr noch jemand von der Existenz dieses natürlichen Schwimmbeckens wusste. Sie kletterte über die Felsen hinweg bis ans Wasser, schaute sich noch ein letztes Mal um, um ganz sicherzugehen, dass sie auch wirklich allein war, zog Sandalen, Kleid und Unterwäsche aus und ließ sich ins kühle Nass gleiten.

Genüsslich ließ sie das Wasser den Stress der vergangenen Woche fortspülen. Gordon hatte sie enttäuscht. Sie hatte fest damit gerechnet, dass er etwas unternehmen würde, sobald er den Brief erhielt. Als nichts geschehen war, hatte sie beschlossen, ihren Zeitplan zu verkürzen und seinen Tod um einige Monate vorzuverlegen. Nachdem er nun bestattet war, würde in Kürze auch seine persönliche Habe aus seinem Büro entfernt werden. Ruth war überzeugt davon, dass er den Brief an einem sicheren Platz in seinem Büro aufbewahrt hatte. Das bedeutete, dass Claire ihn den Behörden übergeben würde, sobald er ihr in die Hände fiel. Ruth wusste, dass sie auf Claires Verachtung für Ray Galloway bauen konnte.

Ein Felsbrocken bewegte sich unter ihrem Fuß, und sie trat hastig zurück. Sie hatte nie schwimmen gelernt, und zur Mitte hin wurde das Wasserbecken ziemlich tief. Sie setzte sich, lehnte sich mit dem Rücken an und genoss das Wasser, das ihr bis zum Kinn reichte. Ja, die nächste Etappe ihres Planes müsste reibungslos funktionieren!

»Hast du heute noch etwas vor?«, fragte Mark Julie, als sie Andy nachwinkte, der zu seinen Freunden aufschloss.

»Nur etwas Gartenarbeit. Der Garten sieht stellenweise aus wie ein Urwald. Aber das eilt nicht.«

»Ich gehe dir gern zur Hand.«

Julie lächelte. »Zum Unkrautjäten trägst du aber das falsche Outfit.«

Mark blickte an sich herab, auf Hemd und Jeans. Er knöpfte sein Hemd auf, zog die Schöße aus dem Hosenbund und warf es auf den Stuhl. Hast du vielleicht einen Sonnenhut für mich und etwas Sonnenmilch? Oder arbeiten wir im Schatten?«

»Schatten ... nein, das heißt ... teils, teils.« Julie stammelte unsinniges Zeug. Die meisten Männer ihres Alters trugen einen beinahe obligatorischen Bierbauch vor sich her. Mark hingegen mochte zwar kräftig gebaut sein, aber wie sie jetzt deutlich sehen konnte, handelte es sich nicht um Fett, sondern um Muskeln. Das Gesamtbild war eindeutig ansprechend. »Trainierst du viel?«

»Ich bemühe mich, mich fit zu halten.«

Obgleich er in neutralem Tonfall gesprochen hatte, meinte Julie: »Ich nehme an, das gehört in deinem Job dazu.«

Ein Schatten huschte über seine Züge, aber er antwortete nicht. Julie nahm das Tablett mit den Tellern und Gläsern auf. »Ich hole dir einen Sonnenschutz für den Kopf.«

Während sie in Andys Zimmer nach einer passenden Kopfbedeckung suchte, schalt sie sich albern wegen der Richtung, in die ihre Gedanken wanderten. Als Teenager hatte sie einst davon geträumt, Mark würde mehr in ihr sehen als nur eine Freundin, doch mit der Zeit hatte sie sich damit abgefunden, dass er ihre Gefühle nicht erwiderte. Nun war die lange unterdrückte Hoffnung neu erwacht, und sie fürchtete sich vor einer weiteren Enttäuschung. Seit sie ihn gestern auf der Beerdigung wiedergesehen hatte, fiel es ihr schwer, die Fantasien zu unterdrücken, die ihre Libido dermaßen anfachten, dass ihre Knie ganz weich geworden waren beim Anblick seines athletischen Brustkorbs und der dunklen Haare, die unter dem Bund seiner tief auf den Hüften sitzenden Jeans verschwanden.

Anderthalb Stunden später zog sie die Arbeitshandschuhe aus, schob sich den Sonnenhut in den Nacken und wischte sich den Schweiß vom Gesicht. Überall lagen ausgerupftes Unkraut und Äste beschnittener Sträucher, aber ansonsten sah der Garten wieder richtig gut aus. Sie schaute zu, wie Marks Breithacke sich tief in die knorrige Wurzel eines aus der Form geratenen Strauches grub. Er zog das abgetrennte Wurzelstück aus der Erde, und sie beobachtete fasziniert das Spiel der Muskeln unter der vor Schweiß glänzenden Haut. Mark wirkte unbeschreiblich männlich, sodass sie sich unwillkürlich vorstellte, wie er aussehen mochte, wenn er sich über ihren nackten, willigen Leib beugte. Eine Woge des Verlangens durchströmte sie, so intensiv, dass ihr ein Schauer den Rücken hinunterlief.

Sie arbeiteten Hand in Hand und ohne viele Worte, und Julie wurde bewusst, wie sehr sie seine Gesellschaft und Kameradschaft vermisst hatte. Sie hatte hart an ihrer Beziehung mit Luke gearbeitet, aber was in ihrer Ehe ein ständiger Kampf gewesen war, gelang bei Mark ganz selbstverständlich. Und umso stärker fühlte sie sich zu ihm hingezogen. Sie verspürte seit einer guten Stunde eine innere Hitze, die definitiv nichts mit der Sonne zu tun hatte. Julie erinnerte sich noch genau daran, wie seine Haut sich beim Eincremen angefühlt hatte. Einen absurden Moment wünschte sie, sie brächte den Mut auf, ihn zu bitten, sie zu lieben. Aber sie wusste schon jetzt, dass ein einzelner leidenschaftlicher Liebesakt nicht genug sein würde. Und sie wollte keinesfalls riskieren, ihn zu vergraulen, indem sie ihm nachstellte wie ein liebestoller Teenager.

»Lass uns eine Kleinigkeit essen«, sagte sie, als er anfing, die Gartenabfälle zusammenzurechen. Er nickte, und sie ging zum

Schlauch und drehte den Wasserhahn auf. Sie ließ das kühle Nass über ihr Gesicht laufen und wischte das überschüssige Wasser dann mit den bloßen Händen fort. Mark zog die Handschuhe aus und legte sie über die Hacke.

Einem plötzlichen Impuls nachgebend, drehte Julie das Wasser weiter auf und richtete den Strahl auf Marks Brustkorb. Sein verdatterter Gesichtsausdruck war so komisch anzusehen, dass Julie grinsen musste. Sie drehte den Hahn bis zum Anschlag auf, und das Lächeln, das schlagartig Marks Züge erhellte, veränderte sein Gesicht so radikal, dass ihr das Lachen im Hals stecken blieb. Ihr Herz zog sich schmerzhaft zusammen bei der Erkenntnis, dass sie diesen Mann schon immer geliebt hatte.

Mark stürzte sich auf sie, warf sie sich über die Schulter wie einen Sack Kartoffeln und nahm ihr gleichzeitig mit einer geschickten Handbewegung den Schlauch ab. Wasser spritzte über ihren Rücken, spülte ihr den Hut vom Kopf und lief ihr durch das Haar. Sie lachte und trommelte halbherzig mit den Fäusten auf seinen Rücken. Ebenfalls herzlich lachend, ließ er sie herunter, hielt sie jedoch weiter fest, den Schlauch nach oben gerichtet, sodass das Wasser auf sie beide herabregnete und Schmutz und Schweiß von ihren Körpern wusch.

»Das habe ich mir schon lange gewünscht, Mark Talbert«, sagte Julie, als er den Wasserstrahl auf einige Sträucher richtete.

»Was? Mich nass zu spritzen?«

»Nein. Dich zum Lachen zu bringen. Du warst immer ein so ernstes Kind. Dann wurde aus dir ein ernster Teenager, der zu einem ebenso ernsten Erwachsenen heranwuchs. Du hast zwar öfter gelächelt, doch ich habe mich immer gefragt, wie es wohl klingen mag, wenn du richtig lachst.«

»Und? Wie war's?«

Sein Tonfall verriet, dass er die Frage durchaus ernst meinte, und an seinen Augen las sie ab, dass er sich mehr wünschte als nur eine flapsige Antwort. »Das lange Warten hat sich gelohnt.«

Sie küsste ihn. Es war eine ganz leichte, beinahe zögernde Berührung der Lippen. Sacht wie der Flügelschlag eines Schmetterlings. Julie spürte, wie er erstarrte, spürte die Anspannung in seinen Händen, die sie immer noch festhielten. Mit klopfendem Herzen rückte sie ganz leicht von ihm.

Er ließ den Schlauch fallen.

Sie sah zögerliche Akzeptanz in seinen Augen, die für einen Moment ihre eigene Nervosität widerspiegelten, aber gleich darauf war die Unsicherheit verflogen. Als er den Kopf neigte, um sie zu küssen, erkannte sie, dass dieser Augenblick unausweichlich gewesen war, als wären sie schon immer füreinander bestimmt gewesen. Sie fühlte die Hitze der Sonne auf seiner Haut, genoss seinen männlichen Geschmack und Geruch und versuchte, durch die Kleidung hindurch möglichst viel von ihm zu erspüren. Es war nicht genug. Sie begehrte ihn. Mehr, als sie Luke je begehrt hatte, mehr als den Jungen, mit dem sie vor ihrer Ehe zusammen gewesen war, und auch mehr als den Mann, mit dem sie nach ihrer Scheidung eine Affäre gehabt hatte. Und durch seine Jeans hindurch fühlte sie sehr genau, dass Marks Verlangen ebenso groß war wie ihr eigenes.

Als sie den Kuss unterbrach, schlug er die Augen auf. Sein Blick war glasig, aber seine Arme schlossen sich fester um sie, und seine Lippen legten sich gleich wieder auf ihre. Seine Zunge nahm sie in Besitz, und sein ganzer Körper presste sich so fest an sie, dass ihre Brüste spürbar pochten vor Begierde.

Marks anfängliche Zweifel waren rasch fortgewischt worden von der puren Lust, die ihn durchströmte. Aber es war nicht rein körperlich, sondern ging weit darüber hinaus. Es fühlte sich rundum gut an, so richtig, dass das Gefühl des Verlustes, als sie von ihm abgerückt war, schier unerträglich gewesen war. Er musste sie einfach wieder an sich ziehen, ihren Körper ganz dicht an seinem fühlen, ihre samtweiche Haut genießen, ihren Geschmack und ihren Duft.

Er begehrte sie.

Brauchte sie.

Musste sie haben.

Er sehnte sich danach, durch sie zurückzufinden zu jener Unbeschwertheit seiner Jugend. Er wollte wieder der Junge sein, der ihre Hand gehalten und ihr seine Hoffnungen und Ängste anvertraut hatte, der junge Mann, der mit seinen idealistischen Hoffnungen und Träumen im Gepäck in eine Welt des Verrats und der Täuschung eingetaucht war, in der Wahrheit zur Lüge wurde und die Unterscheidung zwischen Freund und Feind ein Spiel mit tödlichem Ausgang sein konnte.

Wenn sie an ihn glaubte, würde er vielleicht den Glauben an sich selbst wiederfinden.

Er brauchte … sie. Ihre Lebensfreude, ihre Zuversicht … ihre Liebe.

Seine Hand schob sich unter ihr T-Shirt, und er streichelte ihre Brust, bis sich die Brustwarze verhärtete. Ihm entfuhr ein unterdrücktes Stöhnen, als seine Finger unter den dünnen Stoff ihres BHs glitten und er ihre glühende nackte Haut fühlte.

Er wollte ganz tief in ihr sein, wollte sich in ihr verlieren und nur noch sie wahrnehmen.

Sein Kuss wurde noch leidenschaftlicher.

Das Ziehen zwischen Julies Schenkeln steigerte sich, bis es ihren Verstand vollständig beherrschte und jede Vernunft verdrängte. Wenn sie Mark nicht bekam, würde der Frust sie um den Verstand bringen. Sie rückte von ihm ab, sog tief Luft in ihre

Lungen, die das Atmen verlernt zu haben schienen, und murmelte heiser: »Lass uns reingehen.«

Die nackte Gier in Marks Augen gab ihr die Gewissheit, dass er sie nicht abweisen würde.

Sie drehte den Wasserhahn zu und spürte Mark dicht hinter sich, als sie ins Haus ging. Die leichte Berührung, als sein Arm ihren streifte, das hastige Zurückzucken, als würde zu intensiver Körperkontakt ihm den letzten Rest Selbstbeherrschung rauben, sodass er gleich hier im Gras über sie herfiel oder auf der Treppe, der Veranda …

Ihre innere Anspannung war beinahe unerträglich, als sie ihn ins Schlafzimmer führte. Sie wusste, dass es riskant war. Mit Mark zu schlafen, wäre der Beginn von etwas Neuem, etwas potenziell Wunderbarem. Andererseits konnte es auch das Ende ihrer Freundschaft bedeuten. Wenn sie erst die Grenze zwischen Freundschaft und Liebe überschritten hatten, würde dies ihre Beziehung unwiderruflich verändern. Aber für rationale Überlegungen war es ohnehin zu spät. Sie hatte ihr Verlangen nach ihm schon viel zu lange unterdrückt.

Julie zog sich aus und beobachtete sehr genau seine Reaktion. Sie hoffte inständig, dass er sich nicht an den Schwangerschaftsstreifen auf ihrem Bauch stören würde, doch alles, was sie in seinen Augen las, war pure Lust.

Als Marks Jeans ihren Shorts und ihrem T-Shirt auf den Fußboden folgten, wurde Julie plötzlich bewusst, wie unvorbereitet sie war. »Ich nehme die Pille nicht«, sagte sie atemlos. »Hast du ein Kondom?«

Mark blinzelte, als die Frage ihn ein Stück in die Wirklichkeit zurückholte und ihm bewusst wurde, dass diese Frau, die er so leidenschaftlich begehrte, seine Freundin war, seine beste Freundin. Sie war nicht mehr das Mädchen, das sich seine Sorgen angehört und ihn getröstet hatte, wenn sein Vater sich wieder einmal bis zur Besinnungslosigkeit hatte volllaufen lassen oder ein Date katastrophal verlaufen war. Er registrierte die Nervosität in ihrem Lächeln ebenso wie das herausfordernd vorgeschobene Kinn, als sie nun völlig nackt vor ihm stand. Sie erschauerte leicht unter seinem Blick, und ihm schoss das Blut in die Lenden, als er sah, wie ihre Brüste bebten. Wie von selbst richtete sich sein Blick auf das dunkle Dreieck lockiger Haare, hinter dem sich verbarg, wonach er sich so schmerzlich sehnte.

Das war seine letzte Chance, einen Rückzieher zu machen, ihre Freundschaft so beizubehalten, wie sie war. Sofern er das wirklich wollte.

Julie hielt die Anspannung kaum aus, als sie auf Marks Antwort wartete. Sie begehrte ihn schon so lange, und jetzt, da er sie mit nackter Lust förmlich mit den Blicken verschlang, fürchtete sie sich plötzlich. Lukes Untreue hatte sie tief verletzt, und sie hatte sehr lange gebraucht, um zu ihrem Selbstvertrauen zurückzufinden.

»In meiner Brieftasche«, sagte Mark. »Allerdings ist es da schon ziemlich lange drin. Ich denke aber, es müsste noch okay sein.«

»Bestimmt.« Mit wild klopfendem Herzen schlug Julie Tagesdecke und Bettdecke zurück. Sekunden später war Mark bei ihr, schmiegte seinen Körper eng an ihren, Haut auf Haut, Herzschlag an Herzschlag.

Es war göttlich, es war unbeschreiblich erotisch und sinnlich. Es war alles, wovon sie immer geträumt hatte. Aber es war nicht genug. Seine Lippen auf den ihren reichten ihr nicht. Seine Zunge, die die ihre umschmeichelte, war nicht genug. Seine Hände, die ihre Brüste liebkosten, reichten nicht aus. Sie musste ihn in sich spüren, musste ihn einfach so tief in sich aufnehmen wie nur möglich. Sie bewegte die Hüften auf und ab, erst einladend, dann flehend.

Mark drang in sie ein, wobei er sich ganz offensichtlich bemühte, sanft vorzugehen, doch dann erzitterte er und stieß zu, mit einem Stöhnen, das die tiefe Befriedigung widerspiegelte, die Julie empfand. Sie hob das Becken an, drängte ihm entgegen und schlang die Beine um seine Taille; sie konnte einfach nicht genug bekommen von den wunderbaren Gefühlen, die sie bei jedem Stoß aufs Neue durchströmten.

Wie durch einen Nebel sah sie, wie die Sehnen in seinem Nacken hervortraten und Schweiß durch sein dunkles Brusthaar rann. Er hatte die Augen geschlossen, und seine Züge waren verzerrt. Sie hob eine Hand und streichelte seine Wange. Er schlug die Augen auf, sein glasiger Blick begegnete dem ihren, und er lächelte. Ein Lächeln, das sie einhüllte und sie einließ ins Zentrum seines Seins. Einen Moment kam es Julie so vor, als schmelze sie dahin vor Glückseligkeit.

Als würde er getrieben von etwas, das sich seiner Kontrolle entzog, beschleunigte Mark seinen Rhythmus, dem Julie sich anpasste, keuchend, bebend, längst zu keinem klaren Gedanken mehr fähig. Unaufhaltsam näherten sie sich der Erfüllung. Dann war es endlich so weit, und eine Woge nach der anderen schüttelte ihren verschwitzten Körper. Wieder und wieder.

Mark stöhnte und stieß ein letztes Mal zu, bevor er ermattet über ihr zusammensackte.

Als er an Gordon Talberts Haus vorbeifuhr, wusste Todd Langley gleich, von welcher Seite er sich am Abend heranschleichen würde. Die Häuser von Talberts Nachbarn standen auf noch größeren Grundstücken als Gordons, aber dichter an der Straße. Die

Bäume am Straßenrand würden seinen Wagen einigermaßen verbergen, und für ihn wäre es ein Leichtes, sich seitlich an Talberts von Sträuchern gesäumter Auffahrt entlangzuschleichen.

Ray Galloways Skizze des Hauses schien ziemlich genau zu sein, und Todd hoffte, dass es keine Alarmanlage gab. Es konnte einige Zeit dauern, bis er gefunden hatte, was er suchte, vor allem, wenn Gordon es im Safe aufbewahrt hatte. Auf diesem Gebiet war er nur mäßig begabt, trotz seines Hightech-Equipments.

Er war versucht, einfach in der Auffahrt zu parken, anzuklopfen und eventuell anwesenden Angehörigen sein Beileid auszusprechen. Das wäre eine gute Gelegenheit, sich unauffällig im Haus umzusehen. Aber seltsamerweise widerstrebte ihm dies. Vielleicht lag es an Rays Beschreibung von Mark Talbert. Ray hatte für gewöhnlich recht mit seiner Beurteilung anderer Leute. Gefährlich, hatte er ihn genannt, eine Beschreibung, die nach Todds ganz persönlicher Einschätzung auch auf Ray zutraf.

Mark ließ sich von Julie gleiten und rollte sich auf die Seite. Staunen machte sich in ihm breit und dazu zögerliche, beinahe beängstigende Hoffnung. Er betrachtete Julie, deren dunkles Haar in feuchten Strähnen auf dem Kopfkissen ausgebreitet war, ihre langen, gebogenen Wimpern über den rosigen Wangen und die leicht geöffneten Lippen. Die Sehnsucht, die Hand auszustrecken und sie an sich zu ziehen, sich zu vergewissern, dass das, was soeben geschehen war, real war und für sie ebenso bedeutungsvoll wie für ihn, schmerzte in ihrer Intensität.

Sie schlug die Augen auf und lächelte ihn an, ein zärtliches, strahlendes Lächeln, das ihm etwas von seinen Ängsten nahm. »Ich habe dich vermisst«, murmelte sie.

Die Erkenntnis traf ihn wie ein Keulenschlag. Die wachsende Unzufriedenheit mit seiner Arbeit, mit sich selbst, hatte angefangen, lange bevor er angeschossen worden war. Etwas hatte in seinem Leben gefehlt. Etwas, das ihn ausfüllte und seinem Leben einen Sinn gab.

Julie.

Niemand hatte ihn je so verstanden wie Julie oder ihn so bedingungslos akzeptiert.

»Und ich dich«, antwortete er heiser.

Ihr erleichtertes Seufzen verriet ihm, dass sie sich seiner Reaktion auf ihr Geständnis nicht sicher gewesen war. »Erzähl mir alles von Canberra. Wo wohnst du? Gehört Bogenschießen immer noch zu deinen Hobbys? Hast du dir irgendwelche neuen Rezepte ausgedacht?«

Er lachte angesichts des Funkelns in ihren Augen bei ihrer letzten Frage und sah gleich, wie sehr sie sich darüber freute. Ein wohliges Glücksgefühl durchströmte ihn bis ins Mark. »Das erzähle ich dir, wenn ich zurück bin.«

Unter ihrem verwirrten Blick zog er das Kondom ab und verknotete es.

»Mach nicht zu lange«, sagte sie lächelnd, als er aus dem Bett stieg.

Er war nicht lange fort, und nach seiner Rückkehr unterhielten sie sich eine kleine Ewigkeit. Mark realisierte, dass er schon Jahre nicht mehr so viel und so frei gesprochen hatte. Und während sie redeten, berührten sie einander. Es waren zärtliche, genüssliche Berührungen, bis Mark schließlich fühlte, wie sich eine weitere Erektion anbahnte, und Julie erschauerte, als seine Finger ihre Brustwarzen streichelten und über ihre Schenkel glitten. Ihre Hand verharrte auf seinem Unterleib, und sie fragte atemlos: »Hast du noch ein Kondom?«

Mark hörte auf, sie zu streicheln, als ihm bewusst wurde, dass ihre Zärtlichkeiten zu nichts führen konnten. »Nein.«

Eine Minute lag sie regungslos da. »Mark, hast du mich jemals belogen?«

»Nein.«

»Würdest du mich anlügen?«

Er fuhr mit einem Finger an ihrem Wangenknochen entlang bis zu ihrem Kinn. Ihre Haut war pfirsichzart, und er konnte immer noch nicht recht glauben, dass sie wirklich an seiner Seite lag. »Nein.«

»Hast du irgendwelche ansteckenden Krankheiten? Bist du HIV-infiziert?«

»Ah.« Jetzt verstand er, worauf sie hinauswollte. »Die Antwort auf beide Fragen lautet nein. Und was ist mit dir?«

Im ersten Moment schien sie regelrecht schockiert zu sein von seiner Frage. »Nein. Ich hatte eine kurze Affäre drei Jahre, nachdem Luke mich verlassen hatte, aber wir haben immer ein Kondom benutzt. Und seitdem war ich allein ganz zufrieden. Hat es …« Sie wurde blass. »Gibt es … Bist du gebunden?«

Er lächelte. »Sagte ich nicht vorhin, dass das Kondom schon eine ganze Weile in meiner Brieftasche steckt?«

Sie nickte.

»Nun, tatsächlich schon eine sehr lange Weile.«

Grinsend legte Julie sich auf ihn. Sie rieb die Brüste an seiner beharrten Brust und den Unterleib an seiner wachsenden Erektion. »Was hältst du vom *coitus interruptus*?«

»Riskant.«

»Nur, wenn du nicht schnell genug bist. Kann ich dir vertrauen?«

Vertrauen? Wenn sie so weitermachte, würde es vorbei sein, noch bevor er in sie eindringen, geschweige denn, sich rechtzeitig zurückziehen konnte. Er wollte eben verneinen und sagen, sie sollten besser warten, doch die Versuchung, sie ganz zu spüren, ihre feuchte Wärme zu fühlen, war einfach zu groß. Er nickte.

Er wurde nicht enttäuscht. Von einer Lust von dieser Intensität hatte er bislang nur träumen können. Noch nie hatte er sich so rückhaltlos einer Frau hingegeben, und es kostete ihn seine ganze Willenskraft, die Kontrolle zu bewahren. Julie kniete sich über ihn und nahm ihn ganz tief in sich auf. Er beobachtete ihr Gesicht und sah, wie ihre Augenlider sich schlossen, während ihr Unterleib zuckte.

Er wurde noch steifer und legte ihr beide Hände auf die Hüften, um sie ein wenig hochzuheben, als er Schritte draußen auf dem Flur hörte.

Mit einem spitzen Schrei sackte Julie in sich zusammen, und der plötzliche Druck löste den Reflex aus, den er sich nach Kräften bemüht hatte, unter Kontrolle zu halten. Er biss sich auf die Unterlippe, als Julie nach dem Laken griff und es über sie beide zog.

»Mum, Zacs Dad will …« Andy verstummte abrupt, als er wie angewurzelt in der Schlafzimmertür stehen blieb.

Kapitel 6

Julies Herz zog sich schmerzhaft zusammen, als sie den Gesichtsausdruck ihres Sohnes sah.

Er machte auf dem Absatz kehrt und ging den Flur hinunter. Sie rollte sich aus dem Bett, schnappte sich im Vorbeigehen eine Jeans und ein T-Shirt aus einer Kommodenschublade und zog sich hastig an. »Sorry«, murmelte sie an Mark gewandt und stürzte aus dem Zimmer, auf der Suche nach Andy.

Er stand in der Küche vor dem offenen Kühlschrank und starrte auf den Inhalt, als wartete er darauf, dass ihm etwas entgegensprang.

»Andy.« Julie entging nicht, dass er sich nach Kräften bemühte, möglichst gleichgültig zu wirken.

»Ja?« Er griff nach einer Packung Orangensaft. Ohne sie anzusehen, schraubte er den Deckel ab und trank, wobei er den Kopf weit zurückbog, sodass sein Adamsapfel beim Schlucken sichtbar auf- und abhüpfte. Julie war klar, dass er sie bewusst herausforderte, indem er gegen die Regel verstieß, ein Glas zu benutzen, doch sie ließ es durchgehen und wartete, bis er die Packung zurückgestellt und den Kühlschrank geschlossen hatte.

»Ich hatte das nicht geplant«, begann sie.

»Hat er dich gezwungen?« Die Vehemenz in seiner jungen Stimme überraschte und rührte sie gleichermaßen.

»Nein. Ehrlich gesagt, ging die Initiative von mir aus.«

»Warum?«, fragte er verständnislos. »Was sollte das denn werden? Eine schnelle Nummer aus alter Freundschaft?«

Julie unterdrückte die Schelte, die ihr auf der Zunge lag. Andy errötete, offensichtlich war ihm ohnehin bewusst, dass er mit seiner Bemerkung zu weit gegangen war. »Mark und ich waren viele Jahre eng befreundet, Andy. Ich habe ihn sehr lange nicht gesehen, aber ich fühle … ich fühle mich ihm immer noch sehr verbunden.«

»Und wenn er dir wehtut? So wie Dad? Und dieser andere Typ?«

»Ich würde deiner Mutter niemals wehtun, Andy.«

Mutter und Sohn fuhren herum, als Mark hereinkam. Seine Jeans waren immer noch stellenweise nass von der Dusche mit dem Gartenschlauch, und er trug kein Oberteil.

»Das würde ich Ihnen auch nicht raten.« Die Drohung verlor dadurch, dass seine Stimme am Ende des Satzes plötzlich brach, an Glaubwürdigkeit. »Sonst bringe ich Sie nämlich um.« Er versuchte, mit tieferer Stimme zu sprechen, damit die Stimmlage besser zu seinen mutigen Worten passte, und Julie musste sich ein Lächeln verkneifen, auch wenn ihr gleichzeitig zum Heulen zumute war von der grenzenlosen Liebe, die sie in diesem Augenblick für ihren großen Sohn empfand.

»Klingt fair«, entgegnete Mark.

Seine Worte nahmen Andy den Wind aus den Segeln. Der Mundwinkel des Jungen zuckte, und er runzelte die Stirn. Dann wandte er sich wieder Julie zu. »Zacs Dad will mit uns zur Kartbahn fahren.« Die Feindseligkeit verflog, und auch wenn er noch nicht wirklich freundlich wirkte, hatte er sich schon merklich beruhigt. »Ich hatte nicht genug Geld dabei. Kann ich einen Vorschuss auf mein Taschengeld haben?«

Julie zögerte, und Mark unterdrückte den Impuls, seine Brieftasche zu zücken und dem Jungen das Geld zu geben. Er wollte nicht den Eindruck erwecken, Andy bestechen zu wollen. Außerdem konnte er sich schlecht einmischen, da ihn das Ganze streng genommen gar nichts anging.

»Also gut«, seufzte Julie schließlich. »Ich hole mein Portemonnaie.« Sie ging zurück ins Schlafzimmer. Andy starrte Mark derweil schweigend an, als wollte er ihn warnen, ja den Mund zu halten.

Mark spürte instinktiv, dass dies nicht der richtige Zeitpunkt war, um nach draußen zu gehen und sein Hemd von der Veranda zu holen. Andy könnte dies als Sieg für sich verbuchen, und Mark wollte sich den Respekt des Jungen nicht gleich von Anfang an verscherzen. Immerhin war es ihm jetzt wichtiger denn je, sich mit dem Heranwachsenden anzufreunden.

Julie kam zurück und reichte ihrem Sohn einige Banknoten.

»Danke«, brummte Andy. »Bis später dann.« Hierauf ging er hinaus, und sie hörten ihn polternd die Treppe hinauflaufen.

In der Stille, die nun folgte, trat Julie zur Spüle und füllte den Wasserkessel. Mark ging zu ihr und drehte sie sanft zu sich herum. »Es tut mir leid, Julie.«

»Schon gut. Andy wird schon noch darüber hinwegkommen. Er war nur … überrascht.«

»Ich meinte nicht Andy. Ich meinte den verpatzten *coitus interruptus*.«

»Oh, verflixt!« Julie sank auf einen Stuhl, die Lippen leicht geöffnet.

Mark beobachtete sie, sah, wie sie die Stirn in Falten legte, und ertappte sich dabei, dass er sich wünschte, sie würde tatsächlich schwanger werden. Er war sich nicht völlig sicher, was sie für ihn empfand, aber auf einer sehr elementaren Ebene wünschte er, sie würde ihm ein Kind schenken.

»Ich bekomme meine Tage etwas unregelmäßig, ich werde also die Daumen drücken müssen, dass es gut geht, nicht wahr?«

»Nein.« Mark neigte den Kopf und küsste sie zärtlich. »Das geht uns beide an, Julie. Ich bleibe so lange bei dir, wie du mich haben willst.«

Ihre Lippen lächelten, doch in ihren Augen stand ein Misstrauen, angesichts dessen sein Magen sich verkrampfte.

Der Kokon der Glückseligkeit, der Julie nach dem Liebesakt eingehüllt hatte, löste sich in nichts auf. Alle Selbstzweifel, die Lukes Verrat ausgelöst hatte, kehrten mit einem Schlag zurück. Sie glaubte an ihre Liebe zu Mark, aber sie hatten einander schrecklich lange nicht gesehen. Er hatte sich verändert und war ihr in mancher Hinsicht fremd geworden. Sie wusste, dass er zu ihr stehen würde, falls sie schwanger wurde, und obgleich der Liebesakt ihre kühnsten Träume noch übertroffen hatte, war sie der Ansicht, dass es noch zu früh war, um von Liebe zu sprechen, was immer er auch für sie empfand. Sie war nicht geneigt, Zuneigung und Pflichtgefühl seinerseits anzunehmen, wo sie sich nach so viel mehr sehnte.

Außerdem war da noch Andy. Er war ein guter Junge, doch auch bei ihm hatte das Verhalten seines Vaters Narben hinterlassen, und sie konnte nicht ausschließen, dass er nie wieder einen Mann an ihrer Seite dulden würde.

Flüchtig erwog sie, sich die »Pille danach« zu besorgen, aber allein der Gedanke, dass sie möglicherweise etwas Unersetzliches, Kostbares zerstören könnte, war zu schmerzlich.

Marks Augen spiegelten ihre eigenen Ängste wider. Sie zwang sich zu einem Lächeln und stand auf. »Lass uns endlich etwas essen, ja?«

Der Vorteil eines ländlichen Wohnortes, sagte sich Todd Langley, als er seinen Wagen am Straßenrand parkte, etwa zwanzig Meter entfernt von Gordon Talberts Haus: ein großer Abstand zwischen den einzelnen Häusern und nur spärliche Straßenbeleuchtung. Zumindest für ihn war dies ein Vorteil. Er hatte sich lange auf diesen Moment vorbereitet, aber jetzt, da die schmale Mondsichel über den Himmel wanderte, war es an der Zeit, zur Tat zu schreiten.

Dank des Boxtrainings bewegte er sich geschmeidig, und er achtete darauf, möglichst leise zu sein. Schlagläden sicherten die vorderen Fenster. Er schlich auf die Rückseite des Hauses und zog dabei Stoffhandschuhe über. Die verschlossene Waschküchentür hielt seinem Dietrich nicht lange stand, und so betrat er schon wenige Minuten nach seiner Ankunft das Haus.

Er trug einen dunklen Jogginganzug, eine Baseballmütze und Sportschuhe, die es in fast allen größeren Kaufhäusern des Landes zu kaufen gab. Für den Fall, dass etwas schiefging und er flüchten musste, wollte er nicht die geringsten Spuren hinterlassen. Er hatte erwogen, eine Waffe mitzunehmen, und sich letztlich dafür entschieden. Todd war ein kräftiger Mann, durchtrainiert und sportlich, und scheute sich nicht, seine Körperkraft nötigenfalls auch einzusetzen, aber eine Waffe würde ihm im Ernstfall den entscheidenden Vorteil verschaffen.

Dieselbe Mondsichel, die fahles Licht auf Todd Langleys unbefugtes Eindringen in Talberts Haus warf, spiegelte sich auf der ruhigen Wasseroberfläche um eine Inselgruppe am Great Barrier Reef herum. Ein motorisiertes Schlauchboot näherte sich von Osten her einer der kleineren Inseln. Die Gesichtszüge der drei Männer an Bord waren angespannt. Einer von ihnen, Kenny Wong, war mehr als nervös: Er hatte eine Scheißangst. Nur der Anreiz einer riesigen Geldsumme hatte ihn dazu verführt, bei dieser illegalen Aktion mitzumachen. Geld, das er seiner Familie schicken konnte, als Aussteuer für seine kleine Schwester und Erleichterung für seine von Geldsorgen geplagte Mutter.

Die Landung war exakt so geplant, dass sie in die winzige Lücke in der Satellitenüberwachung fiel, sodass sie hoffentlich den Patrouillen der Küstenwache entgingen. Der Mann am Steuer, sein Passagier und Kenny mussten das Paket abholen und auf ihr Kreuzfahrtschiff zurückkehren, bevor man sie vermisste.

Dass der Mann, der das Boot lenkte, darauf bestanden hatte, dass er seine Brieftasche mitnahm, damit sie sich im Falle einer Kontrolle durch die Küstenwache ausweisen konnten, war Kenny merkwürdig erschienen, aber er hatte gehorcht. Er war von klein auf darauf gedrillt worden zu tun, was man ihm sagte.

Etwa fünfzig Meter von der Küste entfernt verlangsamte der Steuermann das Tempo und gab mithilfe einer Taschenlampe in Richtung Insel ein Lichtsignal. Fast sofort flammte an Land ebenfalls kurz ein Licht auf. Der Fahrer gab wieder Gas, und der Zodiac raste auf den Strand zu.

Wellen schlugen gegen den Bug, als das Boot auf dem Sand auflief. Eine Gestalt mit einem Rucksack über der Schulter tauchte aus dem Gestrüpp oberhalb des Strandes auf. Wortlos warf sie den Rucksack ins Boot und kletterte hinterher. Der Steuermann wendete, und der Zodiac raste den Weg zurück, den sie gekommen waren.

Zwanzig Minuten später machte der Steuermann erneut halt. Kenny schlug das Herz bis zum Hals. Warum hielten sie an? Was war los? Von seinem Platz im Bug aus konnte er weder ein anderes Boot sehen, noch hörte er das Motorengeräusch eines Flugzeugs. Er wandte den Kopf, um den Steuermann zu fragen. Aus den Augenwinkeln nahm er die ausholende Bewegung eines erhobenen Armes wahr, unmittelbar bevor die Pistole in der Hand des Angreifers auf seinen Schädel krachte.

Er kippte vornüber, aber der vierte Mann im Boot fing ihn auf.

Der Mann holte ein Seil aus einem Seitenfach und fesselte Kenny flink an Händen und Füßen. Hiernach klopfte er dessen Taschen ab und holte lächelnd eine schmale Brieftasche hervor, die er dem Mann überreichte, den sie von der Insel abgeholt hatten. Aus einem anderen Fach nahm er eine schwere Kette, die er um Kennys Knöchel wickelte.

Das Plätschern, als Kenny ins Wasser glitt, war nicht lauter als das Geräusch eines springenden Fisches.

Lächelnd drehte der Mann sich zu dem zugestiegenen Passagier um: »Willkommen in Australien … Kenny Wong.«

Diesmal wachte Mark von dem Traum auf. Die Bettlaken waren schweißnass, und sein eigener keuchender Atem hallte in dem ansonsten stillen Zimmer wider.

Als er zu Bett gegangen war, hatte er an Julie gedacht, hatte die Erinnerung an ihren biegsamen Körper, ihre samtweiche Haut und ihre Berührungen wachgerufen. Vor allem aber erinnerte er sich daran, dass sie ihn uneingeschränkt so genommen hatte, wie er war, sowie an die Liebe, die er glaubte, in ihren Augen gelesen zu haben. Sie hatten ihre Arbeit im Garten fortgesetzt und dabei nicht viel gesprochen, sich wohl bewusst, dass die Grundlagen ihrer Freundschaft sich unwiderruflich verschoben hatten. Abschließend hatten sie sich mit einem Kuss, der von unterdrücktem Verlangen und zögerlicher Hoffnung kündete, verabschiedet.

Er war gegangen, bevor Andy zurückgekommen war. Mark hoffte, die Feindseligkeit des Jungen ihm gegenüber mit der Zeit abbauen zu können, da für ihn feststand, dass er den Rest seines Lebens mit Julie teilen wollte.

Beim Einschlafen hatte er erwartet, von ihr zu träumen. Und das hatte er. Aber dann hatte der Traum sich gewandelt. Gewandelt mit dem entsetzlichen Bewusstsein, dass er sterben würde. Er hatte wieder den Schlag gegen die Stirn gespürt, den Schmerz, als er halb bewusstlos dagelegen und ums nackte Überleben gekämpft hatte.

Sein Wecker zeigte drei Uhr an. Mark wusste, dass er ohne Hilfsmittel so bald nicht wieder einschlafen würde. Dennoch widerstand er der Versuchung, mit Alkohol nachzuhelfen, da er aus eigener Erfahrung wusste, dass Alkohol keine Lösung war. Sich schlaflos im Bett herumzuwälzen, würde ihm allerdings auch nichts bringen. Dann würde er nur endlos über seinen Fehler nachgrübeln und darüber, dass er die einzige Spur verloren hatte im internen Korruptionsfall seiner Dienststelle.

Er hoffte, in der Vorratskammer Kakaopulver zu finden, da Kaffee um diese Zeit eher kontraproduktiv wäre. Heiße Schokolade hatte ihn in seiner Kindheit so manches Mal getröstet. Hoffentlich würde das alte Hausmittel seine Wirkung auch heute nicht verfehlen!

Die Küchenfliesen unter seinen nackten Fußsohlen waren angenehm kühl. Er knipste das Licht an und schaute sich um. Weiße Schränke, grüne Arbeitsfläche. Eine Terrakotta-Schale voll mit überreifem Obst. Er betrachtete die Früchte, als hätte er sie bis jetzt gar nicht wahrgenommen, als wären faulende Äpfel und Bananen Symbol für das, was mit seiner Familie geschah.

Er bezweifelte, dass Claire in dem Haus wohnen bleiben wollte. Sie hatte ihm erzählt, dass sie jedes Mal, wenn sie die Waschküche betrat, die Blutlache vor Augen sah, in der sie Gordon vorgefunden hatten.

Seltsam. Während seiner Zeit in Canberra hatte er sich daran gewöhnt, dass sein Vater und Claire nicht länger fester Bestandteil seines Lebens waren, aber jetzt, da Gordon nicht mehr da war, vermisste Mark ihn schmerzlich. Vielleicht lag es an der Erkenntnis, dass es nie wieder entspannte Gespräche mit ihm geben würde, dass niemand mehr da war, mit dem er seine Kindheitserinnerungen teilen konnte.

Er wärmte am Herd Milch auf und gab Kakaopulver hinein. Dann schaute er sich in der leeren Küche um und verspürte das überwältigende Bedürfnis, jene alten Erinnerungen wiederaufleben zu lassen. Die alten Fotoalben lagen in der untersten Schublade des Wandschranks im Arbeitszimmer seines Vaters.

Todd war mitten in der Bewegung erstarrt, als er Geräusche aus der Küche gehört hatte. Er hatte die Taschenlampe ausgeknipst und war leise bis hinter die Arbeitszimmertür geschlichen. Unmöglich, ungesehen wieder zu verschwinden, also blieb er, wo er war, und wartete, in der Hoffnung, dass Mark zurück nach oben gehen würde.

Er hörte Schritte auf den Flurfliesen. Sie machten draußen vor dem Arbeitszimmer halt.

Todd holte die Waffe hervor.

Die Tür schwang auf.

Kapitel 7

John Corey drückte den Klingelknopf. Er hörte das Läuten durch das Talbert-Haus hallen. Dann Stille.

Er klingelte noch einmal.

Als es auf die Melodie hin wieder still blieb, ging er um das Haus herum. Es war erst halb sechs, aber die frühmorgendliche Frische fiel bereits den ersten Sonnenstrahlen zum Opfer. Der Tag würde wieder brütend heiß werden.

Er ging an der Hintertür vorbei und weiter bis zu einer großen überdachten Terrasse, die an einen Wintergarten mit gleich mehreren Glas-Falttüren grenzte. Als er eine Bewegung im Inneren des Hauses wahrnahm, klopfte er an die Scheibe.

Mark Talbert war also zu Hause. Und er machte keinen besonders glücklichen Eindruck. John seufzte. Es würde nicht einfach werden, seinen Kollegen dazu zu bewegen, an diesem Fall mitzuarbeiten, zumal er noch Urlaub hatte. Trotzdem hoffte John, ihn von der Dringlichkeit des Falles überzeugen zu können.

Mark sperrte auf und öffnete die Tür. »Was machst du denn hier?«

»Ich habe es auf deinem Handy versucht, aber du bist nicht rangegangen. Als du auf mein Klingeln nicht reagiert hast, dachte ich mir, ich schaue mal nach, ob bei dir alles okay ist.« John folgte Mark in den Wintergarten. »Ehrlich gesagt, du siehst beschissen aus.«

»Und dabei habe ich heute noch einen meiner besseren Tage.« Mark setzte sich auf einen der Stühle mit ockerfarbenem Lederbezug und bedeutete John, ebenfalls Platz zu nehmen. »Du wärst nicht hier, wenn du nicht sicher gewusst hättest, dass ich allein bin. Sonst wärst du diskreter gewesen. Außerdem trägt in Brisbane an einem Sonntagmorgen im März niemand einen Anzug, es sei denn, er will zur Kirche oder kommt eben erst von einer langen Partynacht heim.« Er zog eine Braue hoch. »Werde ich überwacht?«

John lächelte. Mark war offensichtlich nicht in Stimmung für Smalltalk. »Nein. Allerdings haben wir uns gestern Abend vergewissert, dass niemand bei dir übernachtet. Ich bin erst heute Morgen eingetroffen. McSwain macht sich Sorgen um dich wegen der Sache mit deinem Vater.«

»Altruismus ist für McSwain ein Fremdwort. Was will er wirklich?«

»Nichts allzu Anspruchsvolles. Er möchte herausfinden, ob Ray Galloway mit Yuusuf Haasan in Verbindung steht.« *Interessant,* dachte John. Mark zuckte nicht mit der Wimper, aber die Atmosphäre im Raum hatte sich dennoch spürbar verändert.

»Dem mutmaßlichen Terroristen, der vor einigen Jahren untergetaucht ist?«

»Wir dachten, er hätte sich zurückgezogen, doch Ermittlungen haben ergeben, dass er kürzlich wohl mit mehreren ehemaligen Kumpanen Kontakt aufgenommen hat.«

»Und wie genau passt Galloway ins Bild?«

John öffnete seinen Aktenkoffer und holte eine schmale Akte heraus. »Galloways Firma wurde von Lee Tak-hing alias Tak Lee mit dem Bau eines Einkaufszentrums beauftragt.« Er überreichte Mark eine Fotografie und beobachtete das Gesicht seines Kollegen, während der das Bild betrachtete. Mark war schon oft speziell mit Fällen betraut worden, bei denen sein fotografisches Gedächtnis gefragt war, aber nun befürchtete McSwain, diese Gabe könnte bei Marks Verwundung beeinträchtigt worden sein.

»Irgendwelche Einzelheiten?«, fragte Mark, während er weiter die Aufnahme betrachtete.

»Er ist in Malaysia geboren und aufgewachsen. Seine Mutter ist halb Inderin, halb Eurasierin. Sein Vater ist Chinese. Die Eltern waren arm wie die Kirchenmäuse, aber Tak Lee war von Kindheit an ausgesprochen ehrgeizig. Er hat eine Engländerin geheiratet, deren Vater ihm das Studium an der Universität von Brisbane finanzierte. Er war zur gleichen Zeit wie Ray Galloways Exfrau dort, obgleich sie nicht dieselben Kurse belegt haben. Soweit wir wissen, haben die beiden Männer sich damals gekannt, hatten aber keinen Kontakt mehr, bis Lee kürzlich die GalCorp mit dem Bau besagten Einkaufszentrums beauftragt hat.«

Mark hatte wieder schlimme Kopfschmerzen und entsprechend Mühe, sich zu konzentrieren, aber das brauchte John Corey nicht zu wissen. Er spürte wohl, dass sein Kollege ihn sehr genau musterte, und ihm war klar, dass der versuchte, seine Diensttauglichkeit abzuschätzen. Obgleich er ernsthaft erwog, sich aus dem Dienst zurückzuziehen, wollte er dies zu seinen eigenen Bedingungen tun und nicht vorab auf irgendeinen Schreibtischjob abgeschoben werden. Im Übrigen gewann seine berufliche Neugier bereits die Oberhand. »Und was hat Haasan mit der ganzen Sache zu tun?«

»Einer unserer australischen Botschaftsangehörigen hat ihn auf einem Kongress in Singapur bei einem Gespräch mit Lee beobachtet. Die beiden haben sich nicht sehr lange unterhalten, dafür aber sehr angeregt – zumindest von Lees Seite. Als wir die Nachricht erhielten, hatte Haasan das Land bereits wieder verlassen. Leider haben wir seine Spur verloren. Scheint, als wäre er wieder abgetaucht.«

»Ist die Verbindung zu Ray Galloway nicht etwas dünn?«

»Doch, aber du weißt ja selbst, dass wir jedem Hinweis nachgehen müssen. Wir können in Australien keine Wiederholung des 9. September brauchen. Darum war ja auch Vaughn Waring ein solches Sicherheitsrisiko.« John beobachtete sehr genau Marks Reaktion auf die Erwähnung des Mannes, der auf ihn geschossen hatte. Er registrierte eine leichte Verhärtung seiner Gesichtszüge, mehr aber nicht. »Kann ich vielleicht einen Kaffee haben? Mit zwei Stück Zucker?«

»Klar.« Dankbar für die Pause und die Gelegenheit, über das Gesagte nachzudenken, ging Mark in die Küche. Die Schmerztabletten waren im Schlafzimmer, und so suchte er, nachdem er Wasser aufgesetzt hatte, im Küchenschrank nach Aspirin. Typisch Claire, sagte er sich, als er eine kindersichere Box fand mit der Aufschrift *Medikamente.* Er öffnete den Kasten, nahm eine Packung Paracetamol heraus und verschloss die Box anschließend wieder. Sein Kopf dröhnte, und er wollte jetzt nicht über die Entscheidung nachdenken, die ihm aufgezwungen wurde. Wenn er es ablehnte, den Fall zu übernehmen, würde McSwain seine Vorbehalte ihm gegenüber bestätigt sehen, nahm er den Auftrag jedoch an, würde er Julie benutzen müssen, um an ihren Vater heranzukommen. Sollte sie jemals dahinterkommen, würde das ihr Vertrauen in ihn zerstören.

Ein paar Minuten später trug er zwei dampfende Tassen in den Wintergarten. »Wie kommt es, dass die ASIO nicht ermittelt? Ist doch ihr Terrain.«

»Im Augenblick stehen die Kollegen zu sehr im Scheinwerferlicht«, entgegnete John trocken, womit er sich darauf bezog, dass eine Tageszeitung kürzlich erst ans Licht gebracht hatte, dass ein Geschäftsmann aus Sydney von Agenten der ASIO bespitzelt worden war. »Wir sollen uns der Sache annehmen. Der Premierminister besteht darauf. Er meinte, wir hätten ein *diskreteres* Profil.«

»Wir haben gar kein verdammtes Profil. Deshalb ist es für uns ja auch so schwer, die notwendige Unterstützung der Geheimdienste aus Übersee zu erhalten, ganz zu schweigen von unserem eigenen Nachrichtendienst. Dieser Baumarkt … Ist daran irgendetwas auffällig oder verdächtig?«

»Nicht dass ich wüsste. Es soll Complete Home Market heißen.« John nahm ein Blatt aus der Akte und las laut vor. *Ein riesiger Baumarkt, bei dem man alles bekommt, was notwendig ist, um ein Haus von A bis Z fertigzustellen. Baumaterialien, das volle Programm in Sachen Heizung-Sanitär, Malerbedarf, Dachdeckerbedarf, Gartenzubehör, Tapeten, Bodenbeläge, Möbel, Küchen.* Es soll sogar eine Ernährungsberatung und Kochkurse geben.« Er legte das Blatt zurück, reichte Mark die Akte und sah zu, wie der Kollege diese überflog. »Der Komplex wird auf Farmland errichtet, das Tak Lee in Samford bei Brisbane erworben hat. Offenbar betreibt er schon ein ähnliches Projekt in Kuala Lumpur, aber dieses hier wäre noch um einiges größer. In Anbetracht des Baubooms in Brisbane hofft Lee vermutlich auf eine Goldader.«

»Vermutlich geht die Rechnung auch auf.« Mark hielt ein anderes Foto hoch.

»Das ist Lee Hai-feng, Tak Lees Sohn. Er wird allgemein nur Harry Lee genannt.«

Mark studierte das Gesicht, dem die asiatischen Vorfahren nur noch ganz entfernt anzusehen waren. Eine lange gerade Nase in einem eckigen Gesicht, absolut symmetrische Lippen und europäische braune Augen.

»Seine Mutter war Engländerin«, fuhr John fort. »Sie ist vor fünf Jahren gestorben. Harry ist achtunddreißig. Er hat noch zwei Schwestern, die aber nicht bei ihrem Vater beschäftigt sind. Harry wohl. Es wird gemunkelt, er hätte den einen oder anderen

Konkurrenten seines Vaters sehr nachdrücklich *überredet,* Tak Lee das Feld zu überlassen.«

»Aber es gibt keine Beweise, und Lee hat von der australischen Regierung grünes Licht bekommen, Land zu kaufen, den Baumarkt zu bauen und dort zu verkaufen, wonach ihm der Sinn steht.«

»Höre ich da einen Hauch von Zynismus heraus?« Angesichts des Lächelns auf dem Gesicht seines Kollegen entspannte Mark sich ein wenig. Er hatte bisher noch nie besonders eng mit John Corey zusammengearbeitet; der Agent hatte ihm jedoch niemals Anlass gegeben, seine Professionalität anzuzweifeln. Es war richtig erfrischend, dass sich ihm nun weitere Facetten seiner Persönlichkeit offenbarten.

»Die Bundespolizei hat über die malaysischen Behörden Tak Lees Finanzen überprüfen lassen, und es wurden keine Unregelmäßigkeiten festgestellt. Das Geld, von dem er das Gelände gekauft hat, war sauber.«

»Und was genau erwartet McSwain jetzt von mir?«

»Er möchte, dass du die Freundschaft deines Vaters zu Ray Galloway nutzt, um näher an ihn heranzukommen. Du sollst möglichst viel über Tak Lees Absichten in Erfahrung bringen. Die Verbindung zu Yuusuf Haasan könnte rein zufällig sein, aber McSwain möchte dem nachgehen. Ich werde in dieser Sache dein Kontaktmann sein. Denk nur dran, dein Handy ständig eingeschaltet zu lassen.«

»Mach ich, jetzt, da mein Urlaub vorbei ist.« Mark neigte eigentlich nicht zum Sarkasmus, und dass jetzt ein Anflug hiervon in seinem Tonfall mitschwang, verriet ihm, wie schwer er sich mit der aktuellen Situation tat. »Und wie erreiche ich dich?«

John nannte ihm seine Mobilnummer. Mark nickte. Als er die Akte an sich nahm und aufstand, blickte John an seinem Anzug herab. »War eine harte Nacht. Schätze, ich sollte mir eine Bleibe suchen, wo ich mich für ein paar Stunden ins Bett verkriechen kann.«

Nachdem John gegangen war, fischte Mark den Schlüssel zum Waffenschrank aus der Tasche und kehrte zurück in die Waschküche. Nach dem Schlag auf den Kopf beim Betreten des Arbeitszimmers war er eine Weile bewusstlos gewesen, und als er wieder zu sich gekommen war, hatte der Einbrecher sich längst aus dem Staub gemacht. Mark hatte im ganzen Haus nachgeschaut, ob etwas fehlte, und schließlich den Kakao aufgewischt, den er bei seinem Sturz verschüttet hatte. Die flüchtige Überlegung, die Polizei einzuschalten, hatte er gleich wieder verworfen. Es gab keine Spuren gewaltsamen Eindringens, es schien nichts gestohlen worden zu sein, und er wollte Claire nicht zusätzlich belasten. Allerdings hatte er beschlossen, möglichst kurzfristig eine Alarmanlage installieren zu lassen. Zwei Einbrüche so kurz hintereinander, davon einer mit tödlichem Ausgang, das konnte kein Zufall sein.

Er hatte das Telefon nicht gehört und Johns Läuten an der Tür ignoriert, weil er gerade anderweitig beschäftigt gewesen war. Mark hatte sich wappnen wollen für den Fall, dass der Eindringling noch einmal zurückkehrte, und die Waffe seines Vaters aus dem Kästchen im Safe genommen. Die Türglocke hatte geläutet, als er eben die Pistole in den Händen gedreht und einen Fleck auf dem Lauf entdeckt hatte, bei dem es sich mit ziemlicher Wahrscheinlichkeit um Blut handelte.

Julie bürstete sich das Haar und schlenderte dann rüber in die Küche. Andy machte sich gerade hungrig über eine große Schale Müsli her.

»Gut geschlafen?«, fragte sie.

»Ja.«

Sie ging zum Kühlschrank, nahm eine Mango heraus, schälte sie und schnippelte sie in eine Müslischale. Andy war bei seiner Rückkehr von der Kartbahn am Vorabend ungewöhnlich wortkarg gewesen, und ihr selbst war auch nicht danach gewesen, das Thema Mark Talbert anzusprechen. Sie war zu dem Schluss gekommen, dass ihr Sohn einfach etwas Zeit brauchte, um sich mit der Situation anzufreunden.

»Mam? Warum hat Dad uns verlassen?«

Die Frage kam für Julie ebenso überraschend wie das, was dann folgte. »Ich weiß, du hast mir damals gesagt, dass Menschen manchmal aufhören, sich zu lieben. Dass Dad nicht mehr bei uns bleiben wollte, weil er dich nicht mehr geliebt hat. Du hast auch gesagt, dass das nichts mit seiner Liebe zu mir zu tun hätte, aber …« Andy rührte in seinem Müsli und tippte mit dem Fuß gegen das Stuhlbein. »Ich habe nicht mehr daran geglaubt, dass er mich noch liebt, als er sich weder zu meinem Geburtstag noch zu Weihnachten gemeldet hat.«

Julie ging mit ihrer Mango und einer Gabel an den Tisch und setzte sich Andy gegenüber. Er blickte zu ihr auf, einen entschlossenen Zug um den Mund und einen Ausdruck in den Augen, der unmissverständlich ausdrückte, dass er sich nicht mit Unwahrheiten abspeisen lassen würde. Sie spießte ein Stück Mango auf und aß, während sie überlegte, wie sie ihm die Wahrheit beibringen sollte, ohne die Erinnerung an die glücklichen Zeiten zu zerstören, die sie als Familie erlebt hatten. Ihr fiel nichts ein.

»Dein Vater war kein schlechter Mensch, Andy, aber er war schwach. Er hatte nicht den Mut, mir zu sagen, dass er mich verlassen würde. Stattdessen hat er von irgendwoher angerufen und mir mitgeteilt, dass er nicht mehr nach Hause kommen würde.

Er hat nicht einmal seinen Eltern erzählt, wohin er verschwunden ist. Als ich dann festgestellt habe, dass er schon eine halbe Ewigkeit die Raten für das Haus und für das Auto nicht mehr bezahlt und zudem noch einen ganzen Stapel unbezahlter Rechnungen zurückgelassen hatte, konnte ich mit meinem letzten Geld gerade noch verhindern, dass man uns den Strom abstellt.«

Andy schwieg lange nachdenklich. »Glaubst du, er hat gezockt?«

»Keine Ahnung. Ich hatte den Verdacht …«

»Was?«

Sie zuckte die Schultern. »Kleinigkeiten. Ich war nicht sicher, dachte aber, er hätte vielleicht eine Affäre.«

Andy runzelte die Stirn. Die Eltern mehrerer seiner Freunde waren geschieden, aber auch wenn das an sich nichts Ungewöhnliches war, musste die Vorstellung, dass sein Vater seine Mutter möglicherweise betrogen hatte, eine bittere Pille für ihn sein.

»Hast du deshalb angefangen, für Grandad zu arbeiten? Weil wir kein Geld mehr hatten? Warum hat er dir nicht einfach welches gegeben? Er hat doch genug.«

Julie schob sich noch ein Stück Mango in den Mund. Wie ehrlich sollte sie zu ihm sein? Sie wollte seine Liebe zu seinem Großvater nicht schmälern, andererseits war es vielleicht an der Zeit, ihm vor Augen zu führen, dass Ray nicht der strahlende Held war, als der er sich gern ausgab. »Hast du dich schon mal gefragt, warum deine Großmutter ihn verlassen hat?«

»Nicht wirklich.«

»Mein Vater hat ein Problem, Andy. Er scheint über alles und jeden Macht zu haben, und darüber hinaus ist er herrschsüchtig und cholerisch. Ich weiß, dass du diese Seite von ihm noch nie erlebt hast, weil er dir gegenüber immer den lieben Opa herauskehrt. Aber er hat deiner Großmutter das Leben zur Hölle gemacht, und ich hatte auch keine besonders glückliche Kindheit. Er hat mir das Geld für die Hypothek geborgt, allerdings unter der Bedingung, dass ich für ihn arbeite.«

»Musst du das Geld zurückzahlen?«

»O ja. Ray Galloway tut nichts ohne Gegenleistung.«

Julie beobachtete, wie ihr Sohn einen Löffel Müsli kaute und dabei das soeben Gehörte mental verarbeitete. Sekunden verstrichen. Schließlich schob er seine Schale beiseite. »War er gemein zu dir, als du noch ein Kind warst?«

»Manchmal. Manchmal war er richtig toll, doch manchmal auch ausgesprochen gemein.«

Wieder entstand eine lange Pause. »Ich muss mein Fahrrad reparieren. Die Kette ist gestern abgesprungen. Vielleicht muss ich sie fester anziehen.«

Mit hängenden Schultern verließ er das Haus über die Veranda, und Julie hoffte, dass Andy aufgrund ihrer Ehrlichkeit nun nicht das Vertrauen in sie verlor.

Während er noch vor dem Waffenschrank stand, überlegte Mark, wie das Blut an den Lauf gekommen sein mochte. Er erwog, eine Probe zu nehmen und untersuchen zu lassen, ob es das Blut seines Vaters war, verwarf die Idee jedoch gleich wieder. Was sollte das auch beweisen? Dass sein Vater einen Schnitt an der Hand gehabt hatte, als er die Pistole das letzte Mal aus dem Kasten genommen hatte?

Oder dass er die Pistole in der Hand gehalten hatte an jenem Abend, an dem er erstochen worden war.

Mark schüttelte den Kopf. Hoffentlich entwickelt er sich nicht zum Paranoiker! Andererseits war analytisches Denken für jemanden in seinem Beruf nur natürlich. Er öffnete den Safe. Als er den Pistolenkasten herausnahm, fiel ein Umschlag heraus, der daruntergelegen hatte. Es war ein schlichter weißer Umschlag, auf den in Großbuchstaben der Name und das Postfach seines Vaters getippt waren. Er war im Hauptpostamt von Brisbane aufgegeben worden, und es war kein Absender angegeben. Oben stand noch der Vermerk *VERTRAULICH.*

Auch auf dem ersten Blatt im Inneren fand sich kein Hinweis auf den Absender. Bei dem zweiten Blatt handelte es sich offenbar um eine Art Bericht.

Als Mark den maschinegeschriebenen Text überflog, kroch eisige Kälte in ihm hoch. Zwei Worte sprangen ihn förmlich an: *Tak Lee.*

Kapitel 8

Ray Galloway fluchte. Leise. Giftig. Und mit einer Wut, wie Todd Langley sie bei ihm bisher noch nie erlebt hatte. Seine Faust knallte mit solcher Wucht auf den Glastisch draußen auf dem Patio, dass ihre Kaffeetassen klirrend auf die Tischkante zuschlitterten. Todd überlegte, ob es vielleicht klüger gewesen wäre anzurufen, anstatt Ray zu Hause aufzusuchen, um ihm persönlich Bericht zu erstatten.

»Wir haben also immer noch keinen Bericht, und darüber hinaus besteht die Möglichkeit, dass die Bullen Talberts Haus auf den Kopf stellen, um herauszufinden, wer Gordons Sohn niedergeschlagen hat?«

Für einen Augenblick verlor Todd sein sonst so unerschütterliches Selbstvertrauen. Aber nur kurz. »Es gibt nichts, was auf uns hindeuten würde, und ich bezweifle außerdem, dass der Brief sich im Arbeitszimmer befand. Und wenn er irgendwo anders im Haus versteckt ist, stehen unsere Chancen, ihn zu finden, denkbar schlecht. Es gibt keinerlei Beweise, und das Projekt ist inzwischen fast abgeschlossen. Sie können also ohnehin nichts mehr tun.«

»Natürlich können sie noch etwas tun, du Idiot! Wenn dieser Bericht in die falschen Hände gelangt, wird das Umweltministerium einen sofortigen Baustopp gegen GalCorp verhängen, und ich bekomme ein Verfahren an den Hals, weil ich das Vorkommen einer gefährdeten Tierart verheimlicht habe. Bis der Fall verhandelt wird, geraten wir derart in Verzug, dass wir den vertraglich vereinbarten Fertigstellungstermin nicht mehr einhalten können. Dann kann ich von Glück sagen, wenn sie mich nicht ins Kittchen stecken. Außerdem droht mir ein horrendes Bußgeld.«

»Könnte das das Ende der Firma bedeuten?«

»Möglicherweise, aber das ist nur meine geringste Sorge. Weit größeres Kopfzerbrechen bereitet mir Tak Lee.«

»Dieser kleine Scheißer von einem Chinesen?«

Angesichts des Ausdrucks auf Rays Gesicht verging Todd sein verächtliches Grinsen. Er hatte noch nie erlebt, dass Ray Galloway vor irgendjemandem Angst gehabt hätte, aber diesmal war seine Nervosität nicht zu übersehen.

»Glaub mir eins«, murmelte Ray, »wenn ich die Wahl habe zwischen den Behörden und Tak Lee, sind mir die Jungs vom Amt zehn Mal lieber.«

Lee Hai-feng, seinen westlichen Geschäftspartnern besser bekannt unter dem Namen Harry Lee, ging den Mittelgang der 747 der Malaysia Airlines hinunter zu seinem Platz in der Business Class. Seinem Wunsch entsprechend handelte es sich um einen Fensterplatz. Die zierliche Flugbegleiterin in ihrer farbenfrohen Uniform beugte sich zu ihm herab und versicherte ihm, dass es ihr eine Freude sein würde, ihm den Flug möglichst angenehm zu gestalten. Der pfauenblaue Stoff schmeichelte ihrem dunklen Teint, und Harry lächelte bei dem Gedanken, dass sie ihm möglicherweise in Brisbane die Nacht versüßen könnte.

Harry war es gewohnt, dass Frauen auf sein gutes Aussehen und seinen Charme ansprachen, und er war stets darauf bedacht, sich im Guten von seinen Gespielinnen zu trennen, wenn er das Interesse an ihnen verlor. Natürlich war es auch das eine oder andere Mal vorgekommen, dass eine junge Dame dem Irrtum erlegen war, er hege ernstere Absichten, aber die meisten waren glücklich gewesen mit einem kostbaren Schmuckstück als Abfindung.

Er schnallte sich an und registrierte, dass die Stewardess errötete, als er ihr bei der Erörterung der Sicherheitsmaßnahmen zuzwinkerte. Ja, die Kleine war zweifellos eine Option für den Abend.

Das Flugzeug erhob sich in die Luft. Harry schaute hinab auf die zahlreichen Kuppeln des Flughafens von Kuala Lumpur, dessen fünf Start- und Landebahnen in den umgebenden Regenwald hineinragten wie gierige Tentakel. Er runzelte die Stirn. Sein Vater hatte während seiner Telefonate mit Ray Galloway bezüglich der Fortschritte am Complete Home Market ein gewisses Unbehagen gespürt. Harry war in vielen Dingen anderer Meinung als sein Vater, aber er hatte großen Respekt vor den Instinkten seines alten Herrn. Tak Lee war erstaunlich treffsicher, wenn es um die Motive und Intentionen anderer Leute ging.

Zu seinem Glück war er, Harry, der einzige Schwachpunkt im Leben seines Vaters. Und obgleich Tak Lee kurz davorstand, sich seinen größten Traum zu erfüllen, bewegten sich Harrys Pläne auf völlig anderer Ebene.

Und er war fest entschlossen, dafür zu sorgen, dass sich niemand der Verwirklichung seiner ganz persönlichen Ziele in den Weg stellte.

Julie war schrecklich nervös. Sie hatte eigentlich gehofft, dass Mark sich längst bei ihr gemeldet hätte. Sie blätterte eine Seite des Buches um, in dem sie las, und blickte hinüber zum Pool. Heute tobten dort keine lärmenden Teenager herum. Andy war bei einem Freund, angeblich, um sich mit Computerspielen die Zeit zu vertreiben, aber Julie argwöhnte, dass er vor allem einer Aussprache mit ihr ausweichen wollte. Am Vorabend war er abweisend gewesen und hatte ihre Versuche, zu der Unbeschwertheit zurückzufinden, die bis gestern zwischen ihnen geherrscht hatte, abgewehrt.

Für gewöhnlich genoss Julie die friedliche Stille in Abwesenheit eines Dreizehnjährigen, der die aktuellen Hits lauter abspielte, als es dem menschlichen Trommelfell guttat, aber heute war dem nicht so. Heute fühlte sie sich selbst wie ein junges Mädchen, das fürchtete, das erste Date mit einem Jungen verpatzt zu haben, den es um jeden Preis hatte beeindrucken wollen. Außerdem kam sie sich ziemlich albern vor, weil sie als erwachsene Frau von fünfunddreißig Jahren am »Morgen danach« noch so verunsichert war wie ein Teenager.

Verflucht. Die Realität mit Mark hatte ihre längst vergessenen Träume noch um ein Vielfaches übertroffen, aber wie immer, wenn einen die Wirklichkeit einholte, waren die alten Zweifel und Ängste wieder da, und es wollte ihr einfach nicht gelingen, sie zu verdrängen. Es hatte Zeiten gegeben, da hätte sie niemals für möglich gehalten, dass Mark ihr wehtun könnte, doch heute fiel es ihr nicht mehr so leicht wie früher zu vertrauen.

Als das Telefon läutete, ließ sie das Buch auf den Tisch fallen und lief ins Haus. Sie nahm ab und meldete sich atemlos. »Hallo?«

»Ich muss dich sprechen.« Marks Stimme klang distanziert.

Julies Magen verkrampfte sich vor Furcht. »Klingt ja richtig ernst.« Sie versuchte zu scherzen, war sich jedoch des unsicheren Untertons in ihrer Stimme nur zu bewusst.

»Kann ich dich abholen? Wir könnten im Restaurant in Mount Coot'tha etwas essen.«

Julie schluckte. Ein Restaurant. Der ideale Ort, an dem eine Frau keine Szene machen würde, wenn man sie abservierte. Dann schüttelte sie sich. Das hier war Mark, und Zuverlässigkeit war sein zweiter Vorname. Zumindest war das früher so gewesen.

»Gern. Bis du hier bist, bin ich bereit.«

Fragt sich nur, wozu, sagte sie sich in Gedanken.

Mark hatte den ganzen Vormittag mit sich gerungen. Den Auftrag anzunehmen bedeutete, Julie anzulügen, und er hatte ihr sein Wort gegeben, genau das niemals zu tun. Andererseits wusste er, dass kein anderer Agent so leichten Zugang zu Ray Galloway hatte wie er, und wenn das, was John Corey ihm über Tak Lee erzählt hatte, stimmte und auch die Verbindung zu Yuusuf Haasan bestand, könnten selbst unschuldige Dritte wie Julie und Andy in Gefahr sein.

Neil Diamonds *Beautiful Noise* drang samtweich aus dem Lautsprecher, aber als sein Falcon unter dem dichten Laubdach der alten Bäume von Sherwood herfuhr, wünschte er sich nur eins zu hören: Julies Einverständnis mit dem, was er ihr zu sagen hatte.

Kapitel 9

Manchmal hasste Ruth Sonntage. Es kam oft vor, dass ganze Horden von Motorradfahrern aus Brisbane den Mount Glorious hinauffuhren, um im »Maiala Restaurant« zu essen, und anschließend eine Tour durch die grünen Berge und fruchtbaren Täler unternahmen, bevor sie zu Smog und Verkehr der Großstadt zurückkehrten. Und jedes Mal, wenn sie das Dröhnen der Motoren hörte, wenn die Motorradfahrer auf der schmalen Asphaltstraße vorbeidonnerten, verfluchte sie die Störung ihrer Wochenendruhe.

Manchmal, wenn die Erfüllung der selbst auferlegten Aufgabe ihr zu schwierig erschien, stellte sie sich vor, sie gehöre auch zu dem Biker-Pulk, den Fahrtwind im Gesicht, das Haar hinter ihr her wehend, das Motorrad wie ein lebendiges Wesen, das sie bis zum fernen Horizont trug, weit fort in ein neues Leben. Sie hatte den Motorradführerschein, hatte in jener Zeit die große Liebe erlebt und einen grausamen Verlust, und seitdem war sie nie wieder in den Sattel gestiegen.

Auch heute drang das Motorengeräusch wieder durch die Bäume bis zu ihrem Cottage, trieb sie an, drängte sie, ihren Schwur zu erfüllen, um endlich fortgehen und noch einmal von vorn anfangen zu können. Denn erst jetzt, da das Ende nach so vielen Jahren der Planung endlich greifbar nah war, erlaubte sie sich, an das Nachher zu denken. Wo sollte sie hingehen? Was sollte sie tun? Wer sollte sie werden?

Eine schreckliche Leere befiel sie. Sie betrachtete die Staubpartikel in den schräg einfallenden Sonnenstrahlen über der Kommode in ihrem Schlafzimmer. Sie tanzten zu dem gerahmten Foto eines dunkelhaarigen Jungen.

Sacht strich sie mit dem Zeigefinger über das kindliche Gesicht, die grünen Augen mit den langen Wimpern, die Wangen mit einem Hauch von Sommersprossen.

Als ihr Finger innehielt, war das Dröhnen verklungen, und auch der Drang, sich zu beeilen und fortzugehen, war verflogen. Stattdessen konzentrierte sie sich wieder auf den nächsten Schritt der Umsetzung ihres Plans. Sie nahm einen Stapel Blanko-Arztrezepte und einen teuren Kugelschreiber aus einer Schublade. Sie hatte Monate gebraucht, um einen Arzt zu finden, der seine Rezepte noch nicht ausdrucken ließ, sondern handschriftlich ausstellte. Zwei Besuche, und es war ihr gelungen, einige Blätter vom Rezeptblock abzureißen und in ihrer Handtasche verschwinden zu lassen, als er ihr gerade den Rücken gekehrt hatte. In mehreren Stunden Übung hatte sie es geschafft, seine Handschrift zu kopieren, und ein Kugelschreiber derselben Marke verlieh dem Ganzen einen zusätzlichen Schein von Authentizität. Jetzt hoffte sie nur, dass das Mittel ihrer Wahl auch die gewünschte Wirkung erzielte.

»Ich bin nicht besonders hungrig.« Julie legte die Speisekarte auf den Tisch und schaute Mark an, als die Bedienung ihren Tisch ansteuerte. »Ich esse nur einen Salat mit Huhn.«

»Klingt verlockend bei der Hitze.«

Julie sah flüchtig Unsicherheit in seinen Augen aufblitzen und fragte sich, ob er hinter der souveränen Fassade auch etwas von der quälenden Nervosität empfand, die sie selbst seit seinem Anruf plagte. Auf der kurzen Fahrt auf den Berg hatten sie kaum ein

Wort gewechselt, und sie war nicht sicher, ob sie ihre Neugier bis nach dem Essen würde zügeln können. Aber das brauchte sie gar nicht. Sobald die Bedienung mit ihren Bestellungen wieder gegangen war, fischte Mark einen Umschlag aus der Hemdtasche, zog ein Blatt heraus und reichte es ihr.

Während sie las, kämpfte sie gegen die wachsende Fassungslosigkeit an. »Wenn das wahr ist, droht meinem Dad eine Gefängnisstrafe! Das Mindeste aber wäre ein horrendes Bußgeld.« Sie überflog noch einmal den Bericht von Abraham Cleary, seines Zeichens Umweltschutz-Beauftragter. Dort stand, dass er in dem Bach, der mitten durch das von Tak Lee erworbene Bauland floss, eine Population der seltenen Southern-Day-Frösche entdeckt hatte. Früher war diese Art in den Bergen weiter nördlich angesiedelt gewesen, seit 1979 war jedoch kein Exemplar mehr gesichtet worden, sodass die Southern-Day-Frösche zwischenzeitlich als gefährdet und möglicherweise sogar ausgestorben eingestuft worden waren.

»Warum sollten die Frösche ausgerechnet in Samford wieder auftauchen, in einem völlig anderen Biotop als jenem, in dem sie früher heimisch waren?«, fragte Mark.

»Gute Frage«, entgegnete Julie schulterzuckend. »Möglicherweise haben einzelne versprengte Tiere sich über Generationen an die neuen Lebensbedingungen gewöhnt. Vielleicht ist auch eine Unterart entstanden. Das Land, das Tak Lee für sein Bauvorhaben gekauft hat, gehörte einem verschrobenen alten Farmer, der es mehr oder weniger sich selbst überlassen hat. Der Besitz wurde dann gleich nach seinem Tod veräußert. Ich weiß das deshalb so genau, weil Michael seinerzeit meinte, Tak Lee habe einen echten Coup gelandet mit dem Erwerb eines so günstig und stadtnah gelegenen Geländes zum Schnäppchenpreis.«

»Michael?«

»Ein Arbeitskollege. Er zeichnet die Entwürfe für die Innengestaltung des Baumarktes jeweils passend zu den einzelnen Abteilungen und plant außerdem die Außenanlage. Ich bin für die Beschaffung der notwendigen Materialien verantwortlich und für die Kalkulation der Erstellungskosten. Er ist wirklich gut. Ein wahrer Künstler.«

Mark war überrascht von der Eifersucht, die er empfand angesichts der offenkundigen Zuneigung, die Julie für ihren Kollegen hegte. »Und wie ist er so als Kollege?«

»Wunderbar. Unerschütterlich. Nicht einmal Ray schafft es, ihn aus der Ruhe zu bringen, was innerhalb von GalCorp die große Ausnahme sein dürfte.« Sie lächelte. »Außerdem ist er sehr kollegial und verständnisvoll. Er übernimmt sogar einige meiner Arbeiten, wenn Andy krank ist und ich nicht in die Firma kommen kann.«

»Was weißt du noch über ihn?«

»Er ist ledig und hat meines Wissens keine Kinder. Ich habe mich schon das eine oder andere Mal gefragt, ob er vielleicht schwul ist.« Julie runzelte die Stirn. »Aber wozu dieses Verhör?«

»Entschuldige.« Mark wurde erst jetzt bewusst, dass er sich von seinen persönlichen Gefühlen hatte leiten lassen. Und Julies Dekolleté über dem quadratischen Ausschnitt ihres Sommerkleides brachte sein Blut in Wallung, ganz unabhängig von den Außentemperaturen. Der Ausdruck in ihren Augen machte ihm außerdem klar, dass es ihm nicht gelingen würde, seine Gefühle für sie von seinen rein beruflichen Interessen zu trennen. »Reine Neugier.«

»Mark, woher hast du diesen Bericht?«

»Ich habe ihn im Waffenschrank meines Vaters gefunden.«

»Im Waffenschrank deines …« Julie schüttelte verwundert den Kopf. »Wann?«

»Heute Morgen. Gestern Abend ist jemand bei mir eingebrochen und hat mich niedergeschlagen. Es wurde nichts gestohlen, aber ich glaube, der Einbrecher war auf etwas ganz Bestimmtes aus.«

Julie erbleichte, und ihre Lippen formten stumm ein schockiertes »O«.

»Möglich, dass er das hier gesucht hat.« Er zog ein zweites Blatt aus dem Umschlag und reichte es ihr.

Die Klimaanlage war nicht verantwortlich für den Schauer, der Julie bei der Lektüre den Rücken hinunterlief. Die Botschaft war ebenso knapp wie unmissverständlich. Und sie belegte, dass ihr Vater für den Tod von Abraham Cleary verantwortlich war, dem Verfasser des Berichtes über die seltene Frosch-Spezies auf Tak Lees Land.

Als der erste lähmende Schock verflogen war, wandte Julie den Kopf und schaute durch eins der großen Fenster nach draußen. Weit unten lag Brisbane, mit dem breiten braunen Strom, der sich durch die Stadt schlängelte, einem Meer von Häusern, die verschlafen in der Hitze brüteten, und einzelnen Wolkenkratzern, die hoch in den Dunst über der Stadt aufragten. Am Horizont sah sie die Inseln in der Moreton Bay, grüne Flecken zwischen tiefblauem Ozean und blassem Himmel. Ein friedlicher Ausblick, der in krassem Kontrast stand zu ihren wild durcheinanderwirbelnden Gedanken. Auch wenn sie ihrem Vater so einiges zutraute, gehörte Mord ganz sicher nicht dazu. In dem Brief jedoch stand, dass Abraham Cleary GalCorp erpresst hatte und nach einer zweiten Geldforderung zwölf Monate später bei einem Autounfall mit Fahrerflucht ums Leben gekommen war.

Bei dem Bericht des Umweltexperten handelte es sich um eine Fotokopie, trotzdem war der Inhalt brisant genug, um die Umweltbehörde auf den Plan zu rufen und einen sofortigen Baustopp zu verhängen, bis die Sachlage von offizieller Seite überprüft worden war. Sie fragte sich, wem der Originalbericht vorliegen mochte. Vermutlich derselben Person, die den Brief an Gordon Talbert geschickt hatte. Nicht, dass sie auch nur eine Ahnung hätte, wer der große Unbekannte sein mochte – die Liste der Feinde, die Ray sich über die Jahre gemacht hatte, war lang.

Der letzte Satz des Schreibens gab ihr jedoch Rätsel auf. »*Wirst du diesmal das Richtige tun, Gordon?* Was ist damit gemeint?«

»Keine Ahnung.« Mark schwieg einen Augenblick. Ganz offensichtlich hatte er noch etwas auf dem Herzen, das auszusprechen ihm schwerfiel. »Laut Poststempel wurde der Brief eine Woche vor Dads Tod aufgegeben.«

Die Bedeutung seiner Worte traf Julie wie ein Keulenschlag. »Du glaubst, dein Vater hätte in der Sache nichts unternommen, richtig?«

»Dieser Schluss drängt sich förmlich auf, oder?«

Ehe Julie antworten konnte, wurde ihr Essen gebracht. Im Grunde war der Bericht keine allzu große Überraschung gewesen; sie hatte oft genug erlebt, wie skrupellos ihr Vater in Geschäftsdingen sein konnte. So wie auch im Privatleben, dachte sie gleich darauf sarkastisch. Zwar konnte sie sich nur schwer vorstellen, dass er tatsächlich so weit gehen würde, einen Menschen zu töten, aber vielleicht hatte einer seiner berüchtigten cholerischen Anfälle ihn verleitet, auch diese Grenze zu überschreiten. Irgendwie liebte sie ihn trotz allem immer noch, immerhin war er ihr Vater, aber ihr war schon vor langer Zeit klar geworden, dass er nur sehr wenige Eigenschaften vorweisen konnte, die für ein Elternteil wünschenswert waren. Weit größere Sorgen bereitete ihr, wie Andy auf eine Enthüllung dieser Art reagieren mochte.

»Was willst du wegen des Berichts unternehmen? Und wegen des Briefes?«, fragte sie.

Mit diesen beiden Fragen schlug Mark sich nun schon herum, seit er die beiden Dokumente entdeckt hatte. Obgleich der Gedanke ihm widerstrebte, war sein erster Impuls gewesen, Ray aufzusuchen, ihn zur Rede zu stellen und ihm letztlich anzubieten, seiner alten Freundschaft zu seinem Vater wegen die Schriftstücke zu vernichten. Das wäre unter Umständen ein guter Einstieg gewesen, um mehr über Tak Lee und Yuusuf Haasan herauszufinden. Er rechnete zwar nicht damit, dass Ray ihm Vertrauen schenkte, doch im Augenblick sah er keine andere Möglichkeit, an ihn heranzukommen. »Ich muss herausfinden, weshalb jemand diesen Brief geschickt hat und was gemeint ist mit der Frage, ob mein Vater diesmal das Richtige tun wird.«

»Und was dann? Wirst du dich an die Umweltbehörde EPA wenden?«

»Was meinst du, was ich tun sollte?« Auf eine Frage mit einer Gegenfrage zu antworten, war ein alter Trick, aber noch war er nicht so weit, Julie zu antworten.

Sie spießte mit der Gabel ein Stück Hühnchenfleisch auf. »Ethik gegen Loyalität und wirtschaftliche Überlegungen. Wenn es stimmt, was in dem Bericht steht, und es sieht ganz danach aus, hat Dad falsch gehandelt und muss für seinen Fehler geradestehen. Andererseits, wenn das Projekt jetzt gestoppt und GalCorp in einen langwierigen Rechtsstreit verwickelt wird, werden zahlreiche Subunternehmer auf ihren Forderungen sitzen bleiben, bis der Fall abgeschlossen ist. Das würde außerdem bedeuten, dass viele Leute, denen ein Arbeitsplatz in dem Center versprochen wurde, leer ausgehen.« Auf Marks fragenden Blick hin erklärte sie: »Die Eröffnung ist für Ostern vorgesehen, und das ist nicht mehr lange hin. Vier Feiertage und zusätzlich die Schulferien bieten ideale Rahmenbedingungen für die Neueröffnung.«

Hierauf schwiegen sie beide. Obgleich Mark methodisch

kaute, schien ihn nicht wirklich zu interessieren, was er aß. Sie fragte sich, wie oft er schon in Restaurants gegessen haben mochte, während er in Gedanken ganz woanders war oder auch einen Verdächtigen beobachtete. »Einmal ganz unabhängig davon, welche Strafe das Gericht Dad aufbrummen würde, das Bauvorhaben an sich würde nicht gekippt werden, da der Lebensraum der Frösche längst zerstört ist.«

»Du meinst also, es handelt sich um ein *Fait accompli* und ich sollte das Ganze auf sich beruhen lassen?«

»Nein. Ich denke, du solltest ergründen, was genau hinter dem Bericht steckt und ob er in irgendeinem Zusammenhang zu Clearys Tod steht.«

»Auch wenn sich herausstellt, dass dein Vater schuldig ist?«

»Mark, falls mein Vater vorsätzlich einen Menschen getötet haben sollte, möchte ich schon um Andys willen nichts mehr mit ihm zu tun haben.«

Mark war bei der Lektüre der beiden Schreiben noch ein ganz anderer Verdacht gekommen, und er erkannte, dass Julie just in diesem Augenblick der gleiche Gedanke durch den Kopf ging. Sie wurde kreidebleich, und die Gabel fiel klirrend auf ihren Teller.

»Du glaubst doch nicht …« Sie brach ab, als fürchtete sie, der Verdacht würde allein dadurch zur Realität, dass sie den Satz zu Ende sprach, und diese Wirklichkeit wäre für sie nicht mehr darstellbar.

»Dass Ray meinen Vater im Streit um den Bericht getötet hat? Oder dass jemand anders ihn in seinem Namen ausgeschaltet hat?«

Sie nickte.

»Es gab keinerlei Kampfspuren, und das bedeutet, dass mein Vater den Angreifer entweder gekannt hat oder aber von diesem überrascht wurde. In seinem Blut wurde ein hoher Adrenalinspiegel festgestellt, was auf akuten Stress hindeutet. Der könnte allerdings verschiedene Ursachen haben.«

»Beispielsweise einen heftigen Streit wegen des Berichts«, sagte Julie so leise, dass sie kaum zu verstehen war.

»Das steht noch nicht fest, Julie. Vielleicht hat die Polizei ja recht. Es kann durchaus sein, dass Dad einfach einen Einbrecher in flagranti ertappt hat und von diesem getötet wurde.«

»Und wer ist dann gestern Abend bei dir eingebrochen? Und weshalb?«

»Das könnte ein Zufall sein.«

Julies Gesichtsausdruck verriet, dass sie nicht an einen Zufall glaubte, und in der darauffolgenden Stille kam Mark zu dem Schluss, dass es an der Zeit war, das Gespräch von ihrem Vater abzulenken. Es würde noch schwer genug für sie werden, mit ihrem Vater zusammenzuarbeiten, wenn sie ihn des Mordes verdächtigte. Es ging ihm gegen den Strich, sie zu täuschen, was das ganze Ausmaß von Rays mutmaßlicher Verbindung zu Tak Lee und Yuusuf Haasan anging, aber im Augenblick hielt er es für sicherer, sie hierüber nicht zu informieren. »Hat Andy noch etwas über … uns gesagt?«

»Nein. Er ist derzeit nicht sonderlich gesprächig.«

»Und wie stehst du dazu? Zu uns, meine ich?«

Julie zögerte. Sollte sie ihm gestehen, dass sie ihn liebte, ihn vielleicht all die Jahre geliebt hatte? Oder sollte sie es langsam angehen lassen? Keinesfalls wollte sie, dass er sich unter Druck gesetzt fühlte. »Ich denke, dass es der Anfang von etwas Wundervollem sein könnte … vorausgesetzt, wir wollen es beide.« Sie atmete auf, als sie die Erleichterung in seinen Augen sah. »Ich für meinen Teil hätte nichts dagegen.«

Als Mark hierauf lächelte, wurde ihr ganz warm ums Herz.

Als er jedoch antwortete: »Ich auch«, flackerte in seinen Augen etwas auf, das sie nicht zu deuten vermochte, das ihr jedoch großes Unbehagen bereitete.

Als Ray Galloway am Montagmorgen den Knopf seiner Gegensprechanlage drückte und Gaynor ihm mitteilte: »Mr. Harry Lee ist hier und möchte Sie sprechen, Mr. Galloway«, spürte er, wie seine Eingeweide sich vor Furcht verkrampften. Er verzog das Gesicht ob ihres schnurrenden Tonfalls, den sie immer dann anschlug, wenn ein attraktives männliches Wesen in der Nähe war. Sie besaß wahrlich die Instinkte einer Straßenkatze, aber das machte sie in seinen Augen umso anziehender. Er hatte bislang nur sehr wenige Frauen kennengelernt, die auf sexueller Ebene so unersättlich waren wie er selbst.

Jeden anderen Besucher hätte er von Gaynor hereinschicken lassen, doch bei diesem speziellen Gast war das anders. Er wusste, dass Harry Lee nicht so großen Wert auf die Wahrung asiatischer Höflichkeitsriten legte. Dennoch war ihm daran gelegen, Harry zu vermitteln, dass das Projekt seines Vaters gut vorankam. Er erhob sich, ging zur Tür und öffnete diese, um seinem Gast persönlich zu öffnen. Harry hatte offensichtlich mit Gaynor geflirtet: Die verräterische Röte und der Glanz in ihren Augen sprachen Bände. Die gleichen Symptome hatte sie auch gezeigt, als er seinerzeit begonnen hatte, sie zu verführen. Sie mochte zwar ein paar Jahre älter sein als Harry, aber Ray argwöhnte, dass den Asiaten nur die Kerbe im Bettpfosten interessierte.

»Schön, Sie zu sehen«, sagte er jovial und ging mit ausgestreckter Hand auf Harry zu.

Ihr kräftiges Händeschütteln war ebenso sehr eine Geste männlicher Rivalität wie Begrüßungsritual, und Ray verspürte leisen Triumph, als der jüngere Mann den Griff zuerst lockerte. Als er jedoch das belustigte Funkeln in den dunklen Augen sah, wusste er, dass er sich keinerlei Vorteil gegenüber seinem Kontrahenten verschafft hatte.

»Ray, wenn du eine Sekunde Zeit für mich hättest …« Eric Sweetman eilte durch die Tür zum Empfang, stutzte dann und blieb abrupt stehen, als er Rays Besucher erkannte. »Oh. Harry.« Einen Moment lang stand Eric wie angewurzelt mit offenem Mund da. »Ich wusste gar nicht, dass Sie in Australien sind.«

»Ich bin ein wenig früher als geplant eingetroffen, Eric. Mein Vater möchte, dass ich mir die Baustelle ansehe und mir einen Gesamteindruck verschaffe. Ray hat mir zwar versichert, dass alles planmäßig läuft, aber mein alter Herr wird langsam nervös, immerhin geht es für ihn um die Erfüllung eines großen Traums.«

Harry war die verkörperte aalglatte Weltgewandtheit, und Ray beobachtete fasziniert, wie Eric vor ihm erstarrte wie das Kaninchen vor einer zum Angriff aufgerichteten Kobra.

»Natürlich«, murmelte Eric schließlich und wandte sich Ray zu. »Ist … nicht so wichtig, wir sprechen uns später.« Hierauf machte er auf dem Absatz kehrt und verließ beinahe fluchtartig den Raum.

Julie nahm den Telefonhörer beim zweiten Läuten ab und stöhnte leise, als Gaynor sie in Rays Büro zitierte. »Ich komme gleich«, entgegnete sie.

»Ärger?«, fragte Michael mit hochgezogener Braue.

»Ich bin in die Höhle des Löwen zitiert worden«, versuchte sie zu flachsen, aber nach allem, was sie am gestrigen Tag von Mark erfahren hatte, war ihr im Zusammenhang mit ihrem Vater wahrlich nicht mehr zum Lachen zumute.

Zwanzig Minuten später kehrte sie zurück und ließ sich auf ihren Stuhl fallen. Michael warf nur einen Blick auf ihr Gesicht und wandte sich ihr dann ganz zu. »Erzähl.«

»Mein … Ray möchte, dass ich den Babysitter für Harry Lee spiele, den Sohn von Tak Lee. Offenbar ist er unerwartet aufgekreuzt, um sich die Baustelle anzusehen, und Ray möchte, dass ich ihn herumführe und … ihn *bei Laune halte*!«

Diesmal zog Michael gleich beide Brauen in die Höhe. »Bedeutet es das, wonach es klingt?«

»Das ist mir gleich! Es interessiert mich nicht, was der Mistkerl gesagt hat. Ich werde ganz sicher nicht … Entschuldige, Michael, das ist nicht dein Problem.«

Michael langte herüber und tätschelte freundschaftlich ihre Hand. »Schon gut, Süße. Mich kann nichts mehr schocken. Aber was glaubst du, warum Ray plötzlich solche Töne anschlägt? Ich meine, das gehört wohl kaum zu deinen Aufgaben im Dienste der Firma, oder?«

Julie lächelte sarkastisch. »Ray war schon immer der Meinung, dass Frauen nur für das Eine taugen. Ist dir noch nicht aufgefallen, dass bei GalCorp keine einzige Führungsposition mit einer Frau besetzt ist?!«

Michael nickte. »Trotzdem erklärt das noch nicht, wie Ray darauf kommt, dir so etwas zumuten zu können.«

In den fünf Jahren, die sie nun schon Kollegen waren, war Julie nie versucht gewesen, Michael ihre wahre Beziehung zu Ray zu gestehen, aber heute hatte sie das Gefühl, sie würde explodieren, wenn sie nicht etwas Dampf abließ. Michael konnte sie doch sicher trauen. Sie hatte ihm erzählt, dass Luke sie und Andy sitzengelassen hatte, und soweit sie wusste, hatte er keinerlei Details an Dritte innerhalb der Firma weitererzählt. Außerdem war er immer sehr verständnisvoll gewesen, was ihre Probleme als alleinerziehende Mutter betraf.

»Er ist mein Vater, aber behalte das bitte für dich.«

Sie beobachtete, wie Michael langsam nickte und geräuschvoll ausatmete. »Das erklärt vieles«, stellte er schließlich fest.

»Was meinst du damit?«

»Warum er solches Interesse an deiner Arbeit hat. Er ruft mich alle paar Monate an und erkundigt sich, ob du deine Arbeit auch ordentlich machst und dich genügend einbringst.«

Nun war die Überraschung auf Julies Seite. »Davon hast du nie etwas gesagt.«

»Keine Bange«, entgegnete er lächelnd. »Ich versichere ihm jedes Mal, dass du die beste Assistentin bist, die ich je hatte.« Er musterte sie forschend. »Warum hast du mir das nie erzählt? Hattest du Angst, anders behandelt zu werden, wenn sich herumspricht, dass du Rays Tochter bist?«

Julie plagte das schlechte Gewissen, als sie Michael erzählte, unter welchen Bedingungen Ray sie eingestellt hatte, allerdings nur flüchtig. Immerhin hatte ihr eigener Vater durchblicken lassen, dass er von ihr erwartete, *alles* zu tun, um Harry Lee bei Laune zu halten.

»Nun«, meinte Michael, als sie fertig war, »warum tust du ihm nicht den Gefallen? Sei nett zu Harry, natürlich nur so nett, wie du selber magst, und finde heraus, warum Ray so viel daran liegt, Harry bei Laune zu halten. Irgendetwas ist da im Busch, sonst würde er sich nicht so anbiedern. Wäre sicher interessant zu wissen, was dahintersteckt.«

Erst jetzt wurde Julie bewusst, dass sich hier tatsächlich eine ideale Gelegenheit bot, mehr über das Tak-Lee-Projekt in Erfahrung zu bringen. Möglicherweise fand sie ja sogar heraus, warum der Bericht an Gordon Talbert geschickt worden war. Und inwieweit ihr Vater in die Vertuschung der Affäre verwickelt war.

»Du hast recht.« Sie griff nach dem Telefon. »Ich sage Ray, dass ich einverstanden bin, für Harry den Fremdenführer zu spielen. Mehr aber auch nicht.«

Harry Lee klopfte an die Tür mit der Aufschrift *Buchhaltung* und wartete, dass jemand ihn aufforderte einzutreten.

Der Schock-Faktor war eine wirkungsvolle Waffe in seinem Arsenal, und Harry beobachtete belustigt Eric Sweetmans Gesichtsausdruck, als er eintrat, die Tür hinter sich schloss und Platz nahm.

»H-Harry. Was kann ich für Sie tun? Ich habe Ihrem Vater erst letzte Woche die aktuellen Zahlen zukommen lassen. Bis zur Fertigstellung des nächsten Bauabschnitts sind keine weiteren Abschlagszahlungen fällig. Ich melde mich bei Ihnen …«

Schweiß perlte auf Erics Stirn, und Harry befand, dass dies der richtige Zeitpunkt sei, ihn zu unterbrechen. »Schon gut, Eric, ich bin nicht wegen des Leistungsstandes hier.«

»Nicht?« Es klang beinahe wie ein Krächzen.

»Nein«, entgegnete er beruhigend und beugte sich leicht vor. »Ray hat mir von Ihrem kleinen … Problem erzählt.« Die hierauf entstehende Stille zog sich in die Länge, und er beobachtete aufmerksam das Wechselbad der Gefühle auf dem Gesicht seines Gegenübers. »Ich dachte mir, ich frage mal nach, was Sie in dieser Sache raten würden«, fügte er schließlich hinzu.

»Hören Sie, Harry, wie Ray Ihnen sicher schon gesagt hat, hat Todd es versucht, und wenn der es nicht zurückbringen kann, dann schafft es niemand.« Eric rieb sich nervös mit dem Zeigefinger die Stirn. »Wir hätten Cleary niemals Geld geben dürfen, das habe ich Ray gleich gesagt. Ich wusste, dass er sich damit nicht zufriedengeben würde; Erpresser kriegen den Hals nun einmal nicht voll. Aber Ray war sicher, er könnte ihn mundtot machen. Wenn wir die verdammten Frösche von Anfang an gemeldet hätten, hätten wir uns eine Menge Ärger erspart. Zwar hätte es einiges gekostet, den Bau dahingehend umzuplanen, dass der Bachlauf hätte bestehen bleiben können, aber … aber …« Er warf den Kugelschreiber, an dem er sich festgeklammert hatte, seit Harry den Raum betreten hatte, auf den Tisch. »Ich weiß, dass es unmöglich schien, weil der verfluchte Bach mitten durch das Gelände führte, doch das Sunshine Plaza in Maroochydore wurde über einen Wasserlauf gebaut, der zehnmal breiter ist als dieses Rinnsal. Die Architekten hätten sicher eine Lösung gefunden, mit der auch die Umweltschützer hätten leben können.«

Harry lächelte. Eric war eine weise Wahl gewesen. Seine unübersehbare Nervosität am Empfang hatte Harry stutzig gemacht. Jetzt wusste er, was los war.

Höchste Zeit, noch eine Runde mit Ray zu plaudern.

Kapitel 10

Warum haben Sie mir nichts von der Erpressung durch den Umweltschutz-Beauftragten erzählt?« Harry sah den Schock auf Ray Galloways Gesicht und nutzte seinen Vorteil. Er beugte sich über Rays Schreibtisch und starrte von oben auf ihn herab. »Mein Vater hätte sofort informiert werden müssen.«

Ray war klug genug, nicht das Unschuldslamm zu mimen. Harry war seinem als eiskalten Geschäftsmann bekannten Vater zu ähnlich, als dass er es auf einen Versuch hätte ankommen lassen. »Das ist doch Schnee von gestern. Der Mann ist tot.«

»Haben Sie das veranlasst?«

»Nein. Ich war mir noch nicht schlüssig, ob ich es darauf ankommen lassen sollte, als der Mistkerl überfahren wurde. Irgendein Betrunkener hat mir einen großen Gefallen getan.«

»Man hat den Fahrer nie ermittelt?«

Ray schüttelte den Kopf.

»Und was ist mit den Beweisen, die Todd beschaffen wollte?« Harry konnte sich nur mühsam ein Lächeln verkneifen, als er Rays verdattertes Gesicht sah. »Wo sind sie?«

»Wer hat Ihnen davon erzählt?«

»Ich habe Eric hereingelegt. Der Mann ist ein naiver Idiot, Ray, Sie sollten sich von ihm trennen. Alte Freunde können im Geschäftsleben zum Risiko werden.«

Ray verkniff sich die Worte zur Verteidigung Erics, als er urplötzlich erkannte, dass er sich vor allem deshalb mit Todd und Eric umgab, weil er ihre Bewunderung und Ehrerbietung genoss, und weniger, weil er sie als besonders kompetente Mitarbeiter betrachtete. »Ihr Vater ist ein alter Freund, Harry.«

Harry lachte ehrlich belustigt. »Wenn Sie das tatsächlich glauben, sind Sie ein noch größerer Dummkopf als Eric. Würde er es als notwendig erachten, würde mein Vater Ihre Vernichtung mit der Gleichgültigkeit veranlassen, mit der Sie eine lästige Fliege erschlagen.« Er wurde schlagartig wieder ernst. »Und jetzt sagen Sie mir, wo diese Beweise sind.«

Ray gehorchte.

Nach einigen Minuten wurde er von Harry unterbrochen. »Dann nehmen Sie also nur an, dass die Schriftstücke sich im Talbert-Haus befinden.«

»Wenn Gordon Talbert sie nicht irgendwo in Verwahrung gegeben hat, müssen sie dort sein.«

Harry überlegte einen Augenblick und richtete sich dann wieder auf. »Ich werde sehen, was sich machen lässt.«

Als er dem jüngeren Mann nachblickte, der eben sein Büro verließ, war Ray ungewohnt flau in der Magengegend. Es stimmte, was Harry gesagt hatte: Tak Lee würde ihn, ohne mit der Wimper zu zucken, vernichten, wenn ihm der Sinn danach stand. Und Ray hatte das ungute Gefühl, dass Harry nicht zögern würde, den Befehl seines Vaters höchstpersönlich auszuführen.

Der Agency Informationen vorzuenthalten, wäre Mark früher nie in den Sinn gekommen, aber dies war ein Sonderfall. Das hier war privat. Die Reputation seines Vaters stand auf dem Spiel. John Corey über den Bericht des Umweltberaters zu informieren, würde gegenwärtig nichts ändern. Er überzeugte sich selbst davon, dass es Corey und somit McSwain letztlich mehr nützen würde, wenn er zuerst mit Ray Galloway sprach.

Mit dem Bericht und dem Brief zur Polizei zu gehen, kam nicht infrage. Er wollte nicht riskieren, dass Ray vorgewarnt wurde. Damit wäre seine einzige Chance vertan, die Hintergründe des Mordes an seinem Vater aufzudecken.

Claire hatte ihn gebeten, sie heute Morgen zu einem Termin mit dem Bankdirektor zu begleiten, der sie über ihre finanzielle Situation aufklären sollte. Als er in dem strengen Büro gesessen hatte, das nach Papier roch, das über das Schicksal von Menschen bestimmte, hatte er sich wieder gefragt, was es mit dem rätselhaften Brief auf sich haben mochte, den sein Vater erhalten hatte. Wer hatte Gordon gut genug gekannt, um einen Satz zu schreiben wie »Wirst du diesmal das Richtige tun, Gordon?«? Ging es um eine private Angelegenheit? Oder bezog sich der Absender auf etwas, das mit Gordons politischer Karriere zu tun hatte?

Er zögerte, bevor er das Foyer von Rays Büro betrat. Es war kurz vor fünf, und er war versucht, erst Julie in ihrem Büro aufzusuchen und sie zu bitten, nach Feierabend auf ihn zu warten. Als er sie gestern nach dem Mittagessen auf dem Mount Coot'tha nach Hause gebracht hatte, hatte er ihre Einladung, noch auf einen Kaffee mit reinzugehen, abgelehnt. Nachdem er versprochen hatte, sie nie zu belügen, fühlte er sich schuldig, weil er ihr nichts von Yuusuf Haasan erzählt hatte, ein Versäumnis, das in seinen Augen einer Lüge gleichkam. Und so war der Abschied entsprechend kühl ausgefallen, was er zutiefst bedauerte.

Er hatte die ganze Nacht an sie denken müssen, an ihr Lächeln, daran, wie wunderbar ihre Brüste sich an seine Handflächen geschmiegt hatten, an den verträumten Ausdruck in ihren Augen, nachdem sie sich geliebt hatten … und an die Möglichkeit, dass sie von ihm schwanger war. Die Vorstellung versetzte ihn nahezu in Panik. Sie hatte akzeptiert, wer er war und was er machte, aber er hatte durchblicken lassen, dass er nicht zu seinem alten Leben zurückkehren würde. Würde sie ihm verzeihen, wenn sie von den wahren Gründen für sein Interesse an ihrem Vater erfuhr? Falls sie ihn daraufhin verließ, wäre das schon schlimm genug, aber wenn sie zudem noch ein Kind von ihm erwartete …

Er schob den Gedanken beiseite und trat vor den Empfangstresen, der so elegant wirkte wie die Blondine, die dahintersaß.

»Kann ich Ihnen helfen?«, fragte sie.

Mark hatte noch nicht oft das Gefühl gehabt, von einer Frau in Gedanken ausgezogen zu werden, und noch seltener hatte er den Eindruck gehabt, sein weibliches Gegenüber interessiere sich besonders für ganz bestimmte Proportionen seiner Anatomie. Mark starrte zurück. Er wusste, wer sie war. In der Akte, die John Corey ihm ausgehändigt hatte, waren auch sämtliche Angestellten von GalCorp sowie deren Familien erwähnt gewesen, darunter die Affäre zwischen Gaynor Farrell und Ray Galloway.

»Mein Name ist Mark Talbert. Ich möchte Ray sprechen, falls er da ist.«

Aus ihrem Blick schloss er, dass sein Name ihr geläufig war. Sie griff nach dem Telefonhörer, und schon wenige Sekunden später führte sie Mark in Rays Büro.

Mark war überrascht, als Ray, der an seinem Schreibtisch saß, aufstand und ihm mit ausgestreckter Hand entgegenkam.

»Mark. Schön, dich zu sehen! Wie geht es Claire? Und deiner Schwester?« Ray bedeutete ihm, auf einem Besucherstuhl Platz zu nehmen. Dann öffnete er eine Zigarrenkiste auf seinem Schreibtisch, wickelte eine Zigarre aus der Zellophanhülle, knipste ein Ende ab und zündete sie an.

»Es geht so.« Mark wartete, bis Ray wieder Platz genommen hatte. »Bevor ich fortfahre, möchte ich, dass du mir dein Wort darauf gibst, dass sie nie etwas von dem erfahren, worüber ich gleich mit dir sprechen werde.«

Nun war die Überraschung auf Rays Seite. Er zögerte, ehe er antwortete. »Wenn du es wünschst.«

Mark reichte ihm einen Umschlag, der genauso aussah wie jener, den er im Waffenschrank seines Vaters gefunden hatte. Er sah zu, wie Ray ihn öffnete, beide Blätter herausnahm und sie las. Obgleich Mark den Ausdruck in seinen Augen nicht sehen konnte, verriet Rays Körpersprache abwechselnd Verblüffung, Erleichterung und gleich darauf Argwohn.

»Wo hast du das her?«, fragte er schließlich.

»Mein Vater hatte es versteckt. Wusstest du … dass er im Besitz dieses Schriftstücks war?«

»Ja. Gordon rief mich an, gleich nachdem er den Brief erhalten hatte. Selbstverständlich habe ich die Vorwürfe geleugnet. Ich habe ihm erklärt, dass der Sachverständige versucht habe, GalCorp zu erpressen, und wir seinen Forderungen nachgegeben haben, obgleich sie jeder Grundlage entbehrten, weil eine Verzögerung aufgrund einer Untersuchung der Naturschutzbehörde uns den Auftrag hätte kosten können. Tak Lee hätte sich vermutlich anderweitig nach einem geeigneten Grundstück umgesehen.«

»Und was war, als Cleary ein zweites Mal Geld verlangt hat? Hast du wieder bezahlt?«

»Das hatte ich vor. Eine Konventionalstrafe wegen Verzugs hätte uns ein Vielfaches mehr gekostet als das, was Cleary verlangte. Ich war natürlich stinksauer auf den Mistkerl, aber dann kam er bei einem Autounfall ums Leben, und damit war der Fall für mich erledigt.«

Obgleich Rays Antworten ehrlich klangen, spürte Mark, dass er log. Ray würde niemals einem Erpresser nachgeben, es sei denn, er hatte tatsächlich etwas zu verbergen. Außerdem kam der Tod des Erpressers allzu gelegen.

»Ich weiß nicht, wer ihm das geschickt hat.« Ray schwenkte die Briefe in der Luft. »Aber es war völlig richtig von Gordon, mich anzusprechen, anstatt sich an die Presse zu wenden und das Ganze unnötig aufzubauschen. Dadurch konnte ich die Angelegenheit klären. Es freut mich, dass du offenbar die gleichen Werte vertrittst wie dein Vater.«

Mark konnte sich nicht vorstellen, dass sein Vater Rays Wort in dieser Sache für bare Münze genommen und die Angelegenheit einfach ad acta gelegt hatte. Nur mühsam konnte er den Impuls unterdrücken, Ray zu packen und die Wahrheit aus ihm herauszuprügeln. Dies war das erste Mal, dass er persönlich in einen Fall involviert war, und er war selbst überrascht davon, wie schwer es ihm fiel, besonnen zu bleiben.

Er verspürte immer noch brennenden Zorn wegen des brutalen Mordes an seinem Vater. Sollte Ray Gordons Tod zu verantworten haben, war Mark fest entschlossen, ihn seiner gerechten Strafe zuzuführen. So oder so.

Gaynor wollte gerade gehen, als Julie das Foyer betrat. Sie stand in der Tür und schaute demonstrativ auf die Uhr, ehe sie Julie ansah. »Es ist nach fünf«, stellte sie fest.

»Ray erwartet mich.« Auf Gaynors Stirnrunzeln hin fügte sie hinzu: »In einer Privatangelegenheit.«

»Er hat Besuch.«

»Ich weiß, ich soll dazukommen.«

»Ich habe einen Zahnarzttermin.« Gaynor zögerte, hin- und hergerissen zwischen der Notwendigkeit, ihren Termin einzuhalten, und der Wachhund-Mentalität, mit der sie Rays Büro vor Unbefugten schützte.

Julie verkniff sich ein Lächeln. »Sie sollten sich beeilen, sonst kommen Sie zu spät zum Zahnarzt. Sie haben sicher eine Ewigkeit auf den Termin warten müssen.«

Wäre Gaynors gertenschlanker Körper in der Lage gewesen zu zucken, hätte er dies zweifellos getan. So aber begnügte sie sich mit einem ungeduldigen Nicken und stakste davon.

Julie klopfte, öffnete Rays Bürotür und trat ein.

Der Mann in dem Besucherstuhl vor Rays Schreibtisch wandte den Kopf. »Hallo, Julie. Schön, dich wiederzusehen!« Marks neutraler Blick und seine distanzierte Begrüßung verrieten ihr, dass Mark ihre Beziehung vor Ray geheim halten wollte. »Finde ich auch«, erwiderte sie. Gleich darauf wurde ihr bewusst, dass nach ihr noch jemand den Raum betreten hatte. Sie wandte sich um und schaute in die belustigten Augen eines Mannes, in dem sie Harry Lee vermutete. Sie registrierte mit einem Blick seine attraktiven Züge, seine überdurchschnittliche Größe und sportliche Gestalt. Er sah völlig anders aus, als sie ihn sich vorgestellt hatte, so gar nicht »chinesisch«.

»Sie müssen Julie sein.« Ein anerkennendes Leuchten erhellte seine eher braunen als schwarzen Augen, als er sie anlächelte. »Als Ray sagte, Sie hätten sich bereit erklärt, während meines Aufenthaltes in Brisbane für mich den Fremdenführer zu spielen, war mir noch gar nicht klar, was für ein Glückspilz ich bin. Ich bin Harry Lee.«

»Harry.« Rays Unterbrechung bewahrte Julie davor, hierauf antworten zu müssen. »Darf ich Ihnen Mark Talbert vorstellen? Er ist der Sohn eines kürzlich verstorbenen engen Freundes.«

Harrys Ausdruck wandelte sich blitzschnell. Interesse flackerte in seinen Augen auf, gefolgt von einem abschätzigen Blick. Sofort war die weltgewandte Fassade wiederhergestellt.

Harry kam näher, schüttelte Mark die Hand, und die beiden Männer tauschten ein paar Begrüßungsfloskeln aus. Einen Moment wirkten sie mehr wie Kontrahenten denn wie Fremde, dann ließ Harry Marks Hand abrupt los und wandte sich wieder Ray zu. »Vielen Dank, dass Sie eine so entzückende Begleiterin für mich organisiert haben, Ray. Und alles Gute für Ihre Besprechung. Ich melde mich später, wenn Sie wieder zu sprechen sind, dann können Sie mir die Baustelle zeigen.« Er ging zur Tür und trat galant beiseite, um Julie den Vortritt zu lassen.

Julie warf Mark einen Blick zu. Seine angespannte Schulterpartie verriet, was sein freundlicher Gesichtsausdruck erfolgreich verbarg. Nach kurzem Zögern verließ sie das Büro.

Harry folgte.

Harrys Erscheinen hatte Ray aus dem Konzept gebracht; er hatte frühestens zehn Minuten später mit seinem Erscheinen gerechnet. Und doch war die Begegnung sehr aufschlussreich gewesen. Mark war nicht eingeschüchtert gewesen von Harry. Tatsächlich hatte es vielmehr so ausgesehen, als wäre er … Ray suchte nach dem richtigen Wort. Ja, als wäre er wütend auf den Asiaten. Unter der scheinbar gelassenen Fassade schwelte etwas, und Ray fragte sich, ob es sich möglicherweise auszahlen mochte, seine Beziehung zu Mark Talbert zu vertiefen. Er dachte an Harrys Bemerkung darüber, wie mühelos Tak Lee ihn vernichten konnte, wenn ihm der Sinn danach stand. Doch, Mark Talbert könnte sich durchaus noch als nützlich erweisen.

Ruth tupfte sich den Schweiß von der Stirn, löste das Gummi aus den Haaren und stopfte das Handtuch in ihre Sporttasche. Sie warf einen Blick auf ihre Armbanduhr. Er war spät dran. Als typischer Einzelgänger hasste sie es, auf andere angewiesen zu sein, aber diesmal hatte sie keine andere Wahl. Nur indem sie sich desselben Dealers bediente, würde sie bekommen, was sie brauchte.

Eine Frau betrat die Umkleide, tippte ihren Code in die Spindtür ein, nahm ihre Sachen heraus und ging wieder. Ruth hatte das Gesicht abgewandt, sah jedoch wieder zur Tür, als sich erneut Schritte näherten. Ein Mann mit ausgeprägten Muskeln unter dem Sportdress blieb in einiger Entfernung hinter ihr stehen. Sein Blick glitt über ihre kleinen Brüste unter dem engen T-Shirt, ignorierte ihre verschwitzte weite Sweathose, fiel auf ihre Sporttasche und richtete sich jetzt erst auf ihr Gesicht. Er verzog die Mundwinkel zu einem fast verächtlichen Grinsen, das jedoch nichts mit einem Lächeln gemein hatte. »Haben Sie die Kohle?«

Ruth nickte, langte in die Tasche und warf ihm ein Bündel Geldscheine zu. Er zählte nach, zählte ein paar Banknoten ab und hielt sie hoch. Mit zwei Schritten war Ruth bei ihm und riss ihm das Geld aus der Hand.

»Nicht so hastig.« Mit eisernem Griff packte er ihr Handgelenk. »Ich dachte mir, wir legen noch einen kleinen Bonus drauf.«

Den Bruchteil einer Sekunde erstarrte Ruth, jeder Muskel ihre Körpers wie versteinert, jede Sehne zum Zerreißen gespannt. Unter Aufbietung ihrer ganzen Willenskraft zwang sie sich, sich zu entspannen und zu lächeln. »Vielleicht ein anderes Mal. Heute habe ich es eilig.«

Sein Schulterzucken verriet, dass ihm nicht wirklich etwas an ihr lag, und er ließ sie wieder los. Ruth blickte ihm nach, als er davonging, die Beine leicht o-förmig aufgrund der Masse seiner Oberschenkel. Ihre Mundwinkel zuckten. Das, was sich zwischen diesen Schenkeln verbarg, war winzig und nicht der Rede wert.

Eine Stunde Training mit den Fitness-Geräten seines Vaters und ein Fünfzehn-Kilometer-Lauf im Anschluss vermochten Marks Zorn und Eifersucht auch nicht zu schmälern. Warum um alles in der Welt hatte Julie sich einverstanden erklärt, den »Fremdenführer« für Harry Lee zu spielen? Womit hatte Ray ihr dieses Zugeständnis abgepresst?

Er zerbrach sich unter der Dusche ebenso den Kopf darüber wie bei seinem anschließenden Abendessen, das aus Lammkoteletts mit Gemüse bestand, bis er schließlich Messer und Gabel klirrend auf den Teller fallen ließ und Julies Nummer wählte.

Nach dem neunten Freizeichen nahm sie endlich ab, ein wenig atemlos und geistesabwesend.

Sorge ließ ihn jede Diplomatie über Bord werfen. »Warum hast du dich darauf eingelassen, für Harry Lee den Babysitter zu spielen?«, schnauzte er sie an.

»Mark?« Sie klang überrascht und erfreut.

»Hat Ray dich dazu gezwungen?«

»Moment. Ich bin gerade erst reingekommen. Ich muss nur schnell die Schuhe ausziehen. Meine Füße tun höllisch weh.«

Er lauschte dem Klappern von Absätzen, gefolgt vom Geräusch ihrer Schritte auf nackten Sohlen. Schließlich drang ein leises Quietschen an sein Ohr, das er vor zwei Tagen das letzte Mal gehört hatte und das sich unauslöschlich in seine Erinnerung eingebrannt hatte. Mit belegter Stimme fragte er: »Sitzt du auf dem Bett?«

»Genau genommen liege ich sogar. Ich bin fix und fertig. Ich wusste gar nicht, dass das Leben eines Spions so anstrengend sein kann.«

Mark packte den Hörer mit so festem Griff, dass er beinahe fürchtete, er würde zersplittern. »Was soll das heißen, das Leben eines Spions?« Ein Rascheln verriet ihm, dass Julie es sich bequem machte, und seine Fantasie lenkte ihn von ihrer Antwort ab.

»Dad hat mich gebeten, Harry Brisbane zu zeigen. Zuerst wollte ich nicht, aber dann dachte ich mir, ich könnte vielleicht herausfinden, was es mit dem Brief auf sich hat, den dein Vater vor seinem Tod erhalten hat, und da habe ich Ja gesagt.«

»Ich möchte dich nicht in Harry Lees Nähe wissen!«

»Bist du eifersüchtig?« In ihrer Stimme schwang der Anflug eines Lächelns mit.

Im ersten Moment wollte er sie warnen, wie gefährlich Harry war, überlegte es sich aber gleich darauf anders. Er wollte sie nicht nervös machen, denn das konnte in Gegenwart des Mannes schlimmer sein als Ahnungslosigkeit. Außerdem hatte sie ganz recht: Er war eifersüchtig. Rasend eifersüchtig sogar! »Ja«, gab er zu.

»Das brauchst du nicht. Er ist charmant, doch ich stehe nicht auf oberflächliche Männer.« Ihr Tonfall veränderte sich. »Sollte mein Vater für einen Mord verantwortlich sein, möchte ich ihn hinter Gittern sehen, wo er keinerlei Einfluss mehr auf Andy hat. Um meinen Sohn zu schützen, würde ich mit dem Leibhaftigen ausgehen, Mark.«

»Bitte versprich mir, dich von Harry fernzuhalten.« Noch während er das sagte, wurde Mark bewusst, wie kindisch er klang. Andererseits, wenn es dazu beitrug, sie vor der Gefahr zu beschützen, machte er sich gern zum Narren, indem er stereotype männliche Verhaltensweisen an den Tag legte.

»Diesbezüglich kannst du die nächsten Tage ganz beruhigt sein. Ray veranstaltet jedes Jahr einen Motivations- und Weiterbildungs-Workshop für alle Mitarbeiter von GalCorp, und ich bin die kommenden zwei Tage mit von der Partie. Harry wird wohl oder übel allein zurechtkommen müssen.«

Mark entspannte sich ein wenig. »Hat er erwähnt, wie lange er noch in Brisbane sein wird?«

»Er sagte, er wolle bis zum Eintreffen seines Vaters bleiben, und das ist etwa eine Woche vor der Markteröffnung vorgesehen. Bis dahin liegt das Projekt in Harrys Zuständigkeitsbereich.«

Ein Blick auf den Kalender verriet Mark, dass es bis zur Eröffnung nur noch drei Wochen waren. Er überlegte, ob Tak Lees Treffen mit Yuusuf Haasan in irgendeinem Zusammenhang mit diesem Termin stand. Verdammt, John Corey hatte ihm wirklich nicht viel mit auf den Weg gegeben! Es sah ganz so aus, als wäre es an der Zeit, ihn über den Brief und den Bericht zu informieren, die sein Vater erhalten hatte. Vielleicht konnte er ja einen Zusammenhang nachweisen. Zwar bestand die Gefahr, dass McSwain ihn wegen Befangenheit von dem Fall abzog, aber dieses Risiko musste er eingehen.

In den folgenden fünf Minuten befragte er Julie zu ihren Gesprächen mit Harry und berichtete seinerseits von seiner Unterredung mit ihrem Vater, unmittelbar bevor sie dazugestoßen war. Er versprach, sie zu besuchen, sobald sie von ihrem Seminar zurück war, und legte auf.

Der Mann, der Kenny Wongs Identität angenommen hatte, sah zu, wie das Licht aus dem Waggoninneren über Bäume und Sträucher entlang der Bahnstrecke fiel, während der Zug durch die Nacht raste. Andere Fahrgäste hatten die Jalousien zugezogen und lasen, schliefen oder schauten sich einen Film auf einem kleinen Deckenbildschirm an. Kenny, wie er sich selbst gern nannte, hatte es vorgezogen, jede Minute der Fahrt die Landschaft zu betrachten, die Kilometer für Kilometer draußen vorüberzog. Er wäre gerne Erster Klasse gefahren, aber die Notwendigkeit, sich möglichst unsichtbar zu machen, hatte dem im Weg gestanden.

Bevor er in den Zug gestiegen war, hatte er in einem Hotel für Rucksacktouristen genächtigt. Dort hatte er sich den Inhalt von Kenny Wongs Brieftasche genauer angesehen und sich die Persönlichkeit des Toten übergestülpt oder, genauer, eine Persönlichkeit, die seiner Auffassung nach jener des Mannes entsprach, der für ihn sein Leben gelassen hatte. Ihm war bewusst, dass man ihn vor allem wegen seiner asiatisch anmutenden Züge für diese Aufgabe ausgewählt hatte, aber die Eigenschaften, die für die Aufrechterhaltung dieser Fassade notwendig waren, musste er sich erst aneignen.

Mit jeder verstreichenden Stunde wuchs seine Vorfreude. Diese Mission war die lang ersehnte Gelegenheit, sich zu beweisen, allen zu zeigen, dass seine Hingabe jener seiner Kameraden, die für die Sache gestorben waren, in nichts nachstand. Allerdings hatte Kenny nicht die Absicht zu sterben. Ganz im Gegenteil. Er erhoffte sich von seinem Erfolg einen deutlichen Aufstieg und Zugang zu jener Art von Macht, nach der er trachtete, seit er denken konnte.

Als der Zug um eine scharfe Kurve fuhr, fiel sein Rucksack gegen seine Beine. Er lächelte. Nicht mehr lange. Bald würde seine große Stunde kommen.

Kapitel 11

Ein Lächeln, das jedoch jegliche Wärme vermissen ließ, erschien auf Harrys Gesicht, als er die zwei massiven Steinlöwen betrachtete, die den Zugang zu Brisbanes Chinatown flankierten. Er wusste, dass sie böse Geister abwenden sollten, und die Ironie, ausgerechnet diesen Ort als Treffpunkt gewählt zu haben, gefiel ihm. Sein Abendessen mit Julie Evans war ausgesprochen kurzweilig gewesen. Zum ersten Mal in seinem Leben war er mit einer Frau ausgegangen, die gezwungen gewesen war, Freude an seiner Gesellschaft zu heucheln. Zumindest hatte sie es versucht, aber ganz offensichtlich war sie eine Frau, der Heuchelei grundsätzlich schwerfiel, und das war neu für ihn. Als Ray meinte, er habe für ihn eine Begleiterin organisiert, die ihm die Stadt zeigte, war Harry davon ausgegangen, dass es sich hierbei um eine hirnlose Schönheit handelte, die ihm einen gelungenen Abend mit leichtem Sex vergalt. Julie jedoch hatte interessante Fragen zum Projekt seines Vaters gestellt und ihn mit ihrem Wissen und ihrer Intelligenz beeindruckt. Ihre offenkundige Unabhängigkeit war ebenfalls erfrischend gewesen, sodass er beschlossen hatte, wieder auf seine »Fremdenführerin« zurückzugreifen, sobald diese von ihrem firmeneigenen Fortbildungsseminar zurückgekehrt war.

Er betrachtete das verschnörkelte Tor und die Geschäfte nach traditionellem chinesischen Muster im Inneren des Einkaufszentrums und hoffte, dabei glaubwürdig den neugierigen Touristen zu mimen. Als er seinen Kontaktmann entdeckte, schlenderte er in dessen Richtung und bog dann abrupt ab, als hätte die farbenfrohe Auslage eines Schaufensters seine Aufmerksamkeit erregt. Der Laden war geschlossen, doch verschiedene Restaurants hatten noch geöffnet, wenn auch nicht mehr viel los war. Harry legte einen Finger an die Scheibe, als interessiere er sich für einen bestimmten Gegenstand, wandte sich dann ab und betrat das nächstbeste Restaurant. Kurz darauf folgte sein Kontaktmann und setzte sich zu ihm an den Tisch.

Eine Tasse grünen Tee später hatte Harry ihm dargelegt, was getan werden musste. Die beiden einigten sich auf einen Preis, dann stand der Mann auf und verließ das Lokal. Harry lächelte. Wieder ein kleines Problem weniger – oder genauer: ein großes Problem, sagte er sich, als er an die imposante Erscheinung Mark Talberts dachte.

Ruth öffnete das Päckchen, das sie dem Mann im Sportstudio abgekauft hatte, und betrachtete die großen Ampullen. Sie griff nach der Spritze auf dem Küchentisch und tauchte die Nadel in die Flüssigkeit. Sie saugte den Inhalt der Ampulle auf, entfernte dann die Nadel und leerte den Inhalt der Spritze in den Ausguss. Sie wiederholte den Vorgang, bis alle drei Ampullen leer waren.

Ebenso umsichtig holte sie die kleineren Ampullen hervor, die sie sich mithilfe des gefälschten Rezeptes beschafft hatte, und transferierte ihren Inhalt mit der Spritze in die größeren Glasampullen. Mit einem zufriedenen Lächeln begutachtete sie die Gummipfropfen und überzeugte sich davon, dass sie sich auch vollständig wieder geschlossen hatten und keine Einstichstelle zu sehen war.

In nur vierundzwanzig Stunden würde sie einen weiteren Namen auf ihrer Liste abhaken können.

John Coreys Bericht über den Tod von Abraham Cleary, jenes Umweltberaters, den Ray beauftragt hatte, bestätigte das, was Mark bereits wusste. Cleary war Opfer eines tödlichen Autounfalls mit Fahrerflucht geworden, und bisher gab es keinerlei Hinweise auf den Unfallgegner, abgesehen davon, dass der Untersuchungsbericht davon ausging, dass es sich bei dem flüchtigen Fahrzeug vermutlich um einen Geländewagen mit sogenanntem Kuhfänger gehandelt hatte. Da dies auf einen ziemlich großen Prozentsatz der Fahrzeuge in Brisbane zutraf, half ihm dieses Detail auch nicht weiter. Damals hatte nichts auf einen absichtlichen Zusammenstoß hingedeutet, und auch die anschließenden gründlichen polizeilichen Ermittlungen hatten den Verdacht nicht erhärtet. In Johns Bericht stand außerdem, dass Ray Galloway eine Limousine fuhr, und das schon seit mehreren Jahren. Nicht, dass das etwas zu bedeuten gehabt hätte, da Ray kaum so dumm gewesen wäre, seinen eigenen Wagen zu benutzen, um den Erpresser loszuwerden.

Außerdem hatte John auch Todd Langley und Eric Sweetman überprüft. Beide waren alte Schulfreunde von Ray, beruflich waren sie jedoch erst zusammengekommen, als Ray vor fünfzehn Jahren GalCorp gegründet und beide mit ins Boot geholt hatte.

Das Telefon läutete, und Mark schloss die Datei und schaltete seinen Laptop ab, ehe er sich meldete. Beim Klang von Julies Stimme durchströmte ihn eine Flut widerstreitender Gefühle. Sein Verlangen nach ihr war so groß, dass die Intensität ihn regelrecht schockierte, aber das schlechte Gewissen darüber, dass er sie möglicherweise in Gefahr gebracht hatte, wog schwer und dämpfte das Glück, nach dem er sich schmerzlich sehnte.

Nachdem sie aufgelegt hatte, überlegte Mark, ob die Begründung für ihren Anruf nur ein Vorwand gewesen war. Sie hatte gesagt, sie wolle ihm ihre Handynummer durchgeben für den Fall, dass er mehr über eine eventuelle Beteiligung ihres Vaters am Tod des Umweltberaters herausfand. Ganz offensichtlich empfand sie die Spannungen zwischen ihnen als ebenso unerträglich wie er selbst, aber im Augenblick konnte er nichts dagegen tun.

Gwen Daley hatte ihre Rolle als Präsidentin des örtlichen Edelstein-Clubs in den letzten Jahren sehr gern ausgefüllt, aber heute seufzte sie schwer, als sie die Schürze umband und die Gummihandschuhe überzog. Sie hatte sich schon vor Monaten geschworen, die Aufbewahrungskisten jener Mitglieder auszuräumen, die ihre Mitgliedschaft im vergangenen Jahr nicht verlängert hatten. Und natürlich auch die jener Mitglieder, die verstorben waren. *Und das sind ganz schön viele,* sagte sie sich, als sie zum Schrank hinüberging und diesen öffnete.

Die Kisten waren fein säuberlich aufgereiht und mit dem Namen des jeweiligen Eigentümers beschriftet. Gwen warf einen Blick auf ihren Zettel. Ja, Abraham Cleary war der Erste auf ihrer Liste. Sie holte die Kiste heraus und öffnete sie. Anders als viele andere Mitglieder hatte Abraham sein Werkzeug nie mit nach Hause genommen, und nun lagen dieses wie vergessene Souvenirs in dem Karton. *Wirklich schade,* dachte Gwen. Sie wusste, dass Abraham geschieden und kinderlos gewesen war, aber ansonsten hatte er nur sehr wenig Privates von sich preisgegeben. Es hatte sich niemand bei ihr gemeldet und um die Aushändigung seiner persönlichen Habe gebeten, und nun wusste sie nicht recht, was sie damit anfangen sollte.

Sie kramte in der Kiste und förderte mehrere ungeschliffene Steine zutage, dazu einige Plastikbehälter mit Halbedelsteinen sowie verschiedene leere Fassungen. Dazu ein Brief, der an die Umweltschutzbehörde adressiert war.

Vermutlich war der arme Mann vor seinem Unfall nicht mehr dazu gekommen, den Brief aufzugeben. Sie würde den Brief frankieren und abschicken. Sie ging zwar davon aus, dass der Inhalt inzwischen hinfällig war, aber ihr kam es trotzdem richtig vor. Sie steckte den Umschlag in ihre große Schürzentasche und hob die Kiste vom Boden auf. Sie würde den Schriftführer des Clubs fragen, ob vielleicht in den Unterlagen jemand erwähnt war, dem sie den Inhalt übergeben konnte.

Das Clear Mountain Conference Centre war nur über eine steile, gewundene Bergstraße oder per Hubschrauber erreichbar, und von dort oben hatte man einen atemberaubenden Blick auf Brisbane und die Inseln in der Moreton Bay. Das Tagungszentrum verfügte über einen Swimmingpool, Tennisplätze, einen Fitnessraum, einen Wellnessbereich, einen Massage- und Kosmetiksalon, ein hervorragendes Restaurant und natürlich Tagungsräume, kurz, es erfüllte Rays sämtliche Anforderungen. Er hatte in der Zeit, als er noch für den Vater seiner Exfrau gearbeitet hatte, gelernt, dass zufriedene Mitarbeiter produktiver waren, und Ray verlangte ein hohes Maß an Produktivität von seinen Angestellten. Das alljährliche Tagungswochenende stärkte zudem den Zusammenhalt der Belegschaft, und die Annehmlichkeiten eines Luxushotels verliehen der Illusion, dass Ray sich tatsächlich für das Wohl seiner Mitarbeiter interessierte, Glaubwürdigkeit.

Er setzte sich mit seinem Bier auf die Terrasse und betrachtete die Abendsonne, die den rosafarbenen Himmel mit goldenen Streifen durchzog. Eine kühle Brise machte die Tageshitze erträglicher, allerdings waren weit und breit keine Wolken zu sehen, die Schatten gespendet hätten. Als sein Handy klingelte, fluchte Ray ob der Störung. Er hatte einen anstrengenden Tag hinter sich und sich eigentlich eine Auszeit gönnen wollen.

»Sie haben für mich eine Nachricht im Hotel hinterlassen.« Harrys glatte Stimme klang beinahe so deutlich, als stünde er neben ihm.

»Ich wollte Sie nur davon in Kenntnis setzen …« Ray schaute sich rasch um, um sicherzugehen, dass niemand in Hörweite war. »… dass unser kleines Problem sich erledigt hat. Mark Talbert hat mir gestern den Brief und den Bericht übergeben, die sein Vater per Post erhalten hatte.«

»Das Original?«

»Nein. Es handelt sich um eine Fotokopie. Aber ich gehe davon aus, dass Gordon nur die Kopie erhalten hat. Sie glauben doch nicht, dass der Absender ihm das Original geschickt hätte, oder?«

Es entstand eine kurze Pause, bevor Harry antwortete. »Das spielt ohnehin keine Rolle. Das Problem wird heute Abend aus der Welt geschafft. Ein für alle Mal und endgültig.«

»Was meinen Sie damit?«

»Das brauchen Sie nicht zu wissen.«

Harry legte auf, noch ehe Ray hierauf etwas erwidern konnte.

Ruth taxierte die Entfernung vom Balkon ihres Zimmers im Clear Mountain Conference Centre zum Berghang weiter unten. Der Sturz würde sie vermutlich nicht umbringen, ganz sicher aber verletzen, und keine dieser beiden Optionen kam infrage. Sie vergewisserte sich noch einmal, dass die Tasche ihrer Cargo-Hose verschlossen war.

Sie hatte gewartet, bis die Gäste aus dem Nebenzimmer gegangen waren. Nun kletterte sie auf die Balkonbrüstung und schwang sich an der Holzabtrennung zwischen den beiden Balkonen vorbei, sprang hinunter und ging zu der zweiten Abtrennung am anderen Ende des Nachbarbalkons. Dort verharrte sie eine Weile und lauschte. Als sie sicher war, dass niemand dort war, wiederholte sie die Kletterpartie von vorhin und drückte sich dann an die feststehende Hälfte der Glasschiebetür, die von innen dank eines bodenlangen Vorhangs nicht zu sehen war.

Die anhaltende Stille musste bedeuten, dass niemand da war, überlegte sie und zog vorsichtig am Griff der Fliegengittertür.

Sie war offen.

Die Glastür ebenfalls. Ganz langsam öffnete sie diese und betrat das Zimmer. Ein Doppelbett. Ein Einzelbett. Eine Anrichte mit Teekocher und Kaffeemaschine und einem kleinen Kühlschrank darunter. Ein Einbauschrank für Kleidung und Gepäck.

Die Tür zum Badezimmer war verschlossen. Zwei Koffer. Ein Blick auf die Unterwäsche im ersten der beiden Gepäckstücke erbrachte, dass es der falsche war. Die Kleidung im zweiten Koffer verriet ihr jedoch, dass sie einen Volltreffer gelandet hatte. In mehrere Lagen Sportkleidung gewickelt, fand sie ein Päckchen, das identisch war mit jenem, das sie nun aus ihrer Hosentasche zog. Eilig tauschte sie die Päckchen aus und wollte eben den Reißverschluss des Koffers wieder zuziehen, als nebenan die Toilettenspülung betätigt wurde.

Kapitel 12

Das Läuten der Türglocke hallte durch die Zimmer im Erdgeschoss und hob für Mark die Atmosphäre der Leere und der grässlichen Einsamkeit, die ihn lähmte wie eine zentnerschwere Last, noch hervor.

Als er Andy vor sich stehen sah, beide Hände in den Hosentaschen vergraben und die Schultasche lässig über eine Schulter geworfen, befiel ihn erst einmal Panik. War Julie etwas zugestoßen? Aber noch bevor er seine Sorge in Worte fassen konnte, fragte Andy:

»Kann ich heute Nacht hier schlafen?« Es war mehr eine Herausforderung denn eine Bitte. Der Tonfall des Jungen warnte Mark davor, ihn abzuweisen. Als er zögerte, erklärte Andy: »Eigentlich sollte ich bei Zac bleiben, aber die ganze Familie ist krank, und sein Dad meinte, ich würde mich nur anstecken. Und da habe ich gesagt, ich könnte alternativ das Wochenende hierbleiben.«

Mark fand endlich seine Stimme wieder. »Was haben sie denn?«

»Magen-Darm-Grippe.«

Mark wusste nicht, was er sagen sollte, und so flüchtete er sich in seiner Hilflosigkeit in eine Floskel, die sein Vater stets angewandt hatte: »Und was sagt deine Mutter dazu?«

Andy zuckte die Schultern. »Ich dachte, ich könnte sie von hier aus anrufen.«

Mark blickte in Richtung der Sonne, die gerade jenseits der

fernen Berge unterging. »Wie bist du denn hergekommen? Es wird gleich dunkel.«

»Mit dem Bus. Mir war nicht klar, dass ich zwei Mal würde umsteigen müssen. Den Rest bin ich gelaufen.«

»Komm rein.« Mark trat beiseite und beobachtete, wie Andy betont lässig ins Wohnzimmer schlenderte. Zorn wallte in ihm auf, Zorn auf Zacs Vater, der einen dreizehnjährigen Jungen ganz allein quer durch die Stadt zu einem quasi Fremden hatte gehen lassen. »Wie kommt es, dass Zacs Dad dich einfach so hat herkommen lassen?«

Andy zuckte wieder die Schultern. »Ich habe ihm gesagt, du wärst Mams Freund. Zac hat seiner Ma erzählt, er hätte gesehen, wie ihr beide euch umarmt habt.« Er sprach leicht abweisend, und Mark erkannte, dass genau das sein Problem war. Vom eigenen Vater verlassen und nachdem er das Leid seiner Mutter nach der Trennung von ihrem nächsten Freund miterlebt hatte, war Andys Misstrauen nur natürlich. Trotzdem wäre es zu gefährlich, den Jungen bei sich wohnen zu lassen.

Er machte sich schon genug Vorwürfe, dass er Julie mit Harry Lee in Verbindung gebracht hatte, als er ihr den Brief und den Bericht gezeigt hatte, und er wollte unter gar keinen Umständen Andy in die Sache mit hineinziehen. Aber was, wenn der Junge seine Ablehnung als eine weitere Zurückweisung auffasste? Mark wusste nur zu gut, wie leicht Kinder Dinge missverstanden. Er selbst hatte viele Jahre gebraucht, um zu begreifen, dass die Ursache für die Alkoholsucht seines Vaters tiefe Trauer gewesen war und nicht Desinteresse an seinem Sohn.

Aber warum war Andy ausgerechnet zu ihm gekommen? Wollte er ihn auf die Probe stellen? Wollte er testen, ob seine Behauptung, Julie niemals wehzutun, ernst gemeint gewesen war? Oder ob dieses Versprechen ihren Sohn mit einschloss? Er sah die Unsicherheit in Andys grünen Augen, die in krassem Widerspruch zu seinem trotzig vorgeschobenen Kinn stand. »Wir sollten besser vorher deine Mutter fragen.«

Julie gab ihr Okay, wenn auch nur widerwillig, und er hoffte, dass ihr Zögern auf ihre Sorge zurückzuführen war, Andy könnte in Gefahr sein, und nicht etwa darauf, dass sie ihm misstraute.

Mark ging mit Andy nach oben und zeigte ihm das Gästezimmer am Ende des Flurs. Der Junge setzte seine Tasche ab und nahm mehrere Bücher heraus. »Wenn ich jetzt meine Hausaufgaben erledige, darf ich dann hinterher fernsehen?«, fragte er.

»Klar.« Grüne Augen, die ihn stark an Julies erinnerten, schauten zu ihm auf, und Marks Kehle war plötzlich wie zugeschnürt. Das Atmen fiel ihm schwer. Julie liebte diesen Jungen mehr als jeden anderen Menschen auf der Welt, und sie hatte ihn seiner Obhut anvertraut. Die Verantwortung war erdrückend. Empfand man ständig so, wenn man Vater war? Wenn ja, war Mark nicht sicher, ob er dem gewachsen war. Er war schon so lange Einzelgänger, dass er ernsthaft an seiner Eignung als Vater oder auch Stiefvater zweifelte. Dann schenkte Andy ihm ein flüchtiges Lächeln, und das Gefühl der Beklemmung löste sich in nichts auf. Mit Gordon hatte er die guten und die schlechten Seiten der Vaterschaft kennengelernt, aber das Gute hatte bei Weitem überwogen. Das musste er sich immer vor Augen halten.

Das leise Quietschen der Fliegengittertür kam Ruth unerträglich laut vor, als sie diese so schnell, wie sie es wagte, zuschob, um dann quer über den Balkon zu flüchten. Sekunden später war sie zwei Balkone weiter geklettert.

Ihr Herz raste. Sie atmete stoßweise.

Das war verdammt knapp gewesen! All die anderen Male

hatte sie alles im Griff gehabt, aber diesmal war sie sich ihrer Sache zu sicher gewesen. Sie hatte einfach angenommen, dass kein Angestellter es wagen würde, zu spät zum Dinner von GalCorp zu erscheinen. Das sollte ihr eine Lehre sein. Sie konnte es sich nicht erlauben, zu selbstsicher und somit nachlässig zu werden.

Julie runzelte die Stirn, als sie sah, wie ihr Vater mit seinem Glas spielte. Für gewöhnlich nutzte er das alljährliche Firmenessen, um sich selbst zu beweihräuchern und seine Position als Alleinherrscher über das Fußvolk seiner Angestellten zu bekräftigen, aber heute Abend war es zum ersten Mal anders gewesen. Seiner Rede hatte das gewohnte Feuer gefehlt, und er schien gar nicht bemerkt zu haben, dass einige Nachzügler erst nach Beginn seiner Ansprache erschienen waren.

Jetzt saß er da, starrte auf das Eis, das langsam in der bernsteinfarbenen Flüssigkeit vor sich hin schmolz, und es machte ganz den Anschein, als bekäme er Todds weitschweifende Ausführungen über seine Sicht der Krise im Mittleren Osten ebenso wenig mit wie Erics griesgrämige Miene. Julie hatte ihn noch nie so geistesabwesend erlebt, und sie fragte sich, was ihn derart beschäftigen mochte.

Sie öffnete ihre Handtasche und warf einen Blick auf ihr Handy. Keine Nachrichten. Nichts Neues von Mark oder Andy. Sie wusste nicht recht, ob sie sich sorgen sollte oder nicht. Es schien, als wollte Andy Mark eine Chance geben, aber sie wusste nur zu gut, wie launisch Teenager waren. Sie hoffte inständig, dass Mark mit ihrem Sohn zurechtkam. Nachdem sie sich erst einmal eingestanden hatte, dass ihre Gefühle für Mark über reine Freundschaft weit hinausgingen und er – zumindest glaubte sie das – ihre Gefühle erwiderte, wollte sie nicht, dass Andy ihre beginnende Beziehung allzu sehr strapazierte, bevor sie Gelegenheit gehabt hatten, ein solides Fundament zu schaffen.

»Ein Penny für deine Gedanken.«

Michaels Stimme holte sie in die Gegenwart zurück. Als sie aufblickte, sah sie geradewegs in seine belustigten grauen Augen. »Die sind nicht der Rede wert.«

»Dann musst du an Ray gedacht haben«, entgegnete er leise, darauf bedacht, dass ihn am Nebentisch niemand hörte.

Julie hatte Michaels nahezu klinische Verachtung für Ray immer etwas sonderbar gefunden. Sie kannte sonst niemanden, der derart über den Dingen stand wie ihr Kollege. Für gewöhnlich weckte Ray viel leidenschaftlichere Emotionen. Sie lächelte. »Ich denke, ich verzichte auf den Kaffee. Ich muss dringend etwas Schlaf nachholen.«

Als sie aufstand, sah sie, dass Todd den Raum verließ. Sie konnte sich denken, wo er hinwollte. Ganz GalCorp wusste, dass er ein regelrechter Fitness-Junkie war. Für einen Mann seines Alters war er topfit, das musste man ihm lassen. Nur schade, dass sein Charakter so sehr zu wünschen übrig ließ.

Todd schloss die Tür hinter sich ab, ging zu seinem Koffer und nahm seine Sportsachen und zwei Päckchen heraus. Er löste seinen Gürtel und ließ die Hose herunter. Dann nahm er eine Spritze und füllte diese mit geübten Griffen mit dem Inhalt einer Ampulle aus dem zweiten Päckchen. Er injizierte sich die Flüssigkeit in den Oberschenkel und legte anschließend Spritze und Ampullen zurück in seinen Koffer.

Eine Minute später verließ er in Sportkleidung, mit Handtuch und Badehose in der Hand sein Zimmer.

Ruth warf einen Blick auf die Uhr und rechnete aus, wie lange es in etwa dauern würde, bis die manipulierte Injektion Wirkung zeigte. Sie schätzte, dass es zwischen einer Viertelstunde und einer ganzen Stunde dauern würde. Falls Todd viel getrunken hatte, konnte der Alkohol die Zeitspanne allerdings erheblich verkürzen. Jetzt konnte sie nur hoffen, dass niemand den Fitnessraum aufsuchte, solange Todd dort war.

Ray schwenkte den Scotch in seinem Glas und lauschte dem Klirren der Eiswürfel. Bei Harry Lees Anruf hatte das inzwischen vertraute Sodbrennen eingesetzt, das sich bei jedem Kontakt mit Tak Lee einstellte. Offenbar war der Apfel in der Familie nicht weit vom Stamm gefallen.

Mit »endgültig« konnte Harry nur eins gemeint haben: Mark Talbert würde eliminiert werden. Das entsprach Tak Lees Vorgehensweise, wenn sich ihm jemand in den Weg stellte, und ganz offensichtlich handhabte Harry Probleme in der gleichen Art.

Ray hatte einen Mord zu keiner Zeit in Betracht gezogen. Bestechung, Betrug, Diebstahl durch Unterlassen – das alles betrachtete er als legitime und notwendige Geschäftspraktiken, und wer sich dieser Methoden nicht bediente, war in seinen Augen einfach nur ein Idiot, der seine Chance nicht zu nutzen verstand. Aber Mord …

Außerdem mochte er Mark Talbert. Er hatte Gordon immer darum beneidet, dass er einen Sohn hatte. Ray seinerseits hatte auf Andys Geburt warten müssen, um endlich einen würdigen Nachfolger und Erben zu bekommen.

Er hatte versucht, Harry in seinem Hotel zu erreichen, aber vergeblich.

Ray tröstete sich damit, dass er alles versucht hatte und ohnehin nichts mehr tun konnte, um das Unausweichliche abzuwenden.

Todd hatte seine gewohnte Trainingseinheit erst zur Hälfte absolviert, als ihm auffiel, dass er übermäßig schwitzte. Vielleicht funktionierte die Klimaanlage bei der extremen Hitze nicht richtig. Als er sich mit dem Handtuch den Schweiß von der Stirn wischte, bemerkte er, dass seine Hand zitterte. Außerdem hatte er Hunger. Einen Mordshunger. Diese verfluchte feine Küche! Ein richtiger Kerl konnte von den Mini-Portionen unmöglich satt werden. Er zog jedenfalls ein dickes tellergroßes blutiges Steak und eine ordentliche Portion Kartoffeln vor.

Er nahm sich eine von den Wasserflaschen, die für Hotelgäste bereitstanden, und trank einen großen Schluck. Einen Moment hatte er Herzrasen, und der Boden unter seinen Füßen schien zu schwanken. Todd schüttelte den Kopf. Er war noch nicht fertig mit seiner Trainingseinheit. Er hatte noch nie mittendrin aufgehört und nicht vor, jetzt damit anzufangen. Die Rudermaschine … genau dort würde er jetzt weitermachen. Er stellte die Flasche auf einen kleinen Beistelltisch und sah verblüfft, wie sie zu Boden fiel.

Der Schmerz in seinem Kopf, der vor wenigen Minuten noch kaum spürbar gewesen war, hatte sich zu einem unerträglichen Hämmern gesteigert. Er massierte sich die Schläfen, konnte aber vor Schmerzen nicht mehr klar denken. Wo war er? Die Rudermaschine … Nein. Beim Gewichtheben? Warum fiel ihm das nicht mehr ein? Er stolperte über einen Stepper und fluchte. Was hatte das blöde Ding da zu suchen? Und warum fühlten seine Beine sich an, als würden sie jeden Moment nachgeben?

»Na, wie fühlst du dich, Todd?«

Beim Klang der weiblichen Stimme fuhr er herum, verlor prompt das Gleichgewicht, stolperte über einige Hanteln und taumelte gegen die Wand. Aus seiner halb sitzenden Position heraus sah er verschwommen langes braunes Haar und ein Gesicht, das ihm irgendwie bekannt vorkam.

»Nicht … besonders.« Seine Stimme klang schleppend, und er fragte sich, warum das Sprechen ihm so schwerfiel.

»Kannst du noch gehen?«

Was zum Teufel glaubte sie eigentlich, wer er war? Verdammt, er war besser in Form als die meisten anderen Männer seines Alters. Mit einem Knurren richtete er sich auf, hielt sich an der Brustpresse fest und zog sich hoch, nur um sofort wieder gegen die Wand zurückzusinken, als er losließ.

»Ich helfe dir.«

Wer war diese Frau? Er kannte diese Stimme, und das Gesicht … Irgendetwas war mit dem Gesicht. Oder lag es an den Haaren? Er versuchte, sich zu erinnern, doch sein Gedächtnis ließ ihn im Stich. Dann packte sie ihn, legte sich seinen Arm um die Schultern und half ihm, stolpernd den Raum zu durchqueren. Sie verließen den Fitnessbereich. Folgten einem Flur. Treppen hinauf. Schwankend. Er musste sich anstrengen, um nicht zu fallen. Sie gingen weiter. Wieder eine Treppe, diesmal runter.

Er verlor jedes Zeitgefühl. Seine Füße bewegten sich immer schleppender. Seine Arme waren bleischwer, und er hatte nicht mehr genug Kraft, um den Kopf zu heben, der mit jedem Schritt, den sie ihn hinter sich herzog, hin und her baumelte. Runter. Sie gingen weiter runter.

Es war dunkel. Eng. Sie ließ ihn zu Boden gleiten. Er fiel gegen einen harten, runden Gegenstand. Vielleicht eine Tischplatte. Er hatte keinen Schimmer, und es kümmerte ihn auch nicht. Seinem Körper war es egal. Ihm war es egal.

Sie drückte ihm etwas in die Hand. Dann war ihr Gesicht plötzlich ganz dicht vor ihm.

»Du bist ein Schwächling, Todd. Hast einen Haufen Muskeln, aber ein Spatzenhirn. Und am Ende habe ich gesiegt. Ich will, dass du das weißt, Todd. Ruth hat ihre Rache bekommen.«

Ruth? Wer war Ruth? Da war mal jemand gewesen … früher … Er versuchte zu denken, Worte zu formen, um sie zu fragen, aber er brachte keinen Ton hervor.

Dann wurde es um ihn herum stockdunkel.

Mark wartete, bis Andy schlief, dann rief er Julie auf dem Handy an, um ihr zu berichten, wie der Abend verlaufen war. Die Freude in ihrer Stimme jagte ihm einen warmen Schauer über den Rücken, und er bemühte sich, seine ohnehin überaktive Fantasie zu zügeln.

Noch nie hatte eine Frau eine solche Wirkung auf ihn gehabt wie Julie. Noch nie war er so verrückt nach einer Frau gewesen, dass ihm nichts, weder Job noch Familie, so wichtig gewesen war, wie sie in den Armen zu halten. Nachdem sie aufgelegt hatten, wurde ihm bewusst, dass ihm eine unruhige Nacht bevorstand.

Der Mann, der sich dem Talbert-Haus näherte, war dankbar für die schmale Sichel des Mondes. Zwar erschwerte ihm das fehlende Licht die Arbeit, aber andererseits verringerte die Dunkelheit das Risiko, entdeckt zu werden. Er hatte gewartet, bis kurz nach Mitternacht sämtliche Lichter im Haus gelöscht worden waren, und sich dann noch zusätzliche zwei Stunden geduldet, um ganz sicher zu sein, dass die Bewohner schliefen.

Der Behälter, den er bei sich trug, behinderte ihn nicht weiter, als er sich einen Weg durch die Sträucher bahnte; hinter dem Haus stellte er sie jedoch ab. Er nahm ein großes Stück Klett-Klebeband aus der Tasche, die er sich über die Schulter gehängt hatte, riss das Papier ab und klebte das Klettband anschließend auf die Glastür des Wintergartens. Dann holte er einen Hammer aus der Tasche. Das Klirren des Glases wurde von dem Klettband erheblich gedämpft, und nur einige winzige Scherben fielen zu Boden. Er vergrößerte das Loch vorsichtig, bis es so groß war, dass er eine Hand hindurchstecken und die Tür entriegeln konnte.

Sekunden später war er im Haus, den Behälter in der einen und eine Taschenlampe in der anderen Hand. Er stieg die Treppe hinauf.

Durch die geschlossene Tür des ersten Zimmers zu seiner Rechten hindurch hörte er jemanden in tiefem Schlaf vor sich hin murmeln. Zur Linken befand sich ein Badezimmer, gleich daneben eine Toilette. Am Ende des Flures befanden sich zwei weitere Schlafzimmer. Am Ende des Gangs machte er kehrt. Benzingeruch folgte ihm, als er ebenso zügig wie leise den Weg zurückging, den er gekommen war, und dabei den Brandbeschleuniger auf dem Boden verteilte.

Als er fertig war, stellte er den leeren Kanister auf dem Fußboden ab.

Kapitel 13

Mark schreckte aus dem Schlaf hoch.
Irgendetwas stimmte nicht.

Ein Geräusch. Eine Art *Wusch*. Er hatte es sogar im Schlaf wahrgenommen.

Er hörte ein Knistern und rollte sich auf die Seite des Bettes.

Rauch. Jetzt konnte er ihn auch riechen. Und noch etwas anderes.

Die Rauchmelder schrillten. Er sprang aus dem Bett, stürzte zur Tür und öffnete sie vorsichtig.

Auf dem Flur schlug ihm eine Feuerwand entgegen, die bis an die Decke reichte und an den Wänden leckte. Die Hitze versengte seine Haut und raubte ihm den Atem.

Er schloss die Tür wieder. Andy. Er musste Andy rausholen. Der Weg durch den Flur war versperrt. Die extreme Hitze und der giftige Rauch, der durch den verbrennenden Teppich entstand, machten ein Durchkommen unmöglich.

Das Brüllen des Feuers wurde lauter. Er lief ans Fenster und rief den Namen des Jungen, brüllte ihm zu, er solle in seinem Zimmer ans Fenster kommen. Er hörte eine leise Antwort.

»Schließ die Tür.«

»Okay.« Hierauf folgte eine kurze Pause. »Und was sollen wir jetzt tun?«

Mark hörte die Furcht in Andys Stimme. Ihm selbst ging es nicht anders. »Halte dir etwas vor Mund und Nase und leg dich auf den Fußboden. Ich komme dich gleich holen.«

Alle Fenster waren mit soliden Fliegengittern versehen. Es musste einen anderen Weg geben.

Er schaltete das Licht an und hoffte, dass es noch eine Weile funktionieren würde. Dann holte er den Rucksack aus dem Einbauschrank und kramte die Taschenlampe hervor.

Der Schrank. Auf der anderen Seite, in Andys Zimmer, befand sich an der gleichen Stelle ebenfalls ein Einbauschrank. Wenn er es schaffte, die Wand zu durchbrechen …

Unten im Schrank türmten sich Kindheitserinnerungen, die er jetzt achtlos herausräumte, um die Rückwand abzutasten.

Der Lärmpegel wuchs. Mark stopfte eine Tasche in die Ritze unter der Tür, damit nicht noch mehr Rauch durch den Spalt ins Zimmer quoll.

Stiefel. Er brauchte Stiefel. Seine Wanderschuhe mussten auch irgendwo hier im Schrank sein. Er fand sie und holte sie heraus.

Das Licht ging aus.

»Mark!«

Der Ruf drang durch die Wand so leise zu ihm, dass er ihn kaum hörte, aber die Panik war dennoch deutlich vernehmbar. Er trat zu. Die Rigipswand auf der Rückseite des Einbauschranks gab nach.

Er trat so lange weiter gegen die Wand, bis ein Loch entstanden war, durch das Andy zu ihm herüberkriechen könnte. Anschließend trat er die dünne Wand zwischen beiden Zimmern ein.

Der Rauch wurde dichter. Er griff wahllos ein Hemd aus dem Schrank und drückte es sich auf Mund und Nase.

Mark bekam kaum noch Luft, und seine Augen brannten. Er zwang sich zur Besonnenheit. Viel zu viele Menschen kamen im Brandfall deshalb ums Leben, weil sie die Orientierung verloren.

So weit durfte er es nicht kommen lassen. Er musste Andy in Sicherheit bringen.

Geschafft. Er knipste die Taschenlampe an, stieß die Schranktür im Nebenzimmer auf und ließ den Lichtstrahl über den Fußboden gleiten.

Andy lag bäuchlings neben dem Bett.

Eine weitere Dosis Adrenalin jagte durch seinen Körper. Mark riss noch weitere Stücke Rigips aus der Wand und kroch durch die Öffnung. Der Rauch war hier noch dichter als drüben in seinem Zimmer. Er robbte zu Andy hinüber und schüttelte ihn bei der Schulter. Der Junge hustete, murmelte ein paar unverständliche Worte und unternahm einen kraftlosen Versuch aufzustehen. Mark zog ihn zum Schrank und half ihm durch das Loch in der Wand. Dann stieg er hinterher. Sie mussten es in seinem Zimmer versuchen!

Er nahm Andy auf den Arm und trug ihn zum Fenster.

»Atme die frische Luft ein«, befahl er und lehnte den Jungen an das Fliegengitter.

Anschließend holte er seinen Nachttisch ans Fenster. Er wies Andy an, das Gesicht abzuwenden, und schlug das Gitter mit aller Kraft aus dem Rahmen.

Der Strahl der Taschenlampe huschte über die Schrankfächer, dann zog Mark hastig eine Wolldecke heraus, die er über das Fensterbrett breitete.

In der Ferne zerrissen schrille Sirenen die Nacht.

»Kannst du dich an einem Zipfel festhalten, während ich dich herunterlasse?«, fragte er und hielt die Laken hoch, die er rasch vom Bett gerissen und zusammengeknotet hatte. Erfreut registrierte er den entschlossenen Ausdruck auf Andys Gesicht.

»Klar.«

Gut. Offensichtlich hatte der Junge den Mumm seiner Mutter geerbt. Und das war auch gut so, den würde er nämlich brauchen.

Von unten drangen Stimmen herauf, gedämpft vom Lärm, den das Feuer verursachte. Mark schaute aus dem Fenster. Menschen liefen umher, rufend und offenbar auf der Suche nach eingeschlossenen Personen. Flammen schlugen aus den Erdgeschossfenstern, und er rief den Leuten unten zu, sie sollten Andy auffangen, während er den Jungen langsam herunterließ.

Andys Füße hatten noch nicht einmal den Boden berührt, als er auch schon von eifrigen Helfern in Empfang genommen wurde.

Die Sirenen waren jetzt ganz nah.

Ein lautes Krachen ertönte, und Mark sah, wie das Garagendach auf der niedrigen Seite einstürzte. Fensterscheiben explodierten von der Hitze, und der Lärmpegel reichte inzwischen an den eines Schnellzuges heran.

Schwarze Rauchwolken quollen aus den Fensteröffnungen. Mark bekam einen Hustenanfall, und seine Augen brannten, als heiße Asche über sein Gesicht wehte. Tränen liefen ihm über die Wangen.

Der Rauch war mittlerweile so dicht, dass er so gut wie nichts mehr sehen konnte. Hastig knotete er das Lakenende um die Mittelstrebe des Fliegengitters. Zwar war er nicht sicher, ob die Strebe seinem Gewicht standhalten würde, aber mangels einer Alternative blieb ihm nichts anderes übrig, als das Risiko einzugehen.

Er hatte eben den Knoten festgezurrt, als der Fußboden unter ihm nachgab.

Kapitel 14

Sekunden.

Mark wusste, dass er sofort handeln musste. Ihm blieben nur noch Sekunden, bis auch die Außenmauer in sich zusammenfallen würde.

Als der Fußboden eingestürzt war, hatte er sich gerade noch auf den Fenstersims retten können. Er schwang sich hinüber und kletterte auf der anderen Seite hinunter, indem er das Laken zügig durch die Finger gleiten ließ, wobei er sich versengte, jedes Mal, wenn er die glühend heißen Backsteine berührte.

Ein ohrenbetäubendes Knacken war zu hören.

Gleich darauf neigte sich die Mauer nach innen.

Mark ließ das Laken los, und sobald seine Füße den Boden berührten, drehte er die Schulter ein und rollte sich geschickt ab. Er rollte weiter, obwohl sich scharfe Glassplitter in seinen Rücken bohrten und glühende Holzsplitter ihn am ganzen Körper verbrannten. Immer weiter, weg von der unerträglichen Hitze und dem Ächzen des sterbenden Hauses.

Julie wurde vom Heulen einer Sirene geweckt. Sie brauchte einen Moment, um sich in der fremden Umgebung zurechtzufinden. Clear Mountain. Das Seminar. Aus dem anderen Bett drang kein Laut, sodass sie annahm, dass die Kollegin aus der Buchhaltung, mit der sie sich das Zimmer teilte, noch schlief.

Die Sirene klang sehr laut. Sehr nah. Dann verstummte sie abrupt. In der frühmorgendlichen Stille vernahm Julie erregte Stimmen, die jemanden drängten, sich zu beeilen. Eine Stimme klang nach ihrem Vater. Sie stieg aus dem Bett, suchte die Kleider zusammen, die sie am Vorabend ausgezogen hatte, und stieg hinein.

Als sie auf den Hof hinaushastete, sah sie gerade noch einen Sanitäter im gegenüberliegenden Treppenhaus verschwinden. Sie lief hinter ihm her. Oben auf der Treppe, die zu einem kleinen Lagerraum führte, traf sie auf Eric Sweetman. Drinnen untersuchten zwei Sanitäter gerade den reglos daliegenden Todd Langley. Die Sanitäter stellten Fragen, und obgleich sie ihn nicht sehen konnte, schien Ray zu antworten.

Als Julie Erics Blässe und die tiefen Sorgenfalten um seinen Mund registrierte, legte sie ihm eine tröstende Hand auf den Arm. »Eric? Was ist denn mit Todd passiert?«

»Ich bin aufgewacht … und da erst habe ich bemerkt, dass er noch gar nicht im Bett war. Ich war beunruhigt, weil er gestern Abend viel getrunken hat, also machte ich mich auf die Suche. Im Fitnessraum lag sein Handtuch. Ich habe überall nach ihm gesucht … und ihn schließlich auch gefunden …« Er drückte mit den Fingern auf seine Augen, als versuchte er, das Bild fortzuwischen. »Hier unten.«

Julie warf einen Blick in den kleinen Raum. »Was hat er denn hier gewollt?«

»Er hielt seine Badehose in der Hand. Vielleicht wollte er zum Pool und ist auf der Treppe gestürzt.«

Von irgendwo draußen auf dem Hof rief jemand nach Julie.

Ray blickte dem abfahrenden Krankenwagen hinterher und wandte sich dann Eric zu. »Ich kann es einfach nicht fassen. Todd ist in seinem ganzen Leben noch nie krank gewesen. Und jetzt liegt er im Koma, sein Zustand ist so ernst, dass man das Schlimmste befürchten muss.« Das Gefühl schockierter Hilflosigkeit, das ihn beim Anblick des bewusstlosen Todd befallen hatte, ergriff wieder von ihm Besitz. Todd war ihm immer unbesiegbar vorgekommen, beinahe überlebensgroß.

Eric sah sogar noch erschütterter aus. »Julie musste weg. Das Krankenhaus hat angerufen. Andy musste aus einem brennenden Haus gerettet werden.«

»Wie bitte?« Ray verschlug es den Atem. Er holte tief Luft. »Ist er okay? Was ist passiert?«

»Der Junge, bei dem er übers Wochenende bleiben sollte, war krank, deshalb hat Mark Talbert sich um ihn gekümmert. Er ist im Krankenhaus, doch offenbar ist er okay. Mehr weiß ich nicht.«

Ray schwankte, als ihm schlagartig klar wurde, was es mit dem Feuer auf sich hatte. Harry hatte gesagt, ihr kleines Problem würde beseitigt werden. Ein für alle Mal.

»Und Mark? Hat Julie erwähnt, ob er verletzt wurde?«

Eric schüttelte den Kopf. »Dazu hat sie sich nicht geäußert.«

Ray drehte sich der Magen um; ihm war plötzlich speiübel. Sein Enkelsohn hätte sterben können. Und wofür? Nur wegen eines Umweltberichts, von dem niemand wusste, ob er überhaupt noch existierte. Zorn verdrängte die Übelkeit. Er würde nicht zulassen, dass Harry Lees Paranoia Andy gefährdete.

Als er sein Hotelzimmer betrat, kochte er vor Wut wegen der Gefahr, der der Junge ausgesetzt gewesen war, und wegen des Vorfalls, der Todd möglicherweise das Leben kosten würde. Mit zitternder Hand blätterte er im Telefonbuch, um die Nummer von Harrys Hotel herauszusuchen.

Harry meldete sich nach dem achten Klingelton, seine Stimme noch undeutlich vom Schlaf.

»Sind Sie verantwortlich für die Brandstiftung bei Talbert in der vergangenen Nacht?«, stieß Ray atemlos hervor.

Es dauerte eine ganze Weile, ehe Harry Lee hierauf antwortete. »Haben Sie ein Problem, Ray?«

»Mein Enkel war in diesem Haus.«

»Sehr bedauerlich. Wie geht es dem Jungen?«

»Gut, aber er könnte ebenso gut tot sein.«

»Und was ist mit Mark?«

»Keine Ahnung. Doch wagen Sie es nicht, jemals wieder meinen Enkelsohn in Gefahr zu bringen.«

»Aber Ray, wie heißt es so schön in Ihrem Land? Gewisse Kollateralschäden kann man nie völlig ausschließen.«

Ray hörte das ironische Lächeln in Harrys Stimme, gleich darauf wurde die Leitung unterbrochen. Mit vor Furcht und Ohnmacht zitternden Knien ließ er sich auf das Bett sinken.

Der Krankenwagen raste die Bergstraße hinunter an ihr vorbei, und sie wünschte, sie wäre ebenso schnell. Die Straße war sehr schmal, aber Blaulicht und Sirene dürften dem Krankenwagen freie Fahrt sichern. Ihre Gedanken kehrten zurück zu Todd, und sie fragte sich erneut, was genau ihm zugestoßen sein mochte. Gleich darauf musste sie wieder an den Anruf vom Krankenhaus denken.

Sie hatten gesagt, Andy wäre okay, nur eine leichte Rauchvergiftung, sonst nichts. Auf ihre Frage nach Mark war die Antwort etwas zurückhaltender ausgefallen. Sein Zustand sei »zufriedenstellend« hatte es geheißen. »Zufriedenstellend«. So etwas stand in einem Schulzeugnis, aber im Zusammenhang mit dem Mann, den sie liebte, wollte sie dieses Wort nicht hören. Ihre Furcht nahm noch weiter zu. Sie trat das Gaspedal weiter durch und musste sich beherrschen, um nicht noch schneller zu fahren.

Als sie das Krankenhaus endlich erreicht hatte, war sie ganz krank vor Sorge.

In der Klinik ging es so früh am Morgen schon sehr geschäftig zu. Schwestern und Pfleger versorgten die Patienten mit Tee und Kaffee und führten Routineuntersuchungen durch. Eine Schwester brachte sie zu der Station, auf der Andy untergebracht war. »Er wollte auf gar keinen Fall auf die Kinderstation, darum liegt er auf der Inneren. Der Doktor hat gesagt, Sie dürfen ihn mitnehmen.«

Andy sah in dem viel zu großen Krankenhaus-Pyjama lächerlich aus, doch das schien ihn nicht zu stören, und er erwiderte ihre Umarmung mit einer Inbrunst, die der ihren in nichts nachstand.

»Mum, warst du schon bei Mark? Sie lassen mich nicht zu ihm. Er hat mir das Leben gerettet, Mum. Er hat die Schlafzimmerwand eingetreten, mich durch das Loch geschleift und mich aus dem Fenster abgeseilt. Während er dann selbst herunterkletterte, ist die Hauswand eingestürzt. Geht es ihm gut?«

Julie betrachtete den kleinen Kratzer auf Andys Wange. Ohne Mark hätte er vermutlich schwere Verbrennungen davongetragen. Oder Schlimmeres. »Ich weiß es nicht, Andy. Doch ich werde mich nach ihm erkundigen.« Sie küsste ihn auf die Wange und wandte sich zum Gehen.

Als Andy etwas sagte, diesmal ganz leise, hielt sie mitten in der Bewegung inne.

»Mum, ich möchte nach Hause.«

»Gleich, Andy. Es dauert nicht lange.«

»Mr. Talbert liegt auf Zimmer drei, aber ich fürchte, Sie können jetzt nicht zu ihm, Mrs. Evans. Der Doktor ist gerade da.«

Gut. Vielleicht würde er ihr ja verraten, was die Schwester ihr nicht hatte sagen wollen. Julie wartete, bis die Krankenschwester gegangen war, und eilte dann den Flur der Privatstation hinauf. Sie öffnete die Tür zu Zimmer drei und trat ein. Julie hatte eigentlich geglaubt, auf das Schlimmste gefasst zu sein, aber der Anblick von Marks von Prellungen, Schnittwunden und Verbrennungen übersäten Körper ließ sie am Fußende des Bettes verharren. Der Arzt, der gerade Marks Gesicht untersuchte, blickte sich verärgert um.

Ein langer Schnitt auf Marks Stirn war genäht worden, aber noch viel erschreckender war der leere Ausdruck in seinen geröteten verquollenen Augen. »Mark«, flüsterte Julie mit zitternder Stimme.

Er drehte den Kopf, als versuchte er, den Ursprung der Stimme zu ermitteln. »Julie?«

Ihr Magen verkrampfte sich vor Furcht.

Er konnte nichts sehen!

Kapitel 15

Niemand hat Zutritt zu …«

»Ich bin seine Verlobte«, log Julie.

Ein Lächeln verschob die Kratzer auf Marks Gesicht auf komische Weise, und Julies Herz zog sich vor Liebe zusammen.

»Dann werde ich Ihnen wiederholen, was ich vorhin schon zu Ihrem Verlobten sagte. Sein Sehvermögen hat unter dem Rauch und der extremen Hitze gelitten. Im Augenblick können wir nicht mehr für ihn tun, als Salbe auftragen und einen Verband anlegen. Hoffen wir, dass das reicht, um die Schäden an der Hornhaut zu beheben.«

»Und wird … wird seine Sehkraft … wiederhergestellt?« Julie bemühte sich, das Zittern in ihrer Stimme zu unterdrücken.

»Garantieren kann ich das nicht. Wir sind zuversichtlich, aber für die nächsten vierundzwanzig Stunden wollen wir Salbe und Verband noch wirken lassen.« Er ging zur Tür. »Ich schicke die Schwester herein, damit sie einen neuen Verband anlegt.«

»Und die Schnittwunde an der Stirn?«

»Ich hatte vergessen, dass ich den Nachttisch aus dem Fenster geworfen hatte«, murmelte Mark.

»Warum das?«, fragte Julie, ging um das Bett herum und nahm seine Hand.

Mark zuckte die Schultern und verzog gleich darauf vor Schmerz das Gesicht. »Ich musste irgendwie das Fenster einschlagen.«

»Danke.« Julie küsste ihn auf die Wange. »Dafür, dass du Andy gerettet hast.«

»Er ist ein toller Junge. Er hat bis zuletzt Ruhe bewahrt.«

Jetzt, da die Anspannung langsam von ihr abfiel, liefen Julie die Tränen über die Wangen, aber sie wischte sie ungeduldig beiseite. »Weiß Claire schon Bescheid?«

»Ich habe die Schwester gebeten, sie anzurufen.« Die Trauer grub tiefe Falten um seinen Mund. »Sie wird untröstlich sein. Sämtliche Erinnerungsstücke an meinen Vater waren im Haus. Alle Fotos.«

Julie schluckte tapfer den Kloß herunter, der sich in ihrem Hals gebildet hatte. »Erinnerungen kann man nicht zerstören, Mark. Außerdem hat Susan bestimmt eine Menge Fotos, die sie für Claire abziehen lassen kann – und natürlich auch für dich. Liebe vergeht nicht mit dem Tod eines Menschen oder der Zerstörung eines Hauses. Das Band zwischen Gordon und Claire war etwas ganz Besonderes.«

Marks Hand drückte die ihre ganz fest, und Julie hoffte insgeheim, dass das, was sie beide verband, ebenso besonders war.

Ray stopfte Todds Rasierzeug in den Koffer und hielt inne, als es gegen einen harten Gegenstand stieß. Er kramte zwei Päckchen aus dem Koffer und öffnete sie. Der Inhalt überraschte ihn nicht. Er hatte sich schon gedacht, dass Todd künstlich nachhalf, um seine Form beizubehalten. Ray sah, dass eine der Ampullen leer war. Er saß in der Zwickmühle. Sollte er das Krankenhaus informieren, was dazu führen würde, dass Todd der Polizei würde Rede und Antwort stehen müssen hinsichtlich der Drogen, oder sollte er seinen Fund verschweigen und darauf vertrauen, dass Todd es trotzdem schaffte?

Aber er hatte sich bald entschieden. Todd war seit der Grundschule sein Freund, und nur Eric war in all den Jahren vergleichbar zuverlässig und loyal gewesen.

Er nahm das Telefonbuch vom Nachttisch und suchte die Nummer des Krankenhauses heraus.

Julie hatte eben Andy zu Bett gebracht und wollte sich selbst etwas Schlaf gönnen, als das Geräusch des Türklopfers durch den Flur hallte. Sie runzelte die Stirn. Es klopfte erneut, und sie eilte zur Tür, weil sie fürchtete, der Lärm würde Andy aufwecken.

»Dad!« Julie war regelrecht schockiert, ihren Vater zu sehen, aschfahl und mit stumpfem Blick.

»Todd ist tot.«

Julie empfand spontan Mitgefühl mit Ray. Sie hatte ihren Vater noch nie so erschüttert gesehen, nicht einmal während des Rosenkrieges, den ihre Eltern sich während der Scheidung geliefert hatten. Und auch dann nicht, als Gordon auf so brutale Weise ums Leben gekommen war. Obgleich sie über die Jahre vielen Freunden ihres Vaters immer wieder bei gesellschaftlichen Anlässen begegnet war, hatte sich nie eine engere Bindung zu einem von ihnen entwickelt – abgesehen von Gordon.

»Komm rein.« Sie öffnete die Tür weiter. »Ich koche dir einen Kaffee. Ich nehme an, du hast nicht gefrühstückt.«

Es war seltsam, ihren Vater so zu sehen. Obwohl sie ihn manchmal ebenso sehr hasste, wie sie ihn liebte, einfach weil er ihr Vater war, konnte sie nicht anders, als in dieser Situation Mitleid für ihn zu empfinden. Noch nie hatte er auf sie so verloren gewirkt.

»Weiß man schon, woran er gestorben ist?«, fragte sie, stellte Wasser auf und nahm zwei Kaffeetassen aus dem Schrank.

»An einer Überdosis Insulin. Der Arzt sagte, Insulin in Verbindung mit Anabolika würde zu einer massiveren Unterzuckerung führen als Insulin allein.« Er zog das Zigarrenkästchen aus der Tasche, steckte es dann aber wieder zurück.

»Das mit den Anabolika wundert mich nicht weiter, aber ich wusste nicht, dass Todd Diabetiker war.«

»War er auch nicht. Doch scheinbar spritzen manche Bodybuilder neben Steroiden auch Insulin. Er hatte nicht viel gegessen, und das Insulin führte zu einer lebensbedrohlichen Unterzuckerung.« Er griff nach der dampfenden Tasse, die Julie vor ihn hinstellte, und betrachtete sie, als sie ihm gegenüber Platz nahm. »Eric hat mir von dem Feuer erzählt. Wie geht es Andy?«

»Gut. Er schläft jetzt. Das Ganze war ein ziemlicher Schock für ihn.«

»Und Mark?«

Julie war überrascht von der echten Sorge auf Rays Gesicht, als er sich nach Mark erkundigte. Todds Tod schien ihn noch tiefer erschüttert zu haben, als sie für möglich gehalten hätte. »Er hat einige Verbrennungen und Schnittwunden davongetragen. Außerdem hat der Rauch seine Augen so stark gereizt, dass er nicht mehr richtig sehen kann. Der Arzt weiß noch nicht, ob die Augen vollständig heilen werden. Er hat Andy das Leben gerettet, Dad.«

Ray nickte. »Dafür bin ich ihm etwas schuldig.« Er hielt die Tasse immer noch mit beiden Händen, in Gedanken offensichtlich ganz woanders.

»Hast du das Seminar abgebrochen?«

»Gaynor hat die Leitung übernommen. Eine wirklich patente Frau.«

Julie hätte sie zwar etwas anders beschrieben, musste aber zugeben, dass Gaynor in mehr als einer Hinsicht tatsächlich ausgesprochen effizient war.

»Julie … Vergiss den Auftrag, den Fremdenführer für Harry Lee zu spielen. Du brauchst dich nicht weiter um ihn zu kümmern. Ich … es tut mir leid, dass ich das von dir verlangt habe.«

Julie war sprachlos. Sie hatte noch nie erlebt, dass Ray sich bei irgendjemandem für etwas entschuldigt hätte. Todds Tod hatte ihn offensichtlich noch tiefer getroffen, als sie für möglich gehalten hätte.

Harry ignorierte Rays Versicherung, dass Mark Talberts Sehvermögen stark eingeschränkt war und er somit keine Bedrohung mehr darstellte. Dank seiner Kontakte und des Geldes, das er für seine Überprüfung ausgegeben hatte, wusste Harry, dass der angebliche Bürojob des Mannes in Canberra nur Fassade war. Nachdem er mehrere Jahre für ASIO gearbeitet hatte, war Talbert in eine andere Bundesbehörde versetzt worden und vom Radar des Geheimdienstes verschwunden. Seine jetzige Stelle schien nur eine Scheinanstellung zu sein, was er aber genau machte, hatten seine Leute bislang nicht herausfinden können. Das gab Harry zu denken. Obgleich die Pläne seines Vaters hinsichtlich des Complete Home Market völlig legal waren, hatte Harry selbst seinen Posten genutzt, um seine eigene Karriere voranzutreiben. Eine Karriere, die ihm, falls ihm jemand auf die Schliche kam, einen langjährigen Aufenthalt in einem Bundesgefängnis einbringen konnte. Talberts Verbindung zu Ray Galloway mochte durchaus zufällig sein, aber auch wenn Talbert nicht auf ihn angesetzt war, wollte Harry ihn aus dem Weg haben. Der Mann war ihm zu clever, und Harry wusste, dass jemand mit Talberts Hintergrund unweigerlich irgendwann anfangen musste herumzuschnüffeln.

Tak Lee hatte schon immer seine Feinde eliminiert, bevor

diese ihm schaden konnten, und Harry hatte diese Praktik noch vervollkommnet, indem er all jene aus dem Weg räumte, von denen er fest annahm, dass sie früher oder später seine Feinde *werden* würden.

Und in diese Kategorie fiel auch ganz zweifelsfrei Mark Talbert.

Harry gab eine Nummer in sein Handy ein. Der Mann, den er mit der Beseitigung Talberts beauftragt hatte, hatte versagt, und Harry tolerierte kein Versagen. Er würde ihm noch eine Chance einräumen, seinen Fehler wiedergutzumachen.

Ruhen Sie sich aus, hatte der Arzt gesagt, aber dazu war Mark einfach nicht in der Lage. Frust nagte an ihm, mindestens so schlimm wie die Furcht, die Beeinträchtigung seines Sehvermögens könnte irreparabel sein. Claire und Susan hatten ihn besucht und ihm einen Pyjama, etwas zum Anziehen und einige Toilettenartikel gebracht, doch das Krankenhaus hatte offenbar zu schmerzhafte Erinnerungen bei beiden geweckt, und so waren sie nicht lange geblieben.

Als am Nachmittag ein Päckchen für ihn im Krankenhaus abgegeben wurde und die Schwester ihm den Absender vorlas, war er nicht weiter überrascht. Er packte das Handy aus und legte es auf den Nachttisch, wohl wissend, dass es nicht mehr lange dauern würde, bis John Corey sich meldete. Eine Stunde später läutete das Telefon.

»Es war Brandstiftung«, bestätigte er Marks Verdacht. »Als Brandbeschleuniger wurde Benzin benutzt. Es wurden entsprechende Rückstände im Erdgeschoss gefunden. Ich habe ein paar Fäden gezogen und erreicht, dass die Polizei der Presse die Einzelheiten vorenthält.«

»Gibt es schon Hinweise darauf, wer dahinterstecken könnte?«

»Nein. Vermutlich war das Ziel des Anschlags, zu töten und zu zerstören. Deinem Bericht nach zu urteilen, würde ich sagen, dass der Anschlag dir gegolten hat. Der Junge war wohl nur zur falschen Zeit am falschen Ort.«

»Ich frage mich, ob es dieselbe Person war, die letztens bei mir eingebrochen ist.«

»Möglich, doch warum haben sie dich dann nicht einfach umgebracht?«

»Vielleicht hatten sie da noch Hoffnung zu finden, wonach sie gesucht haben«, antwortete Mark.

»Du meinst, den Umweltbericht und den Brief, der vermuten lässt, dass Ray den Umweltschutzbeauftragten hat beseitigen lassen?«

Mark hörte die Skepsis in Johns Stimme. Tatsächlich klang das Ganze ziemlich weit hergeholt. Eine anonyme Beschuldigung war noch lange kein Beweis. Und die Kopie des Umweltberichts wog ganz sicher nicht schwer genug, um einen Mord zu begehen.

»Worauf könnten sie es denn sonst abgesehen haben?«, fragte John.

»Ich habe keinen Schimmer«, knurrte Mark. Er ging zwischen Bett und Wand auf und ab, wobei er seinen Weg mit der freien Hand ertastete. Bei jedem Schritt schmerzten die Stiche, mit denen Wunden an Schulter und Oberschenkel genäht worden waren. »Gibt es etwas Neues von Haasan?«

»Nein. Er ist immer noch untergetaucht. Und Tak Lee benimmt sich ebenfalls völlig unauffällig. Er ist vollauf damit beschäftigt, die letzten Waren für die große Eröffnung auf den Weg zu bringen. McSwain glaubt ebenfalls langsam, das Ganze ist reine Zeitverschwendung.«

Mark fluchte. Nichts von all dem ergab einen Sinn. Er hatte sich ebenfalls den Kopf zermartert, ohne dass dabei etwas Konkretes herausgekommen wäre.

»Und wie steht McSwain dazu, dass ich auf persönlicher Ebene in die Sache verwickelt bin?«

Hierauf folgte eine längere Pause. Schließlich sagte John. »Ich habe ihm nichts davon erzählt.« Mark ließ sich seine Verblüffung nicht anmerken. »Wenn er es wüsste, würde er dir den Arsch aufreißen und dich sofort zurückpfeifen.«

»Warum hast du es ihm verschwiegen?«

»Weil ich denke, dass du damit klarkommst. Ich an deiner Stelle würde mir eine Gelegenheit wünschen, selbst zu ermitteln.«

In Anbetracht seiner eigenen Zweifel hinsichtlich seiner Fähigkeiten, mit der Situation angemessen umzugehen, empfand Mark die Geste seines Kollegen als beruhigend. »Gehen wir einmal davon aus, dass der Brief und der Bericht tatsächlich der Hintergrund für den Einbruch und den Brand waren. Ray sagte, er hätte den Erpresser bezahlt und sei geneigt gewesen, auch seiner zweiten Forderung nachzugeben, als Cleary getötet wurde. Ich habe ihm die Schreiben übergeben, die ich bei meinem Vater gefunden habe.«

»Aber du hast Kopien zurückbehalten.«

»Selbstverständlich. Genau deshalb dürfte Ray mir eigentlich nicht nach dem Leben trachten.«

»Stimmt. Vielleicht wollte noch jemand anders etwas vernichten, von dem er annimmt, dass es sich in deinem Besitz befindet – und dich gleich mit. Vielleicht jemand, der der Meinung ist, du seist zu dicht dran, Vaughn Warings Kontakt aufzudecken, und fürchtet, du könntest dich an etwas Belastendes erinnern.«

Bei der Erwähnung des Mannes, der auf ihn geschossen hatte,

holte ihn die Erinnerung ein. Wenn Vaughns Kontakt seinen Tod wollte … Nein, das war zu lange her. Ein Profi wäre in dieser Zeit sicher längst zum Ziel gelangt.

»Na ja, fast hätten sie es geschafft. Gott sei Dank habe ich noch die Wohnung in Canberra. Vom Haus meines Vaters ist jedenfalls nichts übrig geblieben.«

»Ich sorge dafür, dass man dir deine Sachen nach Brisbane schickt.«

»Denk an meine Waffe.«

»Ich dachte, die hättest du bei dir.«

»Ich hatte eigentlich Urlaub, schon vergessen?« Er nannte John den Code zu seinem Wandsafe.

»Brauchst du sonst noch was?«

»Lass Harry Lee beschatten.«

»Keine Chance. Die Geheimdienste in Übersee gehen davon aus, dass ein terroristischer Anschlag auf die Asien- und Südpazifik-Konferenz geplant ist, da sind alle unsere Männer verplant. Im Augenblick hören wir lediglich Harrys Anrufe ab.«

»Die Konferenz ist doch erst im Mai. Bis dahin ist noch …« Plötzlich kam ihm ein Gedanke. Er stockte.

»Mark?«, fragte John besorgt. »Was ist denn?«

»Für gewöhnlich sind in den Monaten vor einer solchen Konferenz verschiedene Besprechungen auf höchster Ebene vorgesehen. Im März müsste es losgehen. Besorg mir bitte eine Liste dieser geplanten Treffen. Vielleicht hat Haasan es ja auf eine dieser Begegnungen abgesehen.«

»Aber warum sollte Tak Lee in terroristische Machenschaften verwickelt sein? Er ist bekennender Buddhist, wenn es ihm in den Kram passt, hat keinerlei Probleme mit dem Westen an sich und realisiert gerade ein Großprojekt hier in Australien. Warum sollte er die Gans mit den goldenen Eiern vergrämen?«

Mark massierte vorsichtig seine Stirn entlang des Verbandes. Das alles ergab keinen Sinn. Er würde McSwain schon konkretere Verdachtsmomente liefern müssen, wenn er durchsetzen wollte, dass Harry Lee beschattet wurde. Er versprach, sich später wieder bei John zu melden, und beendete das Telefonat.

Obgleich er nur zu einem Teil chinesischer Abstammung war, nannte sich der Mann, den Harry angeheuert hatte, Long, was auf Mandarin so viel bedeutete wie »Drache«. Dass sein erster Versuch, Mark Talbert auszuschalten, fehlgeschlagen war, wurmte ihn zutiefst, und Harrys Zorn und Spott hatten ihn zusätzlich in seiner Ehre verletzt. Umso mehr begrüßte er diese Chance, sein Versagen wettzumachen.

Er rief von einer Telefonzelle aus im Krankenhaus an, wo man ihm Harrys Behauptung bestätigte, Talberts Sehvermögen sei stark eingeschränkt. Außerdem nannte man ihm problemlos die Zimmernummer des Patienten. Ein Blumenstrauß, den er im Supermarkt besorgte, machte die Tarnung perfekt. Er wirkte wie ein gewöhnlicher Krankenhausbesucher. Außerdem trug er eine Pistole mit Schalldämpfer bei sich.

Die Schwester hatte ihn aufgefordert zu warten, bis sie einen Moment Luft hätte, um ihm beim Duschen zu helfen, aber Mark hatte die Geduld verloren. Obwohl er gewaschen worden war, haftete an Haut und Haaren noch penetranter Brandgeruch, den er endlich loswerden wollte. Und so tastete er sich ins angrenzende Bad, fand die Dusche und zog die Pyjamahose aus. Die Binde über den Augen war problematisch, aber er war es gewohnt, solch kleine Hürden zu überwinden. Der Verband folgte seiner Hose auf den gefliesten Fußboden.

Mark öffnete die geschwollenen Augenlider. Er sah nicht

mehr ganz so verschwommen. Waren die Konturen vorhin noch völlig verlaufen, konnte er diese jetzt schon erheblich besser ausmachen. Zwar war er noch weit davon entfernt, scharf sehen zu können, doch es reichte, um sich zurechtzufinden. Seine Erleichterung wurde gedämpft von der Furcht, dass sich dieses stark eingeschränkte Sehvermögen möglicherweise nicht weiter bessern würde.

Der Raum war fensterlos und dunkel, aber er zog es dennoch vor, kein Licht zu machen, weil er fürchtete, es könne ihn blenden. Durch die einen Spaltbreit offen gelassene Badezimmertür fiel zudem gerade genug Licht, um auch so zurechtzukommen.

Unter der Dusche hielt er die Augen geschlossen, damit sie nicht von Seifenresten zusätzlich gereizt wurden.

Im Schwesternzimmer saß nur eine einzige Krankenschwester, und die blickte nicht einmal auf, als er vorbeiging. Gut. Er wollte nicht, dass sich später jemand an ihn erinnerte. In Höhe von Talberts Zimmer blieb er stehen. Die Tür war nur angelehnt. Es waren keine Stimmen zu hören. Ein weiterer Pluspunkt. Long schlüpfte hinein. Und fluchte lautlos.

Das Bett war leer.

Mark trocknete sich ab und zog die Schlafanzughose wieder an. Als er eben nach der Augenbinde griff, um diese wieder anzulegen, vernahm er ein leises Quietschen wie von Gummisohlen auf Linoleum. Das Geräusch kam eindeutig aus seinem Zimmer, und gleich darauf stieg ihm auch süßlicher Blumenduft in die Nase.

Sein Herzschlag beschleunigte sich bei dem Gedanken, dass Julie ihn besuchte. »Bin gleich da«, rief er.

Long warf die Blumen auf das Bett und lächelte. Dass Talbert sich im Bad aufhielt, war ein glücklicher Umstand. Wenn er ihn gleich dort erledigte, würde es möglicherweise ein wenig länger dauern, bis man seine Leiche entdeckte. Das verschaffte ihm mehr Zeit für die Flucht. »Ich habe nur eine Blumenlieferung für Sie«, sagte er, zog die Waffe und näherte sich leise der Badezimmertür.

Marks Enttäuschung war so intensiv, dass es beinahe körperlich schmerzte. *Dich hat's aber verdammt heftig erwischt, Kumpel,* sagte er sich trocken. Er sehnte sich nach Julie wie ein Verdurstender nach dem rettenden Schluck Wasser.

Gleich darauf erstarrte er. Irgendetwas stimmte nicht. Er brauchte eine Sekunde, bis ihm einfiel, was nicht ins Bild passte: Für gewöhnlich wurden Blumen im Schwesternzimmer abgegeben und nicht im Krankenzimmer.

Außerdem hatte er nicht gehört, dass der Bote das Zimmer wieder verlassen hätte.

Im Spiegel über dem Handwaschbecken sah er einen kleinen Ausschnitt des Zimmers. Ein Schatten näherte sich der Tür.

Mark blinzelte in dem vergeblichen Versuch, seine Sicht zu klären. Sie blieb unverändert verschwommen. Als der Schatten näher kam, wurde er etwas deutlicher. Kurzes Haar, weite Jacke. Er schätzte, dass es sich um einen Mann handelte, wenngleich er nicht absolut sicher sein konnte. Eins hatte er jedoch ganz eindeutig erkennen können: Das, was die Person in der Hand hielt, war kein Blumenstrauß.

Kapitel 16

Die Dunkelheit im Badezimmer bestätigte ihm Talberts Blindheit, und Long war sich seiner Sache sehr sicher, als er sich der Tür näherte. Er warf einen Blick durch den Türspalt. Toilette. Handwaschbecken. Ein offener Duschvorhang und dahinter ein Duschkopf und die Mischbatterie. Ein Handtuch, das schief über der Stange hing. Aber wo steckte …

Mark warf sich mitsamt der Tür gegen den ungebetenen Gast.

Der Mann wurde beiseite geschleudert, und sein Handgelenk schlug gegen die Kante des Türrahmens.

Die Pistole fiel klappernd zu Boden.

Mark schlug mit der Faust zu, verfehlte den Mann jedoch, als dieser sich blitzschnell duckte. Er sah, wie der Angreifer das Bein hob, um nach ihm zu treten. Mark wich zurück, aber der Stiefel traf ihn dennoch in die Rippen. Ein heftiger Schmerz durchzuckte ihn. Er beugte sich abrupt vor, packte dabei das Bein des Mannes und verdrehte es.

Sie gingen beide zu Boden.

Der Mann versuchte, sich zu befreien, und streckte die Hand nach einem Gegenstand aus, der sich außerhalb von Marks Blickfeld befand. Ganz sicher handelte es sich um die Pistole.

Während Mark seine zahlreichen schmerzenden Wunden tapfer ignorierte, riss er am Bein seines Angreifers und zog ihn so zurück. Wie eine Stahlfeder schob sein Gegner sich zusammen und griff nach seinem zweiten Stiefel.

Stahl blitzte auf.

Mark griff nach dem Handgelenk des Mannes und versuchte, das herabstoßende Messer abzuwehren. Mit der anderen Hand hielt er immer noch das Bein des Angreifers umklammert und versuchte, diesen aus dem Gleichgewicht zu bringen.

»Mr. Talbert!«

Der erschrockene Aufschrei lenkte den Fremden eine Sekunde ab, und Mark wusste seine Chance zu nutzen. Er ließ das Bein los und versetzte seinem Angreifer einen Faustschlag, der diesen an der Wange traf.

Der Mann ließ das Messer fallen, befreite sein Handgelenk aus Marks Griff und rollte sich außer Reichweite. Dann sprang er blitzschnell auf, stieß die Krankenschwester zu Boden und stürzte davon.

Marks erster Gedanke war der, die Verfolgung aufzunehmen, aber er kam gleich wieder davon ab. John konnte zwar vor der Presse ein Fremdverschulden an dem Brand leugnen, wenn er, Mark, aber einen Killer quer durch ein öffentliches Krankenhaus jagte oder vom Sicherheitsdienst die Ausgänge sperren ließ, würden die Medien hiervon unweigerlich Wind bekommen. McSwain würde die Aktion sofort abblasen.

»Was ist passiert? Wer war dieser Mann?«, fragte die Schwester atemlos, während sie sich aufrappelte.

»Vergessen Sie's«, entgegnete Mark knapp.

»Ihre Naht ist aufgerissen.« Kopfschüttelnd betrachtete sie das Blut, dass über Marks Schulter und an seinem Arm hinunterrann. »Ich werde den Vorfall melden müssen.«

»Welchen Vorfall?«, erwiderte Mark und spürte gleich, wie die Luft förmlich knisterte vor Spannung. Sein Sehvermögen war unverändert schlecht, aber der verblüffte Ausdruck auf dem Gesicht der Frau wäre auch unter fließendem Wasser noch unverkennbar gewesen. Einige Sekunden lang stand sie da und musterte ihn. Dann murmelte sie etwas davon, frisches Verbandsmaterial holen zu wollen, und verließ mit steifen Schritten den Raum.

Die Verlegung auf ein anderes Zimmer zu verlangen, kam ebenso wenig infrage, wie John um Personenschutz zu bitten. Er verfluchte seine stark eingeschränkte Sicht, die ihm die Selbstverteidigung erheblich erschwerte, aber wenigstens wusste er jetzt, dass er auf der Hut sein musste.

Als am nächsten Morgen jemand an seine Zimmertür klopfte, entfernte er hastig den Verband, den zu tragen der Arzt ihm für die nächsten vierundzwanzig Stunden dringend angeraten hatte. Inzwischen konnte er fast wieder normal sehen, aber obgleich die Reizung und die damit einhergehende Schwellung weitgehend abgeklungen waren, befürchtete der Arzt immer noch Komplikationen durch eine Infektion.

Julie hatte ihn am Vorabend angerufen und ihm von Todds Tod und dem außergewöhnlichen Besuch ihres Vaters berichtet, aber das Telefonat hatte ihn nicht auf den völlig veränderten Mann vorbereitet, der auf seine Aufforderung hin eintrat. Es war, als wäre Ray Galloway über Nacht um Jahre gealtert, weniger äußerlich, auch wenn die eingefallenen Wangen und die blutunterlaufenen Augen von enormem Stress zeugten, sondern vielmehr dadurch, dass er seine Arroganz, ja Selbstgefälligkeit abgelegt hatte.

»Tut mir leid, das mit Todd«, sagte Mark und bedeutete Ray, auf einem Besucherstuhl Platz zu nehmen.

Ray nickte. Seufzend setzte er sich, und es dauerte eine Weile, ehe er sprach. »Ich möchte dir dafür danken, dass du Andy da rausgeholt hast. Der Junge bedeutet mir alles.«

»Er ist ein toller Kerl.« Mark setzte sich im Bett auf und überließ es Ray, das Gespräch weiterzuführen.

Ray nickte mehrmals, so als wollte er sich immer wieder von Neuem davon überzeugen, dass das, was er sagen wollte, auch das Richtige war. »Hast du Erfahrung im Security-Bereich, Mark?«

»Warum fragst du?«

»Ich brauche jemanden, der in kritischen Zeiten einiges für mich regelt. Nichts Spezielles, aber hin und wieder treten Situationen auf, in denen Informationen eingeholt und Sicherheitsmaßnahmen verschärft werden müssen. Dein Vater erwähnte einmal, du hättest ein Sicherheitstraining absolviert oder so was.«

Mark hielt sich zurück, für den Fall, dass es Ray nur darum ging, ihn auszuhorchen. »Ich habe tatsächlich ein wenig Erfahrung auf diesem Gebiet. Schwebt dir etwas Bestimmtes vor?«

»Todd war unter anderem Leiter der Sicherheitsabteilung bei GalCorp. Ich brauche jemanden, der seinen Aufgabenbereich übernimmt, sein Nachfolger müsste aber nicht nur über Muskelmasse verfügen, sondern außerdem eine gewisse Intelligenz mitbringen. Bist du frei?«

»Derzeit befinde ich mich in einer Übergangsphase.« Mark schwieg eine Weile, als müsste er über das Angebot nachdenken. »Wann soll ich anfangen?«

»Wäre Montag für dich okay?«

Mark nickte. »Ich werde da sein.«

Als Ray das Krankenhaus verließ, spürte er die Hitze der Sonnenstrahlen auf der Haut. Wenn das Wetter dem gleichen Muster folgte wie in den vergangenen Jahren, würden sie die Hitze noch eine ganze Weile aushalten müssen. Jeden Nachmittag würden sich Wolken am Himmel zusammenballen und Regen verheißen, nur um sich dann wieder aufzulösen und in eine stickige, schwüle Nacht überzugehen. Vermutlich würde auf die anhaltende Schwüle eine gewittrige Woche folgen, die Chaos über die Stadt brachte. Er hoffte inständig, dass das Tak-Lee-Projekt bis dahin abgeschlossen war.

Ray wusste, dass Harry in den kommenden Wochen vor allem damit beschäftigt sein würde, den Wareneingang und die Fertigstellung des Complete Home Market zu koordinieren, und so hoffte er, ihn fürs Erste los zu sein. Bislang hatte nur ein einziger Mann es geschafft, Ray ebenso große Furcht einzuflößen wie Harry, und das war dessen Vater Tak Lee.

Er öffnete die Tür seines Wagens und ließ sich auf den Fahrersitz fallen. Er drehte den Schlüssel im Zündschloss, dankbar, als der Luftstrom aus der Lüftung nach einer Weile abkühlte. Sechsunddreißig Jahre lang war es ihm gelungen, die Erinnerung zu verdrängen, aber jetzt holte sie ihn doch ein: die hysterischen Schreie, der verzweifelte Kampf, das grausige Geräusch brechender Knochen, das Blut. Grundgütiger, das viele Blut.

Seine linke Hand zitterte, als er sie hob und die gezackte Narbe betrachtete, die sich quer über die Handfläche zog. Das Narbengewebe beeinträchtigte bis heute die Bewegungsfreiheit seines Daumens. Er hatte gelernt, dieses Manko auszugleichen, aber es war trotz allem eine ständige Erinnerung an eine Lektion, die er lieber nicht gelernt hätte. Eine Lektion, für die er nicht nach all den Jahren noch einen furchtbaren Preis zahlen wollte.

Claire und Susan waren eben gegangen, als Julie am Abend Marks Krankenzimmer betrat. Sie hauchte ihm einen Kuss auf die Lippen und sagte: »Andy und ich möchten, dass du bei uns wohnst.«

»Das halte ich für keine gute Idee.«

»Warum nicht?«

Ihre Züge wirkten plötzlich angespannt, und er erkannte, dass sie die Ablehnung scheinbar mehr auf sich persönlich bezog denn auf ihr Angebot. Was sollte er ihr sagen? Dass ihr Sohn beinahe ums Leben gekommen war, weil ein Killer es auf ihn, Mark, abgesehen hatte? Er durfte sie und Andy nicht in Gefahr bringen. Abweisen konnte er sie aber auch nicht. Auch wenn sein Auftrag nicht verlangte, dass er sie benutzte, um sich Informationen über Ray zu verschaffen, war sie für ihn längst so unentbehrlich wie die Luft zum Atmen.

»Bis die Sache mit deinem Vater geregelt ist, sollten wir, finde ich, etwas Distanz wahren.« Er verspürte einen schmerzhaften Stich in der Herzgegend, als er ihren verletzten Gesichtsausdruck sah, und fügte eilig hinzu: »Er hat mir Todds Job als Sicherheitsbeauftragter von GalCorp angeboten, und möglicherweise wird er misstrauisch, wenn er erfährt, dass wir beide ein Paar sind.«

In ihrem Blick lag eine Art zögerlicher Widerwillen, als wäre sie nicht sicher, ob das auch tatsächlich der wahre Grund für seine Ablehnung war. Verletztheit und Zweifel flackerten abwechselnd in ihren Augen auf, doch schließlich nickte sie.

»Also gut. Aber Andy wird enttäuscht sein. Wirst du bei Susan wohnen?«

Er schüttelte den Kopf und überlegte angestrengt. »Dort ist nicht genug Platz. Außerdem möchte ich nicht, dass sie sich meinetwegen allzu sehr sorgen. Ich werde ins Motel ziehen.«

»Die beiden sind nicht die Einzigen, die sich Sorgen um dich machen …« Als wären Worte plötzlich nicht mehr genug, setzte sie sich auf die Bettkante, lehnte sich zärtlich an ihn und küsste ihn mit einem tiefen, sehnsüchtigen Seufzer.

Marks Sehnsucht war nicht weniger groß. Im ersten Moment

wehrte er sich jedoch gegen seine Gefühle, hin- und hergerissen zwischen seinem Verlangen und dem Wissen um die Gefahr, der er sie aussetzte, wenn er sie zu nah an sich heranließ.

Beinahe wie von selbst legten seine Arme sich um sie.

Der Kuss, der ursprünglich trösten sollte, wurde rasch leidenschaftlicher. Alle Sehnsucht, die sich in Mark angestaut hatte, steigerte sich rasch zu einem übermächtigen Bedürfnis, sie erneut zu besitzen, sie zu lieben und zu spüren, sie zu halten, bis ihre Haut, bis ihre Körper miteinander verschmolzen und für immer eins wurden.

Julie empfand offensichtlich genauso, schmiegte sich dichter an ihn, immer engeren Kontakt suchend; ihr Kuss wurde fordernder, während ihre Hände rastlos über seine Brust glitten und dann langsam tiefer wanderten …

Fast hätte er sie hier und gleich geliebt, ohne sich darum zu scheren, dass jeden Augenblick jemand hereinkommen konnte, aber ein letzter winziger Funken Selbstkontrolle erlaubte es ihm, sich aus ihrer Umarmung zu lösen und schwer atmend das Verlangen niederzukämpfen, das seine Sinne benebelte.

Julie ließ den Kopf auf seine Brust sinken und zog widerwillig die Hände zurück.

»Wir sollten uns wohl besser beherrschen«, murmelte sie und küsste ganz leicht seine Brustwarze. Ein Schauer jagte ihm über den Rücken, und es kostete ihn jedes bisschen Willenskraft, das er noch aufbringen konnte, um sie sacht von sich zu schieben.

»Nicht mehr lange, hoffe ich«, brummte er und verfluchte seine eigene Schwäche.

Champagner wäre wohl angemessen gewesen, um ihren Triumph zu feiern, aber Ruth beschloss, sich zu gedulden, bis ihre

Mission erfüllt war, ehe sie sich den Luxus einer durchfeierten Nacht gönnte.

Bislang war das Glück auf ihrer Seite gewesen. Drei Tote, und die Polizei war ihr noch nicht auf der Spur. Sie hatte die Todesfälle über Jahre auf das Sorgfältigste geplant, hatte die Schwächen eines jeden Opfers sondiert und sich diese zunutze gemacht. Allerdings schätzte sie, dass der Nächste auf ihrer Liste nicht so leicht zu überrumpeln sein würde.

Ray Galloway war nach wie vor ihre wichtigste Zielperson, und der Gedanke, immer näher an ihn heranzurücken und ihn zu quälen, indem sie jene verletzte und letztendlich tötete, die ihm am nächsten standen, erfüllte sie mit unbeschreiblicher Genugtuung. Er sollte leiden, wie sie selbst gelitten hatte. Er sollte das gleiche Entsetzen, das gleiche nackte Grauen empfinden wie sie selbst damals. Alles andere wäre ungerecht.

Sie griff nach ihrem Weinglas und beobachtete, wie das Licht das tiefe Rot leuchten ließ.

Nicht ganz so hell wie Blut, ging es ihr durch den Kopf, und doch Symbol für das, was sich sehr bald ereignen würde.

Als Mark am nächsten Morgen seine Sachen in einen kleinen Koffer packte, ging die Tür auf. Überrascht sah er Julie eintreten.

»Warum bist du nicht in der Firma?«, fragte er.

»Ray hat gesagt, ich soll herkommen und dich ins Motel fahren. Ich habe so den Eindruck, er kann es gar nicht erwarten, dass du bei ihm anfängst.« Sie schüttelte verwundert den Kopf. »Irgendetwas bedrückt ihn, Mark, und ich glaube nicht, dass es nur um Todds Tod geht.«

Mark war geneigt, sich dieser Einschätzung anzuschließen. Ray stand ganz zweifellos unter einem immensen Druck.

Als sie einige Zeit später sein Motelzimmer betraten, erkundigte Mark sich nach Andy.

»Es geht ihm gut. Er geht wieder zur Schule, ist aber sehr enttäuscht, dass du nicht bei uns wohnen wirst. Es war seine Idee. In seinen Augen bist du zum Superhelden aufgestiegen.«

Mark vermied es, ihr in die Augen zu sehen. Er fühlte sich ganz und gar nicht wie ein Held. Er war nicht einmal sicher, ob es richtig war, überhaupt Kontakt zu Julie zu halten. Mark versuchte sich einzureden, dass er sie als Kontaktperson bei GalCorp brauchte, wusste aber, dass er sich damit selbst belog. Er war verliebt, und das machte ihm Angst. Sein gesunder Menschenverstand hatte sich vollständig aufgelöst in seinem Bedürfnis, dieser Frau nah zu sein, die in ebendiesem Moment vor ihm stand und ihn anschaute, als wäre er für sie das Kostbarste auf der Welt.

»Erinnerst du dich an das Intermezzo im Krankenhaus?«, fragte sie.

Seine Stimmbänder waren wie gelähmt, und so nickte er nur stumm. Julie reichte ihm lächelnd die Hand. Er beobachtete, wie ihre Finger buchstäblich zwischen seinen verschwanden, spürte seine Reaktion auf die Berührung, das Aufflammen der Lust, die er so lange in Schach gehalten hatte und die sich nun mit aller Kraft Bahn brach, als Julie ihn zum Bett führte. Nur dieses eine Mal, schwor er sich, als Pflichtgefühl und Vernunft im aussichtslosen Kampf gegen das Verlangen unterlagen.

»Ich habe kein …«, begann er, verstummte jedoch, als sie ein Päckchen Kondome aus ihrer Handtasche zog.

Sie knöpfte sein Hemd auf, dann widmeten ihre inzwischen zitternden Finger sich dem Knopf seiner Jeans. Sekunden später lagen seine Kleider auf dem Boden verstreut, dicht gefolgt von Julies.

»Ich möchte dir nicht wehtun«, flüsterte sie, berührte ganz

sacht die Verbände über den Schnittwunden und verzog schmerzlich das Gesicht beim Anblick der geröteten Partien, dort, wo das Feuer die Haut versengt hatte.

»Glaub mir«, entgegnete er lächelnd, »ich werde nichts davon spüren.«

Minuten später verriet ihr der Ausdruck in seinen Augen, dass er eine ganze Menge spürte, allerdings keinen Schmerz, sondern ganz eindeutig Lust. Sie hob ihm die Hüften entgegen und nahm ihn tief in sich auf. Ja, das war Lust, mehr als Lust. Er hatte die Augen geschlossen, als fürchtete er, äußerliche Reize könnten ihn von der Intensität dessen ablenken, was er im Inneren empfand.

Kontrolliert bewegte er sich vor und zurück, bis er jenen ganz bestimmten Punkt berührte, der sie alles andere vergessen machte, sodass ihr Körper sich wie von allein in seinem Rhythmus bewegte, gierig nach jener Erlösung, die so dicht unter der Oberfläche lockte. Dann war es so weit, und der Orgasmus raubte ihr schier den Atem, sodass ihr Stöhnen in ein ersticktes Wimmern überging.

Erst jetzt gestattete Mark sich ebenfalls den befreienden Höhepunkt und ergoss sich tief in ihr. Julie erbebte und blieb auch dann mit ihm verbunden, als er sich auf die Seite rollte.

Kurz darauf schlug er die Augen auf, und was sie in ihnen las, war so ernüchternd, dass die Glut von vorhin sich schlagartig in eisige Kälte verwandelte. Er zog sich zurück, ging auf Distanz zu ihr. Physisch und emotional. Und das Bedauern, das ihm ins Gesicht geschrieben stand, traf sie bis ins Mark. Er brauchte nichts zu sagen: Sein Gesichtsausdruck sprach für sich.

Tief getroffen stieg sie aus dem Bett und zog sich hastig an. Mark blieb liegen und beobachtete sie. Hätte sie es nicht besser gewusst, wäre sie vermutlich überzeugt gewesen, dass die Situation ihn völlig kalt ließ. Er versuchte nicht, sie aufzuhalten, aber ein schmerzlicher Ausdruck huschte über sein Gesicht, ehe die undurchdringliche Maske seine Züge verfremdete. »Wir sehen uns in der Firma«, sagte sie und verließ das Zimmer.

Jahre der Selbstbeherrschung bewahrten sie davor, auf dem Weg zu ihrem Wagen in Tränen auszubrechen.

Mark hatte sich selbst nie für dumm gehalten, aber als das Geräusch von Julies davonfahrendem Wagen erstarb, verfluchte er sich dafür, dass er sich von seiner Lust hatte hinreißen lassen und somit Julies Hoffnung geschürt hatte, ihre Beziehung könne fortdauern. Aber jede Minute in seiner Nähe brachte sie in Gefahr, und wenn ihr durch seine Schuld etwas zustieß, würde er seines Lebens nicht mehr froh werden. Wenn sie zudem glaubte, er benutze sie nur, um über sie an ihren Vater heranzukommen, würde dies ohnehin den letzten Rest von Vertrauen in ihn zerstören.

Er war nicht sicher, ob er das Richtige tat. Das Ganze war Neuland für ihn, und es gab weder feste Regeln noch Landkarten, um ihm den Weg zu weisen. Trotzdem hatte er das ungute Gefühl, eben den schlimmsten Fehler seines Lebens begangen zu haben.

Beschämt und zornig auf sich selbst, rief Mark mithilfe des Laptops, den John ihm am Morgen ins Krankenhaus geschickt hatte, seine E-Mails ab. Der vollständige Terminkalender der South Pacific Trade Conference war eingegangen. Mark überflog die Daten und suchte die Termine heraus, die im Vorfeld der eigentlichen Tagung an anderen Orten stattfinden würden. Er richtete sein Hauptaugenmerk auf jene in Queensland. Abgesehen von einigen wenigen regionalen Veranstaltungen, würden die meisten Meetings in Brisbane stattfinden, und das an Orten, die optimalen Schutz gewährleisteten. Seit Inkrafttreten der

Anti-Terror-Gesetze waren gewaltige Summen Geldes für die Rekrutierung und Ausbildung von Geheimdienstagenten sowie für die Einrichtung umfassender Sicherheitsvorkehrungen aufgewandt worden, dank derer jeder Anschlag zum Scheitern verurteilt sein sollte.

Allerdings hatte Mark im Laufe der Jahre gelernt, dass immer dann, wenn ein menschlicher Faktor im Spiel war, alles möglich war.

Er brütete eine Weile über den Daten auf der Suche nach einem Bindeglied zwischen einem halbchinesischen Bauern, der sich erfolgreich ein wahres Geschäftsimperium aufgebaut hatte, und den Delegierten verschiedener Nationen, die sich zu besagter Konferenz einfinden würden. Ihm fiel nichts auf. Schließlich schickte er John eine Mail, in der er seinen Kollegen bat, eventuelle Geschäftsbeziehungen Tak Lees zu irgendeinem der teilnehmenden Länder auf seiner Liste zu überprüfen. Zwar war das weit hergeholt, doch im Augenblick hatte er keinen anderen Ansatzpunkt.

Früher war Mark ein ausgesprochen geduldiger Mensch gewesen, aber seit er vor einigen Monaten angeschossen worden war, war er von einer ständigen Rastlosigkeit erfüllt. Der Tod seines Vaters hatte die innere Unruhe noch verstärkt, und seine neue Liebe zu Julie hatte seine Lebensperspektive vollständig auf den Kopf gestellt.

Er brauchte unbedingt Klarheit. Hatte sein Vater wirklich, so wie Ray es behauptet hatte, die Informationen in Abraham Clearys Bericht nicht weitergeleitet und den beiliegenden Brief, in dem Ray indirekt des Mordes an Cleary beschuldigt wurde, ignoriert? Die beiden Männer waren sehr lange befreundet gewesen, doch Mark fiel es dennoch schwer zu glauben, dass sein Vater Ray zuliebe seine ethischen Grundsätze außer Acht gelassen haben sollte.

Aber als künftiger Sicherheitsbeauftragter von GalCorp würde er schon bald Zugang zu allen Informationen haben, die ihm zweifellos eine Antwort auf diese Frage liefern würden. Doch erst einmal benötigte er ein Fortbewegungsmittel. Sein Wagen war dem Feuer zum Opfer gefallen. Zwar konnte er nicht warten, bis die Versicherung den Schaden ersetzte, aber ein Anruf seines Börsenmaklers und der Verkauf einiger Aktien, die sich bezahlt gemacht hatten, würden ihm das nötige Kleingeld verschaffen.

Einige Anrufe später war alles in die Wege geleitet.

Kurz darauf lieferte ein Bote zwei Koffer mit Kleidung aus Marks Wohnung in Canberra. In einem von ihnen fand er außerdem seine Glock mit Munition.

Die Warnung seines Kontaktmannes, der Mann, der ihn angeheuert hatte, um Mark Talbert auszuschalten, werde auf ein Versagen seinerseits sehr ungehalten reagieren, hatte er zwar mit einem Schulterzucken abgetan. Dennoch sagte sich Long, dass ein Urlaub außer Landes ein kluger Schachzug wäre. Und so buchte er einen Flug, packte seine Koffer und bestellte ein Taxi.

Der Fahrstuhl seines Apartmenthauses kam, und Long griff nach seinem Gepäck, als die Tür aufglitt.

Der Schalldämpfer erstickte den Knall des Schusses.

Long sackte zu Boden.

Die Fahrstuhltür glitt wieder zu.

Am Freitag holte Mark seinen neuen Falcon ab und ließ sofort eine Telefon-Vorrichtung sowie eine Funkantenne einbauen. Anschließend fuhr er auf den Parkplatz eines großen Einkaufszentrums, nahm den Laptop in Betrieb und warf einen Blick auf die neu eingegangenen E-Mails. Es war nichts von Bedeutung darunter. Sekunden später klingelte sein Handy.

»Wir haben da möglicherweise etwas gefunden.« Obgleich John zurückhaltend klang, entging Mark die leise Erregung nicht, die in seiner Stimme mitschwang. »Einer der chinesischen Delegierten war vor Jahren im Handelsministerium tätig und hat Tak Lees Einfuhrantrag über diverse Waren für sein Einkaufscenter in Kuala Lumpur geblockt. Offiziell hieß es, der Hersteller habe sein Exportkontingent erschöpft, aber ich habe ein wenig nachgeforscht und herausgefunden, dass das schlicht gelogen war. Weitere Recherchen haben ergeben, dass besagter Beamte aus einer erzkonservativen Familie stammt und die Vermischung chinesischen Blutes mit ausländischem strikt ablehnt.«

»Und Tak Lees Mutter war halb Inderin, halb Eurasierin.«

»Für manche Chinesen sind Inder Abschaum, sodass Tak Lee in ihren Augen ein erheblicher Makel anhaftet. Ich fürchte, Rassismus kommt in allen Kulturen vor.«

»Trotzdem bezweifle ich, dass der Staat sich allein aus rassistischen Gründen einträgliche Exporte entgehen lassen würde.«

»An dieser Stelle wird es erst richtig interessant. Der Bruder jenes Beamten betreibt in Kuala Lumpur ebenfalls ein Einkaufszentrum, das zu jenem von Tak Lee in direkter Konkurrenz steht. Nur wenige Monate, bevor Tak Lee besagte Waren einkaufen wollte, ist das Warenhaus des Bruders niedergebrannt. Obgleich es hierfür keinerlei Beweise gab, wurde gemunkelt, Tak Lee steckte hinter dem Brandanschlag.«

»Das wäre allerdings ein Motiv für einen Racheakt«, gab Mark zu.

»Der Großteil von Tak Lees Waren wird in China hergestellt, sodass besagter Beamter, der inzwischen noch weiter reichende

Kompetenzen genießt, sein Amt benutzen könnte, um Tak Lee zu ruinieren.«

»Weshalb Tak Lee möglicherweise jetzt ihn auf dem Kieker hat.«

»Allerdings haben wir hierfür keinerlei Beweise, einmal abgesehen von seinem Treffen mit einem mutmaßlichen Terroristen. Es könnte auch alles nur Zufall gewesen sein. Oder die Initiative ging von Haasan aus, und der hat sich einen Korb geholt.« John schwieg eine Weile, als widerstrebte es ihm, Mark das Folgende mitzuteilen. »McSwain hat das Interesse an der Sache weitgehend verloren, aber ich konnte ihn überreden, dich noch eine Weile an der Sache dran zu lassen. Im Augenblick haben wir meiner Meinung keine andere Wahl.«

Mark hatte langsam das Gefühl, dass McSwain ihm keine große Handlungsfreiheit einräumen würde, ganz egal, was er auch aufdeckte. Er behielt diesen Gedanken jedoch für sich und beendete das Gespräch. Als er aus dem Wagen stieg, traf ihn die Hitze wie ein Keulenschlag. Er musste sich einige unverzichtbare Utensilien besorgen wie eine Taschenlampe, Werkzeug und einen Erste-Hilfe-Kasten für das Auto. Und auch wenn die Wahrscheinlichkeit, dass er sie in nächster Zeit brauchen würde, in Anbetracht des Ausgangs seiner letzten Verabredung mit Julie äußerst gering war, nahm er noch ein Päckchen Kondome mit.

Später an diesem Nachmittag ging Gwen Daley ins Wohnzimmer, um sich im Fernsehen ihre Lieblings-Seifenoper anzusehen. Sie schob den Stapel Zeitungen beiseite, der sich im Laufe der Woche auf dem Couchtisch aufgetürmt hatte, und bemerkte die Kante ihrer Schürze, die aus dem Zeitungsstapel herausragte.

Als sie sah, dass es sich um die Schürze handelte, die sie beim

Ausräumen der Kisten im Club getragen hatte, plagte sie gleich das schlechte Gewissen. Sie hatte die Schürze in die Wäsche geben wollen, dies jedoch dann wieder vergessen, so fasziniert war sie von der Handlung der Fernsehserie gewesen. Sie zog die Schürze unter den Zeitungen hervor und wollte sie eben in die Waschküche bringen, als sie einen eckigen Gegenstand in der Tasche fühlte.

Der Brief, den sie für den armen Abraham Cleary hatte abschicken wollen. Jetzt zwackte das schlechte Gewissen sie richtig. Sie hatte noch eine Briefmarke in der Schublade, und wenn sie es noch rechtzeitig vor der Leerung zum Briefkasten an der Straßenecke schaffte, würde der Brief heute noch rausgehen.

Die Titelmelodie der Serie, in der reiche, schöne Menschen, die nie Schürzen trugen, sich mit Chardonnay durchs Leben tranken, riss sie aus ihren Gedanken. Sie warf einen Blick auf den Fernseher, schob jedoch dann entschlossen das Kinn vor, schaltete das Gerät ab und verließ das Wohnzimmer.

Während die Landschaftsbauarbeiten am Complete Home Market in vollem Gang waren, organisierte Harry Lee die Verteilung der Waren auf die verschiedenen Fachabteilungen, klärte letzte Details der Werbekampagne, die sein Vater einige Monate zuvor in Auftrag gegeben hatte, und sorgte dafür, dass sämtliche leitenden Angestellten das Verkaufstraining durchliefen, das sie befähigen sollte, im Anschluss ihr Personal einzuarbeiten.

Er mochte diese Seite des Geschäfts, das Gefühl der Macht und der Kontrolle. In Kuala Lumpur war sein Vater der Boss, aber hier war er der »Macher«. Der Ausdruck gefiel ihm, zumal er weitreichende Handlungsfreiheit genoss. Außerdem hatte er von seinem Vater die Kunst der Einschüchterung gelernt, war in dieser Disziplin sogar Meisterschüler gewesen.

Obgleich beim Anheuern des Killers keine Namen gefallen waren, hatte Harry weitere Maßnahmen ergriffen, um sicherzugehen, dass ihm nie eine Beteiligung nachgewiesen werden konnte. Ihr gemeinsamer Kontakt war absolut zuverlässig und hatte Harry sogar eine eigene Waffe besorgt, die er, wenn auch zugegebenermaßen mit leichtem Widerwillen, benutzt hatte, um seinen guten Ruf und seinen Namen zu schützen.

Nach zwei gescheiterten Anschlägen auf Mark Talberts Leben hielt Harry es für das Klügste, keinen weiteren Versuch in dieser Richtung mehr zu unternehmen. Zwar ärgerte es ihn, dass der Mann noch am Leben war, aber wenn er allzu intensiv nachforschte, wer versucht haben könnte, ihn zu beseitigen, wollte er ihn nicht auf seine Spur führen. Vor wenigen Tagen erst war Harry gezwungen gewesen, seine Geschäftsbeziehung zu Long zu beenden, und obgleich die Polizei auf australischer Seite ermittelte, war Harry ganz sicher, keinerlei belastende Spuren hinterlassen zu haben. Trotzdem konnte es nicht schaden, vorsichtig zu sein.

Ein langweiliger Sonntag lag vor ihm. Von Natur aus eher der Einzelgänger, brauchte sein Ego doch hin und wieder ein paar Streicheleinheiten, vor allem die von einer schönen Frau. Julie Evans kam ihm in den Sinn, doch die hatte ihm von ihrem Sohn erzählt, und er wollte sich nicht damit belasten, einem Dreizehnjährigen Honig ums Maul schmieren zu müssen, nur um seine Mutter ins Bett zu kriegen. Andererseits ließ sich der Junge vielleicht vorübergehend bei Freunden oder Verwandten unterbringen …

Als sich Julies Sohn meldete und im Hintergrund ausgelassene Teenagerstimmen zu hören waren, legte Harry wortlos wieder auf. Die hübsche Flugbegleiterin schien dann doch die bessere Wahl zu sein. Sie mochte nicht die Cleverste sein, aber im Bett war sie nicht zu verachten. Er lächelte bei der Erinnerung. Ganz und gar nicht zu verachten.

Kapitel 17

Am Montag sah Mark, wie Julie das Gebäude von GalCorp betrat. Sofern sie ihn ebenfalls gesehen hatte, ignorierte sie ihn, und das schmerzte. Er sorgte sich, weil sie so müde aussah, andererseits machte die anhaltende Hitze allen zu schaffen. Er hoffte, dass nur das Wetter an ihrem angeschlagenen Aussehen schuld war, aber sein Gewissen wusste es besser.

Ray erwartete ihn bereits. Er wirkte immer noch sehr angespannt. »Ich habe leider keine Zeit, dir alles zu zeigen. Im Complete Home Market ist eingebrochen worden. Harry Lee ist vor Ort und fuchsteufelswild. Die Polizei ist ebenfalls dort, aber ich möchte, dass du hinfährst und dir etwas einfallen lässt, damit sich dieser Vorfall nicht wiederholt.« Er durchwühlte seine Schreibtischschublade und warf Mark einen Schlüsselbund zu. »Hauptschlüssel. Ich schätze, die wirst du brauchen.«

Mark nickte. »Ich versuche, bis zur Beerdigung zurück zu sein.«

»Mach dir deswegen keinen Kopf. Es wird keine große Veranstaltung werden.

»Gehst du zu Todds Beerdigung?«, fragte Julie Michael, als sie ihre Handtasche in die Schreibtischschublade legte und sich setzte.

»Nein. Ich habe ihn ja kaum gekannt.«

»Es gab da auch nicht viel zu kennen«, entgegnete Julie und

war sofort wütend auf sich selbst, dass sie einem Verstorbenen gegenüber so ungnädig war, auch wenn es stimmte, was sie sagte. Tatsächlich dürften Ray und Todds Drogendealer die Einzigen sein, die um ihn trauerten. Und Eric Sweetman. Die drei waren Freude gewesen, solange sie denken konnte.

Mark betrat das Büro.

Julie blieb das Herz stehen.

Michael warf ihr einen fragenden Blick zu.

»Michael, das ist Mark Talbert«, murmelte sie und spürte, wie ihr ungewohnte brennende Röte den Hals hinauf bis in beide Wangen kroch.

Michaels Augen leuchteten auf. Er erhob sich und reichte Mark die Hand. »Die Buschtrommeln haben verkündet, dass Sie künftig für die Sicherheit hier in der Firma zuständig sind.«

Julie war verblüfft von Michaels honigsüßem Tonfall.

Mark schaute ebenfalls überrascht drein und richtete seine Aufmerksamkeit dann auf sie. »Ich dachte mir, ich könnte dich zur Beerdigung fahren, auch wenn ich selbst zum Complete Home Market durchfahren muss. Es wurde eingebrochen.«

Julie war nicht sicher, ob seine Worte zweideutig gemeint waren. »Schon okay«, sagte sie. »Ich frage Eric, ob er mich mitnimmt.« Sie wollte, dass er ging. Das heißt, streng genommen wollte sie ihn, aber genau das war das Problem. Mark hatte bislang nicht durchblicken lassen, dass er es ebenfalls ernst mit ihr meinte. Zumindest nicht mit allen Konsequenzen. Sex war nicht genug. Auf emotionaler Ebene lief er vor ihr davon, und sie hatte keinen Schimmer, wie sie das ändern sollte.

Er blieb noch eine ganze Weile wortlos vor ihr stehen, dann nickte er und ging.

In der Pause suchte Julie Eric Sweetman auf, der sich gern bereit erklärte, sie zum Begräbnis mitzunehmen. Er freue sich über ihre Gesellschaft, da seine Frau ihn nicht begleiten könne, erklärte er.

Ruth Bellamy schlich in die Tiefgarage des GalCorp-Gebäudes, wo sie sich erst vergewisserte, dass sie auch allein war, bevor sie ihr Haar zum Pferdeschwanz band und unter einem beigefarbenen Volvo verschwand. Der Kurs in Automechanik, den sie seinerzeit besucht hatte, hatte sich schon mehrfach als weit nützlicher erwiesen, als sie sich je hätte träumen lassen. Mit einer kleinen Akku-Bohrmaschine und einem angespitzten Bit hatte sie in kürzester Zeit die linke Bremsleitung gleich mehrfach angebohrt. Als sie fertig war, wiederholte sie den Vorgang an der rechten Bremsleitung.

Sie malte sich aus, was passieren würde, jedes Mal, wenn Eric auf die Bremse trat. Durch den erhöhten Druck würden die Löcher sich öffnen, schillernde Bremsflüssigkeit würde austreten und auf den Asphalt tropfen. Eric würde die leichte Schwammigkeit beim Bremsen sicher nicht auffallen. Nach und nach würden die Löcher immer größer werden, die Leitungen würden reißen, und dann …

Todds Beerdigung würde schnell vorbei sein. Seine Exfrau und die Kinder hatten schon vor langer Zeit den Kontakt zu ihm abgebrochen, und Freunde hatte er nicht viele gehabt. Zudem war er nicht besonders gläubig gewesen, sodass auch die Grabrede entsprechend knapp ausfallen dürfte.

Auch das eigentliche Begräbnis würde schnell über die Bühne gehen, vor allem aber die Lage des Friedhofes entlockte Ruth ein Lächeln: eine bergige Gegend mit steilen Felshängen und kurvigen Straßen.

Einfach perfekt.

Als sie vom Beerdigungsinstitut losfuhren, sagte Julie sich belustigt, dass Erics Wagen exakt seinem Naturell entsprach: sicher, solide und zuverlässig. Sogar die Farbe war konservativ. Ein bisschen so wie Eric selbst auch. Ein unauffälliger Mann mit einem unauffälligen Auto und einem unauffälligen Job.

Obgleich der Trauerzug im Vergleich zum übrigen Verkehr in Brisbane recht langsam fuhr, wurden sie durch eine rote Ampel vom Leichenwagen getrennt. Eric fuhr anschließend etwas schneller, um wieder aufzuholen. Julie musterte ihn von der Seite. Das übliche Stirnrunzeln hatte sich noch vertieft.

»Alles okay?«, fragte sie mitfühlend.

»Ja, ja. Ich komme nur nicht gern zu spät.« Eric blinkte kurz und wechselte auf die rechte Fahrspur. Als die Fahrbahnen kurz darauf wieder zusammenliefen, fluchte er, zumal die Ampel am Fuß des Hügels auf Rot sprang. Er trat auf die Bremse.

Zu Julies Entsetzen reagierte der Volvo nicht.

Vor ihnen kam ein offener Lastwagen zum Stehen.

Eric trat das Bremspedal fester durch.

Nichts.

Er griff nach der Handbremse, riss das Steuer nach links herum und versuchte, dem Truck auszuweichen.

Julie erkannte, dass es zu spät war. Sie wappnete sich gegen den Aufprall.

Der Volvo prallte mit einem lauten Knall gegen das vordere Fahrzeug. Glas regnete auf Eric und Julie herab.

Kapitel 18

Harry konnte seinen Zorn kaum zügeln, als er erfuhr, dass Ray Mark Talbert als Sicherheitsbeauftragten eingestellt hatte. Er beobachtete, wie Talbert den Tatort besichtigte und sich Notizen machte. Dieser Mann schien zu wissen, was er tat, trotzdem war Harry ganz und gar nicht glücklich mit der aktuellen Situation. In Rays Firma gab es zu viele »alte Freunde«. Eine solche Konstellation war gefährlich. Angestellte mussten wissen, wer der Boss war. Die einzige Ausnahme, die Harry als positiv bewertete, war Julie Evans. Er wusste, dass sie Rays Tochter war; sein Vater hatte ihn umfassend über Rays Leben informiert, bis hin zu seiner Affäre mit der Sekretärin.

Mark Talbert war jedoch eine Klasse für sich. Harry hatte es gleich bei ihrer ersten Begegnung in Rays Büro gespürt. Der Blick, den Julie und Mark gewechselt hatten, hatte ihn amüsiert. Obwohl sie beide versucht hatten, sich nichts anmerken zu lassen, war die sexuelle Spannung zwischen ihnen deutlich spürbar gewesen. Harry hatte sich einen Spaß daraus gemacht, Julie in Talberts Gegenwart mit Komplimenten zu überhäufen. Seine anschließende Überprüfung des Mannes hatte ergeben, dass er noch weitaus vielschichtiger war, und einige dieser »Schichten« beunruhigten Harry mehr, als er sich eingestehen wollte. Dass er jetzt für GalCorp arbeitete, passte ihm gar nicht.

Sein ganz persönliches Interesse an Julie bereitete ihm fast ebenso große Sorge. Es kam nicht oft vor, dass eine Frau ihn wegen ihres Intellekts und ihrer Persönlichkeit reizte. Dass sie zudem noch ausgesprochen hübsch war, erhöhte den Reiz zusätzlich. Seit ihrem gemeinsamen Abend hatte er immer wieder an sie denken müssen. Vielleicht ließ sich das Problem mit ihrem Jungen ja doch irgendwie umschiffen.

»Alles in Ordnung, Lady, ich habe schon einen Krankenwagen gerufen.«

Die Worte drangen in Julies vom Schock vernebeltes Hirn, als jemand vorsichtig die Beifahrertür öffnete und sie stützte. Glassplitter bedeckten beide Vordersitze und ihren Schoß. Ihre linke Schulter und die linke Kopfhälfte schmerzten von der Wucht, mit der sie gegen die Tür geschleudert worden war, und ihr Hals brannte dort, wo der Sicherheitsgurt ihre Haut aufgeschürft hatte. Sie blickte zur Seite auf Eric.

Der Volvo war gegen eine hintere Ecke des Transporters geprallt, wobei die Windschutzscheibe und die Fahrertür zu Bruch gegangen waren. Der Sicherheitsgurt hatte Eric nicht vollständig vor Schaden bewahren können. Sein Gesicht war voller Blut, das vorn auf sein weißes Hemd gespritzt war. Er hatte den Kopf in den Nacken gelegt, sein Mund stand offen, und das eine Auge, das sie sehen konnte, war geschlossen.

Julie hielt die Luft an. Ob er tot war?

Jemand langte durch das kaputte Seitenfenster und fühlte am Hals seinen Puls. »Er lebt«, hörte sie nach einer Weile eine Stimme sagen.

Die Absurdität der Situation, dass jemand auf dem Weg zu einer Beerdigung ums Leben kommen sollte, wurde ihr bewusst, und sie hatte Mühe, den aufsteigenden Lachreiz zu unterdrücken. Sie zwang sich, an etwas anderes zu denken, sich wohl bewusst, dass sie in ihrem Schockzustand leicht in Hysterie umschlagen konnte. Sie atmete bewusst mehrmals tief ein und aus. Wenn ihr Verdacht zutreffend war, war es umso wichtiger für sie, Ruhe zu bewahren.

Erics Lippen zuckten, und er stöhnte auf vor Schmerzen, als er versuchte, sich zu bewegen. Julie legte ihm eine Hand auf die Schulter. »Der Krankenwagen ist schon unterwegs, Eric. Sie sind bald in der Klinik.«

Aber anstatt sich von Julies Worten beruhigen zu lassen, steigerte sich Erics Unruhe. Er drehte ihr den Kopf zu und schien ihr etwas sagen zu wollen, und Julie zuckte beim Anblick des zerschmetterten Wangenknochens und der eingedrückten Augenhöhle erschrocken zurück. Das rechte Auge ruhte in einem blutigen Fleischklumpen. Er wehrte sich gegen die Hand, die versuchte, ihn auf seinem Sitz festzuhalten, murmelte etwas Unverständliches und versuchte gleich darauf, sich von seinem Gurt zu befreien.

Marks Atmung setzte aus, als er am Nachmittag Julies Büro bei GalCorp betrat und Michael ihm von dem Unfall berichtete.

»Ist Julie okay?«

»Nur ein paar Prellungen«, entgegnete Michael. »Sie hat großes Glück gehabt. Erics Wagenseite hat das meiste abbekommen. Soweit ich weiß, hat er schwere Kopfverletzungen erlitten und wird noch längere Zeit im Krankenhaus bleiben müssen.«

»Ist Julie ebenfalls im Krankenhaus?«

Michael schüttelte den Kopf. »Ray hat sie nach Hause gefahren.«

Mark entspannte sich, wenn auch nur ein bisschen. Julie zu lieben, ängstigte ihn wirklich. Es machte ihn verwundbar, und er war einfach nicht mehr in der Lage, Vorfälle, die normalerweise nur sein professionelles Interesse geweckt hätten, mit der nötigen Distanz zu analysieren. Das jagte ihm eine Heidenangst ein.

Später am Abend fuhr Mark ins Krankenhaus, um Eric zu besuchen. Da er seine Sorge um Julie nicht länger hatte zügeln können, hatte er sie daheim angerufen. Sie hatte ihm von Erics Worten am Unfallort erzählt.

Als er auf den nächstgelegenen Parkplatz fuhr, fielen ihm im Eingangsbereich zwei Frauen auf, die eine jung, die andere mittleren Alters. Obgleich er die ältere der beiden Frauen seit seinen Jugendtagen nicht mehr gesehen hatte und Claire längst den Kontakt zu einigen von Gordons alten Freunden abgebrochen hatte, erkannte er Erics Frau fast sofort. Dann fuhr ein älterer Geländewagen vor, und die beiden Frauen stiegen ein. Als der Wagen fortfuhr, erkannte Mark in dem Fahrer Erics ältesten Sohn.

Er registrierte außerdem, dass der Geländewagen mit einem Kuhfänger ausgestattet war.

Ruth band ihr Haar zu einem losen Knoten, der ihr bis tief in den Nacken reichte, strich ihren Schwesternkittel glatt und betrachtete sich im Spiegel der Damentoilette. Die optischen Veränderungen, die sie an ihrem Gesicht vorgenommen hatte, dürften eine Identifizierung unmöglich machen, für den Fall, dass sie von einer Überwachungskamera gefilmt wurde. Was den Rest betraf, hatte sie genügend Jahre in Krankenhäusern verbracht, um sich mit dem Klinikalltag auszukennen.

Ihr Ausweis würde nur einem flüchtigen Blick standhalten, aber sie verließ sich darauf, dass man für gewöhnlich Dinge, die man alltäglich sah, nicht mehr richtig wahrnahm. Das Klemmbrett, das sie bei sich trug, verlieh ihr zudem den Anschein autorisierter Geschäftigkeit.

Sie wartete, bis das Pflegepersonal seine Kaffeepause antrat, und suchte dann die Intensivstation auf. In einem unbeobachteten Moment trat sie an den nächsten Medikamentenwagen und las die Etiketten auf verschiedenen Ampullen, ehe sie zwei in die Kitteltasche gleiten ließ.

Durch einen vorausgegangenen Anruf in der Klinik hatte sie Erics Zimmernummer erfahren sowie einen kurzen Bericht über seinen aktuellen Zustand erhalten. Eric war auf dem rechten Auge erblindet, und der Wangenknochen würde ebenso wie die Augenhöhle chirurgisch wiederhergestellt werden müssen, sobald die Schwellung zurückgegangen war. Ruth wartete ab, bis seine Frau und die Kinder weg waren, und wollte eben das Krankenzimmer betreten, als Ray Galloway den Flur heraufkam. Sie wandte sich ab und entfernte sich in entgegengesetzter Richtung.

Obgleich es die Gefahr erhöhte, gesehen und möglicherweise erkannt zu werden, kehrte Ruth zu Erics Tür zurück, sobald Ray eingetreten war, um zu lauschen. Eric war offenbar müde, und Ray hatte auch nicht viel zu erzählen. Die Veränderung an ihm war auffällig. Von der alten Arroganz war nichts mehr übrig, allerdings zweifelte sie nicht daran, dass er nicht lange brauchen würde, um zu seinem Glauben an die eigene Wichtigkeit zurückzufinden. Sie ging den Korridor hinauf bis zu einer Nische, von der aus sie die Tür im Auge behalten konnte, und wartete.

Ray blieb nur ein paar Minuten. Nachdem er gegangen war, sah Ruth auf die Uhr. In fünf Minuten war die Besuchszeit vorbei, dann dürfte sie auf der sicheren Seite sein. Verstohlen betrat sie das Krankenzimmer. Das Bett am Fenster war leer. In jenem, das der Tür am nächsten war, lag Eric, gestützt von mehreren Kissen, die eine Gesichtshälfte vollständig unter einem dicken Verband verborgen. Über eine Kanüle im Arm wurde ihm per Tropf ein Schmerzmittel verabreicht. Ruth schaltete die Deckenbeleuchtung aus und zog den Vorhang zu, der dazu diente, den Patienten bei Mehrfachbelegung etwas Privatsphäre zu verschaffen. Sie ging hinüber auf Erics linke Seite und knipste das kleine Nachtlicht über dem Kopfende des Bettes an. »Wie geht es uns denn heute Abend?«, fragte sie im gelangweilten Tonfall einer Schwester, für die diese Frage längst Routine war.

Eric murmelte eine undeutliche Antwort und machte sich nicht einmal die Mühe, das gesunde Auge zu öffnen. Ruth gab einige mitfühlende Laute von sich, legte das Klemmbrett auf den Nachttisch und fischte eine Spritze und eine der entwendeten Ampullen aus der Kitteltasche. Sie injizierte den Inhalt einer der Ampullen in den Schlauch dicht oberhalb der Klemme, trat dann etwas zurück und wartete ein oder zwei Minuten, dass das Medikament seine Wirkung tat. Sie wollte den Ausdruck auf seinem Gesicht genießen, wenn sie ihm eröffnete, dass er bald sterben würde, aber sie wollte nicht riskieren, dass er sich wehrte, wenn sie ihm den Inhalt der zweiten Ampulle spritzte.

Schritte näherten sich draußen auf dem Flur. Ruth erstarrte, als sie draußen vor der Tür haltmachten.

Mark zögerte vor Erics Tür. In dem dunklen Zimmer brannte nur ein kleines Nachtlicht, das zusätzlich von einem zugezogenen Vorhang gedämpft wurde. Aus dem anderen Bett war das Rascheln von Laken zu hören, so als hätte sich dort jemand umgedreht. Er rief leise Erics Namen und erhielt eine ebenso leise Antwort. Mark zog den Vorhang beiseite. Als er neben das Bett trat, öffnete Eric das unversehrte Auge, und sein von Blutergüssen und Schwellungen entstelltes Gesicht ließ trotz allem erkennen, dass er Mark wiedererkannte.

»Was … wollen … Sie hier?« Furcht schwang in seiner Stimme mit.

»Julie macht sich Ihretwegen Sorgen.«

Eric entspannte sich ein wenig, aber der misstrauische Ausdruck auf seinem Gesicht blieb.

»Als Sie nach dem Unfall noch im Wagen saßen«, sagte Mark leise, damit der Patient im Nachbarbett nicht mithören konnte, »haben Sie zu Julie gesagt, dass Sie es bereuen, Cleary getötet zu haben.«

»Nein! Ich habe ihn nicht getötet.« Der Protest klang deutlich und entschlossen, aber Erics offenkundige Furcht sprach Bände.

»Nun, wenn Sie Cleary nicht überfahren haben, dann muss es Ihr Sohn gewesen sein.« Mark beobachtete, wie Eric versuchte, den Kopf zu schütteln. »Ich bin sicher, dass eine kriminaltechnische Untersuchung des Kuhfängers am Geländewagen Ihres Sohnes ein entsprechendes Ergebnis erbringen wird«, fuhr Mark fort. »Eine Faser von Clearys Kleidung. Einen mikroskopisch kleinen Blutspritzer, der trotz aller Sorgfalt nicht fortgewaschen wurde. Ein einzelnes Haar vielleicht.« Er schwieg einen Moment, als fiele ihm eben etwas ein. »Er wurde nach dem Aufprall überfahren. Ich wette, dass Sie die Hinterreifen nicht so gründlich gereinigt haben wie die vorderen; es könnten also auch dort noch entsprechende Spuren auffindbar sein.«

Eric liefen Tränen über die Wangen. »Ray hat Todd immer bevorzugt. Schon damals, als wir alle noch Kinder waren. Mich hat er nie gebeten, etwas für ihn zu regeln. Aber *das* habe ich für ihn geregelt. Dieses eine Mal hat der feige Eric sich getraut, etwas zu tun, wozu der große Todd Langley nicht den Mumm hatte.«

Er schloss das Auge, und seine Mundwinkel zuckten, als er versuchte zu lächeln.

»Hat mein Vater davon gewusst? Wollte er Sie decken?« Mark wartete angespannt, in der Hoffnung, dass die Antwort nicht sein Bild von seinem Vater zerstören würde, den er stets respektiert hatte.

Eric antwortete nicht. Mark berührte ihn an der Schulter und wiederholte seine Frage.

»Gordon hat Ray … eine Woche eingeräumt …« Seine Stimme wurde undeutlich, als würde er jeden Moment einschlafen. »Er sollte zur EPA gehen und die Sache aus der Welt schaffen, sonst wollte er den Brief … der Polizei … übergeben.«

»Weiß Ray, dass Sie Cleary getötet haben?«

Als Eric wieder nicht antwortete, hakte Mark noch einmal nach, aber Erics gleichmäßige Atemzüge verrieten, dass er tief und fest schlief.

Ruth rührte sich nicht, als Mark Talbert das Zimmer verließ. Sie hatte sich im Bett zusammengekauert, das Laken bis zur Nase hochgezogen, und gelauscht. Gordon hatte also doch vorgehabt, Ray zur Rechenschaft zu ziehen. Sie hätte ihm mehr Zeit lassen sollen.

Sie schlüpfte aus dem Bett, strich mit einer Hand die Bettdecke wieder glatt, während sie mit der anderen die Spritze mit dem Inhalt der zweiten Ampulle hielt. Hätte Mark Talbert sich den »Patienten« im zweiten Bett genauer angesehen, wäre sie gezwungen gewesen, die Spritze als Waffe zu benutzen. Das gehörte zwar nicht zu ihrem ursprünglichen Plan, aber in letzter Zeit hatte sie des Öfteren improvisieren müssen. Ruth lächelte. Nicht mehr lange, und Eric würde für immer und ewig schlafen. Sie injizierte die Flüssigkeit in den Schlauch oberhalb der Kanüle, verärgert, dass er nun nie erfahren würde, wer für seinen Tod verantwortlich war. Das Klemmbrett lag noch da, wo sie es abgelegt hatte, und sie nahm es wieder an sich. Anschließend wischte sie sämtliche Oberflächen ab, die sie berührt haben könnte. Ruth klopfte auf die Kitteltasche mit den zwei leeren Ampullen. Sie wollte der Polizei keine unnötigen Spuren hinterlassen. Zu schade, dass dieser Todesfall nicht als Unfall durchgehen würde, andererseits konnte sie von Glück sagen, dass es ihr bis jetzt gelungen war, ihren Plan in die Tat umzusetzen, ohne ins Visier der Ermittler zu geraten.

»Wenigstens weißt du jetzt, dass dein Vater das Richtige tun wollte.« Julie umfasste ihre Kaffeetasse mit beiden Händen und schaute ihn an. »Ich für meinen Teil kann nicht ausschließen, dass Ray Todd und Eric gegenüber bemerkt hat, Cleary müsse beseitigt werden. Er hat den Mann zwar nicht eigenhändig getötet, aber wenn er …«

Mark wollte über den Tisch langen und sie berühren. Wider besseres Wissen hatte er beschlossen, vom Krankenhaus aus zu ihr zu fahren, um ihr von der Unterhaltung mit Eric zu erzählen. Tatsächlich war es ihm aber vor allem darum gegangen, sich davon zu überzeugen, dass sie den Unfall auch wirklich gut überstanden hatte. Zu seiner Erleichterung hatte sie ihn einigermaßen freundlich empfangen, wenn auch nicht mit der Wärme, die er sich gewünscht hätte.

»Ich werde Eric morgen noch einmal aufsuchen. Ich bin mir nicht sicher, dass er Ray tatsächlich belasten würde, auch wenn er in dessen Auftrag gehandelt hätte; andererseits ist er vielleicht auch nicht bereit, die ganze Schuld auf sich zu nehmen. Ich habe die Polizei dahingehend informiert, dass der Geländewagen des Sohnes möglicherweise in den ›Unfall‹ verwickelt war. Ich habe das Gefühl, dass Eric alles abstreiten wird, solange keine handfesten Beweise vorliegen für das, was er mir da gebeichtet hat.«

»Du musst dir morgen die Fäden ziehen lassen: der perfekte Vorwand, um ihn noch einmal im Krankenhaus aufzusuchen.«

»Wenn ich drankäme, würde ich mir die Fäden selber ziehen.« Julie machte hierauf ein so entgeistertes Gesicht, dass er lächeln musste. »Wäre nicht das erste Mal.«

»Wahrscheinlich hast du die Wunde auch höchstpersönlich genäht«, murmelte sie, und der Sarkasmus in ihrer Stimme schmerzte ihn. Er konnte keine Sekunde vergessen, dass er ihr gegenüber nicht ganz aufrichtig war, trotz seines Versprechens, sie niemals anzulügen. Verschweigen war auch eine Form der Lüge, aber er hatte sich immer wieder eingeredet, dass es nur ihrem Schutz diente. Der Spruch »Was man nicht weiß, macht einen nicht heiß« sollte um den Zusatz ergänzt werden: »… vorausgesetzt, dass man auch wirklich nie dahinterkommt.« Die Furcht vor ihrer Reaktion, wenn sie die ganze Wahrheit erfuhr, schnürte ihm die Kehle zu.

Mark spannte die Schultern an, als er am nächsten Morgen aus dem Fahrstuhl trat und das Schwesternzimmer jener Station ansteuerte, auf der Eric lag. Das frische Narbengewebe spannte und juckte. Normalerweise hätte er eine so triviale Unannehmlichkeit schlicht ignoriert, aber heute schien sie ihm symbolisch für all die losen Enden in seinem Leben zu sein. Hatte Tak Lee wirklich einen Terroristen angeheuert? Wer hatte Gordons Haus angezündet und versucht, ihn umzubringen? Und dazu die nagenden Zweifel an seinem Vater. Waren dessen Worte, er werde den

Bericht des Umweltagenten an die Polizei weitergeben, falls Ray sich nicht selbst anzeigte, tatsächlich mehr gewesen als eine leere Drohung?

Die Spannung im Schwesternzimmer war fast greifbar, auch wenn eine junge Schwester ihn sehr freundlich fragte, was sie für ihn tun könne.

»Ich möchte Eric Sweetman besuchen, wenn es geht. Ich weiß, dass eigentlich keine Besuchszeit ist, aber …« Mark verstummte, als er den Ausdruck auf ihrem Gesicht sah.

»Ich bedaure, Sir, aber Mr. Sweetman ist diese Nacht verstorben. Seine Angehörigen sind gerade beim Arzt.«

»Und woran ist er gestorben?«, wollte Mark beunruhigt wissen.

»Darüber darf ich keine Auskunft geben, Sir.« Die Schwester machte einen fast verstörten Eindruck.

»Schon gut, dafür habe ich Verständnis«, sagte Mark nur und ging.

Sobald er das Krankenhaus verlassen hatte, schaltete er sein Mobiltelefon ein und rief John Corey an.

»Perfektes Timing.« John war deutlich besserer Laune als bei ihrem letzten Gespräch. »Ich wollte dich auch gleich anrufen. Wir müssen uns treffen.«

Als sie Zeit und Ort vereinbarten, spürte Mark das Kribbeln im Bauch, das sich immer einstellte, wenn sich in einem Fall eine höchst interessante Wendung ankündigte.

Kapitel 19

»Ich danke dir, mein Onkel.« Harry neigte ehrerbietig den Kopf und registrierte das zufriedene Lächeln auf dem faltigen Gesicht des Verwandten seines Vaters. Bei einigen der älteren Mitglieder seiner Familie waren die alten Bande noch unvermindert stark, und es war sehr weise von seinem Vater gewesen, dies für seine Zwecke zu nutzen.

»Was dein Vater da gebaut hat, wird ihm zu Reichtum und Ehre gereichen«, setzte der alte Mann seine Lobrede auf Tak Lee fort.

Harry lächelte erneut und zügelte seine Ungeduld. Die Information, die er benötigte, musste er sich auf die unauffällige Art und Weise beschaffen, damit später nicht der Schatten eines Verdachts auf ihn oder seinen Vater fiel, und das würde unter Umständen mehr erfordern, als den Austausch von Neuigkeiten oder das Schwelgen in alten Familiengeschichten, mit aller traditionellen blumigen Ausführlichkeit. Aber im Augenblick blieb ihm nichts anderes übrig, als stillzusitzen und Interesse zu heucheln, bis er das Gespräch endlich auf das Thema lenken konnte, das sein weiteres Vorgehen bestimmen würde.

John wartete bereits in einer hinteren Nische, als Mark den Pub betrat, in dem sie sich verabredet hatten. Der mit dunkel gebeiztem Holz getäfelte Raum ließ an jenes Irland denken, an das sich die alten Einwanderer erinnerten, und entsprach zudem der Vorstellung jener, die nie dort gewesen waren.

Mark bestellte sich ein Bier. Normalerweise trank er keinen Alkohol, schon gar nicht so früh am Tag, aber die Hitze draußen war bereits unerträglich, und die Aussicht, später wieder in ein Auto zu steigen, das sich binnen zehn Minuten in einen Glutofen verwandeln würde, war wenig verlockend.

»Ich möchte dich um einen Gefallen bitten«, sagte er, woraufhin John nur nichtssagend mit den Schultern zuckte. Er berichtete John von Erics Tod. »Ich möchte, dass du dafür sorgst, dass die Ermittlungen im Fall Cleary wiederaufgenommen werden und der Geländewagen von der Spurensicherung unter die Lupe genommen wird. Außerdem muss ich wissen, woran genau Eric gestorben ist.«

»Ist das wichtig für deinen Fall?«

Mark wusste, dass McSwain seine Bitte blocken würde, wenn er erfuhr, dass sie vornehmlich persönlichen Motiven entsprang. »Ja.« Johns Blick verriet, dass er ihm nicht glaubte, aber er nickte trotzdem. Mark trank einen Schluck Bier und wartete darauf, dass John ihm den Grund für dieses Treffen mitteilte. Sein Kollege kam sofort auf den Punkt.

»Vor ein paar Wochen hat ein Fischer eine Leiche in seinen Netzen gefunden. Der Tote war an Händen und Füßen gefesselt, und um seine Fußknöchel war eine Kette geschlungen. Die Fingerabdrücke des Toten waren gespeichert, weil er schon mal eine Haftstrafe verbüßt hatte, sodass er schnell identifiziert werden konnte. Es handelte sich um ein Crewmitglied eines Luxus-Kreuzfahrtschiffs, das damals im Bereich des Great Barrier Reef ankerte. Es wurde gemunkelt, der Kapitän hätte etwas ins Land geschmuggelt, und es war von Drogen die Rede. Ein Undercover-Agent wurde eingeschleust und konnte die Bande auch tatsächlich überführen. Wie sich herausstellte, hat der Kapitän asiatische Kriminelle ins Land geschmuggelt, indem er sie gegen eigene, allein stehende Crewmitglieder austauschte, die bereits die australische Nationalität angenommen hatten.«

»Und die echten Crewmitglieder ließ man verschwinden.«

John nickte. »Nur dass der Agent ihnen einen Strich durch die Rechnung gemacht hat. Die Kriminellen, vorrangig Triaden-Mitglieder, hatten genug Gold bei sich, um sich hier bei uns ihr eigenes kleines Reich aufzubauen. Offenbar meinten sie, in Melbourne wäre Platz für sie, nachdem die dort ansässigen Banden sich gegenseitig ausgeschaltet hatten. Die Bundespolizei sucht noch nach dem eigentlichen Kopf der Bande.«

»Und inwiefern betrifft das uns?«

John nahm ein Foto aus seinem Aktenkoffer und reichte es ihm über den Tisch hinweg. »Es ist unscharf und körnig, doch wir können uns trotzdem glücklich schätzen, dass wir es überhaupt haben. Diese Aufnahme wurde von einer Überwachungskamera der Queensland Rail gemacht, als der Mann unter dem Namen Kenny Wong einen Fahrschein nach Brisbane gelöst hat. Einer der Verhafteten identifizierte ihn als den Mann, der die Identität eines Crewmitgliedes dieses Namens angenommen hat. Offenbar handelte es sich bei diesem Mann um eine ›Spezialsendung‹. Es wurde extrem viel Geld für seine Einschleusung bezahlt, und alle waren angewiesen, ihn zu behandeln wie ein rohes Ei. Die meisten anderen Kriminellen, die auf diese Weise ins Land geschmuggelt wurden, sind inzwischen verhaftet worden, aber dieser Kenny ist bislang nicht wieder aufgetaucht. Nach seinem Eintreffen in Brisbane ist er von der Bildfläche verschwunden. Sein Foto wurde an jede Polizeidienststelle des Landes weitergegeben, aber er wurde bis heute nicht gesichtet.«

Mark wartete, während John sein Glas leerte.

»McSwain hatte so ein Gefühl«, fuhr John fort. »Er mailte das Foto an verschiedene ausländische Geheimdienste und landete damit einen Volltreffer. ›Kenny Wong‹ taucht auf Filmmaterial auf, das von einem V-Mann in einem Trainingslager für Terroristen auf den Philippinen beschafft wurde.«

»Haben wir einen Namen?«

»Nein. Und wir wissen auch sonst nichts über ihn. Aber McSwain wollte, dass du darüber informiert wirst, dass er möglicherweise in die Ermittlungen gegen Tak Lee verwickelt sein könnte.«

»Hat er der Beschattung von Tak Lee zugestimmt?«

John schüttelte den Kopf. »Allerdings hat er gesagt, dass du volle Rückendeckung bekommst, wenn du eine Verbindung nachweisen kannst.«

»Wie großzügig.«

»Mark.« John machte ein ernstes Gesicht. »McSwain zweifelt an deiner Befähigung, weiter an vorderster Front zu agieren. Liefere ihm keinen Vorwand, dich aus dem Verkehr zu ziehen.«

Gaynor musterte den korpulenten Mann, der sich dem Empfangstresen näherte, abschätzig und hoffte, dass es sich nicht um einen Handelsvertreter handelte. Aber noch bevor sie dazu kam, ihn nach seinen Wünschen zu fragen, stellte er sich als Detective Sergeant Briscoe vom Morddezernat vor und verlangte, Ray zu sprechen. Gaynor war so wie jeder andere bei GalCorp schockiert gewesen von Eric Sweetmans Tod, und ganz plötzlich stieg irrationale Panik in ihr auf. Ray war gleich nach seinem Besuch bei Eric am gestrigen Abend zu ihr gekommen. Hatte er vielleicht etwas mit Erics Tod zu tun?

Das ungute Gefühl ließ sie nicht mehr los, auch nachdem sie den Sergeant in Rays Büro geführt hatte.

»Warum interessiert sich das Morddezernat für Erics Tod?«, fragte Ray, als Sergeant Briscoe auf dem gepolsterten Besucherstuhl Platz nahm.

»Weil Mr. Sweetmans Tod kein Unfall war. Er wurde ermordet.«

Auf Rays ersten Schock bei diesen Worten folgte sogleich ein Verdacht. Harry hatte gesagt, er, Ray, hätte Eric nicht einstellen dürfen. Aber er hatte doch sicher nicht … »Wie wurde er getötet?«

»Bluntuntersuchungen und die Autopsie haben extrem hohe Morphiumwerte ergeben, nicht genug, um ihn zu töten, aber genug, um ihn wehrlos zu machen. Anschließend hat man ihm offenbar über den Tropf Kalium verabreicht. Sein Herzschlag hat sich immer weiter verlangsamt, bis er schließlich ganz aussetzte. Das hat höchstens fünf Minuten gedauert. Das Pflegepersonal hat seinen Tod bei einer der stündlichen Routinekontrollen entdeckt.« Briscoe nahm sich kaum Zeit für eine Atempause. »Mrs. Sweetman sagte, sie sei Ihnen auf dem Flur begegnet, als sie gestern Abend Mr. Sweetmans Zimmer verließ.«

Ray rutschte unruhig auf seinem Sessel hin und her. »Ja, ich war bei Eric. Wir waren sehr alte Freunde.«

»Wie lange sind Sie geblieben?«

»Etwa fünf Minuten. Eric war müde.«

»Gab es in letzter Zeit Differenzen zwischen Ihnen und Eric?«

»Nein. Wir haben uns immer gut verstanden.«

»Mrs. Sweetman ist da anderer Meinung. Sie sagte, Mr. Sweetman sei seit einiger Zeit extrem angespannt gewesen, und obgleich er ihr nichts Genaueres erzählt hat, ist sie ganz sicher, dass es mit Ihnen zu tun hatte.«

»Natürlich gab es hier und da Unstimmigkeiten.« Ray fühlte

sich, als zöge sich ein Netz um ihn herum zusammen. Sergeant Briscoes eindringlicher Blick machte ihn ganz nervös. »Eric ist … war Buchhalter, sehr konservativ und nicht gerade risikofreudig. Manchmal waren wir verschiedener Meinung in Bezug auf den einen oder anderen finanziellen Aspekt eines Projektes, aber das hat unsere Freundschaft nie tangiert. »Eric neigte dazu, sich viel zu viele Sorgen zu machen.«

»Offenbar zu Recht.«

»Das Krankenhaus hat eine Kurzinventur durchgeführt, und dabei wurde festgestellt, dass auf einem Medikamentenwagen in der Notaufnahme zwei Ampullen entwendet wurden: eine Morphium- und eine Kaliumampulle«, berichtete John Mark über das Handy. »Aber niemandem ist etwas Verdächtiges aufgefallen. Im Augenblick gilt Ray Galloway als Hauptverdächtiger.«

»Um wie viel Uhr war er dort?«

»Er ist gekommen, als Mrs. Sweetman gerade ging.«

»Dann kann er es nicht gewesen sein. Ich war noch nach ihm dort. Was ist mit dem Patienten im zweiten Bett? Hat der etwas gesehen oder gehört?«

»Eric lag allein auf dem Zimmer.«

»Als ich bei ihm war, lag jemand in dem zweiten Bett«, entgegnete Mark bedeutungsvoll.

»Eine Schwester von Erics Station meinte, sie habe eine Kollegin vor Erics Tür stehen sehen, etwa zu der Zeit, als Ray Galloway bei ihm war. Sie hat das Gesicht der Schwester nicht sehen können, sagte aber, sie sei mittelgroß gewesen, schlank, mit langem braunem Haar, das zu einem losen Knoten geschlungen war. Die Beschreibung passt auf keine der diensthabenden Schwestern der Station. Das wäre eine Möglichkeit.«

»Das ist zwar nicht viel, aber tut weiterhin, was ihr könnt.« Als Mark auflegte, kam ihm ein schrecklicher Gedanke. Innerhalb weniger Wochen waren drei Männer eines gewaltsamen Todes gestorben: sein Vater, Todd Langley und jetzt Eric Sweetman, die drei engsten Freunde Ray Galloways. Drei Männer, die Kenntnis davon hatten, dass Ray von Abraham Cleary erpresst wurde. Wussten sie eventuell auch etwas von einer Verbindung zwischen Tak Lee und Yuusuf Haasan? Obwohl er die Erklärung für den Tod seines Vaters und Todds Tod bereits zu kennen glaubte, argwöhnte er, dass möglicherweise doch mehr dahintersteckte.

Als am späten Abend sein Handy klingelte und er Julies Nummer auf dem Display sah, mischte sich in das sofort aufflammende Verlangen Sorge.

»Ich habe meine Mutter angerufen, um ihr von Erics Tod zu berichten«, sagte Julie nach einer knappen Begrüßung. Sie meinte, damit seien nur noch Ray und Charlie Lewis von ihrer alten Clique übrig. Sie fand es höchst merkwürdig, dass sie alle innerhalb so kurzer Zeit gestorben sind. Sie hat erst vor einigen Monaten die Todesanzeige eines weiteren Cliquenmitgliedes gelesen: Ethan Noland. Ob Charlie noch lebt, weiß sie nicht. Er ist ein paar Jahre nach dem Abgang von der Schule aus Brisbane fortgezogen.« Zögernd fuhr sie fort: »Ich dachte, das solltest du wissen.«

»Wie ist Ethan gestorben?«

»Der Anzeige zufolge war es ein Unfall.« Diesmal entstand eine längere Pause. »Du glaubst, es gibt eine Verbindung, habe ich recht?«

»Ich weiß es nicht. Aber es klingt plausibel. Todd, Eric und mein Vater wussten alle, dass Cleary Ray erpresst hat, und jetzt sind sie tot.« Julies Schweigen deutete darauf hin, dass ihr derselbe Gedanke auch schon gekommen war. Nun jedoch tat sich eine völlig andere Möglichkeit auf. »Was weißt du noch über diese Clique?«

»Nicht viel. Mum war auf der Highschool in Dads Klasse, und sie hat mir die Fotos von Dad und den Jungs gezeigt, mit denen er befreundet war. Ethan und Charlie sind wohl schon in der Zehnten von der Schule abgegangen, blieben aber noch für ein paar Jahre der Clique treu. Die anderen waren bis zuletzt befreundet.«

»Frag doch bitte deine Mutter, ob sie sich noch erinnern kann, wann sie Ethans Todesanzeige gelesen hat oder wo er bestattet wurde. Sie möchte doch bitte auch überlegen, ob ihr noch etwas einfällt, das uns helfen könnte, Charlie aufzuspüren.«

»Aber Todd ist doch an einer Überdosis Insulin gestorben. Sein Tod ist nur ein Zufall.«

»Manche Mörder sind sehr einfallsreich, Julie. Das beste Beispiel hierfür ist derjenige, der Eric auf dem Gewissen hat.«

Am Dienstagmorgen rollte Harry Lee sich von der ausgesprochen zuvorkommenden Flugbegleiterin. Sein physisches Verlangen war gestillt, jedoch nicht sein Bedürfnis nach einem anspruchsvollen verbalen Austausch. Er wollte Julie Evans wiedersehen. Die Frau gefiel ihm. Außerdem war er an einem Punkt in seinem Leben angelangt, an dem es ihn nach mehr verlangte als nach sexuellen Abenteuern. Zu seiner eigenen Verblüffung empfand er sogar eine ihm bislang völlig fremde Sehnsucht danach, sesshaft zu werden und eine Familie zu gründen. Und falls er tatsächlich Kinder bekommen sollte, dann mit einer Frau, die ihn nicht zu Tode langweilte, wenn er sie nicht gerade vögelte.

Angesichts des wachsenden Imperiums seines Vaters war er ohnehin viel unterwegs, sodass Langeweile – der anderen Sorte, sagte er sich mit einem selbstgefälligen Lächeln – nicht zu befürchten war.

Julie saß an ihrem Schreibtisch und massierte sich den schmerzenden Nacken, als Harry mit einem Strauß langstieliger bunter Rosen in einem Präsentkarton hereinkam und ihr diese feierlich überreichte. Noch verdutzter war sie, als er sie zum Abendessen einlud. Sie hätte gern abgelehnt, aber noch bestand die Möglichkeit, dass Harry etwas über die Verwicklung ihres Vaters in Abraham Clearys Tod wusste. Oder auch über dessen Beteiligung an weiteren Todesfällen. Sie dachte, sie würde ihren Vater kennen, wüsste seinen Charakter dahingehend einzuschätzen, vorauszusehen, wie er sich in einer bestimmten Situation verhalten würde. Er war ein Tyrann, der es liebte, andere zu manipulieren, und sie konnte sich tatsächlich vorstellen, dass er im Affekt jemanden umbrachte oder nach einem Unfall Fahrerflucht beging. Doch kaltblütig die Beseitigung eines Menschen planen und vollziehen? Nein, das passte nicht zu ihm! Sie lehnte Harrys Einladung für denselben Abend ab und vertagte diese auf den kommenden Mittwochabend.

Nachdem Harry gegangen war, schaute sie hinüber zu Michael, der an seinem Rechner gerade konzentriert an einem komplizierten Entwurf arbeitete. Er hielt den Blick auf seinen Monitor gerichtet, aber sie war dennoch sicher, dass er ihr Gespräch mit Harry sehr aufmerksam verfolgt hatte.

Harry war beim Verlassen des Firmengeländes bester Laune, weil Julie seine Einladung zum Abendessen angenommen hatte, wenn ihm auch ihre Wahl des Wochentages gar nicht in den Kram passte. Erst vor einer Stunde hatte er die Nachricht erhalten, dass die Konferenz zur Besprechung der letzten Einzelheiten des Planes seines Vaters ausgerechnet am Mittwochabend stattfinden sollte. Er konnte natürlich versuchen, den Termin zu ändern, andererseits wäre das Date mit Julie ein idealer Vorwand für seine Anwesenheit im Restaurant. Das Netzwerk, an das er sich hatte wenden müssen, war in seinem Streben nach Sicherheit nahezu paranoid, und er wollte nicht, dass sie glaubten, er verlege den Gesprächstermin aus rein privatem Anlass.

Julie rechnete fest damit, dass Mark wütend sein würde wegen ihres »Dates« mit Harry Lee.

Das erwies sich als falsch.

Er war nicht wütend, sondern außer sich.

Sie hatte ihn unangemeldet in seinem Motel »überfallen«, trotzdem war sie verblüfft von seiner heftigen Reaktion. Er ging rastlos im Zimmer auf und ab wie ein Tiger im Käfig und hatte sichtlich Mühe, sich zu beherrschen. Die unüberwindliche Mauer, die er zwischen sich und ihr errichtet hatte, war immer noch vorhanden, und ihr Herz schrie dagegen an. Ihn zu lieben und doch nicht an ihn heranzukommen, war eine Qual. Sie warf einen Blick auf seinen Laptop und die Akten auf seinem Tisch und runzelte die Stirn. Wer immer das Foto dort aufgenommen hatte, sollte dringend an seiner Technik feilen.

Nach einiger Zeit beruhigte Mark sich wieder und versuchte in gemäßigtem Tonfall, sie von ihrem Vorhaben abzubringen. »Julie, du musst das nicht tun. Du weißt doch bereits, dass Ray Cleary nicht getötet hat.«

»Mag sein, doch ich weiß nicht, ob er Eric nicht damit beauftragt hat, Cleary aus dem Weg zu räumen. Wenn ja, ist er nicht nur ebenso schuldig, sondern auch umso verachtungswürdiger, weil er die Drecksarbeit einem anderen überlassen hat, um sich nicht selbst die Hände schmutzig zu machen.«

»Ich habe Kontakte, ich finde das heraus. Mit dieser Verabredung bringst du dich in Gefahr.«

»Ich kann nicht anders, Mark. Ich muss das tun, und ich möchte, dass du das verstehst. Was du tust, ist ebenso riskant.«

»Das ist etwas anderes.«

»Inwiefern?«

»Es gehört zu meinem Job. Im Gegensatz zu mir hast du keine spezielle Ausbildung absolviert. Außerdem ist nicht auszuschließen, dass du schwanger bist.«

Es war das erste Mal seit jenem Samstagmorgen, dass dieses Thema angesprochen wurde, doch Julie hatte die ganze Zeit daran denken müssen. Offenbar beschäftigte diese Möglichkeit Mark ebenso sehr wie sie selbst. Beinahe hätte sie ihren Verdacht ausgesprochen, überlegte es sich dann aber anders. Noch hatte sie keinen Beweis, und falls sie tatsächlich schwanger war, würde ihn das in der Überzeugung bestärken, dass sie die Verabredung mit Harry absagen sollte.

Ruhig, aber entschlossen sagte sie: »Ich werde das durchziehen, Mark. Ich muss Gewissheit haben. Ich bin nur hier, weil ich der Meinung war, du solltest Bescheid wissen. Ich möchte übrigens auch nicht, dass du dich auf die Lauer legst wie ein zu groß geratener Bluthund.«

Und noch ehe er Gelegenheit gehabt hatte, ein weiteres Gegenargument vorzubringen, war sie fort.

Harry war nicht besonders eitel. Er wusste, dass er gut aussah und auf Frauen wirkte, und sein Charme war auch nicht ganz oberflächlich. Bei einem weniger intelligenten Mann wäre Charme allein allerdings bald langweilig geworden. Harry hatte erkannt, welchen Fehler er bei seinem ersten Treffen mit Julie gemacht hatte, sodass er sich diesmal bemühte, sie mit Aufrichtigkeit für sich zu gewinnen. So offen und ehrlich war er nur sehr selten in seinem Leben gewesen. Er erzählte von seiner Mutter, von ihrem Wunsch, Großmutter zu werden, und allein davon zu berichten, ließ seinen eigenen neuen und noch fremd anmutenden Wunsch wieder aufleben, sich eine Frau zu nehmen und eine eigene Familie zu gründen. Julies Sohn kündete von ihrer Gebärfähigkeit, und der Junge war alt genug, um ein Internat zu besuchen, so wie er selbst seinerzeit eines in England besucht hatte.

Julie taute langsam auf. Ihre Nervosität war verflogen, und ihre Konversation war so anregend wie der Wein, den sie tranken. Es war lange her, dass Harry sich so entspannt und aufrichtig glücklich gefühlt hatte. Deshalb war er auch so unvorbereitet, als sein Handy läutete und ihn an seinen Termin in fünf Minuten erinnerte.

Als es so weit war, entschuldigte er sich, indem er ein dringendes Telefonat vorschützte, betrat die Restaurant-Bar nebenan, setzte sich auf einen Barhocker und bestellte einen Drink. Der Mann auf dem Barhocker neben seinem legte drei Zwanzig-Cent-Münzen fein säuberlich nebeneinander auf den Tresen, und zwar so, dass das Antlitz der Königin jedes Mal in Harrys Richtung zeigte. Darauf bedacht, den Mann nicht anzusehen, murmelte Harry den vereinbarten Code. Anschließend gab er jene Information weiter, die er so geduldig dem Verwandten seines Vaters entlockt hatte. Als er seinem Kontaktmann eben die letzten Details mitteilen wollte, entdeckte er im Spiegel über der Bar Julie. Es sah aus, als wäre sie mitten in der Bewegung erstarrt, aus dem Konzept gebracht von etwas Unerwartetem. Ihre Stirn war in Falten gelegt, und ihre Lippen waren leicht geöffnet, als hätte sie etwas sagen wollen. Harry schwang sich auf dem Barhocker herum und ging auf sie zu, aber sie eilte in Richtung der Damentoilette davon.

Als sie zurückkam, saß Harry wieder an ihrem Tisch im Restaurant. »Sie sehen etwas blass aus«, bemerkte er. »Alles in Ordnung mit Ihnen?«

»Mir ist nur etwas … flau.« Ihre Stimme klang ein wenig zittrig.

»Ich hoffe, es liegt nicht am Essen.«

»O nein«, versicherte sie ihm hastig. »Vermutlich wirkt der Schock wegen des Unfalls noch nach. Ich denke, ich sollte besser nach Hause gehen.«

»Natürlich. Aber wenn Sie sich nicht wohlfühlen, sollten Sie nicht Auto fahren. Gestatten Sie mir, Sie nach Hause zu bringen?«, erbot er sich und registrierte verwundert die aufflackernde Panik in ihrem Blick.

»Vielen Dank, aber es wird schon gehen.«

»Dann begleite ich Sie wenigstens zu Ihrem Wagen.«

Als er einige Minuten später Julies davonfahrendem Auto nachblickte, sagte sich Harry, dass ihre Reaktion mehr als seltsam war. Wenn man eine Frau wie Julie allein am Tisch zurückließ und sie einen bei einem Drink an der Bar erwischte, würde sie normalerweise vielleicht wütend oder beleidigt reagieren, jedoch ganz sicher nicht nervös und sogar verängstigt, so wie er es an ihr beobachtet hatte. Ihre Reaktion passte einfach nicht zu der Situation, aber er kam nicht dahinter, was der Grund für ihre Verstörtheit sein mochte.

Kapitel 20

Julie bebte immer noch vor Zorn, als sie auf den Parkplatz vor Marks Motel fuhr und parkte. Mark öffnete gleich nach dem ersten Klopfen.

»Was geht zwischen dir und Harry Lee vor sich?«, fragte sie. »Und lüg mich nicht an, Mark.«

Hätte sie ihn nicht so gut gekannt, wäre ihr das plötzliche Aufflackern von Furcht in seinen Augen sicher entgangen, doch gleich darauf wirkte er nur noch ehrlich verwirrt, als er erwiderte: »Nichts. Wie kommst du darauf?«

Ohne zu antworten, ging Julie zielsicher zu seinem Laptop. Das Foto war nicht mehr da. Sie wandte sich ihm zu. Mark stand in der Tür. Sie winkte ihn herein. »Mach die Tür zu.« Es klang wie ein Zischen, doch das kümmerte sie nicht. Ihr Zorn war das Einzige, was ihre Tränen und das Gefühl grenzenloser Enttäuschung in Schach hielt, von dem sie wusste, dass es sie niederschmettern würde, falls sich der Verdacht bestätigte, nur von ihm benutzt worden zu sein.

Er schloss die Tür.

»Wo ist das Foto? Das, das gestern hier bei deinen Unterlagen gelegen hat?«

Etwas an seinen Zügen signalisierte Resignation. Er öffnete den Aktenkoffer und nahm das Foto heraus. Sie riss es ihm förmlich aus der Hand. Ja, sie hatte sich nicht getäuscht. Es war derselbe Mann. Die letzten Zweifel daran, dass Mark sie benutzt hatte, verflogen. Tränen brannten unter ihren Lidern. Sie blinzelte sie ungeduldig fort. »Harry hat heute Abend mit diesem Mann gesprochen.«

»Wo?«

»Du zuerst. Wer ist das?«

Sofern er sich je gefragt hatte, wie sich ein in die Enge getriebenes Tier fühlen mochte, wusste Mark es jetzt. Wenn er ihr alles sagte, würde sie das ganze Ausmaß seiner Unaufrichtigkeit erkennen, aber er hatte keine andere Wahl. Es stand mehr auf dem Spiel als nur ihre Beziehung. Er erzählte ihr alles, was er über Kenny Wong wusste, und fragte dann erneut: »Wo hat Harry sich mit ihm getroffen? Hast du etwas von dem mitbekommen, was sie besprochen haben?«

»Im Restaurant. An der Bar. Und, nein, ich habe kein Wort gehört. Sie saßen beide mit dem Rücken zu mir, doch ich habe im Vorbeigehen ihre Gesichter im Spiegel gesehen. Erst dachte ich, es wäre einfach ein Gespräch unter Männern, aber dann habe ich ihn erkannt.« Sie tippte mit dem Zeigefinger auf das Foto. Was hat Harry mit diesem Kerl zu schaffen?«

Die Falle schnappte zu. Ohne John Corey zu erwähnen, berichtete Mark ihr von Tak Lees Begegnung mit Yuusuf Haasan und seinem Verdacht, dass Harry ebenfalls in dunkle Machenschaften verwickelt sein könnte.

Julie fühlte sich wie nach einem Faustschlag in die Magengrube. »Du hast mich angelogen, Mark. Du hast mich benutzt.« Sie konnte die Tränen nicht länger zurückhalten. Sie liefen ihr über die Wangen, bis sie mit jedem neuen Wort ihre salzige Bitterkeit auf den Lippen schmecken konnte. Julie wischte sie mit dem Handrücken fort. »Du hast meine Gefühle für dich ausgenutzt. Du hast mich benutzt, um an meinen Vater heranzukommen und dir Zugang zu GalCorp zu verschaffen. Du hast Andy in Gefahr gebracht. In Lebensgefahr. Das verzeihe ich dir nie.«

»Ich hatte doch keine Ahnung, Julie. Ich habe von all dem erst einen Tag, nachdem wir uns das erste Mal geliebt haben, erfahren.« Das war zwar nur eine schwache Rechtfertigung, doch mehr hatte Mark nicht zu bieten. Er sah den Schmerz in Julies Augen und wusste, es war nicht genug.

»Dann hättest du es mir gleich erzählen müssen.«

»Anfangs hatten wir noch nichts Konkretes in der Hand. Trotz der Verbindung zwischen Kenny Wong und dem Terroristen gab es keine Spur, die zu Tak Lee oder Harry führte. Bis jetzt.« Nach kurzem Schweigen fügte er hinzu: »Ich habe versucht, dich zu warnen. Ich habe dir dringend angeraten, dich von Harry fernzuhalten, Julie.«

»Das hat mein Vater auch. Was vermutlich beweist, dass er ebenfalls um Harrys Verwicklung in finstere Machenschaften im Bilde ist. Gut, dass ich nicht auf euch gehört habe, sonst hättest du immer noch keinen Beweis, oder?«

Mark fiel keine passende Antwort darauf ein, und so stand er einfach wortlos da und hoffte, dass das, was er in Julies Augen las, eine Illusion war, eine optische Täuschung. *Hoffentlich versteht sie mein Vorgehen und kann mir verzeihen!*, betete er stumm, doch ihre nächsten Worte machten seine Hoffnung zunichte.

»Nach dem Fiasko mit Luke brauche ich das Gefühl, dem Mann an meiner Seite vertrauen zu können, Mark. Und das … alles hier beweist, dass ich dir nicht trauen kann. Es gibt Seiten an dir, die ich nicht verstehe, und auch wenn ich es täte, bin ich nicht sicher, dass sie mir gefallen würden. Vielleicht haben wir beide uns zu sehr verändert, um an die alte Freundschaft anknüpfen zu können.«

Noch nie, in keiner der vielen gefährlichen Situationen, in die Mark berufsbedingt hineingeraten war, hatte er solche Verzweiflung empfunden wie in diesem Moment. Er blickte Julie nach, als sie an ihm vorbei zur Tür ging, den Blick abgewandt, und in seiner Hilflosigkeit hätte er beinahe aufgeschrien, ihr seine Liebe gestanden und sie um Verzeihung angefleht. Aber stattdessen stand er nur wie versteinert da, wohl wissend, dass nichts, was er sagte oder tat, einen Unterschied machen würde. Schließlich schloss er tieftraurig die Tür hinter ihr.

Die Übelkeit, die Julie quälte, als sie am nächsten Morgen ins Büro kam, war ebenso auf ihre Trauer wegen Mark zurückzuführen wie auf ihre heftige Auseinandersetzung mit Andy beim Frühstück. Obwohl sie ihm versichert hatte, es handele sich um ein Geschäftsessen, hatte er ihr sehr verübelt, dass sie mit Harry ausgegangen war. Außerdem hatte er wissen wollen, warum Mark sie nicht mehr besucht hatte. Sie hatte versucht, ihm weiszumachen, dass Mark für ein paar Tage verreist war, hatte jedoch rasch erkennen müssen, dass er nicht mehr der gutgläubige, arglose kleine Junge war, den sie bis dato so mühelos hatte beschwichtigen können.

Er hatte nicht lockergelassen, bis sie ihm schließlich von ihrer Auseinandersetzung mit Mark erzählt hatte. Den Grund hatte sie ihm jedoch nicht genannt, und so hatte er sie in die Enge getrieben wie ein waidwundes Tier, sie der Selbstsucht bezichtigt und ihr vorgeworfen, Mark zu vergraulen. Erst während der Busfahrt zur Firma hatte sie realisiert, wie sehr ihr Sohn sich nach einem Vater sehnte.

»Du siehst angeschlagen aus«, meinte Michael, als sie ihren PC einschaltete.

Sie versuchte zu lächeln, wollte widersprechen und vorgeben, es sei alles in bester Ordnung, als der Brechreiz plötzlich übermächtig wurde. Bis zu den Toiletten war es zu weit.

In letzter Sekunde schnappte sie sich den Papierkorb. Tee und Toast, die sie sich zum Frühstück verordnet hatte, gesellten sich zum Altpapier unten auf dem Boden des Behälters. Ebenso überrascht wie dankbar reagierte sie, als Michael ihr offenes Haar zusammenfasste und im Nacken festhielt. Als sie schließlich den Kopf wieder hob, drückte er ihr gleich mehrere Papiertücher in die Hand. Sie wischte sich den Mund ab und ließ sich kraftlos auf ihren Stuhl sinken.

»Wann ist es denn so weit?«, fragte Michael grinsend.

Julie blickte verblüfft zu ihm auf. Es war ein wissendes Grinsen, so als bedürfe es nur noch ihrer Bestätigung.

»Die Symptome in den letzten Tagen waren ziemlich eindeutig«, erklärte er schulterzuckend. »Entweder bist du in anderen Umständen oder verliebt. Nun, was trifft zu?«

Julie war völlig perplex. Sie hatte sich eingebildet, ihre Müdigkeit, die Übelkeit, die sich nur durch ihren wachsenden Appetit bekämpfen ließ, und ihre sprunghaften Launen wären niemandem aufgefallen, hatte sie sich doch bemüht, diese Anwandlungen so gut wie möglich zu kontrollieren. Alles Anzeichen, die sie noch aus den ersten Wochen der Schwangerschaft mit Andy kannte. Vielleicht war Michael ja ihr gegenüber sensibilisiert, weil sie schon so viele Jahre so eng zusammenarbeiteten.

»Behalte es bitte für dich, ja?«, bat sie.

»Weiß Mark Bescheid?«

Das Glitzern in seinen Augen war fast übermütig, als fände er die ganze Situation recht amüsant. Angesichts ihrer Reaktion wurde er jedoch plötzlich sehr fürsorglich und drängte sie, sich frisch machen zu gehen.

»Mark hat keine Ahnung«, sagte sie, als sie zurückkam. »Und ich möchte auch nicht, dass er es erfährt.« Als Michael sie hierauf weiter erwartungsvoll ansah, fügte sie hinzu: »Wir hatten gerade einen handfesten Streit, und ich kann im Augenblick nicht noch mehr Stress gebrauchen.«

Michael nickte verständnisvoll. Julie wunderte sich, dass er als Einziger die Anzeichen ihrer Schwangerschaft wahrgenommen hatte. »Warst du eigentlich schon mal verheiratet, Michael?«, fragte sie.

Für einen Moment schwand die Fassade heiterer Zufriedenheit, und in seinen Augen spiegelte sich solcher Schmerz, dass Julie ihm spontan eine Hand auf den Arm legte. »Entschuldige, ich wollte keine alten Wunden aufreißen.«

Innerhalb weniger Sekunden hatte er sich wieder in der Gewalt. »Der Tod macht sämtliche Träume der Menschen zu Narren«, entgegnete er schulterzuckend. »Habe ich mal irgendwo gelesen.« Er wandte sich auf seinem Stuhl wieder seinem Computerbildschirm zu.

Mark war dankbar, an dem Tag, nachdem Julie ihn verlassen hatte, so beschäftigt zu sein. Er war völlig verzweifelt, musste er doch davon ausgehen, dass sie ihm niemals wieder ihr Vertrauen schenken würde. Irgendwie schaffte sie es, ihm bei GalCorp aus dem Weg zu gehen. Das ging so weit, dass er sogar argwöhnte, Michael fungiere als Späher, um sicherzustellen, dass sie einander nicht über den Weg liefen.

Er steckte seine ganze Seelenqual in seine Arbeit, drängte John Corey, ihm noch weitere Informationen über Kenny Wong zu besorgen, und versuchte mithilfe verschiedener Kontaktpersonen, mögliche terroristische Ziele auszumachen, während er parallel hierzu den Tod von Todd Langley und Eric Sweetman unter die Lupe nahm. Die Untersuchungen der Ampullen, die Todd verabreicht worden waren, führten ins Leere, auch wenn die Polizei inzwischen einen Angestellten von Todds Fitnessstudio verhört hatte.

John hatte ihm Geheimdienstmaterial über die Frau gemailt, die sich, als Krankenschwester verkleidet, die Ampullen beschafft hatte, die aller Wahrscheinlichkeit nach Erics Tod herbeigeführt hatten. Ihr Haar war von dem hellen Braun, das die Mädchen damals auf der Schule als »Mausbraun« bezeichnet hatten. Bislang hatte die Unbekannte nicht identifiziert werden können, und die Fingerabdrücke, die am Tatort sichergestellt worden waren, waren allesamt Besuchern oder Klinikpersonal zugeordnet worden. Mark fiel eine Ähnlichkeit zu einer Frau auf der Beerdigung seines Vaters auf, allerdings hatte die ihr Gesicht weitgehend verborgen, sodass er nicht ganz sicher war, ob es sich auch wirklich um ein und dieselbe Person handelte.

Die Ermittlungen im Mordfall Gordon Talbert waren im Sande verlaufen, ging die Polizei doch weiterhin davon aus, dass sein Vater einen Einbrecher überrascht hatte und es dann zum tödlichen Handgemenge gekommen war.

Als er den Polizeibericht zu Ethan Nolands Tod erhielt, las er diesen sehr sorgfältig. Obgleich der Pathologe zu dem Schluss gekommen war, dass es sich um einen Unfall handelte, gab es in Marks Augen zu viele lose Fäden in der Sache. Um sicherzustellen, dass wirklich sämtliche Aspekte des Todesfalls durchleuchtet wurden, bat er John, Charlie Lewis ausfindig zu machen, das letzte Mitglied von Rays alter Clique.

Die Polizei hatte die Einbrecher vom Complete Home Market geschnappt, und Mark hatte das Sicherheitssystem des Einkaufszentrums noch einmal nachgerüstet. Er hatte Rays Büro durchsucht, dort jedoch nicht den leisesten belastenden Hinweis in Sachen Abraham Cleary oder Tak Lee finden können. Inzwischen hatte er bei GalCorp nicht mehr allzu viel zu tun. Vielleicht brachte es ihn ja weiter, wenn er sich mit der Witwe und den Freunden von Ethan Nowland unterhielt. Er buchte telefonisch einen Flug für den darauffolgenden Morgen und sagte sich, dass er es sich auf diese Art wenigstens ersparte, Julie doch noch zu begegnen und zu erleben, wie sie sich von ihm abwandte und ihn einfach stehen ließ. Wenn er ein paar Tage fort war, würde ihnen das beiden etwas Freiraum verschaffen.

Die vereinzelten Schauer, die vor Weihnachten in Emerald niedergegangen waren, waren längst nur noch eine wehmütige Erinnerung. Das zaghafte Grün, das sofort gesprossen war, war rasch wieder einem strahlend blauen Himmel und sengender Sonne zum Opfer gefallen. Allein das Wasser aus dem gigantischen Fairbairn-Damm verhinderte, dass die Ernte auf den Feldern verdorrte. Stattdessen gab es überall riesige runde Äcker, künstlich bewässerte Baumwollfelder sowie ausgedehnte üppige Weinberge und Orangenplantagen in der ansonsten nur spärlich mit Bäumen bewachsenen Landschaft.

Das Flugzeug beschrieb einen Bogen, und Mark sah die Vieh- und Getreidehöfe im Norden sowie im Westen die von Menschenhand geschaffene Kraterlandschaft, die durch jahrelanges Schürfen nach Edelsteinen entstanden war.

Als die Maschine auf dem Flughafen von Emerald landete und auf ihre Parkposition rollte, hoffte Mark, dass sein Geländewagen schon bereitstand. Seine für gewöhnlich schier unerschöpfliche Geduld war fast aufgebraucht, und der Schmerz wegen der verfahrenen Situation mit Julie steigerte seinen Frust noch zusätzlich.

Ethan Noland hatte mit seiner Frau Edna in einem Wohnwagen auf den Saphirfeldern im Westen der Stadt gelebt. Dem

Polizeibericht zufolge hatte seine Frau ihn am Morgen nach einem feuchtfröhlichen Abend in einem der Hotels in der Stadt tot unten in einem der Minenschächte aufgefunden, in denen sie schürften. Es wurden auch fremde Stiefelspuren sichergestellt, von denen einige den Helfern zugeordnet werden konnten, die Edna Noland zur Bergung ihres Mannes zu Hilfe gerufen hatte, aber der Ursprung einiger weiterer Abdrücke blieb ungeklärt.

Mark überflog noch einmal die Karte mit der Wegbeschreibung, die er von der örtlichen Polizei erhalten hatte. Sein Leihwagen wirbelte riesige Staubwolken auf, als er in Höhe eines primitiven selbst gemalten Schildes, das den Weg zu verschiedenen Minen wies, von der Asphaltstraße auf eine unbefestigte Piste abbog. Das Land glich einer Mondlandschaft. Neben unzähligen Kratern türmte sich der Erdaushub zu Miniaturbergen. Weitere holprige zehn Kilometer weiter entdeckte er Edna Nolands Wohnwagen bei einer kleinen Gruppe von Bäumen, deren Blätter schlaff herabhingen, schwer vom allgegenwärtigen Staub. Mehrere Dachkonstruktionen aus Ästen und Blech nach drei Seiten hin boten zusätzlich etwas Schutz vor der sengenden Queensland-Sonne. Unter dem vorderen Dach standen einige Segeltuchstühle und ein Klapptisch auf einer Art Terrasse aus alten Paletten, die mit einem zerschrammten Linoleumboden bedeckt waren.

Die Außentemperatur betrug fast vierzig Grad im Schatten, und als Mark aus dem klimatisierten Fahrzeug stieg, kam es ihm vor, als beträte er einen Glutofen. Anders als in den Küstenregionen mit ihrer hohen Luftfeuchtigkeit im Sommer handelte es sich hier jedoch um eine trockene Hitze, die einem nicht mit jedem Schweißtropfen Energie abzapfte. Stattdessen hatte man das Gefühl, sich bei jedem Atemzug die Kehle zu versengen. Das grelle Licht zwang ihn zum Blinzeln, und nicht zum ersten Mal verfluchte er, nicht daran gedacht zu haben, eine Sonnenbrille einzupacken.

Da es Mittag war, hoffte er, Edna Noland beim Mittagessen im Wohnwagen anzutreffen. Er ging zur Tür und klopfte, dankbar für den Schatten, den das selbst gebaute Vordach spendete.

Als die Tür aufschwang, trat er einen Schritt zurück.

Die Frau in der Türöffnung sah kein bisschen freundlicher aus als das Gewehr, mit dem sie auf seine Brust zielte.

Kapitel 21

Was wollen Sie?« Die schroffe Stimme passte zu dem wettergegerbten Gesicht.

»Sind Sie Edna Noland?«

»Wer will das wissen?«

Mark nahm eine etwas entspanntere Haltung an, vermied jedoch hastige Bewegungen. »Mein Name ist Mark Talbert. Mein Vater wurde vor ein paar Wochen ermordet. Er war ein alter Freund von Ethan Noland, und ich habe den Verdacht, dass zwischen den beiden Todesfällen ein Zusammenhang besteht. Ich möchte Mr. Nolands Witwe sprechen.«

»Öffnen Sie Ihre Brieftasche und werfen Sie sie herein.«

Die Frau wirkte kein bisschen nervös, aber Mark achtete dennoch darauf, beide Hände deutlich sichtbar zu lassen, als er die Brieftasche aus der Gesäßtasche seiner Jeans zog. Er klappte sie auf und warf sie ihr vor die Füße. Sie klemmte sich den Gewehrkolben unter den Arm und ging in die Hocke, wobei ihr anzusehen war, dass sie diese unbequeme Haltung gewohnt war. Edna hob die Brieftasche auf und hielt sie dicht vor das Gesicht. Ein kurzer Blick auf seinen Ausweis schien sie zu beruhigen. Sie warf ihm die Brieftasche zurück. »Schon was gegessen?«

»Nein. Nicht mehr seit dem Frühstück im Flugzeug.«

»Sandwiches aus der Plastikbox«, schnaubte sie und winkte Mark herein.

Im Wohnwagen war es recht sauber, allerdings stapelten sich überall – außer in der Küche und auf dem Bett am anderen

Ende des Wagens – Bücher über Edelsteine und deren Gewinnung. Edna schob einen Packen Bücher beiseite und legte das Gewehr auf eine Sitzbank. Sie setzte Wasser auf, legte ein Schneidebrett auf den Tisch, griff nach einem Laib selbst gebackenen Brotes und säbelte vier dicke Scheiben ab. Mit einem Grunzen, das wohl so viel bedeuten sollte wie »Bin gleich zurück«, ging sie nach draußen. Er hörte, wie die Tür eines Kühlschranks geöffnet wurde, und gleich darauf kehrte Edna mit Butter und einem halben Rinderbraten zurück. Hastig schlug sie den Fliegen die Tür vor der Nase zu.

»Pickles?«, fragte sie, während sie dicke Scheiben von dem Braten abschnitt.

Mark nickte und war nicht überrascht, dass das eingelegte Gemüse förmlich aus dem Sandwich quoll, als sie ihm seinen Teller reichte und ihn aufforderte, sich zu setzen. Der Tee, den sie ihm reichte, war tiefschwarz, und er gab prophylaktisch eine Extraportion Zucker hinein.

Kauend berichtete er ihr von den drei Todesfällen und seinem Verdacht, dass ein Zusammenhang zu Ethans Unfall bestand. Er erzählte von Ray Galloway und der alten Schulclique. Edna aß und trank schweigend. Erst als Mark fertig war, sagte sie:

»Ethan wollte nie aus seiner Schulzeit erzählen. Er meinte, er habe die Schule gehasst. Als ich ihn vor zwanzig Jahren kennengelernt habe, zog er ruhelos umher. Irgendwie sind wir dann zusammen hier gelandet und geblieben. Die einzigen Freunde, die wir je hatten, haben wir hier draußen gefunden. Gute Freunde.«

Mark kam langsam zu dem Schluss, dass die ganze Mühe umsonst gewesen war. »Wirkte Ethan vor seinem Tod irgendwie bedrückt? Hat ihn etwas beschäftigt?«

»Nein.« Edna kippte die Teeblätter aus ihrer Tasse in den

Müll. »Aber offenbar hätte er dazu allen Grund gehabt. Einmal vorausgesetzt, Sie liegen richtig mit ihrem Verdacht.«

»Wieso?«

»Die Bedienung unserer Stammkneipe hat erzählt, jemand hätte kurz vor seinem Tod nach ihm gefragt. Die Frau sagte, sie wäre eine alte Freundin und wolle nur mal Guten Tag sagen.«

»Eine *Frau*?«

»Ja.«

»Hat die Bedienung der Polizei von der Frau erzählt?«

»Nee. Sie ist kurz vor Ethans Tod nach Adelaide in Urlaub gefahren. Sie hat mir erst letzten Monat davon erzählt, als sie zurückkam und von der Sache hörte. Sie wollte wissen, ob die Frau ihn noch getroffen habe.«

»Kann ich mit dieser Bedienung sprechen?«

Edna zuckte die Schultern, nannte ihm aber den Namen der Kellnerin und des Hotels, in dem sie arbeitete.

»Können Sie mir den Minenschacht zeigen, in den Ethan gestürzt ist?«, bat Mark anschließend.

Edna führte ihn zu einer Stelle etwa zwanzig Meter vom Wohnwagen entfernt und zog mehrere verrostete Wellblechpaneele von einer Öffnung von etwa einem Meter Durchmesser. Sie zeigte auf die metallene Einfassung rund um den Einstieg, die ungefähr fünfzehn Zentimeter aus der Erde ragte. »Er muss darüber gestolpert sein.«

»Warum sollte er mitten in der Nacht zur Mine gehen?«

»Keine Ahnung. Ich habe geschlafen. Ich habe ihn nicht nach Hause kommen gehört. Vielleicht war er betrunken.«

»Dem Autopsiebericht nach war er das nicht.« Mark sah sich um. In der Nacht, in der Ethan gestorben war, war der Himmel bewölkt gewesen, und eine Taschenlampe hatte er auch nicht bei sich gehabt. Was hatte er hier gewollt?

Bevor er sich verabschiedete, fragte Mark Edna noch, ob sie Fremde immer mit dem Gewehr empfing.

»Sie sind ein kräftiger Kerl«, entgegnete sie. »Woher sollte ich wissen, ob Sie mich nicht ausrauben wollen? Ethan hatte mit Waffen nichts am Hut. Seit er tot ist, muss ich allein auf mich aufpassen. Man kann ja nie wissen.«

Zwei Stunden später hatte Mark die Bedienung gefunden. Sie konnte sich nur noch daran erinnern, dass die Frau langes braunes Haar gehabt hatte und stark geschminkt gewesen war. Die Schminke sei in der Hitze ganz zerlaufen. Er zeigte ihr das Foto von der Frau in der Krankenschwesterntracht. Sie hielt für möglich, dass es sich um dieselbe Person handelte, wollte sich jedoch nicht festlegen.

Als er am Flughafen noch auf seinen Rückflug wartete, klingelte sein Mobiltelefon. John wollte sich mit ihm treffen. Der Kollege tat geheimnisvoll, und Mark spürte das vertraute Prickeln, das sich immer dann einstellte, wenn etwas Großes bevorstand. Andererseits bestand auch durchaus die Möglichkeit, dass seine Karriere als Frontmann ein jähes Ende nahm.

Kapitel 22

Die Kühle im klimatisierten Büro half, die Kopfschmerzen zu lindern, die Mark seit seinem Aufenthalt in Emerald plagten. Er bemerkte Johns abschätzigen Blick und wusste, dass Schmerzen und Stress der vergangenen Tage nicht spurlos an ihm vorübergegangen waren.

John reichte ihm ein Blatt Papier. »Der Bericht über Charlie Lewis.«

Mark warf einen Blick darauf. Lewis lebte in Toorbul, einem kleinen Ort nördlich von Brisbane. Mark beschloss, ihn gleich am nächsten Tag aufzusuchen.

»Vielleicht haben wir gefunden, worauf Kenny Wong es möglicherweise abgesehen hat«, sagte John. »Die chinesischen Delegierten werden am Samstag inoffiziell Chinatown besuchen. Sie möchten sich die Märkte ansehen und das chinesische Museum.«

»Und seit wann ist diese Sightseeing-Tour geplant?«

»Der Termin stand schon vor der Ankunft in Australien fest. Der Ausflug gehört zum Rahmenprogramm zwischen zwei Konferenzen. Der Termin wurde uns erst jetzt mitgeteilt, weil es sich nicht um einen offiziellen Anlass handelt.«

Mark stöhnte innerlich. »Bei dem Andrang am Samstag und mit eingeschränktem Personenschutz machen sie sich zur Zielscheibe. Hat McSwain Verstärkung für uns angefordert?«

John nannte vier Namen, und Mark nickte zufrieden. Dann fügte John hinzu: »McSwain hat mir die Leitung der Operation übertragen. Tut mir leid, Mark. Ich weiß, dass das eigentlich dein Job sein müsste.«

»Mach dir deswegen keinen Kopf.« Mark klang schroff, das war ihm bewusst. John konnte nichts dafür, dass McSwain an seinen Fähigkeiten zweifelte, trotzdem kam er nicht gegen die aufsteigende Bitterkeit an. »Bist du über die Einzelheiten dieses inoffiziellen Besuchs informiert? Liegen die Baupläne der umliegenden Gebäude vor, wurden potenzielle Fluchtwege ausgelotet, eine alternative Route geplant? Was ist mit dem …« Er brach ab, als ihm schmerzlich bewusst wurde, dass er diesmal als Randfigur nur eine Nebenrolle spielen würde.

Als er sein Motelzimmer betrat, hatte seine Laune sich noch weiter verschlechtert. Sein Bild von sich selbst, das bislang definiert hatte, wer er war und wo er hingehörte, bröckelte zunehmend. McSwain war ganz offensichtlich der Ansicht, dass seine Zeit im aktiven Dienst abgelaufen war, er hatte Julies Vertrauen verloren, und sein Vater, der einzige Mensch auf der Welt, auf den er sich immer bedingungslos hatte verlassen können, lebte nicht mehr, umgebracht von einem Unbekannten, den Mark nicht ausfindig machen und seiner gerechten Strafe zuführen konnte.

Impulsiv suchte er ein Hotel in der Nähe auf und besorgte sich eine Flasche Rum. Er hatte vor, sich langsam und systematisch zu betrinken, doch schon nach dem zweiten Glas wandelten sich die glücklichen Erinnerungen an seinen Vater in das Elend, das er als Kind eines alkoholkranken Elternteils durchlebt hatte. Er schob die Flasche beiseite.

Mark sehnte sich mit einer Intensität nach Julie, derer er sich selbst nie für fähig gehalten hätte. Er erwog, sie anzurufen, wusste jedoch, dass es sinnlos wäre. Sie würde ihr Urteil nicht revidieren, ganz egal, was er auch sagte oder tat.

Er ging zu Bett und betete, dass der Schlaf ihn bald von seinen quälenden Gedanken erlösen würde.

Der ältere Verwandte von Harry Lees Vater lag ebenfalls wach im Bett. Er grübelte darüber nach, ob das, was er vorhatte, wirklich klug war, und sann über die ganze Tragweite seiner Entscheidung nach. Er wusste, dass viele der anderen Mitglieder seiner Vereinigung sein Handeln missbilligen würden, andererseits aber war er überzeugt davon, dass es der Gemeinschaft letztlich zum Vorteil gereichen würde.

Jemand musste zum Wohle aller ein Risiko eingehen.

Am anderen Ende der Stadt gab Julie den Versuch auf, einschlafen zu wollen. Sie brühte sich einen schwachen Tee und aß dazu eine dünn mit Butter bestrichene Scheibe Toast. Die Übelkeit befiel sie zu jeder Tages- und Nachtzeit und ließ sich nur durch Essen in Schach halten. Wenn das so weitergeht, dachte sie düster, passe ich in kürzester Zeit in keine Hose mehr.

Sie fragte sich zum x-ten Mal, ob sie zu streng mit Mark verfahren war. In seinem Handeln konnte sie durchaus eine gewisse obskure männliche Logik erkennen. Immerhin hatte er ihr von dem Einbruch erzählt, und er hatte ihr auch den Brief und den Bericht des Umweltagenten nicht vorenthalten. Andererseits war Andy beinahe ums Leben gekommen, und ihre Furcht, er könnte noch einmal in Gefahr geraten, war stärker als die Verletztheit, weil sie sich von Mark hintergangen fühlte.

Sie legte eine Hand auf ihren Bauch. Über dieses Problem wollte sie noch gar nicht weiter nachdenken. Andy sprach nur noch mit ihr, wenn es sich nicht umgehen ließ und auch dann nur das Nötigste. Der Streit mit Mark hatte einen Graben zwischen ihnen aufgerissen, den Andy scheinbar nicht beabsichtigte, allzu bald wieder zu schließen, ganz egal, wie sie sich um ihn bemühte. Julie bezweifelte sogar, dass es etwas bringen würde, ihm die Wahrheit zu sagen, argwöhnte sie doch, dass er sich auf Marks Seite schlagen würde.

Mark fühlte sich hundeelend, als er am Freitagmorgen aufwachte, und ein Blick in den Spiegel bestätigte, dass man ihm das auch ansah. Der Tag wurde auch nicht besser, als er bei GalCorp eintraf. Dort herrschte helle Aufregung. Das Umweltamt hatte Abraham Clearys Originalbericht erhalten und die Baustelle des nahezu fertig gestellten Complete Home Market umgehend schließen lassen.

Als Ray ihn in sein Büro rief, folgte Mark der Aufforderung nur widerwillig. Das Letzte, was er jetzt brauchte, war einer von Rays berühmt-berüchtigten Wutanfällen. Zu seiner Überraschung empfing Ray ihn stattdessen scheinbar erleichtert.

»Mark, du musst etwas für mich erledigen.« Ray durchwühlte mit fahrigen Gesten die Unterlagen auf seinem Schreibtisch.

Obgleich er überrascht gewesen war von Rays verändertem Verhalten seit Todds Tod und erst recht nach dem Mord an Eric, konnte Mark die Furcht, die jetzt ganz eindeutig in Rays Augen stand, nicht ganz nachvollziehen.

»Dein Vater hat irgendwann einmal erwähnt, du hättest … Beziehungen«, fuhr Ray fort. »Ich muss wissen, wer Clearys Originalbericht an die Umweltbehörde geschickt hat. Jemand versucht, mich zu ruinieren. Vielleicht handelt es sich ja um dieselbe Person, die Eric umgebracht hat.« In seinen Augen stand wilde Verzweiflung, als er hinzufügte: »Tak Lees Projekt *muss* fertig gestellt werden.« Er verstaute die Unterlagen in einem Aktenkoffer und stand auf. »Ich bin den Rest des Tages außer Haus. Falls du etwas herausfindest, ruf mich auf dem Handy an.«

Ohne Mark zuvor aus seinem Büro zu geleiten, schnappte Ray sich den Aktenkoffer und eilte hinaus.

Den zweiten Schock des Tages erlitt Mark, als Michael ihm auf die Herrentoilette folgte. Als sie beide am Urinal standen, lächelte Michael, als amüsierte er sich über einen geheimen Witz. Einen Moment fragte Mark sich sogar, ob Michael sich mit ihm einen Pinkelwettstreit liefern wollte, aber er zog wortlos den Reißverschluss seiner Hose hoch und trat ans Waschbecken. An der Tür wandte er sich jedoch noch einmal um und meinte:

»Lassen Sie Julie nicht zu lange schmoren.«

Kurz bevor die Tür ins Schloss fiel, glaubte Mark noch die Worte zu hören. »Sie wird Sie schon bald brauchen.«

Solange John ihm weiter Informationen beschaffen konnte, ohne dass McSwain dahinterkam, dass er, Mark, in eigener Sache ermittelte, wollte er diesen Vorteil für sich nutzen. Inzwischen dürfte die Polizei sich fragen, warum die Agency sich so sehr für ihre Fälle interessierte, aber Mark wusste, dass John nur das Nötigste preisgeben würde. Er brauchte nicht lange, um herauszubekommen, dass der Umschlag, mit dem Clearys Bericht eingegangen war, geschreddert worden war, sodass sich nicht mehr ermitteln ließ, wer ihn abgeschickt haben mochte.

Die erkennungsdienstlichen Ermittlungen hatten ergeben, dass die undichte Bremsleitung an Erics Volvo möglicherweise manipuliert worden war. Es sah ganz so aus, als wären winzige Löcher in den Schlauch gebohrt worden, sodass inzwischen das Morddezernat seine Ermittlungen aufgenommen hatte.

John trug Mark auf, um zwei Uhr am Nachmittag mit ihm gemeinsam Chinatown und das nähere Umfeld zu erkunden. Trotz der erhöhten Wachsamkeit der lokalen Behörden war es Kenny Wong gelungen, wieder unterzutauchen. Mark warf einen Blick auf seine Armbanduhr. Wenn er sich beeilte, reichte die Zeit gerade noch für einen Abstecher nach Toorbul zu einem Gespräch mit Charlie Lewis.

Als er die Firma verließ, musste er wieder an Michaels Worte denken. Vielleicht sollte er zu Julie gehen. Vielleicht hatte Michael ihm etwas sagen wollen.

Julie war von Marks Aussehen ebenso schockiert wie von seinem unerwarteten Auftauchen in ihrem Büro. Ihr Herz zog sich schmerzlich zusammen, als sie mit aller Gewalt den Impuls unterdrückte, zu ihm zu laufen, um die dunklen Ringe unter seinen Augen fortzuzaubern und ihn zum Lachen zu bringen. Aber sie tat weder das eine noch das andere.

Michael schützte dringenden Kaffeedurst vor und verließ den Raum.

»Alles okay mit dir?«, fragte Mark so zögerlich, als fürchtete er sich vor der Antwort.

Sie nickte. Ihr Schweigen war nicht ermutigend, das war ihr klar, doch sie wusste einfach nicht, was sie sagen sollte. Innerlich erlebte sie ein Wechselbad der Gefühle. Es war leichter gewesen, den Zorn auf ihn aufrechtzuerhalten, als er ihr noch nicht in Fleisch und Blut gegenübergestanden hatte.

»Ich fahre zu Charlie Lewis. Ich dachte mir, du möchtest vielleicht mitfahren.«

Im ersten Moment wollte sie erwidern, sie könne nicht weg, aber dann war ihr das zerbrechliche Band der Hoffnung, das sich ihr entgegenstreckte, plötzlich wichtiger als alles andere. Sie nickte wieder.

Schweigend gingen sie zu seinem Wagen und fuhren aus der Stadt. Erst als sie auf den nördlichen Highway abbogen, wandte sie sich ihm stirnrunzelnd zu.

»Charlie Lewis wohnt draußen in Toorbul«, meinte er, ihre Frage vorwegnehmend. »Er betreibt in einem Schuppen im Garten eine Art Werkstatt.«

Julie war dankbar für die Gelegenheit, die Spannung abzubauen. »Was hast du noch herausgefunden?«

»Er war ein Jahr älter als dein Vater und die anderen, und er wurde als einer der letzten Techniker nach Vietnam geschickt. Verheiratet. Drei erwachsene Kinder. Keine Vorstrafen.«

»Und Ethan Noland? Was sagt die Polizei zu dessen Tod?«

Mark berichtete ihr von seinem Besuch bei Ethans Witwe. Darüber hinaus eröffnete er ihr, dass es sich bei der Frau, die sich im Krankenhaus als Schwester ausgegeben hatte, möglicherweise um Erics Mörderin handelte.

Julie kam das Ganze immer unwirklicher vor. Mord. Terrorismus. Das war Stoff für Schlagzeilen in der Presse, aber so etwas widerfuhr doch nicht einem beliebigen Durchschnittsbürger, der ein ganz normales Leben führte, mit dem Bus zur Arbeit fuhr und sich um die Schulnoten der Kinder sorgte. Worin war ihr Vater wirklich verstrickt? Warum ermordete jemand seine Freunde?

»Wie geht es Andy?« Marks Frage holte sie in die Gegenwart zurück.

»Im Augenblick hasst er mich.« Die Worte sprudelten fast gegen ihren Willen hervor. »Er möchte, dass du zurückkommst.«

Mark hielt den Blick starr nach vorn gerichtet, als er leise fragte: »Das kann ich nicht. Ich würde gern, glaub mir, aber ich … ich kann nicht.«

Julie war selbst überrascht davon, wie schmerzhaft seine Worte für sie waren. Sie hatte geglaubt, für sie könne es nichts Schlimmeres geben als seinen Verrat. »So würde es immer sein zwischen uns, nicht wahr, Mark? Du wärst zu wichtigen Anlässen abwesend oder würdest irgendwann ganz aus unserem Leben verschwinden. Ich kann so nicht leben, Mark, tut mir leid.«

Diesmal zog sich das Schweigen länger hin, und die ausbleibende Antwort zerriss Julie förmlich das Herz.

Schließlich bogen sie in eine schmale asphaltierte Straße ab, die an mehreren durch die Gezeiten entstandenen Buchten vorbeiführte, ehe sie schließlich ein verschlafenes Dorf unmittelbar am Maar erreichten. Hinter einem schmalen Meeresstreifen konnte Julie das üppige Grün von Bribie Island sehen. Charlie Lewis besaß ein auf Stelzen errichtetes Holzhaus in einer Nebenstraße des Dorfes. Ein Schild am Tor wies auf seinen Betrieb hin. Julie ging mit Mark die betonierte Auffahrt hinauf bis zu einem großen, in drei Boxen unterteilten Schuppen hinter dem Haus zu, wobei sie darauf achtete, Mark nicht anzusehen, aus Angst, in seinen Augen die gleiche Qual zu erkennen, die sie selbst plagte, und dazu verleitet zu werden, ihm zu sagen, dass sie mit ihm zusammen sein wollte, ganz egal, was zwischen ihnen stand.

Ein untersetzter Mann mit schütterem Haar in einem ölverschmierten Overall kam ihnen entgegen. Er wischte sich mit einem Putzlumpen die Hände ab und stopfte den Lappen anschließend in seine Gesäßtasche. »Hallo. Kann ich Ihnen helfen?«

»Charlie Lewis?« Als der Mann nickte, fuhr Mark fort: »Ich bin Mark Talbert, und das hier ist Julie Evans. Gordon Talbert war mein Vater. Er wurde vor ein paar Wochen ermordet.«

Charlies freundliches Lächeln erstarb. »Ich habe in der Zeitung davon gelesen. Mein aufrichtiges Beileid, mein Junge.«

»Danke. Mr. Lewis, Sie sind zusammen mit meinem Vater und

einigen seiner Freunde zur Schule gegangen. Nachdem mein Vater ermordet wurde, sind auch Todd Langley und Eric Sweetman eines gewaltsamen Todes gestorben. Ethan Noland kam ebenfalls unter verdächtigen Umständen ums Leben.« Charlie Lewis war sichtlich schockiert. »Ich brauche Ihre Hilfe, um herauszufinden, wer nach und nach sämtliche Mitglieder Ihrer alten Clique aus dem Weg räumt.«

»Lassen Sie uns aus der Sonne gehen.« Charlie straffte die Schultern und ging voraus in den Schuppen. Zwei der Boxen waren vollgestopft mit Werkzeug und größerem Werkstattgerät, aber die dritte war mit Kühlschrank und Fernseher ausgestattet sowie mit einem kleinen Schreibtisch, der fast völlig unter Bergen von Papieren verschwand, einem kleinen Esstisch und mehreren Plastikstühlen. Charlie bedeutete ihnen, Platz zu nehmen, öffnete den Kühlschrank und bot ihnen ein Bier an. Mark und Julie lehnten dankend ab, während Charlie eine Flasche für sich herausnahm und sich einen kräftigen Schluck genehmigte, ehe er sich auf einen freien Stuhl sinken ließ.

»Der Einzige aus der alten Clique, den ich seit meiner Rückkehr aus Vietnam noch einmal wiedergesehen habe, war Ethan, und auch das war noch, bevor er vor etwa zwanzig Jahren aus Brisbane weg ist. Vietnam hat meine Sicht der Dinge grundlegend verändert, und das, was ich bei meiner Rückkehr hier vorfand, gefiel mir nicht … Als wir noch jung waren, hat Ray es immer wieder geschafft, uns einzuschüchtern. Wir haben ein paar Sachen gemacht, auf die ich nicht besonders stolz bin, aber wir hatten einfach zu große Angst vor ihm, um uns zu widersetzen. Er konnte auch ausgesprochen charmant und zuvorkommend sein, sodass Lehrer und Eltern ganz begeistert von ihm waren. Ethan und ich haben uns dann von ihm losgesagt. Etwas später ist dann auch mein Kontakt zu Ethan abgebrochen.«

»Haben Sie vielleicht eine Idee, wer Sie alle derart hassen könnte, dass er auch vor Mord nicht zurückschreckt?«

Ein misstrauischer Ausdruck trat in Charlies Augen. »Gibt es schon einen Verdächtigen?«

Mark reichte ihm das Foto der Frau in Schwesterntracht. »Die Polizei glaubt, sie ist in den Mord an Eric Sweetman verwickelt. Es könnte sich um dieselbe Frau handeln, die sich kurz vor Ethans Tod nach ihm erkundigt hat.«

»Armes Schwein.« Charlie schüttelte den Kopf. »Ethan war ein solcher Angsthase, der hat sich doch schon vor seinem eigenen Schatten gefürchtet.« Charlie schien in Erinnerungen zu versinken, sein Blick immer noch auf das Foto in seiner Hand gerichtet. Mark schaute zu Julie hinüber und registrierte ihre sichtbare Anspannung.

»Ich wette, sie haben gedacht, sie würden damit durchkommen.« Charlies Stimme war kaum mehr als ein Flüstern.

Mark wartete, dass er fortfuhr, und als er das nicht tat, hakte er nach. »Womit durchkommen?«

Trauer überschattete Charlies Züge. Er hob den Kopf und sah Mark in die Augen. »Mit der Vergewaltigung von Ruth Bellamy.«

Kapitel 23

Julie schnappte nach Luft und starrte Mark an. Ihm war der Schock nicht so deutlich anzusehen, aber er war ungewöhnlich blass, und um seinen Mund lag ein angespannter Zug, als er Charlie Lewis bat, ihnen mehr zu erzählen.

»Ruth Bellamy kam in der Neunten auf unsere Schule.« Charlie vermied es, sie anzusehen, und hielt stattdessen den Blick unverwandt auf das Foto gerichtet. »Wir waren damals in der zehnten Klasse. Eines Tages, ich glaube, es war irgendwann im Mai oder Juni, forderte Ray uns auf, am Nachmittag mit ihm in das Buschland in der Nähe des Schulgeländes zu gehen. Manche Schüler benutzten einen Trampelpfad, der durch das Dickicht führte, als Abkürzung für den Heimweg. Ray wollte uns nicht verraten, was er vorhatte, aber wir wagten nicht abzulehnen.«

»Dann waren Sie auch dabei, bei dieser … dieser Vergewaltigung?« Wut befreite Julie von ihrem Schockzustand.

Charlie schüttelte den Kopf. »Ich musste nachsitzen. Ich weiß nicht mehr, weshalb. Ich habe das mit den Hausaufgaben nicht so eng gesehen, also bin ich vielleicht deshalb zum Nachsitzen verdonnert worden, keine Ahnung. Als ich endlich gehen durfte, lief ich rüber zum Trampelpfad. Ich hörte jemanden weinen und laute Stimmen, also hielt ich mich bedeckt und schlich mich leise näher heran. Als mir klar wurde, was da vor sich ging, versteckte ich mich hinter einem Baum und beobachtete von dort aus, was da vor sich ging. Allerdings stand das Gras ziemlich hoch, sodass ich nicht alles mitbekam.«

»War mein Vater auch dort?« Mark war ganz übel vor Entsetzen, aber er musste es einfach wissen.

»Ja. Als ich dazukam, zog Ray sich gerade die Hosen hoch und drängte Todd, sich zu bedienen. Todd ließ sich nicht zweimal bitten, da er in einem ständigen Konkurrenzkampf mit Ray stand, ohne diesem intellektuell gewachsen zu sein. Ruth lag nur da und wimmerte wie ein verwundetes Tier. Nicht einmal in Vietnam, wo ich Männer habe kreischen und schreien hören, nachdem ihnen von einer Explosion Gliedmaßen abgerissen worden waren, habe ich einen Menschen solche Klagelaute von sich geben hören. Ich bekam Gänsehaut davon.«

»Warum haben Sie nicht versucht, sie aufzuhalten?«, fragte Julie, stand auf und ging in Richtung Tür, als bräuchte sie dringend frische Luft.

Charlies Lachen klang ebenso frustriert wie bitter. »Haben Sie sich Ray schon mal genauer angesehen? Er ist das Doppelte von mir. Das war schon immer so. Wie schon gesagt, wir hatten alle Angst vor ihm. Ich weiß nicht, ob er sich geändert hat, doch damals war er ein echter Tyrann.«

»Dann haben sie also alle gemeinsam das Mädchen vergewaltigt«, stellte Mark fest.

»Nein. Eric unternahm einen halbherzigen Versuch, aber ich glaube, er kriegte keinen hoch. Gordon stand nur kopfschüttelnd da und wiederholte immer wieder, dass sie das nicht tun sollten. Sogar als Ray ihn auf das Mädchen zuschubste, schüttelte er noch den Kopf und weigerte sich mitzumachen. Er hat allerdings auch nicht versucht, die Vergewaltigung zu verhindern. Genauso wenig wie ich. Ich habe mich mein ganzes Leben dafür geschämt.«

»Und Ethan?«

»Ich weiß nicht, wo Ethan war. Er ist am nächsten Tag auch

nicht zur Schule gekommen, also ging ich am Nachmittag zu ihm nach Hause, um mit ihm zu sprechen. Aber Ray war schon dort gewesen. Ich log Ethan an und gab vor, länger nachgesessen zu haben, als es tatsächlich der Fall gewesen war. Ich fragte ihn, was im Busch passiert wäre. Er fing an, derart zu zittern, dass er sich beinahe übergeben hätte, und sagte, Ray würde ihn umbringen, wenn er nicht dichthielt.«

»Haben Sie eine Idee, warum sie das getan haben? Hatte Ruth Ray vielleicht abgewiesen oder sonst wie gegen sich aufgebracht?«

»Nein. Wir kannten sie kaum. Und sie war auch nicht das hübscheste Mädchen in der Neunten.«

»Was ist aus ihr geworden?«

»Keine Ahnung. Ich wollte ihr helfen, doch was sollte ich tun? Ray hatte ihr noch Schlimmeres angedroht, falls sie irgendjemandem von dem Vorfall erzählte. Als ich ging, lag sie noch im Gras und wimmerte, wenn auch leiser. Ich habe sie nie wiedergesehen. Ein paar Tage später verkauften ihre Eltern das Haus, und innerhalb von zwei Wochen waren sie weg.« Charlie schüttelte den Kopf. »Ich habe mich immer gefragt, warum sie nicht die Bullen gerufen haben. Sie müssen gewusst haben, was mit Ruth passiert ist. Wäre sie meine Tochter gewesen …«

Von draußen drangen würgende Geräusche herein. Mark stürzte hinaus und sah, wie Julie sich krümmte und ins Gras übergab. Er legte ihr einen Arm um die Taille, um sie zu stützen, bis es vorbei war. Charlie tauchte mit einem erstaunlich sauberen Handtuch an seiner Seite auf. Mark wischte Julie das Gesicht ab, sehr um sie besorgt wegen ihrer fahlen Blässe und der Kraftlosigkeit, mit der sie sich an ihn lehnte. Er half ihr zurück zu ihrem Stuhl. Charlie füllte ein Glas mit kaltem Wasser, das sie dankbar entgegennahm.

»Tut mir leid, aber die Hitze und …«

»*Mir* tut es leid«, fiel Charlie ihr ins Wort. »Ich hätte das alles nicht in Gegenwart einer Frau erzählen dürfen. Ich habe nicht einmal gefragt, ob Sie auch jemanden aus der alten Clique gekannt haben.«

Die Worte blieben ihr fast im Hals stecken, aber Julie zwang sich, sie auszusprechen. »Ray Galloway ist mein Vater.«

»O Scheiße! Tut mir leid. Ich meine …« Charlie wischte sich den Schweiß von der Stirn und trocknete die Hände anschließend an seinem Overall. »Scheiße! Ich hätte die Klappe halten sollen.«

»Ist schon gut.« Sie leerte ihr Glas, stand auf und gab es ihm zurück. Sie musste hier raus – fort von dem öligen Geruch des stickigen Schuppens, fort von den Bildern, die Charlies Worte heraufbeschworen hatten. Sie fühlte Marks Hand auf ihrer Taille und seine Kraft, als er näher rückte.

Charlie blickte zu ihm auf. »Ich weiß nicht, ob es sich bei der Frau auf dem Foto um Ruth handelt, immerhin ist das alles einundvierzig Jahre her. Aber die Vergewaltigung ist das Einzige, was mir als Motiv für den Mord an den Jungs aus der alten Clique einfällt.«

Mark reichte ihm eine Karte. »Rufen Sie mich an, wenn Ihnen noch etwas einfällt. Und passen Sie gut auf sich auf. Falls es sich tatsächlich um Ruth Bellamy handelt, sind Sie möglicherweise auch in Gefahr.« Mit Julie an seiner Seite trat er hinaus in die Sonne.

Charlie Lewis blickte ihnen nach, erleichtert und dankbar für die unerwartete Gelegenheit, nach all den Jahren doch noch jemandem von jenen Ereignissen erzählen zu können, die ihn regelrecht verfolgt hatten. Als der Falcon losfuhr, fiel Charlie etwas ein, dass Ethan damals herausgerutscht war. Charlie hatte seinerzeit nicht verstanden, was er damit meinte, und Ethan hatte später nie wieder darüber sprechen wollen. Tatsächlich kam Charlie Ethans Äußerung von damals bis heute seltsam vor.

Er schaute auf Mark Talberts Karte. Nur sein Name und eine Handy-Nummer. Er griff zum Telefon und hörte die Stimme seiner Frau, die sich auf dem Nebenapparat mit ihrer Mutter unterhielt. Er schob die Visitenkarte unter einen Satz neuer Zündkerzen auf der Werkbank, fest entschlossen, Talbert später noch anzurufen.

»Alles okay mit dir?« Julies Verstörtheit machte ihm zu schaffen, und er bereute, sie mitgenommen zu haben. Er selbst hatte schon zu kämpfen mit der Rolle, die sein eigener Vater bei der Vergewaltigung damals gespielt hatte. Wie schlimm musste ihr da das Wissen zusetzen, dass ihr Vater nicht nur Initiator des Verbrechens gewesen war, sondern darüber hinaus versucht hatte, andere zu zwingen, es ihm nachzumachen.

»Das muss sie fürs Leben gezeichnet haben.« Julies Stimme war kaum mehr als ein Flüstern.

»Ja.«

»Dein Vater und Ethan Nolan wollten offenbar nichts damit zu tun haben, ich verstehe nur nicht, wie sie hinterher mit meinem Vater befreundet bleiben konnten.«

»Manchmal kettet ein gemeinsames Geheimnis Menschen auch gegen ihren Willen aneinander.«

Sie blickte zu ihm auf; ihre Augen schwammen in Tränen. »Geht es dir auch so, Mark? Bist du auch durch dunkle Geheimnisse an Menschen gekettet, die du nicht leiden kannst?«

»Manchmal. Und dann bereitet es mir Albträume.«

»Auch von dem Mann, der auf dich geschossen hat.«

»Ja.« Er sah das Mitgefühl in ihren Augen, und ein Funke Hoffnung glomm in ihm auf, dass er ihr vielleicht doch noch so viel bedeutete, dass sie bereit war, ihm eine zweite Chance einzuräumen. Aber sie schwieg, und nach einer Weile wandte sie auch den Kopf wieder ab und starrte aus dem Fenster.

Erst als er den Wagen auf seinem Parkplatz bei GalCorp abstellte, brach sie das Schweigen. »Wirst du die Vergewaltigung der Polizei melden?«

»Ich werde veranlassen, dass sie Ruth Bellamy ausfindig machen. Vielleicht ist sie ja längst tot oder lebt ganz woanders. Im Augenblick halte ich es für das Beste, wenn wir das mit der Vergewaltigung für uns behalten. Falls sie tatsächlich hinter den Morden stecken sollte, würden wir sie nur warnen.«

»Ich kann hier nicht länger arbeiten.«

Ihr gequälter Tonfall tat ihm in der Seele weh. Mit zitternder Stimme fuhr sie fort. »In dem Bewusstsein dessen, was er Ruth Bellamy angetan hat, könnte ich meinen Vater nicht mehr ansehen, ohne … ohne das Gefühl zu habe, ich müsste …«

Mark wusste, dass nichts, was er jetzt sagte oder tat, ihr helfen konnte. Er sah auf die Uhr. »Ich habe um zwei noch einen Termin.«

Julie stieg aus und hastete zum Eingang.

Michael war in der Mittagspause, als Julie ihr Büro betrat. Sie kritzelte hastig auf einen Zettel, dass sie sich elend fühle. Sie war versucht, ihre Schubladen auszuräumen und ihre persönliche Habe gleich jetzt mit nach Hause zu nehmen, wollte jedoch nicht riskieren, dabei von Ray überrascht zu werden.

Gegen die Übelkeit, die sie plagte, seit sie die Wahrheit über ihren Vater erfahren hatte, würde auch Essen nicht helfen. Jegliche Hoffnung darauf, irgendwann in der Zukunft vielleicht ganz normal mit ihrem Vater umgehen zu können, war zunichte gemacht. Charlie Lewis' Worte würden für alle Zeiten zwischen ihnen stehen.

Seinen Vater von dem behördlich angeordneten Baustopp auf dem Gelände des Complete Home Market zu unterrichten war keine leichte Entscheidung für Harry gewesen. Sein heftiges Telefonat mit Ray Galloway am Morgen hatte ihm klargemacht, dass die Bestechung australischer Beamter nicht zwingend zum Erfolg führte und stattdessen durchaus die Verhaftung zur Folge haben konnte. Rays Anwälte arbeiteten bereits fieberhaft daran, eine Aufhebung der Verfügung zu erwirken, damit die Bauarbeiten unverzüglich wieder aufgenommen werden konnten, sodass die Eröffnung des Baumarktes zum vorgesehenen Termin gewährleistet war.

Kapitel 24

Mark rann der Schweiß den Rücken hinunter, als er sich am Samstagmorgen in die Menschenmassen mischte, die sich durch das neue Einkaufszentrum von Chinatown wälzten. Die Luftfeuchtigkeit war über Nacht noch deutlich gestiegen, sodass die Stadt wie unter einer Dampfglocke brütete. Das schien jedoch den ewig lächelnden Händlern, die in ihren Läden Kleidung, Schmuck, Dekorationsartikel oder auch Massagen anboten – und miteinander plauderten, wenn keine Kundschaft da war –, nicht viel auszumachen. Die traditionellen chinesischen Läden waren ebenfalls gut besucht, und der Duft von Kräutern, Gewürzen und fertigen Gerichten aus den Garküchen umwehte ihn, während er eindringlich jede Person musterte, die auch nur die geringste Ähnlichkeit aufwies mit dem Mann auf dem körnigen Foto von Kenny Wong.

Die Abgeordneten hatten sich für zehn Uhr angekündigt, aber wie immer bei inoffiziellen Anlässen konnte sich ihre Ankunft deutlich verzögern. Mark erlebte den vertrauten Adrenalinschub, als er besonders aufmerksam jene Bereiche absuchte, die er am Vortag persönlich als besonders kritisch eingestuft hatte.

John hatte jedem seiner Leute einen eigenen Sicherheitsbereich zugeordnet. Er selbst war am Eingang Ann Street postiert, wo die Delegierten eintreffen sollten. Mark bewachte den angrenzenden Bereich, und weitere vier Agenten sicherten den Rest der Fläche bis zur Wickham Street. So war gewährleistet, dass die Politiker beim Schlendern durch die Mall zu jeder Zeit überwacht wurden.

Mark fragte sich, ob Kenny Wong schon hier war. Zwar gründete die Sorge, es könnte zu einem Anschlag kommen, nur auf einer reinen Vermutung, aber in anderen Fällen waren die Hinweise sogar noch dürftiger gewesen, und der Verdacht hatte sich letztlich doch als zutreffend erwiesen. Ein guter Instinkt war oft hilfreicher als noch so umfassende Berichte und errechnete Prognosen.

Den anderen Agenten waren Fotos von Harry Lee ausgehändigt worden, und einer von ihnen hatte vorhin gemeldet, dass Harry sich in Begleitung mehrerer älterer chinesischer Herren in der Mall befinde. Er benahm sich absolut unauffällig.

Mark spannte die Schultern unter dem Jackett, das das Pistolenhalfter verbarg, und wartete.

»Eine wirklich beeindruckende Leistung«, stellte Tak Lees älterer Verwandter lächelnd fest. »Wenn die Abgeordneten sehen, welch großer Erfolg unser Einkaufszentrum ist, werden sie daheim allen davon berichten. Und davon, dass unsere Mall das beste Feng-Shui aller australischer Chinatowns vorweisen kann.«

Um den Ansprüchen des alten Herrn Genüge zu tun, der den Besuch als feierlichen Anlass betrachtete, trug Harry entgegen seinen Gewohnheiten einen Anzug. Obwohl es sich um sehr leichtes, feines Tuch handelte, empfand Harry den Stoff noch als zu schwer in der schwülen Hitze, und innerlich fluchte er, dass er draußen auf dem Gang stehen musste, während sich ein klimatisiertes Restaurant in greifbarer Nähe befand.

Von seinem Posten dicht bei der großen, reich verzierten Pagode auf halber Höhe der Einkaufspassage aus blickte Harry in Richtung Ann Street. Die Abgeordneten würden jeden Augenblick hier sein, und bislang hatte er Kenny Wong noch nirgends entdeckt. Hoffentlich bedeutete das lediglich, dass der Mann es verstand, sich unsichtbar zu machen. Sollte er sich nämlich nicht an ihre Vereinbarung halten, würde Harry dafür sorgen, dass er nicht mehr lange genug lebte, um Tak Lees Geld auszugeben.

Zwei Staatslimousinen hielten draußen vor dem Portal. Die Fahrer blieben sitzen, aber vier Männer stiegen aus, zwei Chinesen und zwei Weiße. Als die Männer eben das Einkaufszentrum betraten, hielt auch schon ein Ü-Wagen des Lokalfernsehens hinter den Limousinen. Ein Reporter und ein Kameramann luden ihre Ausrüstung aus und machten sich daran, diese zusammenzusetzen. Eine kleine Limousine mit dem Logo einer Tageszeitung auf der Seite stoppte in der Ann Street, und eine Frau mit einer Kameratasche stieg aus. Bald kam noch ein weiteres Fernsehteam hinzu.

Harry warf einen Blick auf seinen Angehörigen. Das faltige Gesicht des alten Mannes strahlte, als er beobachtete, wie die Reporter sich den Abgeordneten näherten. Er hatte das arrangiert! Harry fluchte innerlich. Das könnte seine Pläne durchkreuzen. Bemüht, sich seine Nervosität nicht anmerken zu lassen, hielt er Ausschau nach Kenny Wong.

John Corey sah, wie die Reporter auf die chinesischen Abgeordneten zusteuerten, die inzwischen fast die großzügige Freifläche vor der Pagode erreicht hatten. Als er an ihnen vorbeischaute, entdeckte er Harry Lee im Gespräch mit einem alten Chinesen. Betont beiläufig schlenderte John zu den Abgeordneten hinüber, als diese stehen blieben und sich untereinander und mit ihren Begleitern unterhielten.

Plötzlich stürmte eine Truppe chinesischer Tänzer, Akrobaten und Musiker aus einem der umliegenden Gebäude herein. Ihre flinken Darbietungen zwangen die Leute auszuweichen, sodass in der Mitte der Mall eine Art Schneise entstand. Die Politiker wurden von John fortgedrängt. Er ließ den Blick um sich schweifen und verschaffte sich einen Gesamtüberblick. Die Kletten vom Fernsehen und von der Presse hatten angefangen, die Abgeordneten zu interviewen, richteten ihre Aufmerksamkeit jedoch jetzt, so wie alle anderen auch, auf die Darbietungen der farbenprächtigen Künstler.

Eine Person dicht bei der Zeitungsreporterin erregte Johns Aufmerksamkeit. Der Mann trug lange Hosen, eine leichte langärmelige Jacke, Schirmmütze und Sonnenbrille. Eine Fototasche hing an seiner Seite, und er schoss mit der Routine des professionellen Fotografen Bilder von den hochrangigen chinesischen Besuchern. Eigentlich war an ihm nichts Auffälliges, abgesehen davon, dass John das Eintreffen der anderen Reporter beobachtet hatte, während dieser Mann aus dem Nichts aufgetaucht zu sein schien. Seine Größe entsprach in etwa jener, auf die Kenny Wong geschätzt wurde, aber Mütze und Sonnenbrille zusammen mit der Kamera vor dem Gesicht verbargen seine Züge. Erst als er sich dem Mann unauffällig näherte, ging John auf, dass er noch nie einen Fotografen gesehen hatte, der bei der Arbeit eine Sonnenbrille trug.

»Verdächtige Person überprüfen. Fotograf, Sonnenbrille und Schirmmütze«, murmelte er, wohl wissend, dass seine Nachricht von dem verborgenen Mikrofon an alle anderen Mitglieder des Sicherheitsteams übertragen wurde. Er ging ebenfalls weiter auf den Mann zu.

Kenny war klar, dass er noch näher heranmusste. Die Bombe war ziemlich groß, aber der Erfolg war garantiert, und ihm war klar, dass er um jeden Preis seinen Auftrag erfüllen musste.

Schweiß rann ihm in die Augen, und die Kleider klebten an

seinem Körper, sodass er befürchten musste, dass die Waffen, die er am Körper trug, sichtbar wurden. Kenny drängte die Reporterin zur Seite und schob sich weiter vor, um sich bessere Sicht zu verschaffen. Obgleich die Menschenmenge sich als hinderlich erwies, würde ihm dies letztlich zum Vorteil gereichen. Er würde einfach unbemerkt die Tasche abstellen, sich dann rückwärts von der Stelle entfernen und mit den Massen verschmelzen. Nachdem er dann den Sprengsatz gezündet hatte, würde er zusammen mit den Flüchtenden hinauslaufen und im allgemeinen Durcheinander unbemerkt das Weite suchen.

John hielt mit einer Hand den Pistolengriff umklammert, als er sich der Zielperson näherte. Der Fotograf stand jetzt dichter bei den Abgeordneten, und die Menge machte eine eindeutige Identifizierung unmöglich. Auch war es aufgrund der dichten Menschenmassen zu riskant, die Waffe zu ziehen, da der Anblick der Pistole eine Panikreaktion auslösen konnte. Falls der Fotograf sich als echt entpuppte, würde die Aufregung den wirklichen Attentäter zudem nur warnen.

Als Johns Nachricht ihn erreichte, veränderte Mark seine Position, um den beschriebenen Verdächtigen auszumachen. Er sah, wie John den Mann erreichte, dann versperrte eine Frau mit einem großen Hut ihm die Sicht.

Der Mann, der ganz plötzlich an seiner Seite auftauchte, sprach so leise, dass nur Kenny ihn verstehen konnte. »Ich bin Staatsbeamter. Kamera runter, Hände auf den Rücken und mitkommen.«

Kenny gefror beinahe das Blut in den Adern. Er spürte einen harten Gegenstand im Rücken, der sich auch durch mehrere Lagen Stoff hindurch anfühlte wie ein Pistolenlauf.

Er überlegte fieberhaft, und als er schließlich die Kamera herunternahm, wirbelte er herum, wobei seine Hand nach unten flog. Die Schnappklinge bohrte sich dem Mann in den Unterleib.

Der Lärm der Becken übertönte den Schmerzensschrei des Agenten.

Mit den Ellbogen bahnte Kenny sich auf der Flucht einen Weg durch die Menge.

Kapitel 25

Er hat mich mit dem Messer verletzt. Er haut ab. Ich kann nicht schießen. Zu viele Leute. Nehme die Verfolgung auf.«

Als die Worte ihn erreichten, stürzte Mark sofort los.

Er sah weiter vorn den Fotografen auf den Ausgang zurennen, sah John, der ihm nachjagte, dann jedoch blutend mit gezogener Waffe zusammenbrach.

Menschen schrien, kreischten und stoben auseinander.

Mark kniete sich neben John, registrierte das kreidebleiche Gesicht und den Schweißfilm auf der Stirn des Kollegen. Er riss Johns Hose auf, sah das Blut aus der Wunde spritzen und wusste, dass eine Arterie durchtrennt worden war.

Er drückte den Daumen tief in die Wunde und fühlte, wie das Pochen nachließ, als der Blutstrom unterbrochen wurde.

»Haben wir ihn?«, fragte John mit schwacher, vor Schmerz erstickter Stimme.

Mark blickte sich um und sah, wie die Bodyguards die Abgeordneten zu ihren Limousinen zurückgeleiteten. Zwei Agenten schoben sich durch die Menge auf sie zu. Der Fotograf hatte indes beinahe den Ausgang Ann Street erreicht.

Eine Frau kniete sich neben ihn. »Ich bin Krankenschwester. Ich kann helfen.«

Sekunden später wischte Mark sich an seinem Hemd Johns Blut von der Hand und rief seinen beiden Kollegen Instruktionen zu, während er sich an die Verfolgung des flüchtenden falschen Fotografen machte.

Als er den Ausgang Ann Street erreichte, sah er seine Zielperson in Richtung Innenstadt laufen.

Harry hätte beinahe ungläubig aufgeschrien, als er Kenny quer durch die Mall hatte flüchten sehen.

Sie hatten seinen Plan durchschaut! Sie hatten seinem Mann aufgelauert!

Sein Zorn steigerte sich noch zusätzlich, als er erkannte, dass es sich bei dem Mann, der Kenny verfolgte, um niemand anders handelte als Mark Talbert.

Eine Hand legte sich auf Harrys Arm, und der betagte Verwandte, den er herbegleitet hatte, sackte gegen ihn, die knochige rechte Hand auf die Brust gepresst.

Harry half dem Mann sofort, sich hinzusetzen, sodass er an einer Säule der Pagode lehnte. Die anderen älteren Chinesen umringten ihn.

»Kümmern Sie sich bitte um meinen Onkel«, bat Harry sie. An den alten Mann gewandt, fügte er hinzu: »Ich schaue mal nach, was da los ist.« Er schob sich durch die Tänzer, die versuchten, trotz der Unruhe unter den Zuschauern ihr Programm zu beenden.

Als er den Mann erreichte, der offenbar niedergestochen worden war und von einer Frau medizinisch erstversorgt wurde, bemerkte er, dass er das Bewusstsein verloren hatte. Seine Finger lagen nur noch locker um den Pistolengriff.

Harry zögerte nicht lange. Unter dem Vorwand, helfen zu wollen, kniete er neben der Frau nieder und beugte sich über den Verletzten, sodass die Waffe von seinem Jackett verdeckt wurde. Innerhalb von Sekunde hatte er sich die Waffe in den Gürtel gesteckt.

Mit großen Schritten eilte er dann in die Richtung, in der Kenny Wong und Mark Talbert verschwunden waren.

Kenny, der das nähere Umfeld der Mall im Vorfeld studiert hatte, hatte die Straße, die in Richtung Story Bridge abbog, links liegen lassen, da er dort zu leicht in die Falle hätte geraten können. Außerdem war das Tempo des fließenden Verkehrs zu hoch, sodass er nicht ohne Weiteres die Straßenseite hätte wechseln können.

Die Fußgängerampel vor ihm sprang auf Grün, und er sprintete die Gipps Street hinauf. Als er einen Blick über die Schulter warf, sah er, dass er von einem Mann mit gezogener Waffe verfolgt wurde. Die Ampel sprang wieder um, und sein Verfolger wurde vom Verkehr aufgehalten.

Kenny beschleunigte, wobei er Energiereserven mobilisierte, von deren Existenz er bislang nichts geahnt hatte.

Er gelangte zu einer Busspur und hatte diese beinahe überquert, als er Sirenengeheul vernahm und einen Streifenwagen von rechts auf die Ampeln weiter vorn zurasen sah. Er rannte über die Straße, kletterte in Höhe der Bushaltestelle über den Maschendrahtzaun und jagte, Haken schlagend wie ein Hase, durch den nie versiegenden Verkehrsstrom.

Vor ihm ragte eine riesige Mauer aus großen Sandsteinquadern auf, aber etwas weiter vorn entdeckte er eine Durchfahrt in der Wand.

Er warf einen Blick nach hinten.

Obgleich der Verkehr ihn ein wenig aufgehalten hatte, war sein Verfolger ihm immer noch auf den Fersen.

Kenny hetzte mit klopfendem Herzen und von der Anstrengung bleischweren Beinen die ansteigende Zufahrt hinauf.

Mark sah die uniformierten Polizeibeamten in Höhe der Ampel am Centenary Place aus dem Einsatzwagen steigen. Er hoffte, dass sie angewiesen worden waren, nur im äußersten Notfall von der Schusswaffe Gebrauch zu machen. Er wollte Kenny Wong unbedingt lebend fassen: Nur er allein konnte ihnen die Namen jener Hintermänner nennen, die hinter dem versuchten Mordanschlag steckten.

Außerdem fürchtete Mark, dass im Falle eines Schusswechsels die Bombe gezündet wurde, die Kenny vermutlich am Körper trug.

Die Sandsteinmauer gehörte zu einer Mädchenschule, das wusste Mark, und er war dankbar, dass an diesem Tag kein Unterricht war. Wenn er eines ganz sicher nicht brauchen konnte, dann einen Terroristen mit Hunderten von Geiseln in seiner Gewalt. Hastig beorderte er die Polizisten an den Seiten- und Hintereingang des Schulgebäudes.

Als er die Durchfahrt erreichte, war Kenny nirgends zu sehen.

Kenny lief die Steintreppe am hinteren linken Ende der Zufahrt hinauf. Ein Weg führte durch eine gepflegte Gartenanlage zu einem L-förmigen cremefarbenen Gebäude mit einem Foyer an der Vorderseite. Dahinter befand sich ein Parkplatz, hinter dem sich eine weite Grünflache mit Tennisplätzen und einigen älteren Gebäuden erstreckte.

Aus dieser Richtung waren weitere Sirenen zu hören, die schnell näher kamen.

Er stürzte ins Foyer.

Und blieb wie angewurzelt stehen.

Marmorsäulen. Schnitzereien. Buntglasfenster.

Eine Kirche!

Vor dem Altar stand ein Brautpaar, den Blick auf den Priester gerichtet.

Kenny zog den Riemen seiner Kameratasche über den Kopf, entschlossen, seine einzige Trumpfkarte auszuspielen. Er holte die Waffe, die ihm ausgehändigt worden war, heraus und stürmte auf das Brautpaar zu.

Mark verlangsamte das Tempo, als er sich der Steintreppe näherte. Weiter vorn befanden sich mehrere moderne Gebäude. Zu seiner Linken stand eine Schulkapelle.

Ein Schuss fiel. Schreie ertönten. Der Lärm kam aus der Kapelle.

Er rannte auf das Gotteshaus zu und informierte im Laufen wild gestikulierend die Polizisten.

Dann stürmte er mit gezückter Pistole in das Gebäude.

Angstschreie hallten von der gewölbten Decke wider.

»Polizei!«, rief Mark, wohl wissend, dass dieses eine Wort beruhigend auf die Anwesenden wirken würde. »Wo ist er?«

Der Bräutigam lag auf dem Boden, und ein roter Fleck breitete sich rasch auf seinem weißen Hemd aus. Der Trauzeuge bemühte sich verzweifelt, die Blutung zu stillen. Die Brautjungfer zeigte zusammen mit der Hälfte der anwesenden Hochzeitsgäste auf eine Tür in einem Seitenflügel der Kapelle.

Mark hielt auf die offen stehende Tür zu und warf einen Blick hindurch, bevor er den dahinterliegenden Raum betrat.

Kenny schaute sich panikartig um.

Eben waren Polizisten einige Hundert Meter entfernt zwischen der Rasenfläche und den Gebäuden zur Rechten aufgetaucht.

Vor ihm stand ein sechseckiges Sommerhaus zwischen zwei quadratischen Steingebäuden. Die Häuser waren miteinander durch hölzerne Tore verbunden. Die Braut wimmerte, als er ihr die Waffe an den Hals drückte. Er umfasste ihren Arm mit schraubstockartigem Griff und stieß sie durch eines der Tore.

Als sie den Rasen hinter den Gebäuden erreichten, erkannte er sofort seinen Fehler. Vor ihnen ragte der obere Abschnitt der Sandsteinmauer auf, die er unten von der Straße aus gesehen hatte.

Er saß in der Falle!

Aus dem Durchgang zwischen den Gebäuden hallten Schritte herüber.

Kenny wandte sich um. Er erkannte den Mann wieder, der ihn seit seiner Flucht aus der Chinatown Mall verfolgte. In Panik feuerte er zwei Schüsse ab.

Der Mann brachte sich hinter einer schrägen Wand des Sommerhauses in Sicherheit.

Kenny realisierte, dass die Schüsse die Polizei geradewegs zu ihm führen würden. Er blickte wieder in Richtung der Mauer und sah, dass diese hinter dem Gebäude herführte. Wenn er es schaffte, um das Gebäude herumzugehen …

Der Moment wäre ideal gewesen, um zu schießen, aber Mark wagte es nicht.

Kenny war bis ans Ende des Rasens gelaufen und dort auf die Mauer geklettert. Die Braut hatte er zu sich auf den Vorsprung gezerrt und ihr einen Arm um den Hals gelegt, während er ihr mit der anderen Hand die Pistole an den Kopf hielt. Die junge Frau war kreidebleich und hatte die Augen vor Entsetzen weit aufgerissen.

Zwei der beiden Agenten sowie mehrere Polizisten näherten sich Mark von hinten, und er bedeutete ihnen mit einer knappen Geste, Abstand zu halten.

Der Polizeieinsatz hatte einen Schwarm von Schaulustigen angelockt. Harry mischte sich unter die Menschen auf dem Fußweg und beobachtete, wie die uniformierten Beamten die Zufahrt abriegelten.

Das Kamerateam aus der Mall kam herübergefahren, und die Reporter stiegen mit drehbereitem Equipment aus.

Eine Frau schrie und zeigte nach oben.

Ein Raunen ging durch die Menge beim Anblick eines Mannes, der hoch oben auf der Mauer stand und nervös hinter sich blickte, eine Frau im Brautkleid vor sich haltend wie einen Schutzschild.

Harry erkannte Kenny Wong auf den ersten Blick. Das massive Polizeiaufgebot verriet ihm außerdem, dass Kennys Chancen zu entkommen äußerst schlecht standen. Und wenn Kenny gefasst wurde – und den Namen seines Auftraggebers verriet –, würde die Spur die Behörden unweigerlich früher oder später zu Tak Lee führen. Harry wusste außerdem, dass man ihn persönlich für dieses Debakel verantwortlich machen würde. Zwar war er der ganze Stolz seines Vaters, doch Harry war Tak Lees Einstellung zum Versagen nur zu vertraut, und er war nicht scharf darauf, den Zorn seines Vaters am eigenen Leib zu spüren zu bekommen.

Er schaute sich um. Die Umstehenden starrten wie gebannt nach oben. Es war zwar gewagt, aber er hatte keine andere Wahl. Harry wich zurück, bis er hinter der Menschenmenge stand, zog den Mantel aus und benutzte ihn als Sichtschutz, als er die Pistole aus dem Gürtel zog. Zwar standen die Chancen, Kenny zu treffen, eher schlecht, doch einen Versuch war es wert.

Kenny wurde von dem Schuss überrascht. Unten von der Straße drangen Schreie bis zu ihm herauf. Er warf einen Blick hinunter, entdeckte blaue Uniformen in der Menge und schoss instinktiv zurück.

Die Schaulustigen stoben auseinander, einige stürzten, drängten sich dicht an die Mauer.

Kenny feuerte wieder, sah einen Officer zu Boden gehen, drückte erneut den Abzug.

Ein Klicken verriet ihm, dass das Magazin leer war.

Mark hörte ebenfalls ein Klicken. Er lief um die Hausmauer herum. Als Kenny ihn entdeckte, rief der: »Wenn Sie schießen, entschärfe ich die Bombe.«

»Ich wäre der Einzige, den du mitnimmst«, bluffte Mark und näherte sich ihm vorsichtig. »Das wäre es mir wert, um einen Dreckskerl wie dich aus dem Verkehr zu ziehen.«

»Und was ist mit der Frau?« Kenny zog den Arm um den Hals der Frau noch enger. Sie fing an, sich zu wehren, und krallte die Finger in Kennys Arm. Als Kenny ihr den Pistolenlauf an die Schläfe hielt, gab sie die Gegenwehr wieder auf.

Mark zuckte die Schultern und bemühte sich, so gut es ging, die aufsteigenden Bilder von Julie im Hochzeitskleid zu verdrängen. Die Frau hatte ebenso langes dunkles Haar wie sie. »Manchmal ist es erforderlich, einen Menschen zu opfern, um viele zu retten.«

Ein böses Lächeln stahl sich auf Kennys Lippen. »Es wird

nicht bei einem Opfer bleiben, dafür haben wir gesorgt.« Er nickte in Richtung der Fototasche. »Da drin. Bei der Bombe. Es wird Tausenden den Tod bringen.«

»Ach ja? Und was soll das sein?«, höhnte Mark, in der Hoffnung, den Mann in Sicherheit zu wiegen und ihn so zu einem Fehler zu verleiten.

Ihm stockte der Atem, als er Kennys Antwort hörte.

Kobalt.

Wenn dieses freigesetzt würde, käme es zu einer Katastrophe schrecklichen Ausmaßes.

Mark wusste außerdem, dass es innerhalb kürzester Zeit zu einer Massenhysterie kommen würde, wenn die Medien das Wort aufschnappten. Kobalt zusammen mit Sprengstoff galt als ebenso gefährlich wie eine »schmutzige Bombe«. Er fluchte innerlich. Tatsächlich wäre die freigesetzte Strahlung eher harmlos, doch die Öffentlichkeit würde panisch reagieren. Dieser Teil der Stadt würde in kürzester Zeit zur Geisterstadt werden.

Er sah Kenny an, dass dieser versuchte, die Wirkung seiner Worte abzuschätzen.

»Wer sagt denn, dass irgendjemand erfahren wird, was du da drin hast?« Mark lächelte. »Du weißt doch, dass Regierungen Meister im Vertuschen sind.«

»Mag sein. Aber wir würden es bekannt machen. Wir …«

Die Braut sackte bewusstlos zusammen und brachte Kenny damit aus dem Gleichgewicht. Er ließ sie los, und sie fiel ins Gras.

Kenny nahm den Oberkörper zurück, um die Balance wiederzufinden. Sein Fuß rutschte weg.

Während er ebenso wild wie vergeblich mit den Armen ruderte, stürzte er rücklings von der Mauer.

Kapitel 26

Mark schoss mit ausgestreckten Armen vor und warf dabei seine Glock achtlos beiseite.

Er griff nach der Kameratasche und spürte den Ruck, als Kenny den Riemen packte, der drohte, ihm über den Kopf zu rutschen. Mit seinem ganzen Gewicht hing er nun an dem einen Nylonband.

Kennys Schirmmütze und Sonnenbrille segelten hinab auf den Bürgersteig, wo Polizeibeamte bereitstanden und schussbereit das Geschehen verfolgten.

»Nicht schießen!«, rief Mark ihnen zu. Er sah die Todesangst in Kennys Augen. »Ich ziehe dich rauf. Versuch, an der Wand hochzulaufen.«

In dem verzweifelten Bemühen, Halt zu finden, schabten Kennys Füße über die Sandsteinblöcke.

Mark nahm langsam die linke Hand von der Tasche und betete, dass er Kennys Gewicht auch mit der einen Hand würde halten können. Sofort begann die Tasche, seinen Fingern zu entgleiten. Er packte fester zu.

Der Trageriemen riss an einem Ende, und Kenny zuckte unkontrolliert wie eine Marionette.

Sein Gesicht war angstverzerrt.

Die beiden anderen Agenten eilten Mark zu Hilfe.

Die zweite Riemenschließe löste sich.

Harry lächelte zufrieden, als Kenny mit einem dumpfen Aufprall auf dem Gehweg aufschlug. Ein befriedigender Laut, zumal in Verbindung mit dem Knacken, als Kennys Schädel wie eine Kokosnuss zersprang.

Die Polizisten bahnten sich mit den Ellbogen einen Weg durch die Menge zur Absturzstelle.

Harry wandte sich ab und kehrte zurück zur Mall. Seine Gedanken überschlugen sich. Es gab nur noch eine Person, die ihn mit Kenny in Verbindung bringen konnte. Nur einen einzigen Menschen, dessen Aussage ihn belasten konnte.

Julie Evans.

Auch wenn der Anschlag durch die Wachsamkeit der Wachleute verhindert worden war, konnte Mark Talberts Anwesenheit kein Zufall sein.

Harry vermutete eine Falle. Warum hatte Ray seine eigene Tochter dazu auserkoren, für ihn, Harry, den Fremdenführer zu spielen? Hatten die drei, als er ihr gemütliches Beisammensein in Rays Büro gestört hatte, gerade gegen ihn ein Komplott geschmiedet? Langsam fügten sich die Puzzleteilchen zu einem Ganzen zusammen. Dass Julie trotz sichtlichem anfänglichem Widerwillen die Rolle der Begleiterin angenommen hatte. Und dann ihre ungewöhnliche Reaktion, als sie ihn mit Kenny an der Bar gesehen hatte.

Verdammt. Das Miststück hatte ihn reingelegt. Die Vorstellung, sie zu eliminieren, war beinahe ebenso befriedigend wie der Gedanke an das, was er vorher mit ihr tun würde.

Mark reichte die Kameratasche einem Kollegen und klärte diesen über den Inhalt auf. Ihm war klar, dass er von Kenny nicht mehr erfahren konnte, wer ihn beauftragt hatte. Trotzdem ging er hinunter an den Fuß der Mauer, wo der Gehweg inzwischen von der Polizei mit Flatterband abgeriegelt worden war. Fernsehleute mit ihren Kamerateams interviewten bereits erste Augenzeugen und stürzten sich sogleich auf ihn. Er ignorierte sie, zeigte einem älteren Detective seinen Ausweis, trat an die Leiche heran, zog Handschuhe über und untersuchte mit geübten Griffen den Inhalt von Kennys Taschen.

Die Brieftasche half ihm nicht weiter, und auch sonst fand er in den Taschen keinen Hinweis auf seinen Auftraggeber. Er teilte dem Detective mit, wer zur Befragung aufs Präsidium vorgeladen werden sollte.

»Mum! Komm mal her! Schnell! Das ist Mark!«

Julie ließ das Wäschestück fallen, das sie gerade draußen aufhängen wollte, und rannte auf Andys Zuruf hin die Treppe hinauf ins Haus. Er saß im Wohnzimmer und starrte wie gebannt auf den Fernseher. Der Nachrichtensprecher berichtete eben von einem fehlgeschlagenen Attentat, und dazu wurden Aufnahmen der Geisel sowie der dramatische Sturz des verhinderten Attentäters gezeigt. Spekulationen zufolge handelte es sich bei dem Toten um einen Terroristen, der in einer Fototasche eine Bombe bei sich getragen hatte.

Julie schlug das Herz bis zum Hals, als die Kamera einen Mann näher heranzoomte, der versucht hatte, den Sturz des Mannes zu verhindern, und hinterher den Toten untersuchte. Mark. Aber das war nicht der Mark, den sie kannte. Ein ernsterer Mark mit versteinerten Zügen, der große Autorität und Kompetenz ausstrahlte. Ein Mann, der so wirkte, als wäre er notfalls auch dazu fähig, einen Menschen zu erschießen.

Der Nachrichtensprecher berichtete von den chinesischen Delegierten, denen der Anschlag, der durch das beherzte Eingreifen eines Beamten vereitelt worden war, offenbar gegolten hatte. Besagter Agent rang derzeit noch im Krankenhaus mit dem Tod, nachdem er von dem mutmaßlichen Terroristen niedergestochen worden war. Furcht schnürte ihr die Kehle zu, und ihr wurde ganz flau im Magen. Reflexartig legte sie sich eine Hand auf den Bauch. Ebenso gut könnte Mark jetzt im Krankenhaus liegen. Er hätte sterben können, ohne zu wissen, dass sie sein Kind unter dem Herzen trug.

Das Foto, das sie neben Marks Laptop hatte liegen sehen, wurde eingeblendet, und der Nachrichtensprecher bat Personen, die etwas zu dem Mann sagen konnten, sich bei der Polizei zu melden. Als sie das Bild betrachtete, begriff Julie plötzlich, dass Marks Beruf vergleichbar war mit dem von Berufssoldaten, die in den Krieg zogen, um für das zu kämpfen, woran sie glaubten. Nur dass Männer wie Mark nicht gefeiert wurden und die Öffentlichkeit allenfalls ganz am Rande registrierte, welchen Gefahren sie ausgesetzt waren.

Die Kamera richtete sich wieder auf Mark und fing einen flüchtigen Moment lang den Ausdruck in seinen Augen ein, als er sich von der Leiche auf dem Bürgersteig abwandte. Julie sah die Einsamkeit in seinen Augen, die Entschlossenheit, das Richtige zu tun, ganz gleich, welche persönlichen Opfer er dafür bringen musste. Und da wusste sie, dass das, was sie an dem Jungen von einst geliebt hatte, immer noch da war. Und sie erkannte, dass ihre Liebe zu ihm stark genug war, um alle Stürme zu überstehen, die ihnen aufgrund seiner Arbeit noch bevorstanden.

Sie griff nach ihrem Handy.

Zum ersten Mal in ihrer Beziehung hatte Gaynor das Gefühl, dass Ray sich ihr auf emotionaler Ebene geöffnet hatte.

Er war am Vorabend zu ihr gekommen, betrunken und sexhungrig, aber sie war eingeschlafen, bevor er zur Sache gekommen war. Als er sie in den frühen Morgenstunden geweckt hatte, hatte sie in der Art, wie er sie liebte, beinahe so etwas wie Dankbarkeit zu verspüren geglaubt. Anschließend hatte er ihr dann seine Furcht vor Tak Lee gestanden und ihr anvertraut, dass der Baustopp für GalCorp den Ruin bedeuten konnte.

Am Morgen hatte er es nicht eilig gehabt zu gehen, und als sie mit Milch und Zeitung aus dem Supermarkt zurückgekommen war, war er noch da gewesen. Er hatte ihr die Zeitung förmlich aus der Hand gerissen, nach dem Artikel gesucht, der von dem Baustopp berichtete, und gestöhnt angesichts der umfangreichen Berichterstattung.

Gaynor putzte gerade Salat für das Mittagessen, als jemand an die Tür klopfte. Zwei uniformierte Polizisten und ein Detective in Zivil hielten ihr ihre Ausweise vor die Nase und fragten nach Ray Galloway.

Ray kam hinzu. »Das bin ich. Stimmt etwas nicht?« Panik flackerte in seinen Augen auf. »Meinem Enkelsohn ist doch nichts zugestoßen, oder? Er ist doch okay, ja? Er …«

»Wir möchten Sie bitten, uns zu begleiten, Mr. Galloway«, fiel der Detective ihm ins Wort. »Jetzt gleich.«

»Weshalb? Was hat das zu bedeuten? Wenn Sie mir dazu nichts sagen können und Sie auch keinen Haftbefehl vorweisen können, ziehen Sie Leine.«

Der Detective gab den Beamten ein Zeichen, und die Männer betraten die Wohnung. »Nach dem neuen Terrorismus-Gesetz haben wir das Recht, Sie auch ohne Haftbefehl festzunehmen.«

»Wie bitte? Terrorismus? Wovon reden Sie? Was …«

Ray verstummte abrupt, als hätte er einen Verdacht, wer oder was hinter seiner Verhaftung stecken könnte. Er warf Gaynor einen gequälten Blick zu und ließ sich dann mit herablassender Miene von den Polizisten abführen.

Mark betrachtete die SMS auf dem Bildschirm seines Mobiltelefons und fühlte sich plötzlich so euphorisch, als hätte er soeben in der Lotterie gewonnen.

Müssen reden. Ich liebe dich.

Er wollte eben anrufen, als Agent Craig Sharpie das Büro betrat. »Der Arzt hat sein Einverständnis für die Befragung des alten Mannes gegeben, und ich habe gehört, dass auch Galloway inzwischen kassiert wurde.«

»Gut. Ich will, dass er zusammen mit einer Wache in einem Verhörzimmer wartet, aber er soll noch nicht wissen, worum es geht. Er soll schmoren, bis ich dort bin. Was ist mit Harry Lee?«

Craig schüttelte den Kopf. »Nachdem feststand, dass der alte Mann ärztlich versorgt wurde, hat er ihm erklärt, er müsse noch etwas für seinen Vater erledigen, und ist verschwunden. Aus dem Hotel hat er aber bislang nicht ausgecheckt.«

»Das Hotel soll rund um die Uhr bewacht werden, und ich möchte sofort informiert werden, wenn wir ihn geschnappt haben. Wurde Johns Waffe zwischenzeitlich gefunden?«

»Ja. In einem der Gärten. Sie wurde einmal abgefeuert, aber anschließend sauber abgewischt. Keine Fingerabdrücke, nicht einmal von John selbst.«

Mark klappte sein Handy zu. Er würde später antworten. Erst musste er etwas Dringendes erledigen.

Neun Stunden später fühlten Marks Augen sich an, als schabten die Lider bei jedem Wimpernschlag über Sandkörner. McSwain hatte ihm widerstrebend gestattet, die Ermittlungen zu leiten, aber bislang hatten sie noch keine brauchbare Spur. Wie in vielen ethnischen Gemeinden hatten jene Chinesen, die sich als Australier empfanden, die Polizei bereitwillig unterstützt, aber einige kleine Enklaven des Widerstandes hatten sie auf anderer Ebene blockiert.

Im Augenblick waren sie somit darauf angewiesen, dass Agenten und andere Geheimdienststellen auf Hochtouren ermittelten, damit sie in der Sache vorankamen.

John Corey war bei Bewusstsein und stellte Fragen. Mark lächelte. Ihm brannte auch die eine oder andere Frage auf der Seele.

Es war verlockend gewesen, die Waffe des Agenten einfach zu behalten, aber schließlich hatte Harry doch lieber verzichtet, da er nicht in Erklärungsnot geraten wollte, falls man die Pistole bei ihm fand. Er warf noch einen letzten Blick auf die Waffe, die er eben gekauft hatte, und legte sie in das Handschuhfach des Wagens, den er sich ebenfalls »besorgt« hatte. Ihm war versichert worden, dass die Pistole »sauber« sei, wenngleich das im Grunde kleine Rolle spielte, da Julie, wenn er erst mit ihr fertig war, spurlos verschwinden würde.

Noch wusste er nicht, ob sein Vater von ihm verlangen würde, auch Ray Galloway auszuschalten. Harry runzelte die Stirn. Seiner Meinung nach hatte das an Besessenheit grenzende Projekt seines Vaters dessen Urteilsvermögen getrübt. Der Complete Home Market war fast fertiggestellt, sodass nicht zu befürchten war, dass die Behörden den Baustopp für längere Zeit aufrechterhalten würden, ganz egal, ob Ray Galloway nun Druck auf sie ausübte oder nicht.

Die Besuchszeiten waren eigentlich schon längst vorbei, aber Marks Ausweis verschaffte ihm dennoch problemlos Zutritt zu Johns Krankenzimmer. Das Gesicht des Kollegen war fast so weiß wie das Kopfkissen, aber er zog spöttisch eine Braue hoch, als Mark sich auf dem Besucherstuhl niederließ. »Du siehst aus, als hättest du das Bett hier dringender nötig als ich.«

Mark lächelte schief. »Bring mich nicht in Versuchung.«

»Hast du Kenny Wong geschnappt?«

»Gewissermaßen.« Er berichtete John kurz und bündig von der Verfolgungsjagd und deren Ausgang. »Die Krankenschwester, die dich erstversorgt hat, hat erzählt, dass sich jemand zu ihr gekniet und gefragt hat, ob sie Hilfe bräuchte, aber sie war zu sehr damit beschäftigt, deine Vitalfunktionen zu überprüfen, um sich den Kerl anzusehen. Vermutlich war das der Typ, der deine Waffe hat mitgehen lassen. Erinnerst du dich daran?«

»Nein. Davon habe ich nichts mitbekommen.«

»Die Polizisten, die auf Kenny Wong geschossen haben, schwören, nicht den ersten Schuss abgefeuert zu haben. Möglicherweise steckte auch da der Typ hinter, der dir die Waffe geklaut hat.«

»Gibt es Bilder aus irgendeiner Überwachungskamera?«

»Zu viele Leute. Falscher Winkel. Das Material beweist, dass Harry Lee dort war, aber das ist ja unstrittig. Der alte Mann, der bei ihm war, ist ein Verwandter seines Vaters. Er schwört, Harry sei nur auf seinen ausdrücklichen Wunsch hin dort gewesen und habe erst durch ihn vom Besuch der Delegierten erfahren. Der alte Mann war es auch, der den Medien den Besuch der Chinesen angekündigt hat. Er glaubt, sich zu erinnern, dass irgendein

Bekannter im Gespräch den Vorschlag gemacht hat. Wer das war, kann er aber nicht mehr sagen. Das Gleiche gilt für die Artisten und Tänzer. Die hat auch er engagiert. Ich glaube, der Kerl ist sauber. Es dürfte nicht schwer gewesen sein, ihn dahingehend zu manipulieren, die Delegierten zu einem Besuch in der Mall zu überreden.«

»Klingt, als wäre er Harrys Marionette gewesen.«

»Oder die eines anderen, der die chinesische Gemeinschaft in Chinatown benutzt, um dort Kriminelle und Terroristen zu verstecken. Die Bande, die die Triadenmitglieder und Kenny Wong ins Land geschleust hat, war verdammt gut organisiert, und bislang ist es uns noch nicht gelungen, einem der Hintermänner auf die Schliche zu kommen. Wir verfolgen zwar einige Hinweise, aber allzu viel verspreche ich mir nicht davon.«

»Hast du mit Ray gesprochen?«

Mark streckte sich in seinem Stuhl. »Das war vielleicht ein Zirkus! Als ich ihm erklärt habe, er werde der Teilnahme an einer terroristischen Konspiration verdächtigt, ist er ausgerastet. Er hat mich beschuldigt, seine Erschütterung wegen des Todes zweier seiner Freunde benutzt zu haben, um mich in seine Firma einzuschleichen, dort zu spionieren und falsche Beweise zu hinterlegen. Ich glaube, dass er tatsächlich nichts von dem geplanten Attentat gewusst hat; ich bin aber ebenso überzeugt davon, dass seine Beziehung zu Tak Lee sich nicht allein auf den Bau des Complete Home Market beschränkt. Er hat eine Scheißangst vor dem Mann.«

»Hast du ihn wieder laufen lassen?«

»Nein. Ich dachte mir, ein paar Tage hinter Gitter würden ihn vielleicht gesprächiger stimmen. Im Grunde haben wir nichts gegen ihn in der Hand. Die Vergewaltigung von damals fällt nicht in unseren Zuständigkeitsbereich.« Als John hierauf fragend eine

Braue hochzog, erklärte er: »Sollte diese Ruth Bellamy es tatsächlich auf ihn abgesehen haben, ist er in der U-Haft noch am besten aufgehoben.«

John machte ein nachdenkliches Gesicht. »Für jemanden, der aussieht, als hätte er eine Woche nicht geschlafen, und dem in Kürze McSwain im Nacken sitzen wird, wenn er nicht bald Ergebnisse vorweisen kann, machst du einen … ich weiß auch nicht … bemerkenswert glücklichen Eindruck.«

Mark konnte sich ein Lächeln nicht verkneifen. »Es gibt da eine Frau, die mich liebt, mein Freund, und etwas Besseres kann ich mir beileibe nicht vorstellen.«

John glättete das verknitterte weiße Laken. »Dann würde ich vorschlagen, dass du mich jetzt in Ruhe lässt und die Dame ebenso glücklich machst, wie du es bist.«

Mark erhob sich lachend.

Harry parkte in einer Seitenstraße in der Nähe von Julies Haus, wohl wissend, dass der hohe Holzzaun den Wagen verbergen würde. Er wartete, bis im Haus alle Lichter gelöscht waren, ehe er ausstieg. Er hoffte, dass der Junge schlief.

Vorsichtig entriegelte Harry das Tor, schaute sich um und ging um das Haus herum zur Hintertreppe. Seine Anspannung wuchs. Er hatte sich im Vorfeld mehrere abgeschiedene Stellen angesehen, an denen sich eine beschwerte Leiche unbemerkt im Brisbane River versenken ließ. Stellen, an denen ein turtelndes Pärchen in einem Wagen davon ausgehen konnte, nicht gestört zu werden. Er hatte sogar für später eine Prostituierte gebucht. Der Betreiber des Motels, in dem sie arbeitete, würde beschwören, dass er den ganzen Abend bei ihr gewesen war. Wirklich erstaunlich, was man für Geld alles kaufen konnte.

Eine Diele knarrte, als er mit gezückter Pistole die Veranda betrat. Er hatte die Hintertür fast erreicht, als er hörte, wie diese geöffnet wurde.

»Mark?«, rief Julie leise.

Kapitel 27

Mark überlegte, ob er auf dem Weg zu Julie kurz im Motel vorbeifahren sollte. Er warf einen Blick in den Rückspiegel. Eine Dusche und eine Rasur wären sicher angebracht, vor allem, wenn ... Er zwang sich energisch, diesen Gedankengang beiseitezuschieben. Julie hatte zwar gesagt, dass sie ihn liebte, aber das bedeutete noch lange nicht, dass zwischen ihnen alles im Lot war. Sie würden noch vieles bereden müssen, um sich darüber klar zu werden, wie genau es mit ihrer Beziehung weitergehen sollte. Sofern es überhaupt mit ihnen weiterging, was er aber von ganzem Herzen hoffte. Fürs Erste sollte er sich also Hintergedanken aus dem Kopf schlagen.

Es war nur wenig Verkehr. Der Mond stand als fast runde Scheibe hoch am Nachthimmel, immer wieder verdeckt von dunklen Wolken, die den lang ersehnten Regen verhießen, jedoch bislang nicht mehr gebracht hatten als schwüle Luft. Als er um die Ecke bog und Julies Auffahrt ansteuerte, sah er, wie eine kleine, nur mit Shorts bekleidete Gestalt aus der Nebenstraße schoss und auf ihn zusprintete.

Als die Gestalt näher kam, erkannte er Andy. Er hielt und sprang aus dem Wagen. »Andy! Was ist denn los?«

»Mum«, keuchte er. »Ein Mann hat sie entführt.«

»Was für ein Mann?«

»Keine Ahnung. Ich bin wach geworden. Ich habe Stimmen gehört. Ich bin nach draußen gelaufen und habe gesehen, wie der Kerl Mum durch das Tor geschubst hat. Er hatte eine Pistole.«

Andy unterdrückte ein Schluchzen. »Er hat Mum auf den Kopf geschlagen und sie auf die Rückbank gelegt. Dann ist er weggefahren. Ich bin hingelaufen, um mir das Kennzeichen zu merken, aber er war zu schnell weg.«

Mark kämpfte die aufsteigende Panik nieder. »Was war das für ein Auto? In welche Richtung ist es gefahren?«

»Ein Commodore. Dunkelgrün, vielleicht auch dunkelblau. Er ist nach links abgebogen.«

»Geh ins Haus«, befahl Mark. »Ruf die Polizei an. Und anschließend rufst du die Frau an, die sich öfter um dich kümmert. Sag ihr, sie soll herkommen und dich holen.« Er schob den Jungen in Richtung Haus und stieg wieder in den Wagen.

Als er an der Ecke nach links sah, lag die Straße verlassen vor ihm. Die Reifen quietschten, als er das Gaspedal durchtrat.

An der nächsten Kreuzung war ebenfalls weit und breit kein Fahrzeug zu sehen.

Er gelangte an eine T-Straße und blickte in beide Richtungen. Im ersten Moment sah er auch hier nichts, dann entdeckte er in der Ferne die Rücklichter eines abbiegenden Wagens.

Er gab erneut Vollgas und betete, dass er den Wagen nicht aus den Augen verlor. Und natürlich, dass es sich um das Fluchtfahrzeug des Entführers handelte.

Julie registrierte, dass sie sich fortbewegte. Sie lag auf einem Polster, Stoff bedeckte ihr Gesicht. Ihr Kopf schmerzte höllisch. Sie versuchte, die Hand an den Kopf zu heben, aber vergeblich.

Dann kehrte ganz plötzlich die Erinnerung zurück. Harry. Die Pistole. Er hatte sie aufgefordert mitzukommen. Sie sollte leise sein. Falls Andy wach wurde und herauskam, würde er ihn erschießen. Er hatte ihr die Hände mit Kabelbinder auf dem Rücken gefesselt und sie zu einem Wagen geführt. Hier riss der Erinnerungsfaden abrupt ab.

Wenn es ihr gelang, die Hände nach vorn zu holen, hatte sie vielleicht eine kleine Chance zu entkommen. Sie zog die Knie an und versuchte, die Arme über die kurze Satinhose ihres Pyjamas zu ziehen.

»Keine Dummheiten«, warnte Harry sie über die Schulter hinweg.

Verdammt! Er musste im Rückspiegel gesehen hatte, was sie vorhatte. Sie rollte sich auf die andere Seite, sodass sie ihn sehen konnte. Der Wagen schlingerte kurz, als Harry sich zu ihr umdrehte und sie mit der Pistole antippte. »Ich kann dich genauso gut hier und jetzt erschießen, wenn du mir auch nur den geringsten Anlass dazu lieferst«, zischte er.

Sie zuckte beim hasserfüllten Klang seiner Stimme zusammen. »Warum tun Sie das, Harry?«

»Stellen Sie sich nicht dümmer, als Sie sind, Julie. Sie wissen sehr gut, dass Sie allein bezeugen können, dass ich mich mit Kenny Wong getroffen habe. Sobald ich Sie ausgeschaltet habe, gibt es keinerlei Beweise mehr für diese Begegnung.«

Julie überlegte fieberhaft, welche Möglichkeiten ihr offenstanden. Die Tür zu öffnen und sich herausfallen zu lassen, kam nicht infrage, auch wenn Harry sich offenbar an die Richtgeschwindigkeit innerorts hielt. Mit auf dem Rücken gefesselten Händen hatte sie keine Möglichkeit, den Sturz abzufangen. Außerdem hätte er sie innerhalb kürzester Zeit eingeholt, sofern sie den Sturz tatsächlich unbeschadet überstand und davonlief.

Möglichst leise versuchte sie, die Hände aus dem Kabelbinder zu befreien.

Übelkeit befiel sie, als sie sich fragte, wohin er sie bringen mochte.

Sobald er dicht genug hinter dem Commodore war, gab Mark der Polizei die Fahrzeugdaten durch. Der Wagen stand noch nicht auf der Liste der gestohlenen Fahrzeuge, aber die Beamten würden sich sofort mit dem Besitzer in Verbindung setzen. Außerdem würde Verstärkung nach Sherwood entsandt, um Mark zu helfen, den Wagen des Entführers zu stoppen. Mark gab Weisung, auf Blaulicht und Sirenen zu verzichten; er wollte Julie nicht durch eine wilde Verfolgungsjagd zusätzlich gefährden.

Er rief im Büro an. Harry war noch nicht wieder aufgetaucht. Ob er Julie entführt hatte? War er dahintergekommen, dass sie seine Verbindung zu Kenny Wong aufgedeckt hatte? Oder handelte es sich vielmehr um einen gegen Ray gerichteten Racheakt Tak Lees wegen des Baustopps auf dem Gelände des Complete Home Market? Vielleicht sollte Julie ja auch als Pfand dienen, um sicherzustellen, dass Ray den Behörden gegenüber schwieg. Oder steckte doch Ruth Bellamy dahinter, und die Entführung war Teil ihres Rachefeldzuges gegen den Mann, der sie damals vergewaltigt hatte?

Die verschiedensten Szenarien spukten ihm im Kopf herum, bis er sich weitere Spekulationen verbot, um seine ganze Aufmerksamkeit stattdessen der Frage zu widmen, wie er Julie wohlbehalten aus der Gewalt des Entführers befreien sollte.

Wenn der Wagen ihn nicht verfolgte, fuhr er eine verdammt merkwürdige verschlungene Route. Harry war misstrauisch geworden, als das Fahrzeug erst rasch aufgeholt hatte, um dann plötzlich abzubremsen und hinter ihm zu bleiben. Harry war einen wahllosen Zickzackkurs gefahren, um zu sehen, was passierte.

Als der Wagen hinter ihm unter einer Straßenlaterne herfuhr, sah Harry in den Rückspiegel. Ein Falcon. Weiß. Das gleiche neue Modell, mit dem Mark Talbert nach dem Einbruch auf der Baustelle erschienen war. War das tatsächlich Mark Talbert, der ihn verfolgte? Vermutlich. Harry fluchte so zornig, dass Julie unwillkürlich die Luft anhielt. Wie war das möglich? Gleich darauf kam Harry noch ein anderer Gedanke: Wahrscheinlich hatte er längst die Polizei alarmiert! Im ersten Moment wollte er Gas geben und fliehen, aber dann ging ihm auf, dass er noch eine Trumpfkarte im Ärmel hatte. Wahrscheinlich wusste Talbert gar nicht, wen er da verfolgte. Er warf einen Blick auf das nächste Straßenschild: Eine der Stellen, die er ausgekundschaftet hatte, befand sich ganz in der Nähe. Wenn er nur schnell genug handelte, konnte er vor dem Eintreffen der Polizei gleich beide verschwinden lassen. Er würde zwar den Wagen zurücklassen müssen, doch der ließ sich sowieso nicht zu ihm zurückverfolgen.

Der Commodore beschleunigte und schien jetzt ein bestimmtes Ziel anzusteuern. Mark überlegte, ob der Fahrer möglicherweise gemerkt hatte, dass er verfolgt wurde, oder ob er lediglich einen Entschluss gefasst hatte.

Die Polizei rief zurück und teilte ihm mit, dass der Commodore unter falscher Adresse gemeldet war. Zwei Polizeieinheiten seien unterwegs zu ihm.

Harry bog in die Straße ein, die zu einem Gebüsch am Flussufer führte. Das letzte Haus in der Straße war hell erleuchtet, und laute Musik hallte ihm entgegen. Der Gehweg war zugeparkt und der Zaun mit Luftballons geschmückt. In Abständen drang lautes Gelächter aus dem Garten herüber.

Gleich mehrere Fahrzeuge blockierten den Zugang zum Dickicht am Ufer. Diesmal fluchte Harry nicht, dazu war er einfach zu wütend. Er warf einen Blick zurück, sah den Falcon oben an der Straßeneinmündung halten und dann weiterfahren. Gut. Talbert war vorsichtig. Damit verschaffte er Harry die nötige Zeit.

Er parkte und zerrte Julie von der Rückbank. »Wenn du schreist und jemand kommt, erschieße ich erst ihn und dann dich.« Harry legte ihr einen Arm um die Schultern und drückte ihr die Pistole in die Seite, während er mit ihr das Gestrüpp ansteuerte.

Mark ging langsam auf den Commodore zu, die Rechte an der Glock in seinem Schulterholster, die Taschenlampe griffbereit in der Jackentasche. Er rechnete zwar nicht damit, dass noch jemand im Wagen war, wollte aber kein Risiko eingehen.

Eine Gruppe junger Leute verließ die Party. »Hey, Alter, du kommst zu spät«, lallte einer der jungen Männer. »Das beste Gras ist schon weg.« Einer seiner Freunde brachte ihn zum Schweigen und zog ihn hinter sich her die Straße hinauf.

Der Commodore war verlassen; die Schlüssel steckten noch im Zündschloss. Mark öffnete den Kofferraum. Beim Anblick der schweren Ketten und des großen Plastiksacks fragte er sich, ob Julies Entführer diese Utensilien Julie zugedacht hatte. Er hastete ins Dickicht und verfluchte dabei den Partylärm, der jedes Geräusch übertönte, das ihm hätte verraten können, wo genau Julie und ihr Entführer sich befanden.

Durch die Dunkelheit und die gefesselten Handgelenke behindert, stolperte Julie über eine Baumwurzel. Harry riss sie am Arm wieder hoch. Sie schrie auf vor Schmerz. Er schlug ihr ins Gesicht und drückte ihr den Pistolenlauf unter das Kinn. »Schnauze!«

Das trockene Gras zerschnitt ihre nackten Füße, und Äste zerkratzten ihre Beine, als er sie von dem schmalen Trampelpfad fort zu einem Dickicht unter einigen Eukalyptusbäumen zerrte. Er stieß sie ins Dunkel und legte ihr von hinten den Arm um den Hals, die Pistole an ihre Schläfe gedrückt. Sie fühlte die Hand, mit der er sie an sich presste, unter ihrer Brust und versuchte, ein Schaudern zu unterdrücken.

Sie standen im Finstern, und die Partymusik, die durch das Gestrüpp bis zu ihnen drang, vermischte sich mit dem Zirpen Tausender Zikaden. Minuten verstrichen, und Julie fragte sich, worauf Harry warten mochte. Ihr war klar, dass er sie zu töten beabsichtigte; sie wollte ihm jedoch keinen Anlass bieten, dies vorzeitig zu tun. Vielleicht bot sich ihr ja doch noch eine Gelegenheit zu entkommen. Ihre Handgelenke waren inzwischen ganz aufgeschürft von ihren verzweifelten Bemühungen, sich von der Plastikfessel zu befreien. Zudem hatte sie furchtbare Kopfschmerzen und kämpfte mit heftiger Übelkeit.

Bislang hatten Wolken den Mond verdeckt, aber nun rissen sie auf, sodass mehr Licht durch das Laubdach fiel. Sie spürte, wie Harry sich anspannte, und sah gleich darauf eine dunkle Silhouette auf dem Trampelpfad, den sie eben erst verlassen hatten. Die Gestalt hielt sich leicht geduckt, als wäre sie sich der Gefahr bewusst.

Die Pistole entfernte sich von ihrem Kopf und richtete sich stattdessen auf den Mann. Ein Mann, dessen Umrisse ihr vertraut waren. Mark. Und er lief Harry geradewegs in die Falle.

Julies Magen verkrampfte sich trotz aller Bemühungen, den Brechreiz zu unterdrücken.

Mit aller Kraft rammte sie Harry dem Kopf gegen das Kinn, in ebender Sekunde, als dieser schoss.

Kapitel 28

Harry stieß Julie zu Boden und feuerte erneut in Richtung des Schattens, der eben im Unterholz verschwand.

Er blickte auf Julie herab. *Miststück!* Hätte er sie nicht als Geisel gebraucht, bis Talbert ausgeschaltet war, er hätte sie hier und jetzt kaltgemacht. Nun hatte er das Überraschungsmoment eingebüßt, und wenn die Polizei unterwegs war, hatte er nicht mehr viel Zeit. Er sah nur noch eine Möglichkeit.

Mark schlich sich so leise wie möglich durch das Dickicht zu der Stelle, an der der Schuss gefallen war. Die Wunde, die der Streifschuss am Oberarm hinterlassen hatte, brannte wie Feuer, aber er war dankbar für den Schmerz. Wenigstens stand fest, dass der Schuss nicht Julie gegolten hatte.

Er hatte sein Handy auf Vibrationsalarm geschaltet, und als es jetzt vibrierte, hockte er sich hinter einen Busch und ging ran, wobei er das Licht des Displays mit einer Hand verdeckte und möglichst leise sprach, um sich nicht zu verraten. Die Polizisten standen vor dem Wäldchen und warteten auf seinen Lagebericht. Mark wies die Beamten an, eine Kette zu bilden und das Gelände systematisch zu durchkämmen, dabei jedoch auf den Einsatz von Taschenlampen zu verzichten. Er wollte vermeiden, dass Julies Entführer beim Anblick der nahenden Lichter in Panik geriet.

Etwa zehn Meter entfernt traten zwei Gestalten aus dem Unterholz, so dicht beieinander, dass sie fast aussahen wie ein vierbeiniges Fabelwesen. Mark beobachtete, wie sie zum Fluss hinuntergingen. Mark schoss nicht; zu groß war die Gefahr, Julie zu treffen. Im Schutz der Bäume folgte er den beiden.

Die Lichter des Hauses, in dem gefeiert wurde, drangen winzig wie Stecknadelköpfe durch das Unterholz und dienten Harry im Dunkeln als Orientierungshilfe. Er bewegte sich auf den Fluss zu.

»Talbert! Sie haben drei Sekunden Zeit, sich zu zeigen, ansonsten werfe ich Julie ins Wasser.«

Mark erstarrte bei diesen Worten. Es war die Stimme von Harry Lee, und er wusste nur zu gut, wozu dieser fähig war.

»Sie hat die Hände hinter dem Rücken gefesselt, und gleich hier bei den Felsen ist der Fluss ganz schön tief. Sie wird untergehen wie ein Stein.«

Unmittelbar am Flussufer war das Gestrüpp entfernt worden, und Harry benutzte Julie als Schutzschild, sodass nicht genug von ihm zu sehen war, um einen sicheren Schuss abzufeuern.

»Eins.«

Mark versuchte, im Schutz des Unterholzes näher an die beiden heranzukommen, obwohl ihm klar war, dass er es niemals schaffen würde, sich rechtzeitig so nah heranzuschleichen, dass er Harry würde unschädlich machen können, bevor er Julie in den Fluss stieß.

»Zwei.«

Er trat aus dem Dickicht.

Harry hatte mit der linken Hand Julies Haar gepackt, um einem weiteren Kopfstoß vorzubeugen. Sie zitterte jetzt, und er bedauerte, dass er ihr Gesicht nicht sehen konnte, jetzt, da ihr klar geworden war, dass es für sie kein Entrinnen geben würde.

Nur eine falsche Bewegung von Talbert, und er würde Julie in den Fluss werfen und dabei nicht einmal ganz auf Deckung verzichten. Vielmehr würde er auf einen kleinen, tiefer liegenden Vorsprung springen und auf Mark Talbert warten. Er wusste, dass Talbert nicht tatenlos zusehen würde, wie Julie ertrank.

Harry registrierte eine Bewegung und triumphierte, als Talbert auf die Lichtung trat.

Julie presste die Knie zusammen und streckte den Rücken, bestrebt, das unkontrollierte Zittern zu unterdrücken. Sie konnte Harrys aggressive Schwingungen körperlich spüren und kämpfte verzweifelt gegen das panische Entsetzen an, das ihren Verstand lähmte. Ihre Hände versteiften sich in Abwehr, und es dauerte ein paar Sekunden, ehe sie realisierte, dass ihre Handflächen sich in Harrys Schritt befanden.

»Lassen Sie sie los, Harry!«, rief Mark und kam immer näher. Julie wollte ihm zurufen, er solle weglaufen, er solle leben, damit er sich um Andy kümmerte, wenn sie nicht mehr da war. Nicht mehr lange, und er würde so nah herangekommen sein, dass Harry ihn trotz der Dunkelheit nicht verfehlen konnte.

Sie hatte keine andere Wahl. Mit einem schrillen Schrei grub sie die Finger in Harrys Genitalien und riss diese zur Seite, während sie sich gleichzeitig mit aller Kraft nach hinten stemmte.

Kapitel 29

Mark rannte los und vernahm gleich darauf ein lautes Klatschen.

Er blickte über die Felskante und hielt Ausschau nach einer Abstiegsmöglichkeit.

Harry krallte sich an einen kleinen Strauch auf halber Höhe des Hangs. Als er ihn entdeckte, schoss er sofort.

Mark erwiderte das Feuer.

Harry schrie auf vor Schmerz und ließ los. Wie in Zeitlupe rutschte er den Felshang hinab und verschwand unter Wasser.

Mark kletterte ihm nach und sah sich dabei verzweifelt nach Julie um. Er ließ die Glock fallen, zog Jacke und Schuhe aus und wollte eben ins Wasser springen, als sie mehrere Meter weiter stromabwärts auftauchte. Mit einem Kopfsprung hechtete er ins eisige Nass und schwamm mit kräftigen Zügen auf sie zu, während sie von der Strömung immer weiter in Richtung Flussmitte getragen wurde. Sie versuchte, sich in Rückenlage treiben zu lassen, und strampelte mit den Füßen, um den Kopf über Wasser zu halten.

Sein Herz setzte einen Schlag aus, als sie unterging. Sie tauchte bald wieder auf, aber es war nicht zu übersehen, dass ihre Kräfte schwanden.

Als er sie erreichte, ging sie gerade wieder unter. Er legte ihr mit geübtem Griff eine Hand unter das Kinn und schwamm in Seitenlage auf das Ufer zu.

Als sie die Strömung einmal hinter sich gelassen hatten, erreichten sie innerhalb weniger Sekunden etwa dreißig Meter unterhalb des Felshangs die schlammige Böschung. Mark zog Julie auf die Füße. Sie stapften durch den zähen Schlick und ließen sich kurz darauf erschöpft ins hohe, trockene Gras fallen.

Julie hustete, drehte sich auf den Bauch und erbrach sich. Mark stützte sie besorgt, bis der Brechreiz überwunden war. Im fahlen Mondlicht wirkte ihr Gesicht leichenblass. Er trug sie den Hang hinauf und zog dann die durchweichte Brieftasche aus der Hosentasche. Er fischte ein Miniatur-Taschenmesser heraus und durchtrennte ihre Fesseln. Sie zuckte zusammen, als sie die Arme nach vorn bewegte. Die steifen Muskeln und Bänder schmerzten. Vorsichtig massierte er ihre Handgelenke und Hände.

Aus einiger Entfernung drang ein schmatzendes Geräusch zu ihnen. Der Mond war wieder hinter einem Wolkenband verschwunden, aber Mark konnte dennoch Harrys Gestalt ausmachen. Einen Arm hielt er dicht vor den Körper, als hätte er Schmerzen, während er in der anderen Hand etwas vor sich her trug und auf sie zulief.

Im ersten Moment dachte Mark, Harry hätte sie entdeckt, aber dann erkannte er, dass er vielmehr flüchtete und immer wieder gehetzt über die Schulter sah. Taschenlampenstrahlen glitten nun durch das Unterholz. Polizei. Die Beamten mussten die Schüsse gehört haben. Mark nahm das Handy vom Gürtel und versuchte, sie anzuwählen, aber sein Mobiltelefon hatte das Bad im Fluss nicht überstanden.

Er durfte Harry nicht entkommen lassen.

Und er durfte nicht zulassen, dass er Julie entdeckte. Trotz seiner Verletzung war Harry nach wie vor hochgradig gefährlich. Mark flüsterte Julie zu, sie solle sich im hohen Gras versteckt halten, dann schlich er geduckt die Böschung weiter hinauf, in der

Hoffnung, oben und in Deckung zu sein, bevor Harry ihn entdeckte. Er umfasste den Griff des kleinen Taschenmessers und wünschte, er besäße eine wirkungsvollere Waffe.

Wäre die Wolkendecke nicht aufgerissen, als er eben über den Rand der Uferböschung kletterte, hätte er es schaffen können, aber nun hob er sich als deutlich sichtbare dunkle Silhouette vom vertrockneten Gras ab, ein Schatten, den nicht einmal der flüchtende Harry übersehen konnte.

Er sprintete los.

Kapitel 30

Mark warf sich zu Boden, als Harry sich ihm zuwandte. Harry feuerte.

Die Kugel bohrte sich dicht vor Marks Gesicht in den Boden. Erde spritzte hoch.

»Polizei! Hände hoch!« Der Ruf kam von rechts. Der Strahl einer Taschenlampe fiel auf Harrys Gesicht.

Harry feuerte in Richtung der Lichtquelle.

Jemand schrie auf, und das Licht erlosch.

Mark warf das Taschenmesser und rannte auf Harry zu. Zwar rechnete er nicht damit, dass die kleine Klinge großen Schaden anrichtete, aber das Messer sorgte immerhin dafür, dass Harry sich duckte und nicht genau zielen konnte.

Die Kugel streifte Marks Oberschenkel. Er stürzte sich auf Harry und griff nach der Waffe, die er in der Sekunde zurückstieß, da ein weiterer Schuss fiel.

Die Kugel traf Harry unter dem Kinn. Sein Kopf wurde zurückgeschleudert, und Blut spritzte aus der Einschusswunde, als er zusammensackte und zu Boden sank.

Julie legte auf und nickte dem jungen Polizisten, der ihre Aussagen aufgenommen und sie mit belebendem heißem Kaffee versorgt hatte, dankbar zu. »Andy kann heute Nacht bei Zac bleiben. Seine Mum bringt ihn dann morgen Früh nach Hause«, teilte sie Mark mit.

»Gut. Dann brauchst du heute keine weiteren Fragen mehr zu beantworten. Außerdem möchte ich, dass du dich von einem Arzt untersuchen lässt, vor allem wegen des Schlags auf den Kopf.«

»Ich brauche nur eine heiße Dusche und vierundzwanzig Stunden Schlaf«, entgegnete sie kopfschüttelnd. Das grelle Neonlicht auf dem Revier verursachte ihr Kopfschmerzen, aber das behielt sie lieber für sich. Wenn er sich so schlecht fühlte, wie er aussah, hatte er einen Arzt dringender nötig als sie. Ein Sanitäter hatte seine Wunden verbunden, und Julie ahnte, dass er völlig erschöpft sein musste nach den traumatischen Erlebnissen dieses Tages. Ihr Herz schlug höher angesichts des sorgenvollen Ausdrucks in seinen Augen, als er sie aus der Polizeiwache führte. Am liebsten hätte sie sich an ihn geschmiegt und in seinen Armen alles um sie herum ausgeblendet. Die Stunden der Angst ebenso wie die Probleme, die bislang zwischen ihnen gestanden hatten. Sie wollte endlich ihrer Sehnsucht nachgeben, ihn so rückhaltlos zu lieben, wie es ihren Gefühlen für ihn entsprach. Nach einer ausgiebigen heißen Dusche. Der modrige Geruch, der ihnen seit dem Bad im Fluss anhaftete, war wirklich alles andere als angenehm.

Während der Heimfahrt löcherte Mark Julie mit Fragen zu den Ereignissen der vergangenen Nacht; er wollte genau wissen, was sie fühlte. Julie schien erst nicht zu verstehen, was es mit der Fragerei auf sich hatte, als er jedoch in ihrer Auffahrt parkte, bemerkte sie trocken: »Na, bin ich jetzt erfolgreich detraumatisiert, Herr Doktor?«

Als Julie ihre Wagentür öffnete, wandte er sich ihr lächelnd zu. »War es so offensichtlich?«

Sie lachte kurz. »Eigentlich nicht, aber mir ist irgendwann durch den Kopf gegangen, dass so etwas zu deinem Job dazugehören muss. Ich meine, ich habe viel über das posttraumatische Syndrom gelesen, Mark, und ich habe nicht die Absicht, entsprechende Stresssymptome zu ignorieren. Im Übrigen würdest du mich sowieso beim geringsten Anzeichen zum nächstbesten Seelenklempner schleifen.«

Er musterte sie, wie sie so dasaß in seinem Mantel über dem schmutzigen Pyjama, das dunkle Haar einem Krähennest gleich und die Augen riesig und glänzend in ihrem blassen Gesicht, und da wusste er, dass das Gefühl der Beklemmung in seiner Brust daher rührte, dass er sie mehr liebte, als er je für möglich gehalten hätte, sowie von der Angst, die er um sie ausgestanden hatte.

»Als du geschrien hast, dachte ich, Harry hätte ...« Er vermochte die Gefühle, die ihn in diesem Moment übermannt hatten, nicht in Worte zu fassen.

»Ich habe im Fernsehen gesehen, wie Karateprofis schreien, wenn sie Bretter oder sonst was zerschlagen, und dachte mir, das müsse die Kräfte bündeln oder so was in der Art.« Sie unterdrückte ein Gähnen. »Ich weiß, dass ich vermutlich in Tränen ausbrechen werde, sobald ich mir erlaube, die Ereignisse des heutigen Abends Revue passieren zu lassen, aber da muss ich eben durch. Übrigens gibt es da noch etwas, das ich dir erzählen muss, doch das hat Zeit bis nach der Dusche.«

Kurze Zeit später schaltete Mark im Bad das Licht aus und betrat Julies Schlafzimmer. Sie hatte sich Kissen in den Rücken gestopft und war halb sitzend eingeschlafen.

Sie hatte ihn nicht eingeladen zu bleiben, aber in dieser Nacht würde nichts und niemand ihn davon abhalten, über sie zu wachen.

Mark betrachtete Julies Gesicht, als er am nächsten Morgen an ihrer Seite aufwachte. Er schauderte, als ihm erneut bewusst wurde, dass er sie um ein Haar verloren hätte. Er war schuld, dass sie in Gefahr geraten war, und ihn plagten heftige Schuldgefühle. Sie war immer noch sehr blass mit dunklen Ringen unter den Augen, und eine Wange schimmerte bläulich von einem Bluterguss. Sie wälzte sich unruhig hin und her und murmelte im Schlaf vor sich hin. Er strich ihr über die Stirn und streichelte ganz sacht ihre Wange, wobei er beruhigende Worte flüsterte. Nach einer Weile kam sie zur Ruhe.

Mark sah, wie sie einen Arm ausstreckte, als suchte sie ihn. Er ergriff ihre Hand und hielt sie fest, spürte das Leben in ihr, welches seinem eigenen einen völlig neuen Sinn gegeben hatte.

Ihre Augenlider zuckten. Sie blickte verschlafen zu ihm auf und lächelte. »Wir bekommen ein Baby.«

Mark fühlte sich, als wäre er von einem Lastwagen überrollt worden. Er war wie gelähmt, konnte nicht einmal zucken.

Als hätte sie realisiert, wie schockiert er war, drückte sie seine Hand. Sorgenfalten erschienen auf ihrer Stirn. »Wie … wie stehst du dazu?«

Mark antwortete nicht gleich, sondern nahm sich Zeit, erst seine Gefühle zu erforschen. »Ich bin baff. Aufgeregt. Und ich habe Angst, dass die Strapazen der gestrigen Nacht dem Baby geschadet haben könnten.« Dann brachen sich Gefühle Bahn, die sich seiner Kontrolle entzogen. »Verdammt, Julie, ich bin ja so unendlich dankbar, dass du noch lebst! Ich liebe dich. Ich brauche dich. Ich kann … ich kann mir ein Leben ohne dich nicht mehr vorstellen.« Er zog sie an sich und drückte sie in einer Art und Weise, die mehr aussagte als tausend Worte.

»Du kannst noch nicht weit sein«, sagte er dann, rückte leicht von ihr ab und legte ihr eine Hand auf den Bauch. »Bist du ganz sicher?«

»O ja. Bei Andy hatte ich auch von der ersten Woche an mit Übelkeit zu kämpfen, allerdings wurde die damals nur durch bestimmte Essensgerüche ausgelöst. Diesmal wird mir schon schlecht, sobald ich mich aufrege. Gott sei Dank vergeht die Übelkeit in der Regel nach drei Monaten wieder. Aber meine Brustwarzen sind extrem empfindlich, und es gibt noch eine Reihe anderer Symptome.«

Marks Augen funkelten übermütig. »Extrem empfindlich, ja?«

»Und wie.« Sie riss in gespielter Unschuld die Augen auf. »Du wirst sehr, sehr behutsam mit ihnen umgehen müssen.« Glücklich sah sie, wie er hierauf lächelte und sich die Sorgenfalten glätteten.

»Vielleicht sollte ich sofort anfangen zu üben.« Als er eben den Kopf neigte, um seinen Worten Taten folgen zu lassen, ertönten polternde Schritte auf der Hintertreppe. Ein Schlüssel drehte sich im Sicherheitsschloss.

»Andy«, sagten sie wie aus einem Munde und lächelten einander an, Mark ein bisschen wehmütig.

»Gewöhn dich dran«, meinte Julie lapidar und griff nach ihrem Morgenmantel. »Es gibt kein wirksameres Verhütungsmittel als Kinder im Haus.«

»Es war heute Morgen in allen Nachrichten«, erzählte Andy beim Frühstück eifrig, nachdem er sich vergewissert hatte, dass es seiner Mutter gut ging. »Dass dieser Harry Lee es auf Mum abgesehen hatte, nachdem Grandad wegen des Baumarktes Lees Vater in Schwierigkeiten gebracht hat.« Er schob sich eine Gabel voll Rührei in den Mund.

Julie warf einen Blick auf Mark und wollte etwas fragen, doch er schüttelte kaum merklich den Kopf. »Das ist die offizielle Version«, sagte er. »Politik.«

»Hat Grandad denn nun gelogen wegen der Frösche, Mum?«, wollte Andy wissen.

»Sieht ganz so aus.« Julie registrierte erleichtert, dass ihr Sohn zwar die Stirn runzelte, aber ansonsten nicht weiter betroffen wirkte.

Mark trank seinen Tee aus und erhob sich. »Ich muss zur Arbeit.«

Julie nickte. Er hatte ihr am Vorabend erzählt, dass er seinem Vorgesetzten einiges zu berichten habe. Julie aktiv in seine Ermittlungen einzubeziehen, war nicht vereinbart gewesen, und seine Eigenmächtigkeit hatte sie erst Kenny und dann auch Harry gekostet, ihre einzigen Verbindungsglieder zum Terrorismus-Netzwerk hier vor Ort. Als er sich jedoch einige Minuten später mit einem Kuss von ihr verabschiedete, kam es ihr so vor, als wäre er in Gedanken ganz woanders.

Ruth erfuhr die Neuigkeiten aus dem Radio, während sie eben über dem nächsten Schritt ihres Planes zur Eliminierung Ray Galloways nachsann. Seine Lügen hinsichtlich der gefährdeten Tierart und der hieraus resultierende Baustopp auf dem Gelände des Complete Home Market war in aller Munde, und seine Bloßstellung war ihr eine große Genugtuung. Sie wand sich immer noch innerlich, wenn sie an ihre Scham vor einundvierzig Jahren zurückdachte, an das boshafte Grinsen und die Gier in seinen Augen. Damals hatte die Scham sie fast umgebracht. Später hatte das Leben ihr dann doch noch etwas Glück geschenkt, ihr dieses jedoch schon bald auf brutale Weise wieder entrissen. Nun sollte Ray durchleiden, was sie selbst durchlitten hatte.

Sie hätte nie damit gerechnet, dass Harry Lee versuchen könnte, Julie zu töten. Sie hoffte, dass der Mordversuch Ray zusätzliche Pein bereitet hatte, wenngleich sie dies bezweifelte. Nicht seine Tochter, sondern sein Enkel war sein ganzer Stolz. Nach allem, was Ruth in Erfahrung gebracht hatte, spielte seine Tochter in seinem Leben nur eine untergeordnete Rolle.

Die Hitze war inzwischen unerträglich. Wenn es doch nur endlich regnen würde! Normalerweise zogen die dicht bewaldeten Berghänge Gewitterwolken förmlich an, aber in den letzten Wochen waren diese von den heißen Winden weggeweht worden, bevor sie sich entladen konnten.

Eine Ameisenkolonne auf Nahrungssuche marschierte quer über die Küchenarbeitsplatte. Ruth blickte den Tieren nach, wohl wissend, dass sie nichts finden würden. Sie war als Hausfrau ebenso penibel wie in allem anderen. Um das zu bewerkstelligen, was sie inzwischen erreicht hatte, waren umfangreiches Planen und Liebe zum Detail unabdingbar gewesen. Und nun war der krönende Abschluss ihres Rachefeldzuges endlich in Sicht.

Sie blickte auf den großen Umschlag, den sie gestern aus ihrem Postfach geholt hatte. Absender war der Rechtsanwalt ihrer Eltern. Sie hatte die beiden Jahre nicht mehr gesehen, auch wenn sie sporadisch schriftlich Kontakt zu ihrer Mutter gehalten hatte. Post von ihrem Anwalt verhieß nichts Gutes, und im Augenblick wollte sie sich lieber nicht mit schlechten Nachrichten belasten. Aber der Umschlag wirkte auf sie beinahe anklagend, als wollte er sie dafür strafen, dass sie ihr eigen Fleisch und Blut ignorierte. Mit einem ungeduldigen Seufzen riss sie den Umschlag auf und holte das Anschreiben sowie zwei zusammengefaltete Blätter heraus. Die beiden Blätter legte sie beiseite und las stattdessen den Brief.

Die Nachricht vom Unfalltod ihrer Eltern verursachte nur einen kurzen Stich. Sie hatte schon vor langer Zeit erkannt, dass der Graben zwischen ihnen längst unüberwindbar geworden war. Bei den beiliegenden Dokumenten handelte es sich zweifellos um ihr Testament. Sie rechnete allerdings nicht damit, dass sie ihr irgendetwas von Interesse hinterlassen haben könnten. Ihre Eltern hatten ihr zeit ihres Lebens nie gegeben, was sie gebraucht oder sich gewünscht hatte, warum sollte sich daran mit ihrem Tod etwas ändern?

Sie legte das Anschreiben und die Testamente auf einen kleinen Stapel Korrespondenz auf dem Küchentisch, zerriss den Umschlag in winzige Fetzen und warf diese in den Abfalleimer.

»Ich habe beschlossen, morgen wieder arbeiten zu gehen«, teilte Julie Mark an diesem Abend mit, als sie, ganz ermattet vom leidenschaftlichen Liebesspiel, schläfrig dalagen.

»Meinst du nicht, du solltest noch ein paar Tage damit warten? Du hattest doch noch gar keine Gelegenheit, dich zu erholen.«

»Wenn Ray nicht da ist, wird es schon gehen. Ich möchte die Kollegen nicht hängen lassen.«

»Vor allem Michael, richtig?«

Julie lächelte. »Ja, vor allem Michael. Wir arbeiten an verschiedenen Projekten, und unsere Kunden verlassen sich auf uns. Allerdings werde ich Gaynor meine Kündigung aushändigen. Ich bin sicher, dass sie die Firma auch ohne Ray am Laufen hält.« Julie realisierte, dass sie bereits begonnen hatte, sich mental von ihrem Vater zu distanzieren. Für gewöhnlich hatte sie ihn nur im Büro beim Vornamen genannt. »Wie lange werdet ihr ihn festhalten?«

»Ich würde gerne mehr über seine Verbindung zu Tak Lee erfahren, aber er zeigt sich in diesem Punkt extrem unkooperativ. Er beharrt darauf, dass die Beziehung rein geschäftlicher Natur sei.«

»Vielleicht stimmt das ja auch.«

»Mein Instinkt sagt mir, dass er mir nicht die ganze Wahrheit gesagt hat.« Dieses Gefühl ließ Mark nicht los, seit Ray ihm am Freitag mitgeteilt hatte, der Bau müsse unter allen Umständen pünktlich fertiggestellt werden. Er hasse lose Enden: Für gewöhnlich stolpere man früher oder später darüber.

»Ich wollte eben zu Ray, eröffnete Michael Julie, als sie am Montagmorgen ihr gemeinsames Büro betrat. Er wirkte ungewöhnlich besorgt. »Gaynor sagt, sie weiß nicht, wann er zurück sein wird. Sie war sogar richtig nett zu mir. Das verheißt nichts Gutes.« Er legte die Stirn in Falten. »Hat es vielleicht etwas damit zu tun, dass Mark Talbert in den Mordversuch in der Mall involviert ist? Er ist mehr als nur ein gewöhnlicher Sicherheitsbeauftragter, oder?«

Julie zuckte nur nichtssagend mit den Schultern und schwieg. Obgleich sie sich für ihren Vater schämte und ihn am liebsten niemals wiedersähe, wollte sie ihn nicht ungerechtfertigterweise beschuldigen, in terroristische Machenschaften verstrickt zu sein. Ihr Gesichtsausdruck musste sie jedoch verraten haben.

»Komm schon, Julie. Was weißt du?«, bohrte Michael.

Sie konnte seine Nervosität gut verstehen. Falls GalCorp dichtmachte, würde es für ihn nicht leicht werden, einen neuen Job zu finden. Er besaß zwar Talent und Berufserfahrung, aber sein Alter und fehlende Qualifikationen würden es ihm auf dem Arbeitsmarkt schwer machen. »Ray gilt als Verdächtiger, mehr nicht.«

»Haben sie ihn festgenommen?«

»Nur vorübergehend.«

»Vorübergehend! Julie, wenn es um die innere Sicherheit geht, kann ein Verdächtiger sieben Tage festgehalten werden, und dieser Beschluss kann mehrmals verlängert werden. Das heißt, Ray könnte für eine kleine Ewigkeit hinter Gittern verschwinden.«

Julie wäre beinahe vor Verblüffung die Kinnlade heruntergeklappt. Sie hatte Michael noch nie so nervös erlebt. Genau genommen war Michael in den vergangenen Jahren nie etwas anderes gewesen als die Ruhe selbst. Er hatte sich nicht einmal erkundigt, wie es ihr nach den Ereignissen vom Samstagabend ging. Für jemanden, der für gewöhnlich so aufmerksam war wie Michael, war dies mehr als sonderbar. Auf ihrem Weg in ihr Büro war sie von verschiedenen Angestellten angesprochen worden, die sich ebenso besorgt wie neugierig um sie gezeigt hatten. Jeder hatte versucht, mehr über die bizarrsten Vorfälle seit Bestehen der Firma zu erfahren.

Als wäre ihm sein eigenes Verhalten plötzlich bewusst geworden, veränderte sich Michaels Gesichtsausdruck schlagartig. »Entschuldige, Julie. Das alles ist nur so unfassbar. Ich habe erst heute Morgen in der Firma erfahren, was passiert ist. Wie geht es dir?«

»Nicht allzu schlecht. Allerdings hatte ich gestern Nacht Albträume. Ich habe geträumt, ich würde ertrinken.«

»Du Arme. Ich hole dir eine Tasse Kaffee. Oder möchtest du lieber einen Tee?«

»Tee wäre schön, danke.« Kopfschüttelnd blickte sie ihm nach. Vielleicht durchlebte er ja gerade eine Midlife-Crisis.

Charlie Lewis suchte auf seiner Werkbank nach den Zündkerzen, die irgendwo dort liegen mussten. Als er sie schließlich fand, fiel sein Blick auf eine Visitenkarte unter dem Päckchen, und er hätte sich dafür ohrfeigen mögen, dass er vergessen hatte, Gordon Talberts Sohn anzurufen. Er griff nach dem Hörer, wählte und lauschte der Ansage der Mobilbox. Er legte die Visitenkarte zurück auf die Werkbank. Wozu hatte der Mensch ein Handy, wenn er es nicht einschaltete?

Als Mark das Büro der Agency betrat, erwartete ihn dort McSwains dringende Bitte um sofortigen Rückruf. Wenn McSwain ihn auf dem Handy erreicht hätte, hätte er wohl inzwischen Blasen an den Ohren. Vielleicht war das ja ein guter Grund, sich im Augenblick kein zweites Mobiltelefon anzuschaffen.

McSwain war kein Mann leerer Drohungen. Als er auflegte, wusste Mark, dass seine Karriere am seidenen Faden hing. Zwar traf ihn das in seinem Stolz, doch es bedrückte ihn nicht halb so sehr, wie es früher der Fall gewesen wäre.

Eine E-Mail seines Kontaktmannes beim Polizeihauptquartier traf ein. Die Nachricht enthielt Ruth Bellamys Geburtsdatum, Einzelheiten zu ihrem schulischen und beruflichen Werdegang als Krankenschwester sowie zwei Jahren Auszeit wegen starker Depressionen. Hiernach riss der Informationsstrom abrupt ab, als wäre sie vor zwanzig Jahren spurlos von der Bildfläche verschwunden. Nirgendwo war mehr ein Foto der Frau aufgetaucht. Bei der Abschlussfeier ihrer Schule hatte sie ebenso durch Abwesenheit geglänzt wie bei jedem späteren Fototermin.

Julie verließ das Büro am Mittag. Sich im nahe gelegenen Einkaufszentrum die aktuelle Umstandsmode anzusehen, war auf jeden Fall angenehmer, als sich noch mehr Fragen der Kollegen zu stellen. Bei ihrer Rückkehr lag auf ihrem Schreibtisch eine Nachricht von Michael, der zu einem Außentermin gefahren war, um sich eine Anzeigetafel anzusehen, die von einem Kunden beanstandet worden war.

Der Nachmittag zog sich hin. Glücklicherweise hatte sie reichlich Arbeit und war entsprechend beschäftigt. Trotzdem drangen immer wieder Erinnerungsfetzen an Harry Lee und die grauenhaften Sekunden in der Schwärze des Flusses an die Oberfläche. Aber sie schob diese Gedanken entschieden beiseite. Es war ihre eigene Entscheidung gewesen, die Initiative zu ergreifen, um zu verhindern, dass Harry Mark erschoss. Und sie hegte keinerlei Zweifel an der Richtigkeit dieser Entscheidung.

Um halb drei klingelte das Telefon. Der Direktor von Andys Schule teilte ihr mit, dass er selbst und die Lehrkräfte sich um Andys und ihre Sicherheit sorgten, und sagte ihr in diesen schweren Zeiten seine volle Unterstützung zu.

Sie dankte ihm und schnappte gleich darauf entsetzt nach Luft, als er hinzufügte, Andy würde ganz sicher Starstatus genießen, wenn er aus der Schutzhaft zurückkäme.

»Wieso Schutzhaft? Wovon sprechen Sie?«

»So hat es die Beamtin bezeichnet, die hier war, um Andy abzuholen«, entgegnete der Direktor plötzlich unsicher. »Sie sagte, es sei mit einem Racheakt wegen Harry Lees Tod zu rechnen, und Sie und Andy würden vorübergehend in Schutzhaft genommen. Wir hätten ihn selbstverständlich nicht gehen lassen, wenn die Beamtin nicht in Uniform gewesen wäre und sich nicht als Polizistin hätte legitimieren können.«

»Was für eine Beamtin?«, fragte Julie gepresst.

»Senior Sergeant Ruth Bellamy.«

Kapitel 31

Julie knallte den Hörer auf die Gabel. Ihr war schwindelig, und ihr Magen rebellierte. Sie versuchte, den Brechreiz zu unterdrücken, indem sie die Tischkante umklammerte und langsam mehrmals hintereinander tief ein- und ausatmete.

Ruth Bellamy hatte Andy in ihrer Gewalt! Die Worte hallten unablässig in ihrem Kopf wieder. Ruth Bellamy, die Frau, die ihr eigener Vater vergewaltigt hatte. Die Todd vergewaltigt hatte. Und Eric. Die Frau, die systematisch ihre Peiniger von damals auslöschte, einen nach dem anderen. Die Frau, die offenbar Rache nehmen wollte am Urheber des damaligen Verbrechens, indem sie den einzigen Menschen entführte, den dieser wirklich und wahrhaftig liebte.

Mark! Er würde wissen, was zu tun war. Sie griff nach dem Hörer und tippte mit zitternden Fingern seine Nummer ein, ehe ihr einfiel, dass sein Handy ja nicht mehr funktionierte. Sie betete, dass er sich zwischenzeitlich ein neues zugelegt hatte.

Eine Ansage teilte ihr mit, dass der Teilnehmer, den sie angewählt hatte, nicht erreichbar sei. Julie legte zornig auf.

Zum Teufel mit seiner Geheimniskrämerei! Sie hatte keinen Schimmer, wie sie ihn kontaktieren sollte.

Das Telefon läutete. Sie nahm schon nach dem ersten Klingeln ab. »Hallo?«

»Ich habe Ihren Sohn, Julie Evans.«

Diesmal gelang es Julie nicht, den Brechreiz niederzuringen.

Ohne den Telefonhörer loszulassen, erbrach sie sich in den Papierkorb.

»Mein Name ist Ruth Bellamy«, fuhr die tiefe, etwas heisere weibliche Stimme fort, sobald Julie aufhörte zu spucken. »Vor langer Zeit hat Ihr Vater mich verletzt. Zutiefst verletzt. Jetzt soll er dafür büßen und leiden, wie ich gelitten habe.«

»Bitte tun Sie Andy nicht weh«, flehte Julie gepresst. »Er ist doch unschuldig. Was mein Vater Ihnen angetan hat, ist unverzeihlich, Ruth, aber Sie können doch nicht Andy benutzen, um sich Genugtuung zu verschaffen. Bitte. Ich flehe Sie an, tun Sie ihm nichts zuleide!«

Hierauf folgte eine lange Pause. »Woher wissen Sie, was Ihr Vater getan hat?«

»Ich habe erst am Freitag davon erfahren. Es macht mich ganz krank zu wissen, dass mein eigener Vater zu so etwas fähig war.«

»Dann dürfte es Ihnen ja nicht schwerfallen, dafür zu sorgen, dass Ray zu mir kommt, im Austausch gegen Ihren Sohn.«

»Das geht nicht. Er ist in Untersuchungshaft. Ich weiß nicht einmal, wo genau er festgehalten wird.«

»Aber Sie kennen jemanden, der es weiß. Am Straßenrand gleich hinter dem »Maiala Restaurant« auf dem Mount Glorious stehen ein paar Bäume. Dort werde ich auf Ray warten. Sagen Sie ihm, er soll allein kommen. Wenn ich in der Nähe einen Polizisten erblicke, sehen Sie Andy nie wieder. Und keine Tricks! Ich werde Andy nicht zum Treffpunkt mitbringen. Sollte mir etwas zustoßen, wird man ihn niemals finden. Halten Sie sich das vor Augen, Julie. Wie Ihr Kind hilflos daliegt und qualvoll verhungert. Und Sie können nichts für es tun. Ich warte bis fünf, keine Minute länger.«

Bevor Julie hierauf etwas erwidern konnte, wurde die Leitung unterbrochen.

Eine volle Minute saß sie da wie gelähmt, zu nichts anderem fähig als dazu, gegen die Panik anzukämpfen, die drohte, sie um den Verstand zu bringen. Dann sprang sie von ihrem Stuhl auf und rannte zum Empfang.

»Der Anruf, den Sie gerade zu mir durchgestellt haben ... Haben Sie die Nummer notiert?«, fragte sie die Dame am Empfangsschalter.

»Bedaure, Julie, der Anruf kam von einem Münzfernsprecher. War es wichtig?«

Wortlos wandte Julie sich um und kehrte zurück in ihr Büro. Die Verzweiflung lastete tonnenschwer auf ihren Schultern.

Während der folgenden fünfzehn Minuten wanderte ihre Hand dreimal zum Telefon, die Nummer der Polizeiwache im aufgeschlagenen Telefonbuch dick umrandet. Dreimal zog sie die Hand zurück, weil sie vor ihrem geistigen Auge sah, wie der gefesselte Andy langsam und qualvoll verhungerte. Auch wenn es der Polizei gelang, Ruth Bellamy lebend zu fassen, war das noch keine Garantie dafür, dass sie Andys Versteck rechtzeitig – oder überhaupt jemals – preisgab.

Julie verfluchte ihren Vater für das, was er getan hatte, für das ganze Leid, das er anderen im Laufe seines Lebens zugefügt hatte.

Sie schimpfte auf Mark, der sich noch kein neues Telefon zugelegt und sich bisher nicht gemeldet hatte, der ... Nun konnte sie auch die Tränen nicht länger zurückhalten und schluchzte vor Anspannung, Wut und Verzweiflung. Schließlich trocknete sie mit einem Papiertaschentuch die Tränen und putzte sich die Nase. Wenn sie es nicht schaffte, Ruth Bellamy und ihren Vater zusammenzubringen, würde sie eben persönlich mit der Frau sprechen, in der Hoffnung, sie dahingehend erweichen zu können, dass sie ihren Sohn verschonte.

Gaynor blickte ihr stirnrunzelnd entgegen, als sie ihren Schreibtisch ansteuerte.

»Wo ist Rays Wagen?«, fragte Julie knapp.

»Das geht Sie nichts an«, entgegnete Gaynor ebenso barsch.

Julie musste sich beherrschen, um der Frau nicht ins Gesicht zu schlagen. Stattdessen beugte sie sich vor und hielt ihr Gesicht ganz dicht vor Gaynors. »Ray Galloway ist mein Vater. Ich bin soeben von einer Frau angerufen worden, die meinen Sohn entführt hat und droht, ihn umzubringen, wenn Ray nicht bis fünf Uhr am »Maiala Restaurant« auf dem Mount Glorious ist. Andy, mein Sohn und somit Rays Enkelsohn, ist der einzige Mensch auf der ganzen Welt, der Ray etwas bedeutet. Sollte ihm etwas zustoßen, wird Ray jeden vernichten, der dafür mitverantwortlich ist.«

Gaynor setzte zu einer Erwiderung an, brachte jedoch keinen Ton hervor. Julie hatte noch nie ein so schockiertes Gesicht gesehen wie jenes ihres Gegenübers in dieser Sekunde. »Ich kann mich nicht an die Polizei wenden«, fuhr Julie fort, wobei sie betont langsam und deutlich sprach, »weil ich damit Andys Leben nur zusätzlich gefährden würde. Ray ist in Untersuchungshaft. Ich muss zu dieser Frau und sie um Aufschub bitten, aber sie wird sich nur zeigen, wenn sie davon ausgeht, dass Ray am vereinbarten Treffpunkt erschienen ist. Ich muss mit seinem Wagen hinfahren, um sie in Sicherheit zu wiegen.«

»Der Wagen steht bei mir zu Hause«, entgegnete Gaynor, die sich wieder ein wenig gefangen hatte. Sie öffnete die unterste Schublade des Aktenschranks und holte ihre Handtasche heraus. »Das ist ein Zweitschlüssel zu meiner Wohnung.« Sie kritzelte eine Adresse auf einen Zettel. »Rays Wagenschlüssel hängen an einem Haken über der Küchenarbeitsplatte. Kann ich irgendwie helfen?«

Julie, die bereits den Ausgang ansteuerte, warf ihr über die Schulter hinweg einen Blick zu. »Falls Mark Talbert anrufen sollte, sagen Sie ihm, was passiert ist. Er soll mich auf meinem Handy anrufen. Darüber hinaus können wir nur beten.«

Ray fuhr einen schwarzen Wagen mit getönten Scheiben. Julie hoffte, dass Ruth den Fahrer erst würde erkennen können, wenn sie in Rufweite war. Sie holte die Schüssel aus Gaynors Wohnung und wollte eben die Tür hinter sich zuschlagen, als ihr Blick auf einen Mantel an der Garderobe fiel. Der Mantel gehörte Ray. Ihr kam ein verrückter Gedanke, und sie nahm den Mantel vom Haken.

Mark hatte Weisung erteilt, dass Ray in Einzelhaft bleiben sollte. Zwar sollte er ordentlich verpflegt werden, aber bis auf Weiteres durfte er mit niemandem sprechen. Er hatte gehofft, diese Maßnahme würde Ray aus der Ruhe bringen und zu einer Aussage über Tak Lee bewegen. Nun hatte er noch ein weiteres Druckmittel in der Hand.

Er ließ Ray ins Verhörzimmer bringen.

»Und was kommt als Nächstes?«, fragte Ray spöttisch, als er Mark gegenüber Platz nahm. »Daumenschrauben und Bambusspieße unter die Fingernägel? Meine Zigarren habt ihr ja schon kassiert.«

»Harry Lee ist tot. Er hat Samstagabend Julie entführt und wurde bei der Befreiungsaktion erschossen«, entgegnete Mark und sah, wie Ray seitlich auf seinem Stuhl wegsackte. Innerhalb von Sekunden wich ihm alle Farbe aus dem Gesicht.

Craig Sharpie, der Beamte, der Ray hergebracht hatte, eilte an seine Seite, aber Ray stieß ihn unsanft zurück. »Ich bin so gut wie tot. Tak Lee wird dafür sorgen, dass ich nicht mehr lange lebe. Ich habe nicht den Hauch einer Chance.«

Mark entging nicht, dass er sich mit keinem Wort nach Julie erkundigte. »Wirklich rührend, deine väterliche Sorge um deine Tochter, Ray.«

»Jetzt ist sowieso alles egal. Tak Lee wird sie vermutlich ebenfalls eliminieren. Harry war sein Ein und Alles, sein ganzer Stolz.«

»Dann hilf uns, ihn unschädlich zu machen. Erzähl uns, was du weißt.«

Ray zuckte die Schultern. »Warum nicht? Ich habe nichts mehr zu verlieren.« Er hob die linke Hand. »Siehst du diese Narbe? Die habe ich Tak Lee zu verdanken. Anne – du erinnerst dich doch an meine Exfrau? –, sie hat ihn an der Universität kennengelernt. Er tat ihr leid. Sie dachte, er wäre einsam, und brachte ihn zum Essen mit nach Hause. Wir waren sofort auf einer Wellenlänge, hatten die gleichen Ziele. Dachte ich zumindest.« Er schnaubte. »Ich hatte eine Affäre. Meine Freundin setzte mich unter Druck, mich von Anne scheiden zu lassen und sie zu heiraten. Ich sagte ihr, das könne sie sich aus dem Kopf schlagen.«

»Dazu war dein Schwiegervater viel zu wohlhabend und einflussreich, nicht wahr?«, bemerkte Mark. »Ich kann mir gut vorstellen, dass du deinen Goldesel nicht vor den Kopf stoßen wolltest.«

»Ich habe mehr Geld angehäuft, als er je besessen hat«, knurrte Ray.

»Und was hat jetzt Tak Lee mit der Sache zu tun?«

»Als Anne über ein Wochenende verreist war, bedrängte mich meine Geliebte wieder, und ich warf sie raus. Später am Abend zog ich mit Tak Lee um die Häuser. Als ich nach Hause kam, lag die Frau im Wohnzimmer auf dem Fußboden. Sie war durch ein Fenster eingestiegen und hatte sich die Pulsadern aufgeschnitten. Alles war voller Blut. Ich wollte sie ins Krankenhaus bringen, aber Tak meinte, dass dann Anne von meinem Techtelmechtel erfahren würde. Er packte sie beim Kopf und ...« Er schluckte bei der Erinnerung. »... er brach ihr das Genick.«

»Scheiße!« Craig Sharpie war sichtlich erschüttert. »Warum zum Teufel hat er das getan?«

Ray holte tief Luft. Von seiner anfänglichen Arroganz war nichts mehr zu sehen. Er saß zusammengesunken auf seinem Stuhl und schien mit jeder Minute sichtlich zu altern. »Er meinte, sie hätte sich zum Dauerproblem entwickelt, und Probleme müsse man lösen. Endgültig.«

»Was habt ihr mit der Leiche gemacht?«

»Ich war ziemlich betrunken. Ich stand einfach da wie gelähmt und habe versucht, das alles zu begreifen. Tak schlug mir ins Gesicht und wies mich an, sie in einen Müllsack zu stecken. Ich wollte wissen, wie ich das viele Blut erklären sollte. Da holte er eine Bierflasche, zerschlug sie an der Couchtischkante und rammte mir den scharfkantigen Flaschenhals in die Hand. Anschließend wickelte er mir ein Handtuch um die verletzte Hand, und wir trugen die Tote zum Wagen. Wir haben sie auf einer meiner Baustellen verscharrt. In einer Baugrube, die eine Woche später mit Beton ausgegossen werden sollte. Anschließend fuhr er mich ins Krankenhaus, wo meine Wunde genäht wurde.«

»Hast du ihn danach noch mal wiedergesehen?«

Ray schüttelte den Kopf. »Sein Gaststudium endete nur wenige Wochen später, und ich hörte nichts mehr von ihm – bis er wegen des Home-Market-Projektes Kontakt zu mir aufnahm. Er sagte, er hätte meinen Werdegang verfolgt und wisse, dass ich alles tun würde, damit das Projekt auch pünktlich fertiggestellt werde.«

»Und wenn nicht …«

»Mir war klar, welche Konsequenzen das haben würde. Eine andere Baufirma hätte sich vermutlich nicht so leicht überzeugen lassen.« Er ließ sich in seinem Stuhl zurücksinken. »Aber das spielt jetzt alles keine Rolle mehr.«

»Wenn du uns den Namen der Frau nennst und alle Einzelheiten, an die du dich noch erinnern kannst, zu Protokoll gibst, gelingt es uns vielleicht, Tak Lee hinter Gitter zu bringen. Dadurch wäre er in seiner Handlungsfreiheit immerhin stark eingeschränkt.«

Ray schien zwar nicht überzeugt, nickte aber. Mark wollte ihn zudem noch fragen, weshalb er damals Ruth Bellamy vergewaltigt hatte. Nach allem, was Charlie ihm erzählt hatte, waren die Umstände, die zu dem Verbrechen geführt hatten, irgendwie merkwürdig. Allerdings rechnete er nicht damit, dass Ray sich zu dieser brutalen Tat bekannte, schon gar nicht in Anwesenheit von Craig Sharpie.

Die Verkäuferin war ein wenig verwirrt, aber zuvorkommend, als Julie nach dem Erwerb einer silberweißen Perücke eine Schere bei ihr borgte und darum bat, den Mülleimer benutzen zu dürfen. Als Julie anfing, an dem Haarteil herumzuschnippeln, um den vollen Haarschopf ihres Vaters zu imitieren, schmunzelte die Angestellte. »Sie hätten mir gleich sagen sollen, dass Sie sich verkleiden möchten. Soll ich das Haar für Sie schneiden? Ich habe ein Jahr lang eine Friseurlehre gemacht.«

Julie nickte dankbar und setzte sich die Perücke auf. »Das Haar muss voll bleiben, aber ich brauche einen Männerhaarschnitt.«

Einige Minuten später schlüpfte sie in Rays Mantel und fuhr, so schnell sie konnte, in Richtung Mount Glorious. Das Haarteil hatte zwar nicht viel Ähnlichkeit mit Rays Frisur, doch wenigstens stimmten Farbe und Länge in etwa überein. Am frühen Nachmittag hatte sich der Himmel zugezogen, und als sie Samford Village erreichte, zuckten, begleitet von dumpfem Donnergrollen, die ersten Blitze über den Berg. Urplötzlich setzte Regen ein, so heftig, dass er ihre Sicht deutlich einschränkte und sie auf der tückischen Bergstraße nur sehr langsam fahren konnte. Als sie das »Maiala Restaurant« erreichte und auf dem Grasstreifen unter den Bäumen parkte, goss es längst wie aus Kübeln. Der Parkplatz vor dem niedrigen Blockhaus lag verlassen da, und obgleich mehrere Autos talwärts vorbeigefahren waren, war nun auch die Straße gespenstisch leer.

Minuten verstrichen. Julie schlug das Herz bis zum Hals. Sie versuchte, sich zur Ruhe zu zwingen, aber vergeblich. Inzwischen war sie überzeugt davon, dass Ruth hinter den Morden an Rays alten Freunden steckte. Eric, Todd, Gordon und möglicherweise auch Ethan. Sie würde Andy leben lassen, solange er ihr als Köder für Ray von Nutzen war, aber was dann? Hinzu kam, dass hinter ihren durcheinanderwirbelnden Gedanken noch etwas an ihr nagte. Etwas Wichtiges, es wollte ihr nur nicht einfallen. Nach einer Weile legte sie die Hände auf das Lenkrad und ließ die Stirn darauf sinken, immer noch verzweifelt gegen die Furcht ankämpfend, die mit jeder Sekunde wuchs.

Die Fahrertür wurde aufgerissen.

Julie fuhr herum.

Eine Gestalt stand vor ihr, und unter dem offenen Regenmantel sah sie eine Pistole. Der Lauf war auf sie gerichtet.

Als Julie den Blick auf das Gesicht unter dem Regenhut richtete, fiel es ihr wie Schuppen von den Augen. Das nagende Gefühl, das sie während der gesamten Fahrt nicht losgelassen hatte, das Gefühl, dass irgendetwas nicht stimmte, hatte sie nicht getrogen. Der Schock traf sie wie ein Schlag in die Magengrube, und ihr wurde speiübel.

Kapitel 32

Mark sah auf die Uhr. Viertel nach vier. Eigentlich müsste er noch bleiben und prüfen, ob die Befragungen in Chinatown schon irgendetwas Neues ergeben hatten. Er könnte auch den alten Chinesen verhören: Inzwischen müsste er sich von seinem Schwächeanfall erholt haben. Vielleicht erinnerte er sich an irgendetwas, das Harry gesagt hatte und Aufschluss geben könnte über seine Hintermänner. Aber er wollte zu Julie, wollte sich davon überzeugen, dass es ihr gut ging. Er sah auf sein defektes Handy. Er hätte sich längst eine neue SIM-Karte besorgen und prüfen sollen, ob das Handy noch funktionierte.

Stattdessen griff er zum Schnurtelefon, wählte die Nummer von GalCorp und bat darum, mit Julie verbunden zu werden. Die Dame in der Zentrale entgegnete, sie werde ihn zu Gaynor durchstellen. Mark zügelte seinen Ärger und wartete. Gaynor meldete sich sofort, und die Worte sprudelten nur so aus ihr hervor. Mark lauschte mit wachsendem Entsetzen und entlockte ihr so viele Einzelheiten wie nur möglich, ehe er auflegte, um sofort Julie auf dem Handy anzurufen. Sie meldete sich nicht. Er versuchte es noch mal, und diesmal meldete sich eine fremde Stimme.

»Wer sind Sie?«, fragte Mark gepresst.

Die Stimme lachte leise. »Ruth Bellamy. Julie hat mir erzählt, dass Sie mein schmutziges kleines Geheimnis aufgedeckt haben, Mark Talbert. Es muss ein Schock für Sie gewesen sein, zu erfahren, dass der Vater, den Sie so verehrt haben, tatsächlich nur ein elender kleiner Feigling war. Wenngleich ich ihm zugestehen muss, dass er am Ende einigen Mut bewiesen hat. Im Gegensatz zu Ethan. Wenn Sie Ray Galloway allerdings nicht innerhalb der nächsten Stunde zum »Maiala Restaurant« bringen, sehe ich mich gezwungen, Andy zu beseitigen. Und Julie. Das heißt, Sie würden auch *Ihr* Kind verlieren.«

Die Verbindung brach ab.

Mark erhob sich steif, den Telefonhörer noch in der Hand. Nackte Angst schoss wie Eiswasser durch seine Adern. Er hatte die Polizeifotos seines toten Vaters gesehen und wusste, mit welcher Brutalität Ruth Bellamy das Messer eingesetzt hatte. Und nun waren Julie und Andy in ihrer Gewalt.

Er knallte den Hörer auf die Gabel und griff nach seinem Mobiltelefon. Mit großen Schritten hastete er zurück zum Verhörzimmer. Er tippte den Zugangscode in den Kontrollkasten neben der Tür ein, trat ein und warf sein Handy Craig zu, der eben Rays Aussage auf dem Laptop protokollierte. »Ich möchte eine neue SIM-Karte und ein funktionierendes Telefon. Jetzt gleich!«

»Aber das …« Craig warf einen Blick auf Marks Gesicht und kam offenbar zu dem Schluss, dass es klüger war, seiner Anweisung widerspruchslos Folge zu leisten.

Mark wartete, bis Craig den Raum verlassen hatte, dann packte er Ray beim Kragen und zog ihn auf die Füße. »Ruth Bellamy hat Andy und Julie entführt, und ich habe genau eine Stunde Zeit, dich elenden Mistkerl zu ihr zu bringen, bevor sie die beiden umbringt.«

»Ruth Bellamy!«, krächzte Ray verdattert. »Aber das ist …«

»Ja, es ist einundvierzig Jahre her, dass du sie vergewaltigt hast und deine Kumpel gedrängt hast, sich ebenfalls an ihr zu vergehen. Ich will wissen, warum. War es eine Mutprobe? Hast du sie ausgewählt, weil sie die Neue war? Hat sie dir etwas getan?« Er stieß Ray zurück auf seinen Stuhl. »Was könnte Ruth Bellamy dir angetan haben, Ray, das solche Rachsucht in dir ausgelöst hat?«

»Sie bedroht Andy?«

»Und Julie. Also, ich höre. Warum hast du Ruth vergewaltigt?«

»Es war nicht geplant. Es ist einfach passiert.«

»Du hast deine Kumpel zu dem Wäldchen bestellt, in dem du dann ein dreizehnjähriges Mädchen überwältigt und vergewaltigt hast. Und du willst mir weismachen, das sei einfach so passiert?« Marks Angst um Julie und Andy schlug in lodernden Zorn auf den Mann um, der dafür verantwortlich war, dass die beiden jetzt in Lebensgefahr schwebten.

»Ich wollte nur sehen, ob das, was meine Schwester mir erzählt hatte, stimmte. Und als ich es dann sah ... hat es mich erregt. Ich habe die Kontrolle verloren.«

»Was hat deine Schwester dir erzählt?« Mark verlor langsam, aber sicher die Geduld, doch die Information war wichtig für sein weiteres Vorgehen.

»Dass Ruth Bellamy einen Schwanz habe.«

»Wie bitte?«

»Meine Schwester hat Ruth auf der Toilette überrascht, weil die Kabinentür defekt war. Sie sagte, Ruth hätte einen Schwanz und Eier. Das wollte ich mir mit eigenen Augen ansehen. Es stimmte. Sie war beides. Männlich und weiblich.«

»Ein Hermaphrodit. Und du hast sie vergewaltigt.«

»Ich war fasziniert. Ich hatte mich schon öfter gefragt, ob ich vielleicht ...«

»Was, Ray? Ob du schwul wärst? Und da hast du sie vergewaltigt, um deinen Freunden zu beweisen, dass du es nicht bist?«

»Ich war nie schwul! Das waren nur Fantasien ... Ich hatte damals noch nie mit einem Mädchen geschlafen, ich ...«

Mark hatte genug gehört. Er zog Ray unsanft auf die Füße. »Du kommst mit mir, damit Julie und Andy freikommen.«

Ray starrte ihn entsetzt an. »Du willst mich Ruth Bellamy ausliefern? Sie wird mich umbringen.«

»Im Augenblick würde ich dich auch Osama bin Laden persönlich ausliefern, wenn ich damit Julie und Andy retten könnte.« Er zerrte Ray zur Tür, gab den Sicherheitscode ein und verließ mit ihm das Verhörzimmer. Sie folgten dem Flur, bogen um eine Ecke und blieben abrupt stehen.

Kapitel 33

Drei Männer versperrten ihnen den Weg. Craig Sharpie, ein weiterer Agent und McSwain.

»Sie haben doch wohl nicht vor, Mr. Galloway aus der U-Haft zu entlassen, oder, Mark?«, fragte McSwain.

Mark erläuterte ihm knapp die Umstände und hoffte, dass sein Vorgesetzter Verständnis dafür aufbrachte, dass er nicht nur Ray an Ruth Bellamy ausliefern, sondern darüber hinaus dafür sorgen wollte, dass er selbst, Julie und Andy die Begegnung wohlbehalten überstanden. Stattdessen wandte McSwain sich an den anderen Agenten. »Bringen Sie Mr. Galloway zurück ins Verhörzimmer und sorgen Sie dafür, dass er auch dort bleibt. Ich habe da noch ein paar Fragen. Unser Gast wird bestimmt die Güte besitzen, sie mir zu beantworten.«

Als sein Kollege Rays Arm packte, protestierte Mark und versuchte, McSwain von der Dringlichkeit der Situation zu überzeugen.

»Entführung ist Sache der Polizei, Talbert, und ich bin nicht gewillt, das Leben unseres einzigen Kontaktmannes zu einem mutmaßlichen Terroristen aufs Spiel zu setzen. Ich ziehe Sie sofort von dem Fall ab. Sie sind bis auf Weiteres suspendiert.« Er wandte sich Craig Sharpie zu. »Sorgen Sie dafür, dass Agent Talbert das Gebäude verlässt.«

Mark wog in Gedanken seine Chancen ab, die anderen Agenten außer Gefecht zu setzen und mit Ray zu flüchten, kam jedoch zu dem Schluss, dass dieses Vorhaben zum Scheitern verurteilt wäre. Stattdessen steuerte er sein Büro an, Craig dicht auf den Fersen. Er nahm seine Glock aus der Schreibtischschublade, steckte sie in das Holster an seinem Gürtel und zog seine Jacke über.

»Ihr Handy ist fertig.« Craig fischte es aus der Tasche und reichte es Mark. »Ich wünschte, ich könnte Ihnen helfen, aber …«

Mark kam ein Gedanke, doch er wusste, dass sich der Plan nur dann realisieren ließ, wenn er sich außerhalb von McSwains Einflussbereich befand. Er packte seinen Laptop ein und verließ das Gebäude.

Regen trommelte auf das Dach des kleinen Häuschens. Julie beobachtete wie gebannt, wie die Brust ihres Sohnes sich gleichmäßig hob und senkte. Er lag schlafend auf dem Sofa, die Hände vor der Brust gefesselt. »Was hast du ihm gegeben, Michael?«

»Mein Name ist Ruth!«

Die ruhige, angenehme Stimme, die Julie in den vergangenen fünf Jahren so vertraut geworden war, klang schroff und hart vor Zorn, und die Waffe in seiner Hand zitterte vor Anspannung. Julie betrachtete die lange braune Perücke und das dick aufgetragene Make-up, das seine männlichen Züge verbergen sollte, das rosa Sommerkleid, unter dem sich kleine Brüste deutlich abzeichneten, und das von der Taille an lose saß, um den unteren Teil seiner Anatomie zu überspielen, die schmalen altmodischen Sandalen. In der Sekunde, in der die Wagentür aufgerissen worden war, hatte Julie erkannt, was sie die ganze Zeit gestört hatte. Nur Michael konnte wissen, dass Mark über Rays Verbleib informiert war. Sie selbst hatte es ihm gesagt.

»Tut mir leid, Ruth. Für mich ist es nur etwas gewöhnungsbedürftig, immerhin habe ich dich einige Jahre als Michael gekannt.«

»Mir waren nur vier Jahre mit ihm vergönnt«, entgegnete Ruth wehmütig.

Julie konnte nicht klar sagen, wer Michael und wer Ruth war, offenbar war aber Ruth die dominantere der beiden Persönlichkeiten. Vielleicht war sie ja auch nur in die Rolle eines durchaus realen Michael geschlüpft. »Wer ist Michael Devine, Ruth?«

Hierauf eilte Ruth ins angrenzende Schlafzimmer und holte eine gerahmte Fotografie von der Kommode. Sie schob den Stapel Papiere auf dem Tisch zur Seite und stellte das Foto vor Julie hin. Julie hob die Hände und zuckte zusammen, als das Seil, mit dem ihre Handgelenke gefesselt waren, schmerzhaft auf der nackten Haut scheuerte. Sie griff nach dem Foto und hielt es sich vor das Gesicht. Als Erstes betrachtete sie die Frau, die neben einem jungen Mann stand. Ruth. Sie hatte noch die gleiche Frisur, nur das Gesicht wirkte irgendwie anders. Mindestens zwanzig Jahre jünger und deutlich weiblicher. Der Mann war sehr dürr, aber das schien nicht seine normale Statur zu sein. Vielmehr wirkte er krank und ausgezehrt. Doch auf seinem freundlichem Gesicht lag der gelassenste, friedlichste Ausdruck, den Julie je an einem Menschen gesehen hatte. Es erinnerte sie an den Michael, mit dem sie all die Jahre eng zusammengearbeitet hatte, ebenden Michael, der nun als Ruth verkleidet vor ihr stand.

»Wir lernten uns kennen, als ich noch als Krankenschwester in Melbourne gearbeitet habe. Er war von einer Gang Homosexuellenhasser zusammengeschlagen worden. Michael war schwul. Ich verliebte mich in ihn.«

»Das war bestimmt ...« Julie suchte nach einem unverfänglichen Wort. »... schwierig für euch beide.«

»Nur am Anfang.« Ruth lächelte, und ihre Züge wurden schlagartig weicher, sodass sie jener Ruth auf dem Foto gleich viel ähnlicher sah. »Bis er erkannte, dass ich ihm alles geben konnte, was er brauchte.«

Julie musste die Verwirrung anzusehen gewesen sein. Ruth lächelte schief. »Ich bin Hermaphrodit, Julie. Ich besitze männliche wie auch weibliche Genitalien. Für Michael konnte ich alles sein, was er sich wünschte. Er war wie ich, verstehst du, er war auch anders. Er war homosexuell und verdiente seinen Lebensunterhalt als Dragqueen. Allerdings schämte er sich im Gegensatz zu mir nicht dafür. Er akzeptierte sich so, wie er war. Und er akzeptierte mich so, wie ich war.« Ihr Gesichtsausdruck verhärtete sich wieder. Verbittert fuhr sie fort. »Etwas, wozu meine Eltern nie in der Lage waren. Sie meinten, ich wäre Gottes Strafe für ihre sündige Verbindung. Sie waren Cousins ersten Grades, verstehst du.«

»O Ruth, das tut mir so leid«, entfuhr es Julie ganz spontan.

Ruth schaute sie überrascht an. »Ich habe dich immer gemocht, Julie. Du bist ganz anders als dein Vater. Joshua hätte dich gern als Schwester gehabt.«

»Joshua?«

Wieder ging Ruth zur Kommode und kehrte mit einem gerahmten Foto zurück. Julie hätte die Fotografie, die Ruth ihr in die Hand drückte, beinahe fallen lassen vor Schreck. Das Bild zeigte Andy. Zumindest sah der Junge darauf ihrem Sohn so ähnlich, als wäre er sein Zwilling oder doch zumindest sein Bruder. Die gleichen Gesichtszüge und die gleiche Haarfarbe, die auch Andy von Rays Mutter geerbt hatte.

»Nach diesem Foto habe ich keine weiteren mehr gemacht«, fuhr Ruth mit trauriger Stimme fort. »Nicht mehr, nachdem sein Körper begann, sich zu verformen und er zum Krüppel wurde. Ich konnte es nicht fassen, als die Ärzte Muskelschwund diagnostizierten. Er war doch noch so jung! Darum wollte ich auch Ärztin werden, um ein Heilmittel zu entwickeln. Mein Schulabschluss hat allerdings nur für eine Ausbildung zur Krankenschwester gereicht.«

»Er sieht aus wie Andy.«

»Daher weiß ich auch, dass Ray sein Vater war.«

Wie die bunten Glassplitter in einem Kaleidoskop fügten sich die einzelnen Teile zu einem Bild zusammen. »Er hat dich bei der Vergewaltigung geschwängert«, sagte Julie.

»Ja, und bis ich Andy das erste Mal gesehen habe, wusste ich nicht, wer sein Vater war. Damals ließ sich ein Vaterschaftstest noch nicht so leicht durchführen wie heute. Von da an wusste ich, welcher von ihnen den höchsten Preis würde zahlen müssen für das, was sie mir angetan haben.«

Ihre Worte versetzten Julies Mitgefühl für die leidgeprüfte Ruth einen Dämpfer. Ruth hatte immerhin vier Männer kaltblütig getötet und plante den Mord an einem weiteren. Trotzdem: Andys und ihr eigenes Leben konnten davon abhängen, wie Ruth zu ihnen beiden stand. Julie hoffte, dass es ihr gelingen würde, eine Beziehung zu Ruth herzustellen, so wie es ihr bei Michael gelungen war. Es war einen Versuch wert. Im Übrigen war sie zu allem bereit, um das Leben ihres Sohnes zu retten. Sie zerrte an den Schnüren um ihre Knöchel und Handgelenke, aber die Fesseln saßen so eng, dass sie nur minimalen Spielraum boten. Ihre einzige Hoffnung bestand darin, Ruth klarzumachen, dass sie unmöglich ein unschuldiges Kind umbringen konnte.

»Es muss die Hölle für dich gewesen sein, das Leid deines Sohnes mit anzusehen. Ich weiß, wie es mir gehen würde, wenn Andy schwer krank würde.«

Ruth setzte sich ihr gegenüber an den Tisch und beugte sich zu ihr vor. Julie kam die Szene geradezu surreal vor: Zwei Frauen an einem Küchentisch, die plauderten wie alte Freundinnen. Nur dass eine der Frauen eine Mörderin war und beabsichtigte, den Vater der zweiten Frau zu töten sowie möglicherweise auch diese selbst und ihren Sohn. Julie musste gegen einen absurden Lachreiz ankämpfen.

»Das Schlimmste war, dass ich ihm nicht sagen durfte, dass er mein Sohn ist«, fuhr Ruth fort. »Nach der Vergewaltigung zogen meine Eltern ins County Victoria, wo wir völlig isoliert lebten und meine Mutter eine Schwangerschaft vortäuschte, während ich per Korrespondenz meine Schulausbildung fortsetzte. Drei Tage nach Joshuas Geburt nahm meine Mutter ihn mit in die Stadt und ließ ihn als ihren leiblichen Sohn eintragen.« Ein gequälter Ausdruck trat in ihre Augen. »Als er krank wurde, hatte ich keinerlei Mitspracherecht, was die Therapie betraf. Ich war ja nur seine Schwester. Ich habe ihn geliebt, Julie. Er war ein so hübsches Kind. Er gab mir das Gefühl, dass die Vergewaltigung auch etwas Positives hervorgebracht hatte. Als er starb, wäre ich wahnsinnig geworden, hätte ich nicht Michael kennengelernt.«

»Michael muss dich sehr geliebt haben.« Julie sah auf die Uhr. Schon nach fünf. Das Herz schlug ihr bis zum Hals. In wenigen Minuten würde die Frist ablaufen, die Ruth Mark gesetzt hatte, um Ray zum »Maiala Restaurant« zu schaffen.

Ruth bemerkte ihren Blick, sah auf die Küchenuhr und lächelte. Es war ein geheimnisvolles, leises Lächeln, das Julie einen eisigen Schauer über den Rücken jagte. »Bald ist es so weit, Julie. Ich habe mir für Ray etwas ganz Besonderes ausgedacht. Er soll einen Vorgeschmack darauf bekommen, was ihn in der Hölle erwartet. Ich konnte Todd erst eröffnen, wer ihn in den Tod schickte, als er kaum noch in der Lage war, den Sinn meiner Worte zu begreifen, und das war bei Weitem nicht so befriedigend, wie ich es mir erhofft hatte. Aber er war einfach zu stark, um ihm früher die Augen zu öffnen. Und Eric war im Sterben ein ebensolcher Versager, wie er es im Leben gewesen war. Bei Ray werde ich es umso mehr auskosten, ihn vorab wissen zu lassen, dass er nicht mehr lange zu leben hat.«

Aufgrund des dichten Verkehrs und des sintflutartigen Regens kam Mark nur sehr langsam voran, und so fluchte er nach einem Blick auf die Uhr. Inzwischen war er weit genug von der Stadt entfernt, um den Anruf tätigen zu können, der möglicherweise Julie und Andy das Leben retten würde. Er machte sich keine großen Hoffnungen, dass Ruth sich seinem Wagen nähern würde, wenn sie sah, dass er Ray nicht bei sich hatte.

Craig Sharpie meldete sich, und Mark wies ihn an, McSwain an den Apparat zu holen. Auf Craigs Erwiderung, dass McSwain das Verhörzimmer wohl kaum verlassen würde, um ans Telefon zu gehen, teilte Mark ihm mit, dass er in zwei Minuten wieder anrufen werde und McSwain dann besser ranginge, wenn er Wert darauf legte, dass vertrauliche interne Daten auch vertraulich blieben.

Als er einige Minuten zum zweiten Mal Craigs Nummer wählte, schnauzte McSwain ihn sofort an. »Sie bewegen sich auf dünnem Eis, Talbert.«

»Ich benötige Informationen, an die Sie weitaus schneller herankommen als ich.«

»Was für Informationen?«

»Ich brauche die Namen und Adressen sämtlicher Personen, die in einem Umkreis von fünf Meilen um das »Maiala Restaurant« auf dem Mount Glorious herum gemeldet sind. Und ich verlange, dass die Daten mir innerhalb der nächsten zehn Minuten gemailt werden.«

»Vergessen Sie's. Ich habe Wichtigeres zu tun, als einer Irren auf ihrem ganz privaten Rachefeldzug hinterherzujagen.«

»Wenn mir die Informationen nicht innerhalb von zehn Minuten vorliegen«, sagte Mark nachdrücklich, »werde ich jeden einzelnen Fernsehsender und jede Zeitungsredaktion im Land anrufen und die ganze Wahrheit über Vaughn Waring öffentlich bekannt machen.«

In der hierauf folgenden Stille hielt Mark die Luft an und betete. Ihm war klar, dass McSwain versuchen würde, den Anruf zurückverfolgen zu lassen.

»Ich werde dafür sorgen, dass Sie für den Rest Ihres Lebens in einer Zelle versauern, Talbert.«

Mark lachte. »Ich bezweifle, dass Sie sich diese Mühe machen werden, McSwain. Eine schnelle Kugel entspricht viel eher Ihrem Stil. Aber falls Sie jemanden auf mich ansetzen, um mich mundtot zu machen, werden sämtliche Medienstationen im ganzen Land erfahren, dass Australiens ach so großartiger Geheimdienst nicht einmal in der Lage ist, der sich in den eigenen Reihen ausbreitenden Korruption Einhalt zu gebieten.«

McSwain ließ eine Reihe ausgesuchter Flüche vom Stapel. Schließlich knurrte er: »Sie hören von mir.«

Als er am »Maiala Restaurant« vorbeifuhr, sah Mark, dass abgesehen von Rays Wagen etwas weiter vorn am Straßenrand drei Motorräder draußen vor dem Restaurant standen. Sein Magen rebellierte vor Anspannung und Furcht vor dem, was ihn erwarten mochte, als er neben Rays Wagen parkte, um diesen herumlief und die Fahrertür öffnete. Der Schlüssel steckte noch, und Julies Handtasche lag im Fußraum des Beifahrersitzes. Er nahm den Schlüssel an sich und schloss den Wagen ab. Seine Schuhe machten bei jedem Schritt ein schmatzendes Geräusch, und Regen lief ihm unter dem Kragen her den Rücken hinunter, als er zu seinem eigenen Fahrzeug zurückhastete. Er fuhr die Straße noch ein Stück weiter hinunter und parkte in einer Einbuchtung, von der aus er das Restaurant beobachten konnte. Er wartete.

Kapitel 34

Das klingt, als wäre Michael ein wundervoller Mensch gewesen. Was ist aus ihm geworden?«, fragte Julie, in der Hoffnung, mehr über das Innenleben der Frau zu erfahren, der sie selbst und Andy ausgeliefert waren.

Scheinbar ganz in Gedanken begann Ruth zu erzählen. »Wir waren seit etwa einem Jahr zusammen, als wir erfuhren, dass er HIV-positiv war. Ich habe ihn bis zuletzt gepflegt, so wie ich mich bis zuletzt um Joshua gekümmert habe. Danach geriet ich für einige Zeit aus der Bahn. Wir haben nie herausgefunden, wer Michael angesteckt hat, sodass ich den Schuldigen nicht so leiden lassen konnte, wie Michael gelitten hat, aber ich habe Privatdetektive auf deinen Vater und seine alten Freunde angesetzt.«

»Das muss eine Stange Geld gekostet haben.«

Ruth lachte. »Es gibt genug Leute, die bereit sind, viel Geld zu bezahlen für Sex mit einem Freak wie mir, Julie. Anfangs war es hart, aber eine Transsexuelle, die auf ihre Geschlechtsumwandlung wartete, sagte mir, es wäre leichter, wenn man sich in Gedanken an einen anderen Ort versetze. Nur so könne man es ertragen, im falschen Körper gefangen zu sein und sich diesen Fremden zu überlassen zur Befriedigung ihrer perversen sexuellen Vorlieben. Als ich dann so weit war, meine Rache an Ray und den anderen konkret anzugehen, ließ ich mir das Haar schneiden und schluckte männliche Hormone. Meine Stimme wurde tiefer, und der Bartwuchs wurde angeregt. Allerdings hielt ich die Dosis möglichst gering, da ich mich nicht völlig aufgeben wollte.«

»Und so wurde aus Ruth Michael.«

»Als Ruth Bellamy hätte ich nicht bei GalCorp anfangen können, das wäre zu riskant gewesen.«

»Während du als Michael meinen Vater und die anderen ganz unauffällig beobachten konntest, um dich an ihnen zu rächen für das, was sie dir angetan hatten.«

»Mir?« Ruth schien verwirrt. »Nein, nicht meinetwegen. Wegen Joshua. Er war ein wundervolles, liebenswertes Kind, das nie die Chance hatte, erwachsen zu werden und sein eigenes Leben zu leben. Niemand sollte solche Schmerzen aushalten müssen, wie er sie durchlitten hat. Nur einer von ihnen war Träger des entsprechenden Gendefekts, aber sie alle waren mitverantwortlich.« Sie blickte erneut auf die Uhr und stand auf. »Zeit für mein Rendezvous mit Ray.«

Ruth holte zwei Seile aus dem Küchenschrank und fesselte Julie an den Küchenstuhl, auf dem sie saß. »Tut mir leid, Julie, aber ich kann dir nicht trauen. Ich weiß, wozu eine Mutter fähig ist, wenn es darum geht, ihr Kind zu retten.«

»Dann weißt du auch, dass du das nicht tun kannst, Ruth. Du kannst Andy nicht töten. Er ist ein Bindeglied zu Joshua.«

»Ja.« Ruth spie das Wort förmlich aus. »In seinen Adern fließt das gleiche Blut. Krankes Blut. Ray hat schlechte Gene. Warum sollte er verschont bleiben, während Joshua so leiden musste?« Sie streifte die Sandalen von den Füßen, zog Regenmantel und Stiefel an, nahm ihre Pistole von der Arbeitsfläche und steckte sie in die Tasche. Ohne ein weiteres Wort verließ sie das Haus.

Julie wartete, bis sie den Motor ihres Wagens anspringen hörte, dann versuchte sie, Andy durch Zurufe zu wecken. Wenn es ihm gelang, bis zur Besteckschublade zu kommen und ein Messer herauszuholen, um ihre Fesseln durchzuschneiden, hatten sie vielleicht noch eine Chance zu entkommen. Aber schon nach wenigen Minuten musste sie einsehen, dass nichts ihn aus seiner chemisch herbeigeführten Bewusstlosigkeit wecken konnte. Sie versuchte erneut, sich von ihren Fesseln zu befreien, doch Ruth hatte sich im Laufe der Jahre, in denen sie ihre Rache geplant hatte, offensichtlich zahlreiche nützliche Fertigkeiten angeeignet. Julie versuchte aufzustehen, um durch die Küche zu hüpfen, aber der Stuhl war zu schwer, als dass sie ihn in ihrer gebückten Haltung hätte anheben, geschweige denn, sich mit seinem Gewicht ausbalancieren können. Tränen der Frustration verschleierten ihren Blick, und sie kniff die Augen zu, um ihre Sicht wieder zu klären. Die Übelkeit, die sie inzwischen ununterbrochen plagte, drohte in Brechreiz überzugehen, aber sie beherrschte sich. Nichts würde sie davon abhalten, bis zuletzt um das Leben ihres Sohnes zu kämpfen.

Küche, Ess- und Wohnzimmer bildeten ein L, während Schlafzimmer und Bad das Rechteck vervollständigten. Die Fenster waren wegen des Regens geschlossen, und nur durch die Haustür, die Ruth hatte offen stehen lassen, drang ein frischer Luftzug ins Haus. Der Regen hatte die Luft abgekühlt, und Julie war dankbar für den Luftzug, der ihr in der drückenden Hitze, die sich im Haus angestaut hatte, etwas Kühlung verschaffte.

Als Andy sich bewegte, rief sie erneut seinen Namen, doch er war sofort wieder tief und fest eingeschlafen.

Sie blickte auf die Bilderrahmen auf dem Küchentisch, auf den Jungen, der sein Halbbruder gewesen war, und den Mann, dessen Liebe Ruth vorübergehend glücklich gemacht hatte. Sie fragte sich, ob in Ruth genug von Michael steckte, um Mitgefühl in ihr zu wecken. Dann dachte sie daran, wie kaltblütig Ruth die ersten Morde geplant und ausgeführt hatte, und wusste, dass sie sich darauf nicht verlassen konnte.

Das Glas der Bilderrahmen! Wenn es ihr gelang, das Glas zu

zerbrechen, konnte sie vielleicht mithilfe einer der Scherben die Handfesseln durchschneiden. Allerdings würde es, an den Stuhl gefesselt, schwierig, wenn nicht gar unmöglich sein, an die Bilderrahmen heranzukommen.

Sie versuchte mit aller Kraft, die Hände dichter an den Tisch heranzubringen, und knirschte frustriert mit den Zähnen, als es bei Weitem nicht ausreichte.

Mit den Füßen arbeitete sie sich Zentimeter für Zentimeter näher heran. Mit all der Hebelkraft, die ihre gefesselten Arme aufbringen konnten, nahm sie einen der Rahmen und versuchte, ihn an der Tischkante zu zerschlagen.

Der Rahmen fiel ihr aus den Fingern und schob die obersten zwei Blätter von dem Papierstapel herunter. Sie fielen auf den Fußboden.

Jetzt befanden sich beide Rahmen außerhalb ihrer Reichweite.

Kapitel 35

Mehrere Fahrzeuge waren an Mark vorbeigefahren, aber keines hatte vor dem Restaurant gehalten. Die Stunde war abgelaufen, und Ruth Bellamy hatte sich bisher nicht blicken lassen. Er fragte sich, ob sie vielleicht schon im Restaurant war und durch die dichte Bepflanzung vor dem Gebäude die Straße beobachtete, doch er bezweifelte es. Das wäre viel zu auffällig gewesen, und in der Vergangenheit hatte sich gezeigt, welch großen Wert sie darauf legte, keine Spuren zu hinterlassen.

Wieder kam ein Wagen langsam die Bergstraße herunter. Das Auto kam ihm irgendwie bekannt vor. Ein Regenhut verdeckte das Gesicht des Fahrers, und der Regen, der auf die Windschutzscheibe trommelte, behinderte seine Sicht zusätzlich. Mark beobachtete den Wagen, bis dieser aus seinem Blickfeld verschwand. Ein paar Minuten später kehrte er zurück, diesmal schneller. Obwohl er zügig an dem Restaurant vorbeifuhr, wandte der Fahrer den Kopf, als versuchte er hineinzusehen.

Als der Wagen um die nächste Ecke bog, ging Mark ein Licht auf. Genau so ein Fahrzeug hatte er auf dem Parkplatz von GalCorp gesehen.

Sein Handy klingelte.

»Ich habe Ihnen die Daten geschickt, die Sie haben wollten. Wenn nicht alle verfügbaren Männer wegen des Kenny-Wong-Falls im Einsatz wären, würde ich sie auf der Stelle festnehmen lassen.«

»Meine Kündigung liegt morgen früh auf ihrem Schreibtisch, McSwain.

McSwain grunzte. »Ich kann es kaum erwarten. Noch was, Talbert.«

»Ja?«

»Viel Glück.«

Mark schaltete den Laptop an und wartete ungeduldig, bis die Mail geöffnet wurde. Die Liste der Anwohner war lang, doch aufgrund des ausgedehnten Waldgebietes und des Nationalparks ganz in der Nähe nicht so lang, wie sie anderswo hätte ausfallen können. Er gab den Namen »Bellamy« ein, doch der war nicht aufgeführt. Verdammt! Er hatte gehofft ... Es war ein Schuss ins Blaue gewesen. Vielleicht hatte sie sich ja nur nicht angemeldet, oder unter anderem Namen. Vielleicht wohnte sie auch weiter weg als fünf Kilometer. Er würde ins Restaurant gehen und sich nach ihr erkundigen müssen. Wenigstens hatte er das Foto von dem Band der Überwachungskamera im Krankenhaus in der Brieftasche. Er ließ noch einmal den Blick über den Bildschirm schweifen, in der Hoffnung, irgendeinen Hinweis zu finden, irgendetwas, das ihm weiterhelfen konnte, Julie und Andy zu finden.

Nichts.

Nichts.

Ni...

Michael Devine.

Michael Devine besaß ein kleines Häuschen auf dem Mount Glorious.

Das konnte kein Zufall sein. Entweder steckte Michael mit Ruth Bellamy unter einer Decke, oder ... Michael Devine gab sich als Ruth Bellamy aus. Mark rief sich die Beschreibung der als Krankenschwester verkleideten Frau ins Gedächtnis. Größe und Statur stimmten überein, und sogar die Gesichtszüge ähnelten einander. Der Rest ließ sich durch entsprechendes Make-up verändern.

Mark loggte sich bei Google Earth ein und gab die Daten des Hauses ein. Das Satellitenfoto zeigte ein kleines Cottage unmittelbar am Rand des Regenwaldes. Anscheinend gab es im Umkreis von mehreren Hundert Metern keine weiteren Häuser, zumindest nicht auf den ersten Blick. Möglicherweise wurden ja welche von Bäumen verdeckt. Mark zoomte näher heran, in der Hoffnung auf weitere Details zur Zimmeraufteilung. Da die Nahansicht ihm nicht weiterhalf, ging er wieder auf das Gesamtbild und prüfte, von welcher Seite er sich dem Haus am ehesten unbemerkt nähern könnte.

Er startete den Wagen und machte sich auf die Suche nach dem Haus auf dem Computerbild. Der Sturm nahm an Heftigkeit zu. Donner und Blitze folgten dichter aufeinander, und der Himmel nahm eine noch dunklere Färbung an. Mark hätte nicht für möglich gehalten, dass der Regen noch zulegte, aber das tat er, sodass die Zufahrt zu Michael Devines Haus kaum zu erkennen war. Dass er zur Orientierung nur ein Luftbild besaß, machte es auch nicht gerade leichter.

Weder Briefkasten noch Straßenschild gaben Auskunft über die Adresse, aber er war einigermaßen sicher, dass die schmale Zufahrt, in der er parkte, zu Michaels Haus gehörte. Mark stellte den Wagen quer und blockierte so die Ausfahrt. Er steckte die Wagenschlüssel ein und stieg aus. Schon nach wenigen Metern hatte seine Jacke sich mit Wasser vollgesogen und war bleischwer, während Hose und Hemd ebenfalls klatschnass an seinem Körper klebten.

Die Wut, die sich in Ruth aufgebaut hatte, als sie das zweite Mal am Restaurant vorbeigefahren war, entlud sich, als sie das Cottage betrat. Sie schleuderte Regenmantel und Hut auf den Fußboden und zerrte sich die Stiefel von den Füßen. Barfuß stampfte sie in die Küche, legte ihre Pistole auf die Arbeitsfläche, schenkte sich ein Glas Wein ein und leerte dieses anschließend mit großen Zügen. Dann trat sie an den Tisch.

»Talbert hat Ray nicht zum Treffpunkt gebracht!«

»Wie?« Julie zuckte zurück angesichts der verbalen Attacke. »Wo ist Mark? Geht es ihm gut? Du hast ihn doch nicht …«

»Er saß allein im Wagen! Dieser Mistkerl! Dieser Dreckskerl! Er liebt dich. Du bist von ihm schwanger. Er hätte zu allem bereit sein müssen, um dich zu retten.«

»Vielleicht war es ihm nicht möglich, Ray mitzubringen. Oder er hat veranlasst, dass er hergebracht wird. Ich weiß nicht, wo er festgehalten wird. Vielleicht braucht es ja einfach Zeit …«

Ruths Augen loderten vor Zorn. »Dein Telefon! Ich rufe ihn an.« Sie griff in eine Tasche ihres Kleides und fischte das Handy heraus. »Leer!« Wütend warf sie das Telefon auf den Tisch. Sie schlug mit der Faust in die Luft, und Julie hob unwillkürlich die gefesselten Hände, als wollte sie einen Schlag abwehren. Ruth registrierte die Geste.

»Was hast du getan!« Ruth hob den heruntergefallenen Bilderrahmen auf, griff nach dem zweiten und bemerkte die beiden Blätter auf dem Fußboden. Sie legte sie zurück auf den Tisch, ohne ihnen einen weiteren Blick zu gönnen. Die Blätter rutschten auseinander, und ein lavendelfarbener Umschlag mit einigen großen, zittrigen handgeschriebenen Buchstaben darauf glitt aus einem der beiden gefalteten Briefbögen.

Julie las die Worte auf dem Umschlag:

Für meine geliebte Tochter Ruth. Bitte verzeih mir. Ich hoffe, dies wird dir helfen zu verstehen …

Julie blickte anschließend zu Ruth auf, die immer noch mit den Bilderrahmen beschäftigt war. »Es tut mir leid, Ruth, aber ich musste versuchen, Andy zu retten. Du hättest das Gleiche getan und deine Mutter für dich ebenso.«

»Meine Mutter!« Ruth wurde leichenblass. »Meine Mutter hat nicht einmal zugelassen, dass ich meinem eigenen Sohn Mutter sein durfte. Das Einzige, was ihr im Leben wichtig war, war, meinen Vater bei Laune zu halten und mich vor der Welt zu verbergen.«

»Aber Ruth.« Julie nickte in Richtung des lilafarbenen Umschlags. »Deine Mutter muss dich geliebt haben, immerhin steht es so auf dem Brief dort. Außerdem bittet sie dich um Vergebung.«

Ruth starrte schockiert auf den Umschlag. Offenbar wollte sie nicht recht glauben, was dort stand. Schließlich hob sie ihn mit zitternder Hand auf.

Julie beobachtete, wie Ruth beim Lesen immer blasser wurde. Sie hörte sie einen Satz nach dem anderen der Nachricht murmeln, die sie viel zu spät erreichte, sah, wie Jahre falscher Überzeugung sich in eine grenzenlose Trauer verwandelten, wie sie sie noch nie auf einem Gesicht gesehen hatte. Ruth sank kraftlos auf den Stuhl ihr gegenüber. Ihre Lippen zitterten, und an ihren Wimpern hafteten glitzernde Tränen.

Als sie an Ruth vorbeischaute, sah Julie, wie Andy sich rührte, die Arme hob, als wollte er sich strecken, und abrupt aufwachte, als ihm seine eingeschränkte Bewegungsfreiheit bewusst wurde. Sie runzelte die Stirn und schürzte die Lippen, um ihm zu bedeuten, still zu sein. Andy blinzelte mehrmals, schüttelte den Kopf, wie um ihn zu klären, und blickte von Ruth zurück auf Julies gefesselte Hände und Beine. Panik flackerte in seinen Augen auf, aber gleich darauf drehte er bereits langsam den Kopf, um potenzielle Fluchtwege auszumachen.

Ruth beugte sich vor, beide Arme auf den Tisch gelegt, und ersetzte eine Seite durch die nächste, wobei sie die Augen zusammenkneifen musste, da es inzwischen so dunkel im Haus war, dass das Lesen schwerfiel.

Als ein gewaltiger Donnerschlag die Scheiben klirrend erzittern ließ, stand Andy vom Sofa auf und bewegte sich, noch etwas unsicher auf den Beinen, auf Ruth zu.

Als Julie kaum merklich den Kopf schüttelte, blieb er stehen. Sie versuchte, ihn mit Blicken zu dirigieren, doch er verstand sie nicht. Sie wollte, dass er hinauslief, dass er die Gunst der Stunde nutzte, um zu fliehen. Er runzelte die Stirn. Wieder blickte sie zur Haustür.

Er schüttelte den Kopf und sah sich um.

Seine Züge erhellten sich, als sein Blick auf die Pistole fiel.

Auf Zehenspitzen schlich er in die Küche.

Ruth blickte von dem Brief auf und legte den Kopf schief, als lauschte sie.

Julie rieb die Hände aneinander, als wollte sie die Blutzirkulation anregen, die durch die engen Fesseln um die Handgelenke behindert wurde.

Das Ablenkungsmanöver hatte Erfolg. Ruth richtete ihre Aufmerksamkeit wieder auf den Brief. Julie sah, dass sie inzwischen die letzte Seite las. Sie gab Andy mit zwei Fingern ein Zeichen, sich zu beeilen.

Der Junge lief los und packte die Pistole mit beiden Händen. Er richtete die Waffe auf Ruth. »Binden Sie meine Mum los, oder ich schieße!« Bei den letzten Worten klang seine Stimme etwas unsicher.

Die Waffe zitterte, als Ruth sich ihm zuwandte. Sie stand auf.

»Bleiben Sie, wo Sie sind! Kommen Sie nicht näher!«

Ruth machte einen Schritt auf ihn zu.

Andy wich zurück, bis er an die Küchenarbeitsplatte stieß. »Ich schieße.«

Draußen zuckte ein greller Blitz am Himmel, und der Raum wurde vorübergehend in helles Licht getaucht.

Julie konnte nur einen Teil von Ruths Gesicht sehen, als diese sich langsam auf Andy zubewegte, doch ihr stockte der Atem angesichts des Ausdrucks auf den fahlen Zügen. Leere. Hoffnungslosigkeit. Beinahe Resignation. Als könnte Andy sie mit einem Schuss von all dem Grauen erlösen, das sie heraufbeschworen hatte.

Andy krümmte den Finger am Abzug.

Julie konnte nicht zulassen, dass er das tat. Sie durfte nicht zulassen, dass der Rest seines Lebens überschattet wurde von dem Bewusstsein, einen Menschen getötet zu haben.

Kapitel 36

Mark versuchte gar nicht erst, leise zu sein: Bei dem Sturm würde ihn sowieso niemand hören. Allerdings bot die Freifläche unmittelbar um das Haus herum wenig Deckung, und er wollte nicht riskieren, gesehen zu werden. Immerhin war durchaus denkbar, dass Ruth Andy oder Julie als Schutzschild benutzte.

Bei jedem Blitz konnte er einen flüchtigen Blick ins Haus werfen. Er hatte Julie und Ruth am Tisch sitzen sehen, Andy jedoch bislang nicht entdecken können. Außerdem konnte er nicht erkennen, ob Ruth bewaffnet war, wenngleich er fest damit rechnete.

Mark wollte nichts dem Zufall überlassen. Er musste näher heran.

»Nein, Andy! Nicht schießen!«, rief Julie. Andy reagierte sichtlich verstört und zögerte. »Wirf die Waffe weg, Andy! Du musst sie loswerden! Sofort!«

Ruth stürzte vor, während Andy sich abwandte, wobei er beide Arme schwang wie ein Diskuswerfer. Er ließ die Pistole los.

Sie durchschlug das Küchenfenster.

Ruth packte Andy beim Kragen und zerrte das Shirt bis zu seinen Ohren hoch. Mit der freien Hand öffnete sie eine Schublade und holte ein Messer heraus.

»Nein!«, schrie Julie und versuchte aufzustehen. Stattdessen kippte sie mitsamt ihrem Stuhl um.

Mark hörte Glas splittern und sah einen Gegenstand durch ein Fenster fliegen.

Julie schrie.

Er rannte los.

»Mum!« Andy versuchte, sich loszureißen. Julies Kopf schlug mit einem dumpfen Knall auf dem Fußboden auf, und sie blieb reglos mit geschlossenen Augen liegen.

Panik schnürte Andy die Kehle zu. Er unternahm noch einen weiteren Versuch, sich aus Ruths Griff zu winden, und schaffte es immerhin, sie aus der Küche zu zerren. Abrupt schleifte Ruth ihn zurück, den Blick durch die offen stehende Tür auf eine Gestalt gerichtet, die auf das Haus zulief.

»Mark!«, rief Andy erleichtert. »Wir sind …« Er verstummte abrupt, als Ruth ihm von hinten einen Arm um den Hals legte und ihn in Richtung Hintertür zerrte.

Mit schussbereiter Waffe überprüfte Mark nacheinander sämtliche Zimmer des Hauses, wenngleich er nur jeweils einen flüchtigen Blick hineinwarf. Seine Gedanken eilten voraus, und er fürchtete sich vor dem, was ihn erwarten mochte.

Er sah Julie immer noch an den Stuhl gefesselt auf dem Boden liegen.

Mark kniete sich neben sie und tastete mit zitternden Fingern nach ihrer Halsschlagader.

Ihm wurde beinahe schwindelig vor Erleichterung, als er ihren Puls fühlte. Er steckte die Glock zurück ins Holster und machte sich daran, das Seil zu lösen, mit dem sie an den Stuhl gefesselt war.

Er war eben fertig, als sie stöhnte, die Augen aufschlug und sich benommen umsah.

»Wo ist Andy?«, fragte sie atemlos.

»Nicht hier. Wo ist Ruth Bellamy?«

»Michael ist Ruth. Sie war hier. Sie hat Andy.«

»Die Hintertür steht offen.«

»Vorhin war sie noch geschlossen. Sie muss mit ihm geflüchtet sein. Sie hatte ein Messer bei sich. Hol ihn zurück, Mark. Bitte!«

Er machte Anstalten aufzustehen. »Erst befreie ich dich von den Fesseln.«

»Nein. Du darfst keine Zeit verlieren. Mir wird schon nichts passieren, bis du zurückkommst.«

Mark zögerte nur eine Sekunde. Zwar widerstrebte es ihm, Julie so hilflos zurückzulassen, gefesselt und möglicherweise schlimmer verletzt, als es auf den ersten Blick den Anschein hatte. Aber er wusste, dass es im Augenblick oberste Priorität hatte, Andy unversehrt zurückzuholen. Er nahm die Glock wieder aus dem Holster und lief zur Tür.

Ruth stolperte den Weg hinunter und stieß dabei Andy vor sich her. Der Wind fuhr durch die Bäume, und Äste schlugen ihnen schmerzhaft entgegen.

Andy glitt im Matsch aus, stürzte und riss Ruth mit zu Boden. Sie landete auf einer Lage Blattmulch und schlug mit dem Kopf gegen eine Baumwurzel. Das Messer fiel ihr aus der Hand und verschwand hangabwärts im Unterholz.

Sie rappelte sich auf, zog Andy unsanft auf die Füße, packte ihn bei den gefesselten Handgelenken und lief weiter.

Zahlreiche plätschernde Rinnsale kreuzten den Trampelpfad. Ruth rannte blindlings geradeaus, ohne nachzudenken. Sie wusste nur, dass der Albtraum, der vierzig Jahre zuvor begonnen hatte, zu etwas noch Grauenhafterem geworden war. Aber sie lief trotzdem weiter, ohne so ganz zu begreifen, dass sie eigentlich vor sich selbst davonlief.

Mark erhaschte einen flüchtigen Blick auf Ruths helles Kleid, als sie Andy den schmalen Pfad entlangstieß, der den einzigen Zugang zum Regenwald darzustellen schien. Er fragte sich, warum sie nicht versucht hatte, um das Haus herumzulaufen, um zu ihrem Wagen zu gelangen, und kam zu dem Schluss, dass sie für den Notfall einen Plan B vorgesehen hatte.

Das Blätterdach schützte sie vor dem strömenden Regen, und weiter unten am Hang ließ auch die Windintensität nach. Er stolperte mit einem Fuß über eine Wurzel und konnte den Sturz nur abfangen, indem er sich an einem Baumstamm festhielt. Der gewundene Pfad und das dichte Unterholz versperrten ihm die Sicht auf Ruth und Andy, und er hoffte nur, dass die beiden noch vor ihm waren. Falls sie irgendwann vom Weg abgebogen waren, standen seine Chancen, sie zu finden, denkbar schlecht.

Ruth kannte sich in diesem Teil des Waldes gut aus, sodass sie wusste, wohin sie sich wenden musste, als der Pfad sich im Unterholz verlor.

Der Regen ließ nach. Donner grollte, allerdings inzwischen weiter entfernt. Das Gewitter zog langsam in östliche Richtung ab.

Ein herabfallender Ast verfing sich in ihrem Haar und riss ihr die Perücke vom Kopf. Sie ließ Andys Arm los und griff nach den langen Strähnen. Verzweifelt versuchte sie, diese von

Blättern und kleinen Zweigen zu befreien. Ihr Haar! Das Haar, das Michael so sehr an ihr bewundert hatte. Die greifbarste Verbindung zu dem Mann, den sie über den Tod hinaus liebte, und zu der Person, die sie gewesen war, als ihr Sohn noch gelebt hatte.

Mit einem verzweifelten Aufschrei befreite sie das Haarteil mit einem Ruck und stellte gleich darauf fest, dass Andy verschwunden war.

Sie vernahm das Rauschen von Wasser und lief darauf zu.

Weiter vorn entdeckte sie Andy. Er versuchte, den schäumenden Wasserfall zu überqueren, der sich in der Felsrinne oberhalb des natürlichen Wasserbeckens gebildet hatte. Offenbar hatte er keine Ahnung, wie gefährlich dieses Unterfangen war, wie instabil die Felsen und wie tief das Wasser weiter unten.

Er schaute zurück. Die Panik stand ihm ins Gesicht geschrieben. Joshuas Gesicht.

»Nicht laufen!«, rief sie ihm zu. »Das ist gefährlich. Du könntest abstürzen.«

Er versuchte, schneller voranzukommen, aber sein Fuß glitt von einem Felsbrocken ab, der unter ihm nachgab, und er verlor das Gleichgewicht.

Mit einem lauten Aufschrei stürzte er den Felshang hinab ins Wasser.

Der Pfad war im Sande verlaufen, aber Mark stieg weiter abwärts. Dabei hielt er ständig Ausschau nach irgendetwas, das ihm verriet, wohin Ruth mit Andy gelaufen war.

Die aufkeimende Hoffnung erstarb sofort wieder, als er Andys Schrei hörte.

Er schlitterte durch den Schlamm und stieß sich immer wieder an scharfkantigen Felsen, während er sich weiter in die Richtung vorkämpfte, aus der der Schrei gekommen war.

Ruth gelangte an den Rand des natürlichen Wasserbeckens. Der Pegel war um mindestens einen Meter gestiegen, und der Wasserfall wirbelte in den schäumenden Wassermassen Äste, Pflanzen und Blätter durcheinander.

Andy strampelte wie wild und versuchte verzweifelt, sich mit den gefesselten Handgelenken über Wasser zu halten.

Ruth sah, wie er gegen die Strömung ankämpfte, und fühlte sich ohnmächtig angesichts der vergeblichen Bemühungen des Jungen, der kurz darauf unterging.

Er tauchte wieder auf.

Seine Anstrengungen wirkten bereits deutlich schwächer, und es dauerte nicht lange, bis er erneut unterging.

Diesmal tauchte er nicht wieder auf.

Kapitel 37

Es war wie damals bei Joshuas erstem Schwimmunterricht: die wild rudernden Arme, das Kinn weit vorgereckt in dem verzweifelten Bemühen, den Kopf über Wasser zu halten.

Die Erinnerung holte sie ein.

Ohne nachzudenken, hangelte sie sich die Felsen hinunter und ließ sich in das tiefe, schlammige Wasser gleiten.

Noch mehr Erinnerungen. Ihr Vater. Der Damm auf ihrem kleinen Grundstück. Wie er sie ins Wasser geworfen und erklärt hatte: »So habe ich selbst schwimmen gelernt.« Ihre Panik, wobei sie sich mehr vor ihm gefürchtet hatte als vor dem Gefühl, unterzugehen, tiefer, immer tiefer. Die Hände ihrer Mutter, die sie aus dem Wasser zogen. Stimmen, die einander anschrien. Ein raues Handtuch, das sie trocken rubbelte.

Sie hielt die Luft an, trat auf der Stelle, so wie sie es im Fernsehen und im Kino gesehen hatte, mit den Händen umhertastend, während ihre Arme irgendwie ganz von selbst die richtigen Bewegungen ausführten, um auf den Grund des Beckens zu sinken.

Ihr Brustkorb schmerzte.

Felsen. Äste. Brodelndes Wasser.

Sie kehrte zurück an die Oberfläche und schnappte gierig nach Luft.

Dann tauchte sie erneut.

Sie wurde von der Strömung erfasst, die sie näher an den Beckenrand trug.

Ihre Finger berührten Stoff. Sie packte zu, zog und fühlte gleich darauf, wie ein Arm gegen sie gedrückt wurde.

Die lange Haarsträhne an einem abgebrochenen Ast verriet Mark, dass er auf dem richtigen Weg war. Er stapfte weiter, so schnell es das unwegsame Gelände erlaubte, und betete, dass er nicht zu spät kam.

Kurz darauf sah er Ruths Perücke auf den Felsen am Rand eines kleinen Wasserfalls liegen. Er spurtete los, blickte über den Felsrand und sah das schäumende angestaute Wasser weiter unten.

Das Herz schlug ihm vor Furcht und Anstrengung bis zum Hals, während er sich hektisch umsah, da er nirgends ein Lebenszeichen von Andy oder Ruth entdecken konnte.

Wo zum Teufel steckten die beiden?

Plötzlich durchbrach etwas die Wasseroberfläche. Kurzes graues Haar und die Schminke fast vollständig abgewaschen, erkannte Mark Michael Devine auf den ersten Blick. Oder besser: Ruth Bellamy. Ruth klammerte sich mit einer Hand an die Felswand und zog mit der anderen Andy ans Ufer.

Mark steckte die Glock ins Holster zurück und stieg zu den beiden hinunter. Er zog Andy aus dem Wasser, warf sich den leblosen Körper mit geübtem Feuerwehrmann-Griff über die Schulter und trug ihn den Hang hinauf. An einer ebenen Stelle legte er ihn ab.

Andys Lippen waren blau verfärbt, und seine Haut fühlte sich eiskalt an.

Mark fühlte seinen Puls und atmete erleichtert auf, als er das schwache, aber gleichmäßige Pulsieren am Handgelenk spürte. Andy schien nicht zu atmen. Mark überzeugte sich hastig davon, dass er keinen Fremdkörper im Hals hatte, und begann mit der Mund-zu-Mund-Beatmung. Immer wieder holte er tief Luft und blies seinen Atem in Andys Lungen.

Minuten verstrichen. Vielleicht waren es auch nur Sekunden. Mark kam es vor wie eine Ewigkeit.

Plötzlich hustete Andy, und schlammiges Wasser lief ihm aus Mund und Nase. Er stöhnte, und Mark drehte ihn auf die Seite, während der Junge weiter Wasser aushustete. Mark stützte ihn bei den Schultern, damit er auf dem Matsch und Mulch nicht wegrutschte.

»Mum!« Andy warf sich herum und entspannte sich ein wenig, als er sah, dass Mark bei ihm war. »Mark. Mum ist verletzt. Du musst ihr helfen.«

»Es geht ihr gut, Andy.« Er half dem Jungen auf die Füße und fluchte, weil er es versäumt hatte, das Taschenmesser, das er früher immer bei sich getragen hatte, zu ersetzen. Marks Handfesseln würden in nassem Zustand noch schwerer zu lösen sein.

Andy schaute sich um. »Wo ist die Irre?«

Ruth war nirgends zu sehen.

Julie fragte sich nicht zum ersten Mal, ob es nicht doch besser gewesen wäre, sich von Mark befreien zu lassen. Immerhin hätten sie sich dann gemeinsam Ruth und Andy an die Fersen heften können. Andererseits wusste sie nicht, wie lange sie bewusstlos gewesen war, und in Anbetracht der Situation zählte jede Sekunde. Im Übrigen war ihr so schwindlig, dass sie vermutlich mehr ein Hemmnis gewesen wäre als eine Hilfe.

Während sie hilflos auf dem Boden lag und mit den Zähnen an ihren Handfesseln zerrte, versuchte sie immer wieder, sich selbst Mut zu machen. Ihre Wut auf Michael, der in Wirklichkeit Ruth war, und ihre Sorge um Andy verliehen ihr ungeahnte Kraft, sodass sich endlich der erste Knoten löste. Sofort ging sie den zweiten an.

Das Geräusch von Schritten, die klatschend durch Pfützen liefen, ließ sie aufhorchen, und neue Furcht schnürte ihr die Kehle zu, als sie realisierte, dass es sich nicht um zwei, sondern nur um eine Person handelte. Das Stoßgebet erstarb auf ihren Lippen, als sie die Person sah, die durch die Hintertür lief und auf den Tisch zurannte.

»Michael?« Sie hatte ihren Kollegen ganz automatisch bei jenem Namen genannt, den sie über Jahre benutzt hatte. Sofort verbesserte sie sich. »Ruth. Was hast du mit Andy gemacht?«

»Er ist bei Talbert«, brummte Ruth und nahm die Bilder von Michael und Joshua sowie den Brief ihrer Mutter an sich. Dann, als bemerkte sie erst jetzt, dass sie tropfte, ließ sie alles fallen und lief ins Schlafzimmer. Kurz darauf kehrte sie mit einer ledernen Schultertasche zurück und steckte ihr kostbarstes Gut hinein.

»Geht es Andy gut?«, fragte Julie. Sie dachte an das Messer, das Ruth mitgenommen hatte. »Du hast doch nicht …«

»Er ist ins Wasser gefallen. Talbert kümmert sich um ihn. Ich konnte nichts mehr für ihn tun. Ich bin sicher, dass er es heil übersteht.« Sie kniete sich neben Julie und legte ihr eine Hand auf den Bauch. Ein bekümmerter Ausdruck trat in ihre Augen, als Julie vor ihr zurückzuckte. »Ich beneide dich, Julie. In dir wächst neues Leben heran. Du hast ein Kind und einen Mann, der dich liebt. All das, was ich selbst verloren habe.« Die Stimme, die nun wieder ganz zweifelsfrei Michaels war, klang so gequält, dass Julie unwillkürlich Mitleid empfand. Trotzdem. Er hatte gedroht, Andy zu töten, um sich an ihrem Vater zu rächen.

Aber stimmte das auch? Julie konnte nicht mit Sicherheit sagen, welche Person sich hinter Michaels Zügen verbarg. »Hättest du Andy wirklich getötet?«

Ruths Blick verschleierte sich. »Ich weiß es nicht. Als ich Andy gesehen habe, mit ihm gesprochen habe … Er ist Joshua so ähnlich. Aber das durftest du nicht wissen.« Ihre Züge verhärteten sich wieder. »Ich musste überzeugend sein, damit du Talbert dazu bringst, mir Ray auszuliefern.«

»Aber das Messer …«

»Seit ich den Brief meiner Mutter gelesen habe, ist alles unwichtig geworden. Ich wollte eigentlich Andys Fesseln durchtrennen. Als ich dann Talbert gesehen habe, bin ich in Panik geraten. Ich kann nicht ins Gefängnis gehen, Julie. Was sollten sie mit einem Freak wie mir anfangen? Soll ich für den Rest meines Lebens in Einzelhaft dahinvegetieren? Ich würde den Verstand verlieren.« Wieder überschattete tiefe Trauer ihr Gesicht. Sie erhob sich und eilte zur Tür.

»Wo willst du hin?«, rief Julie ihr nach.

Ruth blickte zu ihr zurück. »Das spielt keine Rolle mehr.« Sie zog Stiefel an, griff nach ihrem Regenmantel, lachte dann, als ihr bewusst wurde, dass sie ja ohnehin völlig durchnässt war, und warf den Mantel zurück auf den Boden.

Kurz darauf hörte Julie einen Motor anspringen.

Verzweiflung überkam sie, als sie sah, dass Talberts Wagen die Ausfahrt blockierte. Sie stellte den Motor ab, lief hinüber und versuchte, die Fahrertür zu öffnen, aber sie war verschlossen. Sie nahm die Pistole, die sie draußen vor dem Küchenfenster aufgelesen hatte, und schlug die Scheibe ein. Eine hastige Suche ergab jedoch, dass sich im Wagen kein Ersatzschlüssel befand.

Sie brauchte einen fahrbaren Untersatz. Ohne kam sie hier nicht weg.

Man würde sie bald fassen.

Es sei denn …

Die Zeit, während derer sie sich vorstellte, wie Mark »sich um Andy kümmerte«, verstrich quälend langsam, aber schließlich hörte sie doch, wie sich Schritte näherten.

Wieder nur eine Person.

Ganz krank vor Sorge drehte sie den Kopf und lächelte erleichtert, als sie sah, dass Mark Andy auf den Schultern trug. Er war kreidebleich, aber er grinste breit, als er sie entdeckte. Mark befreite sie von ihren Fesseln und half ihr auf die Couch.

»Ruth ist entwischt«, berichtete er ihr.

»Sie ist zurückgekommen und hat ihren Wagen geholt. Sie müsste inzwischen einen ziemlichen Vorsprung haben.«

»Nein, hat sie nicht.« Mark klopfte auf die Hosentasche mit den Autoschlüsseln, woraufhin Wasser auf den Boden spritzte. »Ich habe die Zufahrt zugeparkt. Sie sitzt in der Falle.« Er zog die Waffe. »Versperrt die Türen und lasst sie nicht rein, falls sie zurückkommt.« Hierauf lief er davon.

Julie hatte protestieren und ihm sagen wollen, dass sie vor Ruth nichts mehr zu befürchten hatte, erkannte jedoch, dass Ruth angesichts der Ausweglosigkeit ihrer Lage möglicherweise doch fähig wäre, erneut zu töten.

Kapitel 38

Ihre Füße scheuerten in den nassen Stiefeln, aber Ruth ignorierte den Schmerz und lief weiter in Richtung Restaurant. Jedes Mal, wenn sie einen Wagen talwärts fahren hörte, versteckte sie sich im Gebüsch, bis er vorbeigefahren war, doch bisher war Mark Talbert nicht darunter gewesen. Sie fragte sich, ob Andy noch lebte, und fühlte sich schuldig, weil sie ihn in Gefahr gebracht hatte.

Eigentlich hatte sie am Leben bleiben wollen, um die ihr selbst auferlegte Mission zu erfüllen, aber inzwischen war ihr alles egal. Nur eins war ihr noch wichtig: Sie musste untertauchen, damit man sie nicht ins Gefängnis steckte, wo die Wachen in Versuchung geraten könnten, sie … Sie schob den Gedanken entschlossen beiseite.

Rays Wagen stand noch dort, wo Julie ihn gezwungenermaßen zurückgelassen hatte. Sie lief hin und zog am Türgriff. Abgeschlossen. Sie warf einen Blick durch die Scheibe und stellte fest, dass die Schlüssel nicht mehr da waren.

»Nein!« Sie hatte sich ganz fest darauf verlassen. Der Wagen war ihre letzte Chance gewesen zu entkommen.

Sie lief auf das Lokal zu.

Die drei Motorräder standen noch draußen auf dem Parkplatz. Sie verlangsamte das Tempo und griff in ihre Tasche. Als sie das Restaurant betrat, zog sie die Pistole heraus. Am Empfangstresen war niemand. An einem Ecktisch saßen drei Männer mittleren Alters, die sich unterhielten und Kaffee tranken. Sie verstummten, als sie auf sie zuging, und starrten ihr schockiert und perplex entgegen.

»Die Motorradschlüssel. Legen Sie sie auf den Tisch. Sofort!«

Sie gehorchten, und Ruth steckte gleich alle drei Schlüsselbunde ein.

»Folgen Sie mir nicht«, warnte sie, ließ zwei Schlüssel in ihrer Tasche verschwinden und behielt jenen mit dem Harley-Davidson-Anhänger in der Hand.

Sie startete das Motorrad und raste die Straße hinunter. Der Nieselregen brannte in ihren Augen, und ihr Kleid flatterte im Fahrtwind. Die Maschine zwischen ihren Schenkeln fühlte sich an wie ein lebendiges Wesen, während sie der kurvigen Bergstraße erst vorsichtig folgte, jedoch zunehmend riskantere Manöver wagte, derweil das Gefühl der Leere in ihrem Inneren sich immer weiter ausbreitete. Abgesehen von insgesamt vier Jahren war ihr Leben eine einzige Katastrophe gewesen, wobei sie sich vor allem von jenen Menschen, denen sie am meisten vertraut hatte, verraten fühlte.

Sie hatte keine Pläne für eine Situation wie jene, die sich gerade aufgetan hatte. Inzwischen kam ihr alles sinnlos vor, erst recht, nachdem sie den Brief ihrer Mutter gelesen hatte, wenngleich ihr die Ironie nicht entgangen war. Sie fragte sich, ob Tote auch so etwas wie Sinn für Humor hatten.

Als Mark am Restaurant vorbeifuhr, lief ein Mann auf die Straße und bedeutete ihm gestenreich anzuhalten.

»Irgendso 'n durchgeknalltes Weib hat meine Maschine geklaut«, rief er. »Können wir hinterher?«

Mark gab Gas, und der Mann brachte sich kopfschüttelnd mit einem Satz in Sicherheit.

Mark war bewusst, dass er zu schnell fuhr, aber er war nicht gewillt, Ruth ungeschoren davonkommen zu lassen. Er fragte sich, warum sie Andy gerettet und Julie verschont hatte, doch auch wenn er hierfür ewig dankbar sein würde, war sie immer noch eine Mörderin. Eine berechnende kaltblütige Mörderin. Er konnte nicht sagen, ob nicht noch jemand auf ihrer Liste stand, und so konnte er erst sicher sein, dass niemand sonst in Gefahr war, wenn sie hinter Gittern saß.

Ein Regenbogen erschien am Abendhimmel, doch Mark hatte keinen Blick für dieses Naturschauspiel. Endlich entdeckte er in einer Kurve weiter vorn ein Motorrad, dessen Fahrerin keinen Helm trug. Er trat aufs Gaspedal. Die Reifen quietschten auf dem nassen Asphalt.

Der Falcon schlitterte in die Kurve. Mark richtete den Wagen wieder gerade, fuhr durch die Biegung und sah Ruth deutlich vor sich. Sie entdeckte den Falcon ebenfalls im Rückspiegel, als Mark dichter auffuhr. Ruth beschleunigte und verlor auf dem Rollsplitt beinahe die Kontrolle über die Maschine, schaffte es jedoch, diese wieder aufzurichten.

Weiter vorn rollte ein Lastwagen gemächlich talwärts. Wenn es ihr gelang, diesen zu überholen, bevor Talbert sie eingeholt hatte, würde sie möglicherweise entwischen können.

Die durchgezogene Doppellinie, die auf die Gefahr hinwies, ignorierte sie und zog raus, um an dem Lastwagen vorbeizufahren.

Ein Lieferwagen näherte sich aus der Gegenrichtung.

Es war riskant, aber sie setzte alles auf eine Karte.

Sie fuhr weiter.

Der Fahrer des Lieferwagens lenkte sein Fahrzeug sichtlich geschockt möglichst dicht an den äußeren Fahrbahnrand.

Ruth raste durch den schmalen Spalt zwischen den beiden

Fahrzeugen und fuhr durch die nächste Kurve. Ihre Euphorie verflog schlagartig, als sie nur wenige Meter entfernt mehrere kleinere Felsbrocken auf der Fahrbahn liegen sah.

Sie bremste scharf.

Die Reifen verloren auf dem nassen Asphalt die Bodenhaftung.

Sie löste die Bremse, hielt auf den kleinsten Steinhaufen zu und bremste erneut.

Der Vorderreifen prallte auf einen Steinbrocken.

Das Motorrad neigte sich seitwärts und stürzte.

Der Lenker wurde Ruth aus den Händen gerissen.

Sie selbst wurde durch die Luft geschleudert.

Der Truck vor Mark bremste und kam langsam zum Stehen. Die Warnblinklichter flammten auf, und der Fahrer stieg aus dem Führerhaus.

Mark lenkte den Falcon an den Straßenrand, sprang heraus, lief um den Lastwagen herum und hatte den Fahrer kurz darauf eingeholt. Er rief ihm zu, er solle einen Krankenwagen anfordern.

Das Motorrad lag fünfzig Meter weiter vorn auf der Gegenfahrbahn. Die Räder drehten sich noch. Eine tiefe Furche im Schlamm wies ihm den Weg zu etwas Rosafarbenem im Unterholz abseits der Straße. Als er bei Ruth angelangte, war Marks erster Gedanke, dass sie tot sein musste. Ihre gesamte rechte Seite war eine blutige Masse, ihr Kleid völlig zerfetzt. Ruths rechter Arm war gleich zweifach gebrochen, und die gesplitterten Knochen ragten aus dem rohen Fleisch. Ihre rechte Kopfseite war eingedrückt und regelrecht skalpiert, sodass der Schädelknochen zu sehen war.

Mark legte zwei Finger an ihre Halsschlagader und fühlte wahrhaftig einen wenn auch sehr schwachen Puls.

Ruth öffnete die Augen einen Spaltbreit. Ihre Züge entspannten sich zu jenem friedlichen Ausdruck, den er von Michaels Gesicht her kannte, und völlig unerwartet verspürte er Mitleid mit ihr.

»Sie kommen wieder auf die Beine«, log er und strich sacht über ihre Wange.

Sie schloss die Augen wieder und stieß einen leisen Seufzer aus.

Der Pulsschlag unter Marks Fingern erstarb.

Kapitel 39

Einige Tage später sah Julie Andy und seinen Freunden beim Herumtollen in ihrem Swimmingpool daheim zu.

»Kinder sind unglaublich zäh«, stellte sie fest, als Mark die Veranda betrat und die Arme um sie legte. »Ich hätte erwartet, dass er viel länger braucht, um wieder ins Wasser zu gehen, nachdem er fast ertrunken wäre, aber die Therapie …« Sie brach ab, als jemand an die Haustür klopfte.

Mark lächelte, als sie sich widerstrebend aus seiner Umarmung löste. Er war überrascht, sie gleich darauf mit John Corey zurückkehren zu sehen.

John schüttelte ihm die Hand und sagte mit einem Blick auf Julie: »Freut mich, dass du meinen Rat befolgt hast.«

Julie sah ihn fragend an, und Mark fühlte, wie er vor Verlegenheit errötete. »John sagte, ich solle dich glücklich machen«, erklärte er.

»John hat erzählt, er sei ein ehemaliger Kollege von dir«, sagte Julie lächelnd. »Aber ich werde ihm das nicht ankreiden. Ich hoffe allerdings, dass das hier kein offizieller Besuch ist.«

»Nein, nein. Ich wollte nur mal hören, was so alles passiert ist, seit Kenny Wong mich außer Gefecht gesetzt hat. Außerdem wollte ich euch noch berichten, was ich heute Morgen herausgefunden habe.«

»Dann hole ich noch eine Tasse«, meinte Julie und deutete mit einem Nicken auf das Tablett mit Kaffeetassen und Muffins auf dem Tisch.

»Ihr werdet nicht glauben, was die Polizei in Michael Devines Wohnung gefunden hat«, erzählte John ein paar Minuten später. »Ein gutes Dutzend verschiedener Verkleidungen: Krankenschwester, Soldat, Schuluniform, sogar ein typisches Hausmädchen-Outfit, schwarz mit weißer Schürze. Ich schätze, eure Ruth Bellamy muss ordentlich abgesahnt haben für ihre Dienste an Freiern mit abnormen sexuellen Vorlieben.«

»Ich habe ihr die Verkleidung jedenfalls abgekauft. Ich wäre nie auf die Idee gekommen, der Michael, den ich kannte, könnte nur eine Fassade sein.«

»Da hat sie all die Jahre bei GalCorp gearbeitet, ohne dass Ray Galloway je geahnt hätte, wer sie wirklich war.« John schüttelte den Kopf. »Aber sie war sehr gewissenhaft. Sie hat in allen Einzelheiten aufgeschrieben, was sie alles über ihre künftigen Opfer und deren Verwandte herausgefunden hat. In ihrer Wohnung und dem Haus in den Bergen haben die Beamten genug Material gefunden, um zu rekonstruieren, wie genau sie die vier Morde ausgeführt hat. Sie haben sogar Kopien von Abraham Clearys Unterlagen gefunden, die laut Ray Galloway in seiner Schreibtischschublade eingeschlossen waren, dazu ein Kästchen mit verschiedenen Nachschlüsseln, die sie offenbar hat anfertigen lassen. Außerdem genug Pharmaka, um eine kleine Apotheke zu eröffnen, darunter ein flüssiges Abführmittel mit dem Etikett *Gaynor Farrell.* Komischerweise war es mit Alkohol versetzt.«

Julie musste lachen und hätte sich beinahe an ihrem Kaffee verschluckt. »So ist Michael vermutlich an die Dokumente herangekommen. Er hatte immer mehrere Kartons Pralinen in seiner Schreibtischschublade. Die Likörpralinen waren für Gaynor, weil sie die besonders gern aß. Er hat immer gesagt, er versuche, aus ihr einen netteren Menschen zu machen.«

»Wenn er dafür gesorgt hat, dass sie für längere Zeit auf dem

Klo verschwinden musste, konnte er unbemerkt in Rays Büro schalten und walten, wie es ihm beliebte.«

»Außerdem konnte er so an Gaynors Schreibtisch, in dem sämtliche Zweitschlüssel verwahrt werden.«

»Und was hat Ray vor, nachdem McSwain ihn hat gehen lassen?«, fragte John.

Julie reichte ihm den Teller mit den Muffins. Er betrachtete mit hochgezogener Braue die großzügige Menge Schokoladensplitter, nahm sich aber dennoch einen. »Er hat GalCorp zum Verkauf ausgeschrieben, ist bei Gaynor eingezogen und hat einen Leibwächter angeheuert. Er ist regelrecht paranoid in seiner Überzeugung, dass Tak Lee ihn für Harrys Tod verantwortlich macht.«

»Und wie ist der Stand der Ermittlungen hinsichtlich der Frau, die Tak Lee getötet hat?«, erkundigte sich Mark.

»Die Polizei bekommt keine Genehmigung, ein fünfstöckiges Gebäude abreißen zu lassen, nur auf Rays Behauptung hin, dass im Fundament eine Frauenleiche einbetoniert sei, schon gar nicht nach über dreißig Jahren. Im Augenblick wird erwogen, mit speziellen Radargeräten nach den Überresten zu suchen, aber konkrete Pläne gibt es bis dato nicht. Es wird dich allerdings freuen zu hören, dass wir Kenny Wongs Kontaktmann in Brisbane aufgespürt haben. Leider ist es uns nicht gelungen, eine Verbindung zu Haasan herzustellen, weshalb wir Tak Lee bislang nichts anhaben können.«

»Er hat seinen einzigen Sohn verloren. Für Tak Lee wird das bitterer sein als jede Strafe, die unsere Regierung ihm hätte auferlegen können.«

»Da hat Ruth all die Jahre ihre Rache an Ray und den anderen geplant, die sie vergewaltigt haben«, sinnierte John, »und dann kommt der Urheber des Verbrechens ungeschoren davon.«

»Das war eigentlich gar nicht ihre eigentliche Motivation«, bemerkte Julie und erzählte ihm von Ruths Sohn Joshua und dem Brief ihrer Mutter. »Das Traurigste an der ganzen Sache ist eigentlich, dass Ruths Mutter sie um Verzeihung gebeten hat dafür, dass sie sie all die Jahre belogen hat. Offenbar hatte Ruth einen Bruder, der noch vor ihrer Geburt an Muskelschwund gestorben ist. Ihre Eltern haben nur des Kindes wegen geheiratet und den Jungen nach seinem Tod nie wieder erwähnt.« Julies Augen füllten sich mit Tränen bei der Erinnerung an den Ausdruck auf Ruths Gesicht, als diese den Brief ihrer Mutter gelesen hatte. »All die Jahre hat sie Ray die Schuld an Joshuas Tod gegeben, und dann stellt sich heraus, dass sie selbst ihrem Kind den tödlichen Gendefekt vererbt hat.«

John schüttelte den Kopf. »Armes Ding. Sie war auf der ganzen Linie der Verlierer, und Ray kommt ungeschoren davon.«

»Nicht ganz«, widersprach Julie. »Andy wollte wissen, weshalb Ruth ihn entführt hat, und da haben wir ihm die Wahrheit gesagt. Er hat entschieden, dass er seinen Großvater niemals wiedersehen möchte. Ray hat also ebenso wie Ruth den Menschen verloren, den er am meisten liebt.«

Julie schaute hinüber, als Andy seinen Freunden zurief, dass es Zeit zum Essen wäre. Marks Hand ruhte auf der Rückenlehne ihres Stuhls, und seine Finger streichelten sanft ihren Nacken. Liebe und Verlangen durchfuhren sie mit ungeheurer Intensität. Sie wandte sich ihm zu und sah, dass ihre Gefühle sich in seinen Augen widerspiegelten.

Sie strich mit der Hand über ihren Bauch, eine beschützende Geste gegenüber jenem neuen Leben, um das Ruth sie beneidet hatte. Sie hoffte, dass Ruth im Tod jenen Frieden gefunden hatte, der ihr zeitlebens verwehrt geblieben war.

Epilog

Gaynor blickte auf, als die Empfangsdame ihr Büro betrat. »Die kommen aber diesen Monat früh«, sagte die junge Frau und reichte ihr ein rechteckiges Päckchen. Sie schenkte dem stämmigen Leibwächter, der auf einem Besucherstuhl saß und Zeitung las, ein Lächeln und ging wieder.

Gaynor riss das Packpapier auf und prüfte den Inhalt des Päckchens. Eine Kiste Zigarren, nur die Hälfte von Rays üblicher Bestellung. Sie runzelte die Stirn. Es lag keine Rechnung bei. Die Hornochsen mussten sie vergessen haben. Nun, solange sie keine Rechnung und dazu die fehlenden Zigarren schickten, würden sie auch kein Geld bekommen. Sie ging rüber in Rays Büro und legte die Kiste auf seinen Schreibtisch.

»Gerade rechtzeitig«, brummte er. »Die Zigarren sind mir ausgegangen. Kein Wunder bei dem Stress.«

Gaynor musterte seine eingefallenen Wangen und das glanzlose graue Haar. Wortlos ging sie hinaus und schloss die Tür hinter sich.

Ray zupfte ungeduldig an der Zellophanverpackung seiner Zigarre. Sie schien fester zu kleben als sonst. Endlich. Er zog die Zigarre heraus, knipste über dem Papierkorb ein Ende ab und zündete sie dann an. Gierig sog er den Rauch tief in die Lungen.

Merkwürdige Lieferung, dachte der Auslieferungsfahrer, als er das Firmengelände von GalCorp verließ: Das Paket hatte eine Woche nach der Aufgabe ausgeliefert werden sollen und keinen Tag früher.

Er klopfte auf seine Brusttasche. Dort steckte ein Briefumschlag, den er erst nach der Lieferung öffnen sollte. Bei der nächsten Lieferadresse holte er ihn heraus.

Der Umschlag enthielt fünf Einhundert-Dollar-Scheine.

Mit einem breiten Grinsen las er die beigefügte Notiz:

Herzlichen Dank,
Ruth Bellamy.

Manche Geheimnisse sind es wert, mit dem Leben verteidigt zu werden ...

Sandy Curtis
IM SOG
DER TÄUSCHUNG
Roman
352 Seiten
ISBN 978-3-404-15681-8

Professor Raymond liegt gelähmt und unfähig zu sprechen im Krankenhaus. Seine Kollegin Breeanna Montgomery wird von einem Unbekannten in ihrem Haus überfallen – und von einem anderen Fremden gerettet. Sie stellt schnell fest, dass mehrere Leute hinter einem sensationellen Forschungsprojekt her sind, an dem der Professor arbeitete, und bereit sind, dafür zu töten. Breeanna muss fliehen. Sie trifft Rogan McKay, der auf der Suche nach seinem verschwundenen Zwillingsbruder ist. Gemeinsam geraten sie auf die Spur eines wissenschaftlichen Skandals, in den die höchsten Ebenen des Geheimdienstes verwickelt sind. Eine rasende Jagd quer durch Australien bringt sie beide in tödliche Gefahr.

Bastei Lübbe Taschenbuch

Eine junge Frau in einem Netz aus Verrat und Intrige

Sandy Curtis
AM ABGRUND
DER VERGELTUNG
Australien-Thriller
320 Seiten
ISBN 978-3-404-15488-3

Libby Daniels wacht in ihrer Wohnung auf und sieht zwei Männer, die sich über den leblosen Körper ihrer Mutter beugen. »Libby hat sie getötet.« Entsetzt flieht Libby, doch an wen soll sie sich wenden? Bevor sie in Sicherheit ist, wird sie brutal ausgeraubt und sucht schließlich Zuflucht bei dem jungen Professor Conor Martin, der selbst einiges zu verbergen hat. Libby und Conor fühlen sich zueinander hingezogen, obwohl beide ihr Misstrauen nicht ganz abschütteln können. Als Libbys Verfolger ihr auf die Spur kommen, bleibt Conor an ihrer Seite – doch auch von ihm droht ihr Gefahr.